CAROLINE BERNARD
Fräulein Paula
und die Schönheit der Frauen

atb aufbau taschenbuch

Caroline Bernard

Fräulein *Paula* und die Schönheit der *Frauen*

Roman

atb aufbau taschenbuch

ISBN 978-3-7466-3655-9

Aufbau Taschenbuch ist eine Marke
der Aufbau Verlag GmbH & Co. KG

1. Auflage 2020
© Aufbau Verlag GmbH & Co. KG, Berlin 2020
Gesetzt aus der Aldus durch die LVD GmbH, Berlin
Druck und Binden CPI books GmbH, Leck, Germany
Printed in Germany

www.aufbau-verlag.de

Kapitel 1

Paula schlug die Arme um den Körper, als sie die Brache passierte, wo früher die Häuser gestanden hatten. Jetzt ragten dort nur noch die Reste einer Mauer auf, an deren Fassade die Umrisse der ehemaligen Räume zu erkennen waren. Ein einzelner Balkon zeigte in Höhe des dritten Stockwerks auf den Fußweg hinaus, hinter der geschmiedeten Umrandung stand in aller Unschuld ein Stuhl. Er war nur noch da, weil niemand an ihn herankam, denn einen Stuhl hätten viele Leute gebraucht.

Die Mauer hatte Paula für die Dauer weniger Schritte vor dem heftigen Novemberwind geschützt, jetzt hatte er wieder freies Spiel auf dem Trümmerfeld und fegte den eiskalten Regen in ihre Richtung. Sie nahm den Mantel vor der Brust zusammen und ging schneller. Eine Frau kam ihr entgegen, und Paula glaubte, eine Erscheinung zu haben. Als würde plötzlich eine Farbfotografie in einem Schwarz-Weiß-Film auftauchen. Die Frau trug einen flauschigen Mantel aus kamelfarbenem Mohair. Paula spürte förmlich, wie weich er sich um ihren Körper legte, wie warm sich das passende Wolltuch mit eingewebten Rosen an ihren Hals schmiegte. Zu allem Überfluss trug die Frau einen modischen Hut, unter dem ihr rötliches Haar in Wellen hervorquoll. Bei jedem ihrer raschen Schritte wippte es auf und ab. Die Fremde ging an Paula vorüber, die stehen blieb, um ihr mit offenem Mund nachzusehen. Die Frau hatte warme, dennoch nicht klobige Stiefel an den Füßen, mit denen sie leichtfüßig ausschritt. Wahrscheinlich trug sie sogar echte Seidenstrümpfe. Sie musste die Frau eines englischen Soldaten sein. Oder eine Prostituierte, obwohl sie dafür zu elegant wirkte. Normale Frauen hatten in diesen Zeiten keine warmen Mäntel, und in solch edlen Stiefeln würde eine ganz normale Hamburgerin in diesen Zeiten niemals durch die notdürftig von Trümmern geräumte Stadt laufen.

Paula fuhr sich mit der Hand über die Ärmel ihres Mantels, um die Regentropfen abzustreifen. Dabei fühlte sie die fadenscheinigen Stellen am Ellenbogen. Der Mantel hatte ihrem Vater gehört, sie hatte ihn für sich geändert. Sie seufzte. Lange würde der Mantel nicht mehr mitmachen, und dabei stand der Winter erst noch bevor. Was würde sie für einen Traum wie diesen Mohairmantel geben! Aber immerhin wurden die Zeiten langsam besser, und wenn auf Hamburgs Straßen wieder Frauen in solcher Garderobe zu sehen waren, gab es Grund zur Hoffnung.

Sie stieß einen tiefen Seufzer aus, als eine neue Windböe sie traf. Noch ein paar Schritte, dann schlüpfte sie erleichtert durch die Tür des Wohnhauses in der Hoheluftchaussee, gerade noch rechtzeitig bevor es draußen richtig zu schütten begann.

»Na, na! Und ich muss wieder alles sauber machen!«

Paula verdrehte die Augen. Hätte sie sich ja denken können,

dass Renate Schostack sie dabei erwischte, wie sie ihr das Treppenhaus volltropfte. Dabei waren weder Frau Schostack noch das Treppenhaus in einem sonderlich gepflegten Zustand. Die Frau müffelte stets, und ihr Kittel hätte eine Wäsche vertragen können. Weil auf dem Gehweg vor dem Haus immer noch Schuttberge lagen, drangen Staub und bei Regenwetter grauer Matsch mit den Schuhen herein. Es war bestimmt nicht leicht, unter diesen Umständen einigermaßen Ordnung zu halten, aber Frau Schostack lauerte auch lieber den Hausbewohnern auf, statt zu fegen oder zu feudeln.

»Guten Tag, Frau Schostack«, rief Paula betont fröhlich. »Ein scheußliches Wetter ist da draußen.« Sie wollte an der Hausmeisterin vorbei, doch die verstellte ihr mit ihrem Besen den Weg.

»Ihre Schwester kommt immer so spät nach Hause. Meine Güte, wenn ich daran denk, dass sie bis vor Kurzem noch so ein liebes Mädchen war ...«

»Uschi kellnert im *Winterhuder Keller*, das wissen Sie doch. Da muss sie nun mal bis spät arbeiten«, gab Paula zurück. Mein Gott, die Schostack ging ihr so was von auf die Nerven. Unter Hitler war ihr Mann Hauswart gewesen und hatte sie alle tyrannisiert. Im letzten Kriegsjahr war er dann noch eingezogen worden, obwohl er schon über fünfzig war. Er war an die Ostfront gekommen, und seitdem gab es keine Nachricht mehr von ihm. Was Paula wirklich leidtat. Ihr eigener Vater wurde auch vermisst, schon seit dem Sommer 1943. Sie wusste, dass man darüber bitter werden konnte. Aber dass nun Schostacks Frau hinter ihr und ihren Schwestern herschnüffelte, musste auch nicht sein.

»Wer hat denn in diesen Zeiten Geld, um in ein Restaurant zu gehen?«, fragte Frau Schostack, und ihr Ton ließ keinen Zweifel daran, was sie von solchen Leuten hielt.

»Lassen Sie mich durch?« Mit diesen Worten stieg Paula einfach über den Besen hinweg, den die Hausmeisterin quer vor die Treppe gestellt hatte und auf dessen Stiel sie ihr Kinn abstützte. Paula nahm die ersten drei Stufen und ließ dann die nächste und die übernächste aus. In den letzten Kriegstagen hatte das Haus noch einen Treffer abbekommen, und von den beiden Wohnungen unter dem Dach waren nur die Mauern zur Straße geblieben. Der Rest war ins Treppenhaus gestürzt und hatte das Geländer und einige Stufen mitgerissen. Inzwischen kannten alle Hausbewohner die notdürftig mit losen Brettern geflickten Stufen und überstiegen sie einfach.

»Ob das wohl noch mal repariert wird«, murmelte sie gerade laut genug, dass die Schostack es hören musste. Obwohl die auch nichts dafürkonnte. Es gab kaum Bauholz, und das wenige, was da war, wurde für notwendige Instandsetzungen gebraucht, für Schulen, Krankenhäuser oder die Bahnhöfe der Stadt.

Paula stieg weiter die Treppe hinauf. Sie wohnte mit ihrer Mutter und den Schwestern im zweiten Stock rechts. Die Wohnung war zum Glück mehr oder weniger unversehrt durch den Krieg gekommen, es gab Wasser, und die elektrischen Leitungen funktionierten, auch wenn der Strom öfter mal abgestellt war. Doch sie hatten noch ihre Möbel, sie konnten in Betten schlafen und hatten ein Dach über dem Kopf. Nur Geschirr und der Spiegel im Badezimmer waren bei dem Bombeneinschlag kaputtgegangen. Und viele Einrichtungsgegenstände, das bisschen Schmuck und das gute Porzellan hatten den Weg auf den Schwarzmarkt gefunden, damit sie nicht verhungerten. Bis vor einigen Wochen war ein älteres Paar aus Breslau bei ihnen einquartiert gewesen und hatte das zweite Zimmer bewohnt. Sie waren ganz gut mit den Wojczinjuks ausgekommen, trotzdem waren alle froh gewesen, als sie einem Evakuierungsangebot der Stadt folgten. Man hatte sie mit DDT-Pulver entlaust und ihnen einen Sack mit Marschverpflegung und eine Zugfahrkarte nach Meldorf in Dithmarschen in die Hand gedrückt. Seitdem hatten sie nichts mehr von dem Ehepaar gehört, obwohl die Post inzwischen recht gut funktionierte.

Jetzt hatten Paula und ihre Familie alles wieder für sich, auch wenn es nur zwei kleine Zimmer waren. Paula wohnte mit ihren beiden Schwestern in dem einen und ihre Mutter im anderen Zimmer, dazu kam eine winzige Küche, die zum Glück ein Fenster mit einer breiten Fensterbank außen hatte, wo sie jetzt im Winter ihre wenigen Lebensmittel lagern konnten. Alles war besser als die Nissenhütten an der Schwenckestraße, wo sich zwei Familien eine dieser Wellblechhütten ohne Heizung teilen mussten. Jedes Mal, wenn Paula dort vorbeikam, war sie dankbar, diese Wohnung zu haben.

Paula öffnete die Wohnungstür. Drinnen streifte sie als Erstes ihre Schuhe ab. Sie war so stolz gewesen, als sie die braunen Wildlederschuhe mit den kleinen Hacken erstanden hatte. Aber sie drückten! Mit einem Laut des Schmerzes rieb sie sich die Füße, dann schlüpfte sie in die ausgelatschten Pantoffeln ihres Vaters und ging in die Küche.

»Hallo, Mama«, sagte sie.

Ihre Mutter stand am Herd und rührte in einem Topf.

»Was gibt es zu essen?«

»Was soll es schon geben«, gab ihre Mutter zurück, »Kartoffeln und Speckstippe. Aber die Schostack war hamstern im Alten Land und hat mir ein paar Äpfel abgegeben. Ich hab Mus davon gekocht. Dafür soll ich ihr die Jacke von ihrem Mann im Rücken enger machen, damit sie ihr passt.« Sie wies mit dem Ellenbogen auf die Jacke, die über einem Küchenstuhl hing.

Paula ärgerte sich. »Ach, Mama, die Schostack nutzt dich aus.« Sie nahm die Jacke der Hauswirtin und begutachtete sie. Der Stoff war hart und verfilzt, ihre Mutter würde Stunden damit zubringen, sie zu ändern. Und das alles für ein paar Äpfel. »Und dann tut sie auch noch so, als würde sie dir einen Gefallen tun. Hamstern muss keiner mehr. Seit der Währungsreform gibt es doch alles. Hast du gesehen, in der Roonstraße hat schon wieder ein neues Lebensmittelgeschäft aufgemacht. Und nächste Woche wird das Kaufhaus für Mode am Eppendorfer Weg eröffnet. Die sollen auch Tischdecken zum Aussticken und Wolle haben.«

Ihre Mutter schnaubte. »In der Theorie vielleicht. Man muss sich das erst mal leisten können. Und unter Nachbarn hilft man sich doch gern.«

Ganz unrecht hatte sie nicht. Kohle und Benzin waren immer noch rationiert, und Zucker gab es erst seit einigen Monaten wieder frei auf dem Markt. Paula konnte sich noch gut an die Tage vor dem 20. Juni erinnern. Alle ahnten, dass bald eine neue Währung kommen würde. Wer noch etwas zu verkaufen hatte, hielt es zurück und wartete auf das neue Geld, weshalb sich die Schaufenster leerten. Und viele, die noch wertlose Reichsmark hatten, wollten sie unbedingt loswerden und kauften alles, was sie kriegen konnten. Am Sonntag, dem 20. Juni, hatten sie dann alle angestanden und sich ihre vierzig Mark abgeholt. Und am Montagmorgen waren die Geschäfte plötzlich voller Dinge und Lebensmittel gewesen. Paula war damals mit der Straßenbahn gefahren, und an jeder Straßenecke waren Stände mit Blumenkohl und Gemüse aufgetaucht. Die Menschen hatten gehungert, obwohl die Lager voll gewesen waren! Nicht einmal ein halbes Jahr war das jetzt her, und immerhin war ein wenig Normalität in ihr Leben zurückgekehrt. Überall auf den geräumten Trümmergrundstücken entstanden provisorische Holzbuden, wo alles Mögliche verkauft wurde. Kohl und Groschenromane, gebrauchte Textilien und selbst gebrannter Schnaps. Aber es fehlte dennoch an vielem, und wer nicht organisieren konnte, hatte schlechte Karten.

Paulas Blick fiel auf die Singer-Nähmaschine, die vor dem Fenster stand. Diese Nähmaschine war neben dem alten Volksempfänger ihr wertvollster Besitz. Sie hatte ihre Schwestern und die Mutter durchgebracht, als es gar nichts zu kaufen gab, in der Zeit direkt nach Kriegsende, als man in Hamburg nur allzu leicht an Hunger und Kälte sterben konnte. Die Frauen der Nachbarschaft waren gekommen, weil sie nichts anzuziehen hatten, und Paula hatte ihnen Mäntel und Kostüme aus Wehrmachtsjacken und Gardinen, manchmal sogar aus gefärbten Kartoffelsäcken genäht. Und bisweilen war der Stoff gut genug gewesen, um etwas Besonderes daraus zu zaubern, das nicht nur wärmte und zweckmäßig war, sondern das den Frauen einen Teil ihrer Schönheit zurückgab. Paula sorgte immer dafür, dass es eine Falte, einen Abnäher, einen bunten Knopf oder irgendein Detail gab, das zum Blickfang wurde und die Kleidung verschönte. Das strahlende Lächeln der Kundin war ihr dabei ebenso wichtig gewesen wie die Kartoffeln oder das Stück Butter, die sie zum Lohn bekommen hatte.

Paula strich mit den Fingern über das schwarze Gehäuse aus Holz, das die Maschine vor Staub und Nässe schützte. Seit der Währungsreform gab es auch wieder Mäntel, Wäsche und Stoffe zu kaufen. Das Angebot war nicht üppig und oft teuer, aber es wurde größer, und damit war ihre Singer nicht mehr lebensnotwendig. Zudem waren die Frauen die hundertmal geflickten und umgeänderten Sachen leid, wo man die alten Nähte sah und wo die ausgelassenen Säume dunkler waren als der Rest. Wie satt hatte sie selbst die ewige Flickschusterei, wenn ein Rock, der zu kurz oder zu eng war, immer wieder neu aufgetrennt und mit Einsätzen versehen wurde, wenn aus den Säumen der Hosen neue Taschen genäht wurden, um einen Riss zu verbergen. Und dieses Aufribbeln alter Pullover, die immer kratzten. Was würde sie dafür geben, wenn sie endlich ihre geflickten, unansehnlichen Strümpfe in den Müll werfen könnte, wo sie seit Langem hingehörten. Sie würde selbst beim Essen sparen, wenn sie dafür nur ein schönes Kleid bekommen könnte.

Paula wollte sich endlich wieder einmal zurechtmachen, mit guter Kleidung und den richtigen Accessoires betonen, was sie an sich mochte – sich schön fühlen. Sie wollte vor den Schaufenstern am Jungfernstieg entlangflanieren und davon träumen, sich einen schicken Stoff oder ein Kleid zu kaufen. Und sie wusste, dass es vielen Frauen so ging wie ihr.

»Wo bleibt denn Uschi wieder?«, fragte ihre Mutter.

»Ich hör sie schon«, sagte Paula mit einem Lächeln. Ihre kleine Schwester Uschi polterte die Treppe herauf. Kurz darauf krachte die Wohnungstür ins Schloss.

»Habt ihr schon gehört? Das Hanse-Kino hat wieder aufgemacht! Heute Abend läuft ein Film mit Hans Albers. Ich gehe hin.«

»Mit wem?«, fragte ihre Mutter.

»Ist doch egal.« Uschi drehte sich um sich selbst und ließ ihren Rock schwingen. Dabei kamen ihre dünnen Beine zum Vorschein, ihr größter Kummer. Uschi war siebzehn, hübsch und keck, aber sie hätte gern mehr Rundungen gehabt. Was bei der knappen Versorgungslage schwierig war.

Die kleine Schwester ging um den Tisch herum und stieß dabei an das Sofa, das neben dem Herd stand. Hier schlief ihre Mutter. Sie ertrug es nicht, in ihrem Ehebett zu schlafen, ohne zu wissen, ob ihr Mann noch lebte. Deshalb bekam sie genau mit, welche ihrer Töchter wann nach Hause kam.

»Mama, warum schläfst du nicht wieder in eurem Schlafzimmer, jetzt, wo die Wojczinjuks nicht mehr da sind?«, schimpfte Uschi. »Wenn du es nicht brauchst, dann richte ich mich dort ein.«

»Gar nichts wirst du tun. Früher hat euch das eine Zimmer auch gereicht«, sagte Wilhelmine.

»Früher waren wir ja auch noch Kinder. Eine Frau braucht doch ihre Intimsphäre.« Uschi wedelte dramatisch mit den Armen.

»Was brauchst du?«

Uschi antwortete nicht. »Schon wieder Kartoffeln«, beschwerte sie sich, nachdem sie in den Topf geschaut hatte.

»Wenn du was anderes mitbringen und dein Geld nicht fürs Kino ausgeben würdest, gäbe es bei uns auch was Besseres zu essen«, sagte Wilhelmine.

Paula hörte sich das Geplänkel amüsiert an. In ihrer Familie wurde gern gestritten und gestichelt, aber immer mit einem heimlichen Lächeln auf den Lippen. Wilhelmine wurde selten richtig böse, dann allerdings kannte sie kein Pardon. Doch hier ging es um Kleinigkeiten. Ihre Mutter war zwar nicht glücklich, wenn Uschi jeden Abend weg war, aber sie konnte ihre Tochter auch verstehen. Endlich konnten die jungen Leute wieder ins Kino und sich amüsieren. Und wer weiß, vielleicht fand sie auf diese Weise einen netten Mann?

»Die Schostack hat sich über dich beklagt. Du würdest immer so spät nach Hause kommen. Und früher wärst du so ein nettes Mädchen gewesen.« Paula verzog das Gesicht zu einem breiten Grinsen. »Sie macht sich richtig Sorgen um dich.«

Uschi knuffte sie in die Seite. »Lass mich bloß mit der in Ruhe, die alte Nazine. Ich will nicht nett und anständig sein, ich brauch Geld und will mich amüsieren. Ich bin doch nicht dem Reichsarbeitsdienst und dem BDM entkommen, um jetzt zu Hause zu sitzen, wie es die Nazis von den Frauen immer wollten. Damit ist jetzt Schluss – ich will wie eine Amerikanerin leben.«

Wilhelmine sah ihre jüngste Tochter mit einem Kopfschütteln an. »Woher hast du diese Ideen?«, fragte sie, erwartete jedoch nicht ernsthaft eine Antwort.

Sie hatten sich gerade zum Essen an den Tisch gesetzt, als Gertrud nach Hause kam. Sie war zwei Jahre älter als Uschi und diejenige der Schwestern, die aus der Art geschlagen war. Während Paula und Uschi sich trotz der zwölf Jahre Altersunterschied sehr ähnelten und beide schlank und leichtfüßig waren, war Gertrud von schwerem Knochenbau. Sie stolperte oft, warf Dinge um und zog Missgeschicke an. »Dich haben sie im Krankenhaus vertauscht, Fräulein Ungeschickt«, hatte ihr Vater oft zu ihr gesagt.

Und Gertrud war von den drei Schwestern jene, die das Leben am schwersten nahm. Oft grübelte sie und zweifelte an sich selbst. Sie hatte weder Paulas Selbstsicherheit noch Uschis naive Unbekümmertheit. Aber sie war immer bereit, sich für andere einzusetzen, und für ihre Schwestern hätte sie sich vierteilen lassen.

Nun hievte sie ein Einkaufsnetz auf den Tisch und zog umständlich ihren Mantel aus. »Ich hab Makrele dabei«, sagte sie. Sie arbeitete als Verkäuferin in einem Fischgeschäft am Eppendorfer Weg, eine Arbeit, die sie verabscheute. Aber etwas anderes fand sie nicht, und sie war froh, ab und zu mit einem Stück Fisch die Kartoffeln aufzupeppen zu können.

Uschi nahm nur ein paar Bissen, weil sie es eilig hatte, ins Kino zu kommen. »Entschuldigt, Kinder, ich muss los«, sagte sie und verschwand in dem winzigen Badezimmer, um sich zurechtzumachen.

Gertrud sah ihr missbilligend nach. »Jeden Abend geht sie aus. Und immer mit so komischen Typen.«

»Du bist nur neidisch«, rief Uschi aus dem Badezimmer.

»Lass sie. Soll sie sich doch amüsieren«, sagte Paula.

»Diese Wohnung ist sowieso viel zu eng. Wenn wir alle hier sind, krieg ich einen Lagerkoller«, ließ sich Uschi vernehmen.

»Pass auf, was du sagst. Hast du dir mal angesehen, wie die Leute in den Nissenhütten wohnen?«

»Ach, mir doch egal! Jeder ist seines Glückes Schmied. Ich tanz nun mal gerne, und endlich darf ich die Musik hören, die früher verboten war.«

Dass sie auch gern Cocktails trank und rauchte, sagte Uschi wohlweislich nicht. Sie rauschte an ihnen vorbei und war schon aus der Tür.

Vielleicht sollte ich auch mal wieder ausgehen, dachte Paula, als sie zu Bett gegangen war. Die Decke war klamm, nur an den Füßen, wo der heiße Ziegelstein lag, war es warm. Paula nahm den in ein Handtuch gewickelten Stein und zog ihn an ihren Bauch. Ich bin zu jung, um jeden Abend allein und frierend im Bett zu liegen, nachdem ich mit meiner Mutter zu Abend gegessen habe, dachte sie.

Na ja, zumindest schlief sie nicht ganz allein, sondern teilte das Bett mit Uschi. Aber das war doch kein Zustand. Und war man mit neunundzwanzig Jahren überhaupt noch jung? Wenn man davon ausging, was sie schon alles erlebt hatte, fühlte es sich nicht so an. Dabei hätte sie auf vieles verzichten können. Auf den Krieg sowieso, auf die Nächte im Bunker, während die Bomben auf Hamburg fielen, auf den Hunger und die unmenschliche Kälte in den ersten beiden Nachkriegswintern. Paula drehte sich auf die andere Seite der durchgelegenen Matratze, die alles andere als bequem war, und brachte dabei die Bettfedern zum Quietschen.

Trotz allem wäre sie nie auf den Gedanken gekommen, sich zu beschweren. Was hätte sie nicht noch vor ein paar Jahren nur für eine einzige Nacht gegeben, die sie einfach hätte durchschlafen können, ohne vom Heulen der Sirenen aus dem Bett gejagt zu werden. Angesichts der Zerstörung und des allgegenwärtigen Mangels in Hamburg ging es ihr und ihrer Familie vergleichsweise gut.

Der Artikel, den sie vor einigen Tagen gelesen hatte und in dem ein Mitarbeiter der Baubehörde versucht hatte, das ungeheure Ausmaß der Zerstörungen in der Stadt bildhaft zu machen, ging ihr durch den Kopf. Was hatte dort gestanden? Mit den Trümmern der Stadt hätte man die Außenalster dreiundzwanzig Meter hoch auffüllen können. Wie gut, dass niemand auf die Idee gekommen war, die Trümmer auf diese Weise zu entsorgen. Dann hätte Hamburg nicht nur ein Wahrzeichen, sondern auch ein wunderbarer Spazierweg gefehlt. Hundertzweiundachtzig Millionen Ziegelsteine waren geborgen und von Zement freigeklopft worden. Fünfundzwanzigtausend Türen und Fenster waren aus den zerstörten Gebäuden gerettet worden. Das Schlimmste aber war, dass die Hälfte der Hamburger Wohnungen immer noch zerstört war. Die Menschen hausten überall: in den Bunkern, in einsturzgefährdeten Ruinen, in Kellern und in den berüchtigten Nissenhütten, in Kasernen und Schulen, in selbst gebauten Verschlägen. Wie wurde die Hamburger Straße in Altona noch genannt? Richtig, Wolldeckenallee, weil die Bewohner dort Wolldecken aufgehängt hatten, um wenigstens etwas Intimsphäre in ihre Räume zu bringen.

Und nicht nur die Stadt lag in Trümmern – auch die Lebensträume der meisten Menschen hatten sich in Rauch aufgelöst. Ihre eigenen eingeschlossen. Sie war fast dreißig Jahre alt. Sie hatte keine Arbeit und kam mit Näharbeiten gerade so über die Runden. Und einen Mann hatte sie auch nicht. Bei dem Gedanken stiegen ihr die Tränen in die Augen. Der Gedanke an Konrad tat immer noch weh, obwohl er schon seit so vielen Jahren nicht mehr an ihrer Seite war.

Paula warf sich auf die andere Seite und berührte mit ihrem Arm Uschi, die vor einer halben Stunde nach Hause gekommen war und sich leise summend ausgezogen und neben sie gelegt hatte. Uschi stöhnte auf und drehte sich ebenfalls um, wobei sie die Matratze zum Schaukeln brachte.

Paula grübelte weiter. Wenn sie nicht schlafen konnte, rief sie sich immer Zahlen und technische Einzelheiten ins Gedächtnis, irgendwelche Details, die sie gehört oder gelesen hatte. Es beruhigte sie, wenn sie sich an Tatsachen halten konnte. Und es war noch nie von Nachteil gewesen, wenn man was im Kopf hatte. Dreißigtausend britische Soldaten waren in Hamburg, die jetzt auch endlich ihre Familien nachholen durften. Im letzten Jahr waren rund zweihundert Kinder geboren worden, deren Väter Engländer waren …

Sie stieß einen Laut des Unwillens aus. Wenn dieses ganze Wissen ihr doch nur etwas nützen würde.

Während des Krieges hatte sie in einem Zeichenbüro gearbeitet. Wie stolz war sie an ihrem ersten Arbeitstag gewesen, wie gern war sie morgens in das Büro am Dovenfleth gefahren. Als sie 1938 bei Baumann & Sohn am Hafen angefangen hatte, war dort Zubehör für Schiffskräne konstruiert worden. Anfangs hatte sie lediglich Briefe und Bestellungen getippt, aber als absehbar wurde, dass irgendwann fast alle Männer an die Front mussten, hatte sie in Abendkursen technisches Zeichnen gelernt und immer mehr konstruktive Arbeiten übernommen. Sie hatte ein gutes Vorstellungsvermögen und bewies Talent darin, kriegsbedingte Materialengpässe durch geschickte Konstruktion und die Umstellung auf Ersatzstoffe auszugleichen. Von ihr stammte die Idee, ein oft gebrauchtes Konstruktionsteil aus der Automobilherstellung zu übernehmen, wo es noch produziert wurde. Letztlich war ihr dabei die Schneiderlehre, die sie vor dem Krieg gemacht hatte, zugutegekommen. Aber nun gab es Baumann & Sohn nicht mehr, auch technische Zeichnerinnen wurden nicht mehr gebraucht, seit die Männer aus dem Krieg heimgekehrt waren, und seitdem trug sie mit Näharbeiten zum Familieneinkommen bei.

Paula war immer noch sehr geschickt mit der Nähmaschine, und es gelang ihr ohne große Mühe, aus wenigen Stoffresten etwas zu schneidern, das tragbar war. Aber sie hatte keine Lust mehr, aus alten Armeemänteln Jacken zu fertigen. Ihre alte Leidenschaft fürs Nähen wollte sich unter diesen Bedingungen nicht mehr einstellen. Sie sehnte sich nach einer vernünftigen, sinnvollen Arbeit, die sie ausfüllte und für die sie ihren Grips brauchte. Wenn sie sich vorstellte, wie Gertrud tagaus, tagein Fisch zu verkaufen oder wie Uschi als Serviererin zu arbeiten, drehte sich ihr der Magen um. Aber ihre Nähmaschine mochte sie auch nicht mehr. Etwas musste passieren – sie brauchte eine vernünftige Arbeit. Eine, die genügend Geld einbrachte, um anständig zu leben und sich ab und zu ein winziges Stückchen Luxus zu leisten, etwas, das das Leben schön machte.

Sie drehte sich wieder auf die andere Seite, und endlich schlief sie ein.

Kapitel 2

Am nächsten Morgen machte Paula sich auf zur Baustelle der Hochhäuser am Grindel. Dort, auf halbem Weg von der Hoheluftchaussee bis in die Innenstadt, hatten die Briten gleich nach dem Krieg mehrere zehnstöckige Häuser geplant, die auf den Entwürfen aussahen wie aufgestellte Zigarrenkisten und deren Fronten komplett verglast sein sollten. So etwas hatte man in der Stadt noch nicht gesehen – Manhattan mitten in Hamburg. Britische Soldaten und ihre Familien sollten dort einziehen. Die Hamburger waren entsetzt, weil für die Häuser intakte Gebäude abgerissen worden waren. Und dann hatten die Briten in April des vergangenen Jahres beschlossen, die Häuser nicht zu Ende zu bauen, weil sie ihr *Hamburg Project* aufgegeben hatten, das Hamburg zur Hauptstadt der britischen Besatzungszone machen sollte. Mit der Gründung der Bizone, zu der sich Briten und Amerikaner zusammengeschlossen hatten, waren die Pläne vom Tisch. Ein Großteil der Briten zog ab, sie brauchten die Wohnungen nicht mehr.

Wieder gab es Streit in der Hamburger Öffentlichkeit. Was sollte mit den Häusern geschehen? Sollte man die Ruinen abreißen oder weiterbauen? Schließlich hatte die Stadt Hamburg die Baustelle übernommen, und nun sollte das erste Hochhaus bald fertiggestellt werden. Paula hatte Gerüchte gehört, dass Hamburger sich dort um eine Wohnung bewerben konnten. »Was nützt mir eine Aussicht aus dem zehnten Stock, wenn ich nur auf Ruinen und Zerstörung heruntersehe?«, hatte Wilhelmine gefragt. Paula hätte es schon gereizt, in einer modernen Wohnung zu leben, aber ihr Interesse lag anderswo. Zu den Hochhäusern sollten auch Geschäfte, Arztpraxen und Büros gehören. Wo so viel gebaut wurde, gab es vielleicht irgendeine Arbeit für sie. Deshalb ging sie in regelmäßigen Abständen dort vorbei, um zu sehen, ob womöglich an irgendeiner Tür schon ein Zettel hing, auf dem eine Mitarbeiterin gesucht wurde. Sie las natürlich auch regelmäßig die Anzeigen im *Abendblatt* und im *Echo*, aber manchmal war es besser, vor Ort zu sein.

Paula war kaum ein paar Schritte gelaufen, da war sie schon durchgefroren. Dieses Wetter war wirklich scheußlich. Ein paar Hundert Meter weiter hatte Eier-Lienchen ihren Stand. Jeder im Viertel kannte die rüstige Frau, die ihr Geschäft in einem notdürftig gezimmerten Verschlag hatte, von denen sich mehrere auf dem Bürgersteig aneinanderreihten. Die Materialien waren aus den meterhohen Trümmerhaufen zusammengesucht, die sich hinter den Buden erhoben. Rechts neben Eier-Lienchen war ein Kiosk für Zeitschriften; links logierte Madame Tosca, die ihren Kunden hinter einem Vorhang aus einer Wolldecke aus der Hand las. Sie machte ihr Geschäft mit den vielen Vermissten, weil sie den Angehörigen wahrsagte, dass sie bald wiederkommen würden. »Ich tue den Leuten doch nichts«, sagte sie immer. »Von mir kriegen sie ein bisschen Hoffnung, dass sie ihre Lieben noch mal wiedersehen. Was ist daran falsch?« Ja, was eigentlich, dachte Paula. Heute war Madame Tosca, die eigentlich Ingrid Meyer hieß, allerdings noch nicht da.

»Die ist krank. Hörte sich gestern gar nicht gut an. Aber bei dem Wetter und dem wenigen Essen ist das ja kein Wunder.« Auch Helga Lien fror entsetzlich, das sah man. Wahrscheinlich stand sie schon seit ein paar Stunden hier in der feuchten Kälte. Obwohl ihr kleiner Laden sogar ein Dach aus Pappe hatte. Aber sie hatte die dicken Wolldecken, anstatt sich selbst darin einzuwickeln, über die Eierpappen gelegt, damit ihr die Ware nicht gefror und platzte.

»Ich habe heute Knickeier«, sagte Helga Lien mit blau gefrorenen Lippen zu Paula, »bei dieser Kälte kein Wunder.« Dabei stapfte sie von einem Fuß auf den anderen, um sich warm zu halten.

»Ich nehme zehn. Wer weiß, ob es noch welche gibt, wenn ich nach Hause komme.« Paula reichte das Geld über den Ladentisch, der aus einem einfachen Brett bestand, verstaute die Eier sorgfältig in ihrer Tasche und ging gedankenverloren weiter.

Wie sie diese ständigen Provisorien satthatte. Dabei bewunderte sie Eier-Lienchen und die vielen anderen Frauen, die sich aus dem Nichts eine wacklige Existenz aufbauten und mit einer schlichten Idee und jeder Menge Tatkraft ihre Familien durchbrachten. Auch der Mann von Helga Lien wurde vermisst, und sie hatte zwei Kinder im Grundschulalter zu versorgen. Wilhelmine hatte ihr erzählt, dass Helga

Lien beantragt hatte, ihren Mann für tot erklären zu lassen, damit sie ihr Erbteil antreten konnte, das ihre Schwiegermutter ihr streitig machte. Mit dem Geld wollte Helga einen richtigen Laden aufmachen.

Paula wünschte der Eierfrau, dass sie ihren Plan verwirklichen konnte, denn das, was Helga Lien wollte, war genau das, wovon auch sie selbst träumte: mehr vom Leben zu haben. Wenn man sie gefragt hätte, was das denn sei, hätte sie nicht lange überlegen müssen: einen Beruf, der sie ausfüllte und ihr ein Auskommen bescherte, ein Zimmer für sich allein, in dem sie tun und lassen konnte, was sie wollte, warme Kleidung, die zumindest einen Hauch von Eleganz haben durfte, genug zu essen und ab und zu ein kleines Vergnügen: einen Kinobesuch, einen Spaziergang, einen Glühwein auf der zugefrorenen Alster und im Sommer einen Segeltörn oder einen Besuch in Hagenbecks Tierpark.

Paula kam an der Haltestelle der Straßenbahn in Richtung Innenstadt vorbei. Dort standen die Menschen in dichten Trauben und warteten auf die nächste Bahn. Eine junge Frau, die zwei Mäntel übereinandertrug, schob einen Kinderwagen, in dem zwei süße Kinder von vielleicht zwei Jahren lagen.

»Zwillinge?«, fragte Paula.

Die Frau nickte.

Sobald die Bahn sich von Norden her näherte, begann das Schieben und Schubsen um die besten Plätze, und als sie hielt, drängten sich die Menschen an den Türen. Doch die Waggons waren derart brechend voll, dass es für die Frau mit dem Kinderwagen aussichtslos war, hineinzukommen. Die anderen Leute stürzten sich auf die Türen und drängelten sich hinein.

»Das ist schon die dritte Bahn, die ohne mich abfährt«, sagte die junge Frau. »Jetzt reicht es. Ich muss mit den Kleinen zum Arzt.«

Bei einem weiteren Blick in den Kinderwagen sah Paula, dass eines der Kinder fiebrig wirkte und glasige Augen hatte. Es wimmerte leise vor sich hin.

»Und zahlen tun die Briten auch nicht«, schimpfte ein anderer Fahrgast, der auch nicht mehr hineinpasste.

Die Frau schob den Wagen zu einem Abteil weiter vorn, das bis auf eine Handvoll Männer vollkommen leer war.

»Ich helfe Ihnen«, rief Paula, die ahnte, was sie vorhatte, und packte den Kinderwagen, um ihn in die Bahn zu hieven.

»*No Germans!*«, kam eine barsche Stimme von innen. »*Get the hell out of here!*«

Ein britischer Soldat stellte sich drohend an die Tür und gab dem Kinderwagen, der schon mit den Vorderreifen in der Bahn war, einen Stoß. Der Wagen kippte gefährlich zur Seite, die Frau stieß einen Schrei aus, weil er kopfüber aus der Bahn zu fallen drohte.

Paula zögerte. Es war nie gut, sich mit den Besatzern anzulegen. Man war schneller im Gefängnis, als man bis drei zählen konnte. Aber hier konnte und wollte sie nicht tatenlos zusehen, also griff sie gemeinsam mit der Frau nach dem Wagen und richtete ihn wieder auf. Er stand immer noch halb in der Bahn, halb draußen.

Wütend herrschte sie den Soldaten an: »Was machen Sie denn da? Wollen Sie diese Kinder verletzen? Die können doch nun wirklich nichts für Hitler. Sehen Sie nicht, dass sie krank sind? Bringt man Ihnen das in England bei, sich so gegenüber Frauen und Kindern zu verhalten?« Ohne es zu merken, hatte sie Englisch gesprochen. Der Soldat sah sie mit offenem Mund an, dann wurde er dunkelrot vor Zorn und griff mit der Hand an seine Pistolentasche.

Paula sah sich um, alle anderen Fahrgäste waren zurückgewichen. Hiermit wollte keiner was zu tun haben. Sie bekam Angst, obwohl sie immer noch wütend war. Warum musste es so sein, dass die Briten mit zwei Männern einen ganzen Waggon besetzten und eine Mutter ihre Kinder nicht zum Arzt bringen konnte?

»Wer muss hier zum Arzt?«, mischte sich plötzlich ein anderer Soldat ein, der hinter dem ersten auftauchte. Er trug eine Offiziersuniform, und Paula registrierte sein gepflegtes Aussehen. Seine Schulterklappen sagten ihr, dass er Major war.

Habe ich den Bogen womöglich überspannt?, dachte Paula. In diesem Moment fing die junge Mutter neben ihr an zu weinen. Paula straffte sich und sagte in fast akzentfreiem Englisch: »Diese junge Frau hier muss mit ihren kranken Kindern zum Arzt. Aber alle Straßenbahnen sind voll.« Sie atmete schwer, dann fügte sie etwas leiser hinzu: »Können Sie nicht eine Ausnahme machen?«

Der Offizier sah sie nachdenklich an, dann lächelte er.

Inzwischen war der Schaffner zu ihnen gekommen. »Ich muss weiterfahren. Was ist denn hier los? Deutsche haben keinen Zutritt zu den reservierten Waggons für Briten. Das wissen Sie doch.«

»Private Harris, helfen Sie der Dame mit dem Kinderwagen. Wir Engländer sind schließlich Gentlemen. Wohin wollen Sie?«, wandte er sich an die junge Mutter. Er sprach Deutsch mit einem merkwürdigen Akzent, hatte jedoch offensichtlich keine Mühe, die Wörter zu finden.

»Stephansplatz«, brachte die hervor.

»Aber ...«, sagte der Schaffner. Der Offizier beachtete ihn nicht.

»Okay. Private Harris, Sie fahren mit und sorgen dafür, dass sie heil dort ankommt, und helfen ihr mit dem Kinderwagen. Das ist ein Befehl.«

Der Soldat schaute zwar mürrisch, musste aber dem Befehl seines Vorgesetzten gehorchen und bugsierte den Kinderwagen in die Straßenbahn.

Die Frau mit dem Kinderwagen hob schüchtern die Hand, um sich bei Paula zu bedanken.

Der Offizier stieg aus und trat neben Paula, woraufhin die Bahn abfuhr. Die Reisenden, die keinen Platz ergattert hatten, warteten auf die nächste Bahn und starrten zu ihnen herüber.

Das war's, dachte sie. Jetzt verhaftet er mich. Er kann nicht zulassen, dass jemand vor aller Augen die Autorität der Besatzer untergräbt. Fahrten in den für Tommys reservierten Waggons waren verboten, daran war nicht zu rütteln. Meine Güte, was würde mit den Eiern passieren, die sie in der Tasche hatte? Womöglich würden sie kaputtgehen? Ihre Mutter würde zornig werden.

»Warum sprechen Sie so gut Englisch?«, fragte er.

Paula gab keine Antwort. Sie war auf der Hut. Warum wollte er das wissen?

»Hat es Ihnen die Sprache verschlagen?« Er lächelte, während er das fragte.

Paula schüttelte sich. Sie starrte fasziniert in das Gesicht des Majors. Er hatte Augen von einem strahlenden Blau, das in dem trüben Wetter fast unwirklich leuchtete. Kornblumenblau. Seine Lässigkeit nahm Paula beinahe den Atem, während sie selbst um jede Kleinigkeit kämpfen musste, um Essen, um Kohle für den Ofen, um Kleidung. Was sie in diesen Augen sah, fand sie ungeheuer anziehend, gleichzeitig berührte es schmerzhaft ihr Herz. Wie lange war es her gewesen, dass sie selbst derart unbekümmert, frei von allen Sorgen gelacht hatte? Würden diese Zeiten jemals wiederkommen?

Er hat Konrads Augen, dachte sie verwundert. Für einen Moment verlor sie sich in der Erinnerung an den geliebten Mann, den der Krieg ihr genommen hatte. »Was?«, fragte sie dann, als sie sich wieder im Griff hatte.

»Wo waren Sie gerade mit Ihren Gedanken?«

Sie sagte das Erste, was ihr in den Sinn kam. Nur jetzt nicht an Konrad denken. »In einem britischen Gefängnis.«

Er lachte auf. »Die sind zum Fürchten. Dunkel und voller Ratten. Und das Essen erst.«

»Das dachte ich mir. Obwohl das Essen wahrscheinlich im Vergleich zu dem, was wir bekommen, gut ist.«

»Und trotzdem haben Sie sich eben vor Ihre Freundin gestellt.«

»Ich kenne die Frau nicht. Und ich finde, wir Deutschen haben lange genug zugesehen, wie unseren Nachbarn unrecht getan wurde.« Trotzig hielt sie inne.

»Umso beeindruckender.« Er sah sie an, und sie bemerkte die Sommersprossen um seine Nase herum, die man aber nur sah, wenn man ihm ziemlich nahe war. Ansonsten fielen eher das dunkle Haar auf, das für einen Offizier fast ein bisschen zu lang war, und der fein geschnittene Mund. Die Uniform stand ihm gut.

»Verhaften Sie mich nun oder nicht?«, fragte sie.

»Ich hatte Sie gefragt, woher Sie so gut Englisch sprechen.«

Hatte er das tatsächlich? Warum interessierte ihn das?

»Warum wollen Sie das wissen?«

»Bekomme ich nun eine Antwort?« Er sah sie auf eine Weise an, von der sie nicht sagen konnte, ob er verärgert oder amüsiert war. Sie war zu sehr von seinen ungewöhnlichen Augen gefangen. Plötzlich wurde sie sich ihres fadenscheinigen Mantels bewusst. Und unter ihrem Rock guckten dicke Wollstrümpfe heraus, der rechte war am Knie geflickt.

Paula stellte einen Fuß vor den anderen, um wenigstens den heilen Strumpf zu zeigen, selbst wenn der nicht weniger plump wirkte.

»Ich habe es in der Schule gelernt.«

»Sie sprechen fließend. Das muss eine gute Schule gewesen sein.«

Paula wurde es unbehaglich. Warum hatte sie sich vorhin nur hinreißen lassen? Jetzt hatte sie sich in Schwierigkeiten gebracht. Obwohl der Offizier letztlich nicht besonders grimmig aussah. Irgendwie glaubte sie nicht, dass er sie verhaften wollte. Aber sie konnte ihm ja schlecht erzählen, dass sie Englisch während des Krieges gelernt hatte, weil viele der Zeichnungen, mit denen sie bei Baumann & Sohn zu tun gehabt hatte, aus Amerika stammten. Ein Amerikaner, der mit Hitler sympathisierte, brachte sie regelmäßig vorbei. Erst mit dem Kriegseintritt Amerikas war damit Schluss gewesen.

»Ich habe heimlich *BBC* gehört«, sagte sie stattdessen. Das würde er ihr wahrscheinlich nicht glauben. Nach dem Krieg behaupteten doch alle Deutschen, Widerstandskämpfer gewesen zu sein.

Er runzelte die Stirn. »Wohnen Sie hier?«, fragte er dann.

Paula zeigte die Straße hinauf. »Nummer fünfundvierzig.« Verflixt, warum hatte sie das gesagt? Sie hätte doch eine falsche Adresse angeben können.

»Und wie heißen Sie?«

»Rolle. Paula.«

»Frau Rolle ...«

»Ich bin nicht verheiratet.«

Er nickte. »Gut, Fräulein Rolle. Einen schönen Tag noch.«

»Sie verhaften mich nicht?«

Nun sah er sie auf eine Art an, die ihr unbehaglich war. Er schien zu überlegen, ob er noch etwas sagen sollte. Dann tippte er sich zum Abschied mit zwei Fingern an die Mütze.

Gerade noch einmal gut gegangen, dachte Paula erleichtert, während sie rasch die Straße hinunterlief.

Felix Robinson folgte ihr nachdenklich mit den Augen. Was für eine mutige Frau, dachte er. Sich einfach mit einem Offizier der Besatzungsmacht anzulegen. Und dabei ging es noch nicht einmal um sie selbst. Hübsch war sie auch, mit ein paar Pfund mehr auf den Rippen und ein paar Sorgen weniger wäre sie eine Schönheit. Und vor allem müsste sie schönere Kleider tragen. Allein diese Strümpfe! Er seufzte. Sie war halb verhungert und völlig verfroren, und dennoch machte sie Eindruck auf ihn. Dann verdüsterte sich sein Blick. Sicher, heute war sie einer anderen Frau beigesprungen. Aber was hatte sie in den Jahren zwischen 1933 und 1945 getan? War sie eine glühende Hitler-Verehrerin gewesen? Bestimmt im BDM, vielleicht sogar Parteigenossin. Ob sie sich damals auch für ihre jüdischen Nachbarn eingesetzt hatte? Oder war sie froh gewesen, dass sie weg waren, weil sie so an eine schönere Wohnung oder zumindest an Möbel und Hausrat gekommen war? Vielleicht sah sie auch deshalb ein wenig abgerissen aus, weil die Schuld an ihr nagte?

Er schüttelte sich. Er war ungerecht. Nicht alle Deutschen waren Täter gewesen. Aber wie sollte er wissen, wer damals seine Menschlichkeit bewahrt hatte und wer nicht? Er warf noch einen letzten Blick auf diese Deutsche, die ihm gerade so etwas wie Respekt abgenötigt hatte. Dann wandte er sich abrupt ab.

Eigentlich hatte er an diesem Morgen an seinem ehemaligen Elternhaus vorbeigehen wollen. Er wusste nicht, was davon noch übrig war. Heute hatte er plötzlich das Bedürfnis verspürt nachzusehen. Aber die Begegnung mit dieser jungen Frau hatte ihn verunsichert und aufgewühlt. Er wollte nichts mehr mit Deutschen zu tun haben. Da mochte diese Paula Rolle noch so anziehend sein.

Er machte auf dem Absatz kehrt. Er würde in sein Büro zurückfahren. Dort wartete genügend Arbeit auf ihn.

Kapitel 3

Paula war inzwischen am U-Bahnhof Hoheluft angekommen. Von hier aus konnte sie die Baustelle der Grindelhäuser schon sehen. Doch anstatt geradeaus weiterzugehen, wie sie es eigentlich vorgehabt hatte, bog sie am Isebekkanal nach rechts ab und folgte der schmalen Grünfläche neben dem Wasserlauf. Sie war schnell gegangen, weil ihr die Auseinandersetzung mit den Briten noch in den Knochen steckte. Jetzt war ihr warm, und sie lockerte den selbst gestrickten Schal. Ein flacher Kahn glitt fast lautlos vorüber. Paula sah die Kohlehaufen, die er vom Hafen über die Alster nach Barmbek ins Gaswerk brachte, und ging automatisch die Möglichkeiten durch, wie sie ein paar davon stehlen könnte. Solche Denkweisen waren in den Jahren nach dem Krieg ganz selbstverständlich geworden. Unwillig schüttelte sie den Kopf. Die Stille unter den Bäumen, die hier noch standen, weil sie weder den Bomben noch den Brennholzbeschaffungsaktionen der Hamburger zum Opfer gefallen waren, half ihr beim Nachdenken. Die Sonne zeigte sich zwischen den Wolken und ließ die nassen Blätter, die noch an den Bäumen hingen, golden glänzen. Paula blieb stehen, um sich an dem Anblick zu erfreuen, und musste die Augen gegen das gleißende Licht zusammenkneifen.

Die Begegnung mit dem Engländer machte sie unruhig. Sie wusste nicht einmal seinen Namen, weil er sich nicht vorgestellt hatte. Aber er hatte nach ihrer Adresse gefragt. Was wollte er von ihr? Warum hatte sie ihm ihren richtigen Namen und die Adresse gesagt? Weil er nach ihrem Ausweis hätte fragen können, und dann hätte er es ohnehin gewusst, sagte sie sich dann. Je länger sie darüber nachdachte, desto mehr kam sie zu dem Ergebnis, dass die Sache vielleicht gar nichts zu bedeuten hatte. Warum sollte ein britischer Offizier mit den schönsten Augen der Welt sich ausgerechnet für eine Frau in geflickten Strümpfen, die noch dazu mager wie eine Bergziege war, interessieren?

Sie erreichte die Osterstraße, die an dieser Stelle den Kanal querte. Hier herrschte wieder mehr Verkehr. Plötzlich hielt neben ihr mit quietschenden Reifen ein britischer Jeep. Ein paar Soldaten sprangen herunter. Ein Schreck durchfuhr Paula. Würde man sie jetzt abführen? Aber dann dachte sie, dass das unmöglich war. Woher sollte der Major wissen, dass sie hier war? Und die Tommys machten auch gar keine Anstalten, sondern lehnten lässig an dem Wagen. Sie zündeten sich Zigaretten an. Sofort näherten sich zwei Jungen, die darauf warteten, dass sie ihre Kippen wegwarfen. Die Briten lachten über sie, aber auf gutmütige Art, und einer von ihnen, ein freundlich wirkender Mann mit abstehenden Ohren und roten Haaren, holte eine volle Schachtel aus der Tasche und hielt sie den Jungen hin. Die konnten ihr Glück kaum fassen und nahmen jeder eine der Chesterfields und klemmten sie sich hinter die Ohren. Trotzdem bückten sie sich blitzschnell, als die Männer ihre Kippen wegwarfen. Sie führten die noch glimmenden Zigaretten an den Mund und rauchten mit großen Gesten.

Paula war stehen geblieben, ohne es zu bemerken. Was für eine Szene, dachte sie. Sie sagt so viel aus über unsere Stadt. Natürlich sind die Briten hier die Herren, aber immerhin gilt das Fraternisierungsverbot nicht mehr. Engländer und Deutsche redeten miteinander. Die beiden Jungen verabschiedeten sich mit einem breiten »See you later!« und nahmen auch die Kippen mit, um den Tabak aus dem Papier zu pulen und neue Zigaretten daraus zu drehen.

Sie blickte ihnen nach und bemerkte, dass die Engländer zu ihr herübersahen. »Fräulein!«, riefen sie in einem merkwürdigen Akzent, bei dem das R klang, als hätten sie einen Schuh im Mund, und winkten ihr zu.

Paula machte, dass sie davonkam. Eine Begegnung mit der Besatzungsmacht am Tag reichte ihr völlig. Auf der gegenüberliegenden Straßenseite fiel ihr über einem Schaufenster die Leuchtreklame in geschwungener Schreibschrift ins Auge. *Modehaus Woller* leuchtete es in Rot und Grün zu ihr herüber. Sie wurde neugierig. Das Geschäft hatte neu eröffnet, letzte Woche war es noch nicht da gewesen. Und es war ein Geschäft nach Paulas Geschmack, ganz das Gegenteil von den Verkaufsbaracken an der Hoheluftchaussee. Sie ging hin und starrte fasziniert auf die Auslagen. Die hatten sogar Schaufensterpuppen. Und eine von ihnen trug einen blau-rot karierten Wollrock mit einem breiten Bündchen und einer tiefen Kellerfalte. Paulas Herz füllte sich mit Sehnsucht. Endlich mal eine andere Farbe als das ewige Grau und Braun. Und warm sah er aus. Paula ahnte, wie schön er bei jedem Schritt schwingen würde. Sie entdeckte ihr eigenes Spiegelbild in der Fensterscheibe, das sich mit der Schaufensterpuppe deckte. Meine Güte, wie abgerissen sie aussah. Der verschossene Mantel. Am schlimmsten aber waren die Wollstrümpfe, die zu allem Überfluss auch noch ständig bis auf die Knöchel herunterrutschten. Sie sah aus wie ein Schulmädchen, weil sie sich die Strümpfe hochziehen musste. Oder wie eine Vogelscheuche. Wenn sie wenigstens einen schönen Schal besitzen würde, um dem Mantel ein wenig Pep zu geben.

Ohne dass sie es wollte, kam ihr der englische Major wieder in den Sinn. Was musste er von ihr denken? Unwillkürlich fragte sie sich, wie er wohl gucken würde, wenn er sie in diesem Rock sähe, der ihre Figur betonte und sie als schöne, gepflegte Frau zeigte. Mit Bitterkeit stellte sie fest, dass ihr dazu schon lange die Mittel fehlten. Sie hatte einfach keine Kraft, sich schön zu kleiden. Und Geld sowieso nicht.

Ihr Blick fiel wieder auf den Rock. Und wenn sie ihn einfach mal anprobierte? Nur um sich für ein paar Minuten schön zu fühlen? Kurz entschlossen betrat sie das Geschäft.

Eine Türglocke bimmelte leise. Paula sah sich in dem vornehmen Laden um. Es gab Regale aus glänzendem Holz bis zur Decke, darin lagen exakt aufeinandergeschichtete Stoffballen. War das da oben etwa original englischer Tweed? Der Besitzer des Geschäfts musste nicht nur Glück gehabt haben, weil sein Laden nicht ausgebombt oder verbrannt war und er echte Schaufensterpuppen hatte, sondern er musste auch über ausgezeichnete Beziehungen nach England oder zur britischen Besatzungsmacht verfügen, um an solche Schätze zu kommen.

Paula strich mit der Hand über die Ärmel ihres verschossenen Mantels, der kratzte und sie völlig unförmig aussehen ließ, und machte ein paar Schritte auf dem Holzfußboden. Sie sah dunkle Schurwolle mit feinen eingewebten Streifen, leuchtende Seide mit Blumendrucken, gestreifte Baumwolle. Mit geübtem Griff nahm in diesem Augenblick eine Verkäuferin einen der Ballen aus dem Regal. Mit einem leisen Plopp schlossen die oberen Stoffe die entstandene Lücke und lagen genauso akkurat wie vorher übereinander.

Paula sah fasziniert zu. Dann schnupperte sie. Wie gut es hier roch. Nach Sauberkeit, ja, Reinheit und nach Eleganz. Nicht nach Kohlenstaub und Kohlsuppe wie überall sonst in der Stadt.

Sie näherte sich einem großen Tisch in der Mitte des Verkaufsraumes, auf dem weitere Stoffballen lagen. Im Vorübergehen fühlte sie die verschiedenen Qualitäten. Wenn sie ihre Fingerspitzen in die eine Richtung über den Stoff streichen ließ, fasste er sich kühl und glatt an. Fuhr sie gegen den Strich darüber, wurde er ein wenig ruppig und kitzelte. Ohne hinzusehen, wusste sie, dass es sich um einen schweren, langfädigen Samtstoff handelte. Ihre Finger blieben an einem anderen Material hängen. Es war dicke Boucléwolle, die in langen Schlingen verarbeitet war. Aber der dunkelblaue Samt fühlte sich schöner an, und ihre Finger wanderten dorthin zurück. Aus diesem herrlichen Stoff würde sie einen Mantel nähen, an der Taille zusammengenommen, das Oberteil eng anliegend und dann nach unten hin weiter werdend. Sie würde einen großen Schalkragen ansetzen, den man je nach Bedarf offen lassen oder am Hals mit einem Knopf schließen könnte. Und welche Knöpfe würde sie nehmen? Sie sah sich um, denn in diesem Geschäft gab es bestimmt auch die notwendigen Accessoires. Sie fand das Regal mit den winzigen Schubladen, auf deren Vorderseiten die Knöpfe befestigt waren, die sich darin befanden. Es mussten Hunderte sein, von kleinen stoffbezogenen Wäscheknöpfen bis zu dicken Lederknöpfen.

Wieder fuhren ihre Finger zärtlich über den kühlen Stoff. Wie lange hatte sie nicht mehr so etwas Schönes berührt? Sie sah sich schon in dem Mantel über den Jungfernstieg flanieren. Noch einmal strichen ihre Finger darüber. Paula konnte mit den Fingern sehen. Das war schon so gewesen, als sie noch ein kleines Kind gewesen war. Alles musste sie berühren, musste die Beschaffenheit von Oberflächen, besonders aber von Stoffen erspüren.

»Kann ich Ihnen helfen?«, fragte die Verkäuferin freundlich.

Paula erwachte aus ihrem Traum.

»Das ist ein besonders schöner Stoff. Wir beziehen ihn aus London …«

»Aus London«, sagte Paula ehrfürchtig. Die Stadt war für sie ungefähr so weit entfernt wie der Mond.

»Herr Woller hat Verbindungen dorthin.«

Als würde das alles erklären. Aber im Grunde tat es das ja auch, denn in diesen Zeiten halfen eben nur besondere Beziehungen, um schöne Dinge zu beschaffen. Oder auch nützliche Dinge. Oder lebensnotwendige. In diesen Jahren fehlte es einfach an allem, das hatte sich seit dem Krieg nicht groß geändert.

»Sie arbeiten hier in einem Paradies, wissen Sie das«, sagte Paula mit einem tiefen Seufzer.

Die junge Verkäuferin nickte. »Was darf ich Ihnen zeigen?«

Paula wies in Richtung des Schaufensters: »Den Rock mit der Kellerfalte.«

»Kommt sofort.«

Als Paula den Rock überstreifte, fühlte sie sich wie eine andere Frau. Allein das Gefühl, in der mit Stoff bespannten Umkleidekabine zu stehen und sich selbst in dem großen Spiegel zu sehen. Wie lange war es her, dass sie ein neues Kleidungsstück anprobiert hatte? Wie lange hatte sie ohne das kleinste bisschen Luxus gelebt? Der Rock saß wie für sie gemacht und schmiegte sich weich und warm um ihre Beine. Sie zog die hässlichen Strümpfe aus und fühlte sich noch schöner. Sie drehte sich zur Seite, um ihre Silhouette zu überprüfen, steckte die Hände in die tiefen Taschen des Rocks und schob dabei die Hüfte nach vorn. Ihr gefiel, was sie sah. Sie drehte sich übermütig zurück, und der Rock schwang um ihre Beine und ließ die Knie sehen. In diesem Moment sah sie aus wie die Frau, deren Leben sie so gern gelebt hätte.

»Zeigen Sie doch mal«, rief die Verkäuferin von draußen.

Paula zog den Vorhang zurück und betrat den Verkaufsraum. Wieder hatte sie beim Gehen das Gefühl, dass der Rock ihre Beine umschmeichelte.

»Sie sehen ganz anders aus«, sagte die Verkäuferin.

»Das habe ich auch gerade festgestellt. Jetzt fehlen nur noch ein Paar Nylons.«

Die Verkäuferin seufzte. »Wenn es die doch nur bald wieder gäbe.«

»Was kostet der Rock?«

»Zwölf Mark.«

Ein stolzer Preis. Natürlich war das zu viel. So viel Geld hatte sie nicht. Paula warf einen letzten Blick in den Spiegel, bevor sie den Rock mit Bedauern wieder auszog und ihn der Verkäuferin reichte.

»Den kann ich mir nicht leisten. Aber ich werde versuchen, das Geld zusammenzukratzen. Dann komme ich wieder.«

Die Verkäuferin nickte. »Das verstehe ich. Wir haben doch alle kein Geld. Aber gute Kleidung ist eine Investition in die Zukunft. Kommen Sie bald wieder, meine Liebe.«

Bevor sie das Geschäft verließ, strich Paula im Vorübergehen noch ein letztes Mal über den Samtstoff. Als sie draußen auf der Straße stand, wäre sie beinahe vor Freude gehüpft. Schon lange hatte sie sich nicht mehr so leicht gefühlt. Schon lange hatte sie sich nicht mehr so auf etwas gefreut.

Auf dem Rückweg nahm sie den Eppendorfer Weg. Auch diese Gegend war zurzeit im Wandel. Immer mehr Geschäfte und Handwerksbetriebe öffneten. Man merkte, dass das neue Geld das Wirtschaftsleben in Gang brachte. Auf den breiten Fußwegen standen Litfaßsäulen, die für Waren und Dienstleistungen warben; zahllose Menschen waren auf der Straße. Hausfrauen, die Einkäufe machten, Handwerker, die an der Instandsetzung der zerstörten Häuser arbeiteten.

Wie in der Hoheluftchaussee standen auch hier meistens drei- oder viergeschossige Häuser mit einem eingeschossigen Vorbau, in dem Geschäfte oder Büros ihren Sitz hatten. Ein Tor führte in den Hinterhof, wo weitere Gewerke ansässig waren. Vor einem dieser Häuser, dessen Fassade völlig unbeschädigt war, hatte jemand ein Schild aufgestellt: *Vertrauenswürdige Person mit Englischkenntnissen und technischem Verständnis ab sofort gesucht. Gute Bezahlung. Interessenten melden sich bitte im 1. Stock bei Röbcke.* Wie angewurzelt blieb Paula stehen. Die Anzeige war doch wie für sie gemacht! Sie sprach Englisch, hatte Erfahrungen im technischen Zeichnen, und wenn sie etwas brauchen konnte, war es eine gute Bezahlung.

Sie sah an sich hinunter und zog ihre Strümpfe hoch, um die geflickte Stelle am Knie unter dem Mantel zu verbergen. Dann holte sie tief Luft und betrat das Haus.

Kapitel 4

Auch im Inneren war das Gebäude unbeschädigt. Paula betrat das große Treppenhaus mit dem rötlichen Terrazzoboden. An der rechten Wand befand sich ein großer Spiegel, der beinahe die ganze Wand einnahm. Paula sah sich darin und fragte sich, was für ein Wunder dafür verantwortlich war, dass dieser Spiegel den Krieg überstanden hatte. Das Gegenstück auf der linken Seite des Flurs fehlte, dort waren nur noch Teile des Rahmens übrig. Doch in der linken oberen Ecke hing noch ein Splitter des Spiegelglases, etwa so groß wie ihre Hand. Paula sah sich um, zögerte – dann streckte sie sich und zog die Spiegelscherbe aus dem Rahmen. Hier brauchte sie niemand, es gab ja den intakten Spiegel gegenüber. Sie nahm niemandem etwas weg. Aber zu Hause hatten sie keinen Spiegel, in einem Haushalt mit vier Frauen! Sie wickelte die Scherbe in ein Taschentuch und ließ sie in ihrer Einkaufstasche verschwinden. Dann ging sie weiter.

Was für eine Firma mochte dieser Röbcke haben, fragte sie sich, während sie langsam die breite Treppe hinaufstieg.

An der zweiflügeligen Tür hing ein Schild: *Feine Strumpfwaren. Inh. Wilhelm Röbcke.*

Paula schüttelte ungläubig den Kopf. Das gab's doch nicht.

Sie sah zum wiederholten Mal an diesem Tag auf ihre Wollstrümpfe hinunter. Eine Empfehlung für den Job waren die nicht gerade. Oder gerade wegen ihrer Schäbigkeit? Egal, sie konnte es ohnehin nicht ändern. Sie klopfte.

Ein Mann öffnete. Er war groß und massig, sah jedoch nicht unsympathisch aus. Paula schätzte ihn auf um die fünfzig. »Sie wünschen?«, fragte er.

»Mein Name ist Paula Rolle. Sind Sie Herr Röbcke? Ich habe Ihre Anzeige unten auf der Straße gesehen.«

Er sah sie verdutzt an. »Sie sind eine Frau.«

Paula wusste nicht, ob sie lachen oder sich auf dem Absatz umdrehen sollte. Aber sie beschloss, nicht gleich aufzugeben. Mit einem zuversichtlichen Lächeln sagte sie: »Ist das ein Problem? Ich bin nicht verheiratet, ich spreche Englisch und bin technische Zeichnerin mit Diplom. Und ich bin sehr vertrauenswürdig.« Sie hätte ihm auch sagen können, dass sie alle während des Krieges Männerarbeiten verrichtet hatten, weil die Männer nicht da gewesen waren. Die Frauen hatten Kräne und Maschinen bedient, sie hatten Panzer zusammengebaut und abends kleine Reparaturen im Haus erledigt. Und dabei hatten sie verwundert festgestellt, dass die angeblich so wichtigen, ach so komplizierten Arbeiten der Männer alles andere als Zauberei waren. Paula und ihre Schwestern hatten gelernt, ein Fahrrad zu flicken und ein Huhn zu schlachten. Sie hatten einen tropfenden Wasserhahn repariert und sich mit den Behörden herumgeschlagen. Und neben alldem hatten sie ihre weiblichen Seiten nicht vergessen. Voller Gefühl waren sie liebende Frauen geblieben, die ihre Männer unterstützten und die Kinder aufzogen.

Aber all das sagte sie ihrem Gegenüber nicht. Die Männer mochten es nicht, wenn man ihnen zu verstehen gab, dass man sie nicht brauchte.

Sie versuchte, den Mann einzuschätzen: ein markiges Kinn, das bereits den Ansatz eines Doppelkinns zeigte, Falten auf der Stirn, das zeugte von Ungeduld und vielleicht Jähzorn, die ganze Haltung wies auf einen ungeheuer unter Spannung stehenden Mann. Der will unbedingt etwas bewegen, dachte sie. Aber er hatte auch etwas Joviales und Gemütliches. Jetzt hob er die Augenbrauen und sah sie zweifelnd an.

»Und ich brauche Geld«, fügte sie hinzu.

Ihre Direktheit schien den Ausschlag zu geben. Er legte den Kopf zurück und begann zu lachen. Dann streckte er ihr die Hand hin. »Ich heiße Wilhelm Röbcke. Na gut, Fräulein Rolle, dann kommen Sie mal rein.« Er ging voraus in ein Büro, in dem außer einem Schreibtisch und einem hochlehnigen Stuhl keine Möbel standen. Auf dem Schreibtisch stapelten sich Papiere in einem wilden Durcheinander, und auch die beiden Fensterbänke waren mit Papieren, Zeichnungen und Zeitungen übersät.

»Oh«, sagte sie.

»Hier müsste mal jemand aufräumen«, sagte er.

»Dafür muss man aber kein Englisch können.« Ein Blick auf die Papiere hatte ihr gezeigt, dass alles auf Deutsch war. »Oder muss das alles übersetzt werden?«

»Vielleicht.«

Der Mann setzte sich. Paula blieb vor dem Schreibtisch stehen.

»O Verzeihung«, rief er und sprang auf. »Ich hole einen Stuhl.« Er ging in den Nebenraum und kam kurz darauf mit einem einfachen Küchenstuhl zurück, klopfte auf die Sitzfläche und schob ihn ihr hin.

»Danke«, sagte sie. Sie fand seine Geste sympathisch, das machte ihr Mut. »Sie produzieren Nylonstrümpfe?«, fragte sie.

Er verzog das Gesicht und schnaubte. »Würde ich gern. Habe ich vor dem Krieg gemacht. Ich hatte eine große Fertigung in Auerbach in Sachsen – jetzt fest in Stalins Hand.«

»Kennt man Ihre Strümpfe?«

Er sah sie missbilligend an. »Sie werden doch von meinen Alba-Strümpfen gehört haben.«

Paula pfiff durch die Zähne. »Das sind Sie?«

Er war hochzufrieden, dass sie die Marke kannte.

»Und jetzt wollen Sie die hier bei uns in Hamburg herstellen?«

»Parkplätze für die Lieferwagen gibt es schon, unten im Hof.«

»Aber?«

»Aber ich habe keine Maschine.«

»Aber …«

»Es gibt keine Maschinen in Deutschland. Nur in der sowjetischen Zone und ein paar in Bayern. Da stand auch mein Unternehmen, im Erzgebirge. Aber die Russen haben meine Cotton-Maschinen einfach abtransportiert! Reparationen!« Auf seiner Stirn traten jetzt die Zornesfalten hervor, die Paula schon vorher erahnt hatte.

»Eines verstehe ich nicht: Cotton-Maschine, das hört sich nach Baumwolle an. Ich dachte, Sie produzieren Nylons?«

Wilhelm Röbcke zündete sich in aller Ruhe eine Zigarre an, bevor er erklärte: »Das denken die meisten. Aber William Cotton hieß der Mann, der die Strumpfwirkmaschinen 1868 erfunden hat. Dabei werden zehn oder mehr Strümpfe gleichzeitig flach, also ohne Naht, auf einer Maschine gestrickt, die werden dann hinterher zusammengenäht.«

»So etwas habe ich schon mal in der *Wochenschau* gesehen. Aber wenn ich Sie richtig verstehe, haben Sie keine Maschine. Wie wollen Sie dann Strümpfe produzieren? Ich glaube nicht, dass die Russen sie Ihnen zurückgeben werden.«

»Dann muss ich eben eine besorgen. Hätten wir nur nicht vor dem Krieg unsere alten Cottons nach Amerika verkauft.«

»Aber?«

Er rollte mit den Augen, jedoch nicht böse, eher amüsiert. »Können Sie auch einen Satz mit einem anderen Wort anfangen?«

Paula schluckte. Blitzschnell durchdachte sie, was sie in den vergangenen Minuten erfahren hatte. Wilhelm Röbcke wollte Strümpfe produzieren. Er könnte dafür sorgen, den Frauen eine der großen Sorgen ihres Alltags zu nehmen, nämlich, was sie unter ihren Röcken tragen sollten. Es war Zeit, den elenden Wollstrümpfen und all dem Flickwerk ein Ende zu machen. Allein diese Aussicht machte den Arbeitsplatz für Paula verlockend. Und mit echten Nylons könnte man in Deutschland ein Vermögen machen. Aber dafür brauchte Röbcke eine von diesen Maschinen. Wenn sie das richtig verstanden hatte, gab es in Amerika welche. Wollte er etwa drüben eine kaufen? Und brauchte deshalb jemanden, der Englisch sprach? Und wenn es so wäre, wie sollte die Maschine nach Hamburg kommen? Wie teuer und wie groß war so eine Maschine? Und dann müsste man sie hier zum Laufen bringen. Gab es in Amerika nicht andere Normen, andere Stromstärken und so weiter? Und die Maschine würde bestimmt für den Transport zerlegt und hier wieder zusammengesetzt werden müssen. Dazu bräuchte es technischen Sachverstand, Ingenieure und Maschinenbauer. Und wenn diese Maschine hier wäre und Nylons produzierte, wie kamen die dann in die Geschäfte? Oder wollte Röbcke sie hier direkt an die Kundinnen verkaufen? Und was war eigentlich mit dem Rohstoff? Aus irgendetwas mussten die Strümpfe ja gemacht werden.

»Was geht in Ihrem Kopf vor?«, unterbrach Wilhelm Röbcke ihre Gedanken.

»Ich habe mich nur gerade gefragt, was für Schritte nötig wären, bevor Sie hier Strümpfe herstellen können.« Sie erklärte ihm, was sie sich gerade überlegt hatte.

Er sah sie anerkennend an. »So weit war ich auch schon.« Er dachte nach. »Sie scheinen patent zu sein. Würden Sie sich zutrauen, mit den Amis über den Verkauf einer Maschine zu verhandeln? Sie haben gesagt, Sie sind technische Zeichnerin? Das ist ungewöhnlich für eine Frau. Wo haben Sie gearbeitet?«

Paula erzählte ihm von ihrer Arbeit bei Baumann & Sohn.

»Diese technischen Zeichnungen sind im Grunde nicht viel anders als das, was ich schon als junges Mädchen gemacht habe: Kleider und Kostüme auf Papier entworfen, die ich dann genäht habe. Eigentlich bin ich gelernte Schneiderin. Es kommt beim Zeichnen immer auf Genauigkeit und gute Vorstellungskraft an«, sagte sie und beobachtete dabei Röbckes Reaktion. Er hörte interessiert und wohlwollend zu. Offensichtlich traf sie den richtigen Ton. Und er schien nicht der Meinung zu sein, dass Frauen und Technik nicht zusammenpassten.

Seit dem Frühjahr 1940 waren bei Baumann & Sohn immer mehr geheime Besprechungen abgehalten worden, Offiziere der Wehrmacht kamen ständig vorbei, das Unternehmen war inzwischen als kriegswichtig eingestuft worden und bekam Aufträge der Marine. Paula brauchte nicht lange, um herauszufinden, dass die Antriebssysteme, die Baumann & Sohn jetzt herstellte, für U-Boote gedacht waren. Nach Kriegsbeginn kamen ein Dutzend schüchterner dunkelhaariger Männer. Es waren Italiener, die die deutschen Mitarbeiter ersetzen sollten. Fritz Baumann behandelte sie nicht gut, und Paula machte sich für sie stark und sorgte dafür, dass sie einigermaßen untergebracht wurden und zu essen bekamen. Im Frühjahr 1942 holte die Gestapo die Hechts aus dem dritten Stock ab, auch ihre Freundin Annemie, und Paula tat endlich etwas, was sie schon lange hatte tun wollen. Sie ging zu einem von Konrads ehemaligen Genossen und fragte ihn, was sie tun könne. In den folgenden Monaten fotografierte sie heimlich Unterlagen und gab die Filme weiter. Kurz bevor die Briten in Hamburg einmarschierten, jagte der Junior der Firma sich dann eine Kugel in den Kopf, und der Senior saß immer noch im ehemaligen Konzentrationslager Neuengamme ein, wohin die Briten Kriegsverbrecher brachten. Das Unternehmen Baumann & Sohn gab es nicht mehr. Aber das erzählte sie Röbcke natürlich nicht. Unwillig schüttelte sie den Gedanken ab. Sie dachte nicht mehr gern an diese Zeit. Damals war sie vielleicht mutig gewesen, aber sie hatte dennoch viel zu wenig getan, um das Unrecht aufzuhalten. Und Annemie und ihre Eltern waren nicht zurückgekommen.

»Nach dem Krieg habe ich Trümmer geräumt und so wenigstens Lebensmittelkarten mit Schwerarbeiterzulage bekommen. Seitdem fast alle Trümmer beseitigt sind, suche ich nach einer Stelle.«

»Und? Können Sie sich vorstellen, in der Strumpfbranche zu arbeiten? Wer Antriebssysteme versteht, der versteht auch eine Cotton-Maschine. Und von Mode haben Sie auch Ahnung. Eigentlich sind Sie perfekt.«

»Eigentlich?«

»Ich meine, obwohl Sie eine Frau sind Aber darauf habe ich noch nie Wert gelegt. Meine Margot war auch eine tüchtige Geschäftsfrau. Ohne sie hätte ich vieles in meinem Leben nicht geschafft.«

Paula stand auf und wies auf ihre Beine. »Ich bin tüchtig und vom Fach. Und ich würde alles für ein Paar Nylons tun.«

Er lachte wieder. Ihre direkte Art gefiel ihm, das merkte sie. Sie begann Hoffnung zu schöpfen.

»Können Sie mich brauchen?«, fragte sie vorsichtig.

Er lehnte sich zurück und strich sich über den Bauchansatz.

Es musste gut sein, für einen Mann zu arbeiten, der es fertigbrachte, sich in diesen Zeiten ausreichend zu ernähren.

Wem das gelang, der schaffte noch ganz andere Dinge, dachte sie.

»Ich mache Ihnen folgenden Vorschlag: Sie fangen morgen an und bringen hier erst mal System rein. Dann sehen wir weiter.«

Paula stand auf. »Eine Frage habe ich noch: Könnte ich einen Vorschuss bekommen?«

Er sah sie perplex an, dann zog er sein Portemonnaie aus der Hosentasche und sagte: »Na, Sie sind mir eine. Wie viel brauchen Sie?«

»Zwölf Mark.«

Kapitel 5

Wilhelm Röbcke sah aus dem Fenster und wartete, bis Paula Rolle unten das Haus verließ. Da war sie. Lächelnd sah er ihr nach, wie sie mit schnellen Schritten davonging. Zielstrebig, dachte er. Verliert keine Zeit. Auf den Mund gefallen ist sie auch nicht. Hat es bestimmt auch nicht leicht in diesen Zeiten. Und sie erinnert mich an meine Margot. Für einen Augenblick gestattete er sich die Erinnerung an seine geliebte Frau, die im August 1939 an Krebs gestorben war. Margot war stets elegant gekleidet gewesen und hatte Wert auf gutes Aussehen gelegt. Manchmal hatte er sie Margaux genannt, weil sie so etwas Französisches an sich hatte. Margot hatte ihm gezeigt, wie man ein gutes Leben genoss, wie man Champagner trank und in die Oper ging; sie hatte Kultur in sein Leben gebracht. Und anpacken konnte sie auch, wie ein Mann. Tief atmete er ein und aus. Dann straffte er sich. Margot hätte gewollt, dass er den Betrieb wieder zum Laufen brachte. Und dieses Fräulein Rolle hätte ihr gefallen, das spürte er. Sie hatte auch so etwas Feines an sich, das allerdings unter ihren unförmigen Winterklamotten nur zu ahnen war. Auf jeden Fall schien sie tüchtig zu sein, und sie konnte denken. Genau so jemanden brauchte er.

Er begann in seinem Büro auf und ab zu gehen, weil er im Gehen besser nachdenken konnte und so wenigstens seine Absätze auf dem Linoleum hörte. Wie sehr vermisste er das schnelle Rattern, Klicken und Zischen der Maschinen, das in seinem Büro in Auerbach seine Tage begleitet hatte. Von seinem früheren Büro aus brauchte er nur durch die Glasfassade nach unten zu sehen, und schon hatte er die Produktion im Blick. Seit er hier angekommen war, hatte er immerhin schon dieses Büro und die Werkhalle im Hof gefunden und angemietet. Aber seitdem waren fünf Monate vergangen, und was die Produktion anging – Pustekuchen. Er brauchte so schnell wie möglich eine Maschine.

Er nahm seine Wanderung wieder auf und stieß mit dem Oberschenkel gegen die Ecke seines Schreibtisches, der mit einem hässlichen Laut über das Linoleum kratzte. Wilhelm fluchte laut, während er noch einmal den Brief las, den sein Fahrer ihm aus Auerbach geschrieben hatte. Ein Wunder, dass der durch die Zensur gegangen war. Immerhin schrieb Otto, dass die Russen Röbckes Fabrik jetzt endgültig zugemacht und alle Arbeiter entlassen hatten. Kein Wunder, sie hatten ja auch in den Wochen zuvor alles demontiert, was nicht niet- und nagelfest war.

Wilhelm geriet noch immer in Wallung, wenn er nur daran dachte, was die Russen ihm angetan hatten. Heute wie damals lief er vor Wut rot an und presste die Hände vor die schmerzende Brust.

Vor einem halben Jahr, an einem traumhaft schönen Sommertag im Juni, hatte er sich wie jeden Morgen gut gelaunt von seinem Chauffeur Otto Besecke in seine Fabrik vor den Toren Dresdens fahren lassen. Als das Schild mit den großen Lettern: ALBA – feinste Strumpfwaren in seinen Blick geriet, stieg seine Laune noch weiter. Während der Fahrt von seinem Haus in die Firma blätterte er in den Listen mit den letzten Verkaufszahlen und Bestellungen. Alles sehr erfreulich. Er konnte gar nicht so viele Strümpfe produzieren, wie er verkaufen könnte. Die Kundinnen rissen ihm die Ware förmlich aus den Händen. Kein Wunder, nachdem es während der Nazizeit keine gegeben hatte. Zum Glück hatte er seine Strumpfwirkmaschinen noch. Als die Alliierten anfingen, Bomben auf Deutschland zu werfen, wollte eine Wirtschaftskommission ihn überreden, seine Maschinen in Ölpapier zu wickeln und in den Bayerischen Wald auszulagern. Mit Händen und Füßen hatte er sich dagegen gewehrt. Warum sollte er seine Maschinen fortschicken? Sobald der Krieg vorbei war, wollte er doch mit der Strumpffabrikation weitermachen. Er widersetzte sich erfolgreich und rüstete stattdessen seine Produktion auf Fallschirme und Zelte um. Nach dem Krieg hatte er dann so schnell wie möglich wieder auf Strümpfe umgestellt und nicht schlecht verdient. Außerdem machten Strümpfe mehr Spaß als Kriegsgerät.

Und doch wurde ihm sein Starrsinn jetzt zum Verhängnis. Die Sowjets fingen an, nach und nach alle Betriebe zu demontieren, um sie in Russland wieder aufzubauen. Als Reparationsleistungen für die Zerstörungen, die die Deutschen in ihrem Land angerichtet hatten. Das machten die Amis und die Briten und die Franzosen in ihren Zonen zwar auch, aber lange nicht so rabiat wie die Russen. Dass er seine Maschinen vor dem Zugriff der Nazis gerettet hatte, stellte sich nun als fataler Fehler heraus.

Er hatte sich nicht einmal klammheimlich gefreut, als es seine Konkurrenten getroffen hatte. Dazu war er viel zu sehr Unternehmer. Trotz allem hatte er gehofft, verschont zu bleiben, weil er ebenso gute Kontakte zu den Russen wie zu den Deutschen hatte, die nach dem Krieg aus Moskau zurückgekehrt waren und jetzt in Sachsen das Sagen hatten.

Doch als er an diesem Junitag durch das Werktor fuhr, erkannte er, wie sehr er sich geirrt hatte.

Überall auf dem Firmengelände standen Armeelastwagen mit dem roten Stern. Der Pförtner kam ihm entgegengerannt: »Da sind Sie ja endlich. Ich habe Sie schon antelefoniert. Die Russen sind da. Sie nehmen alles mit.«

Röbcke stieg aus dem Wagen und fing an zu laufen. Als er die Werkshalle betreten wollte, verstellten ihm zwei Rotarmisten den Weg.

»Ich will sofort Ihren Vorgesetzten sprechen!«, brüllte er.

Er sah an den beiden Soldaten vorbei und schnappte nach Luft. Drinnen rissen die Sowjets alles auseinander. Sie hatten Lastwagen mit Ketten vor die Maschinen gespannt und rissen sie mit brachialer Gewalt aus der Verankerung. Ein paar Soldaten machten sich einen Spaß daraus, die Steuerpulte mit großen Hämmern zu zertrümmern. Andere rissen die halb fertigen Strümpfe aus den Webrahmen und spielten Tauziehen mit ihnen. Offensichtlich erfreuten sie sich daran, wie haltbar sie waren. Wilhelm sah nach oben, wo hinter Glas sein Büro lag. Dort waren andere dabei, die Karteikästen mit den Kundendaten aus den Schränken zu reißen und sie über das Geländer nach unten zu kippen. Sie nahmen auch die Zeichnungen aus den Regalen und hielten ihre Feuerzeuge daran. Glas splitterte und rieselte herab, als die Soldaten im ersten Stock mit ihren Gewehrkolben die Fenster einschlugen.

Seine Arbeiter standen abseits, die Mützen in der Hand, und wagten nicht, den Blick zu heben.

Wilhelm hielt es nicht länger aus. Er schubste die Soldaten, die die Tür bewachten, grob zur Seite und brüllte wie von Sinnen:

»Aufhören. Was macht ihr denn da? Wenn ihr die Maschinen zerstört, könnt ihr sie nicht benutzen! Ihr Idioten!«

Er versuchte, zwei Männer daran zu hindern, die Kabel für die Antriebsmotoren zu kappen, doch die lachten nur und stießen ihn weg. Als sie die große Zange ansetzten, sprühten Funken. Wilhelm bahnte sich einen Weg in Richtung eines Offiziers. Er kannte ihn, der Mann war ein paarmal bei ihm gewesen.

»Genosse, sagen Sie Ihren Leuten, sie sollen aufhören. Sie zerstören die Maschinen!«

»Deshalb sind sie hier. Vernichtung des faschistischen Rüstungspotenzials«, sagte der Offizier ungerührt.

»Wenn Sie die Maschinen demontieren wollen, dann lassen Sie sie doch wenigstens heil!«, versuchte Wilhelm es noch einmal.

Der Offizier sah ihn mit einem Kopfschütteln an. »Wir haben kein Interesse an Ihrem Dreck.«

Wilhelm sah ihn fassungslos an. Auf einmal begriff er, worauf das hier hinauslief. Er merkte, wie jede Kraft aus seinem Körper wich. Er musste sich an einer Wand abstützen.

»Darf ich wenigstens telefonieren?«, fragte er, und seine Stimme klang brüchig.

Der Offizier zuckte mit den Schultern. »Wenn die Leitungen noch intakt sind.«

Wilhelm schöpfte neue Hoffnung. So schnell wie möglich hastete er die Stufen zu seinem Büro hinauf.

»Ich darf telefonieren. Fragen Sie Ihren Vorgesetzten«, rief er wütend, als ein Russe ihm den Zutritt verweigern wollte.

»Verbinden Sie mich mit Selbmann«, sagte er in den Hörer, nachdem er eine Nummer in Dresden gewählt hatte.

»Fritz, du glaubst nicht, was hier gerade los ist«, begann er das Gespräch mit seinem alten Freund Fritz Selbmann, der inzwischen Wirtschaftsminister in Sachsen war. »Du musst etwas tun, die nehmen hier alles mit.«

Am anderen Ende der Leitung blieb es eine Weile still, dann sagte Fritz Selbmann: »Tja, Wilhelm, ich glaube, dieses Mal hat dich deine berühmte Nase für gute Geschäfte getrogen. Dir ist doch bestimmt nicht entgangen, dass wir in den letzten Monaten eine Cotton-Anlage nach der anderen stillgelegt haben.«

»Stillgelegt?«, schrie Wilhelm. »Du meinst wohl zerstört. Aber warum denn nur? Und meine Strümpfe nehmt ihr gern.«

Selbmann ließ sich Zeit, bevor er bedächtig antwortete: »Bring du die Westalliierten dazu, uns Kohle und Stahl zu liefern, dann kriegen die Westfrauen von uns Strümpfe. Solange das nicht passiert, werden sie weiterhin barfuß gehen.«

Wider Willen brach Wilhelm in ein böses Lachen aus.»Du willst die Amis ausgerechnet mit Nylons erpressen?«»Die Frauen in den Westzonen werden so lange barfuß gehen, bis ihre Männer uns Edelstahl und Hüttenkoks liefern.« Bevor Wilhelm antworten konnte, hatte Selbmann aufgelegt. Wilhelm ließ sich kraftlos auf einen Stuhl in seinem Büro fallen. Ein russischer Soldat scheuchte ihn mit einer Handbewegung weg, nahm den Stuhl und warf ihn hinunter ins Erdgeschoss, wo er auf eines der Präzisionszahnräder krachte. Er fühlte, wie sein Magen rebellierte. Er musste sofort hier weg. Ohne sich noch einmal umzudrehen, lief er die Treppe hinunter, durchquerte die Halle, in der es jetzt aussah wie nach einem Bombentreffer, und stieg in sein Auto.

Ich werde nie wieder einen Fuß hierher setzen, dachte er, als der Wagen anfuhr.

Der nächste Tag war der 24. Juni. Wilhelm packte zwei Koffer mit ein paar Kleidungsstücken. Einen würde er als Gepäck seines Fahrers Otto ausgeben, um keinen Verdacht zu erregen.»Ich bin spätestens in vier Tagen zurück«, sagte er zu Frau Otterberg, seiner Haushälterin. Auch das gehörte zu seiner Tarnung. Die Russen sollten nicht auf den Gedanken kommen, er würde abhauen. Er nahm die Aktentasche, in deren Futter er Bargeld versteckt hatte, band sich eine teure Uhr um, um etwas zu haben, das man ihm bei einer Kontrolle abnehmen könnte, und ließ sich von Otto über die Zonengrenze nach Westberlin fahren – genau im richtigen Moment, um die Währungsreform mitzuerleben, die drei Tage nach Einführung der D-Mark in den Westzonen und gegen den Widerstand der Sowjets, die eine eigene Währung wollten, auch in Berlin gelten sollte.

Eigentlich hatte Wilhelm in Berlin bleiben wollen. Aber dann entschied er, dass ihm die Stadt nicht sicher genug war.

»Otto, wir fahren nach Hamburg«, sagte er. »Die Amis haben doch dieses Hilfsprogramm für Europa aufgelegt, diesen Marshallplan. Ich bin sicher, dass davon im Norden mehr ankommen wird als in Berlin. Hier sind mir zu viele Russen. Wer weiß, was denen noch so alles einfällt. Außerdem kenne ich in Hamburg ein paar Leute, die mir noch einen Gefallen schulden.«

Sein Fahrer sah ihn fragend an. »Keine Sorge, du fährst gleich wieder zurück. Ich brauche jemanden in Auerbach, der mich auf dem Laufenden hält.«

»Geben Sie auf?«, fragte Otto.

Wilhelm lachte grimmig. »Du kennst mich doch. Achtzehn Millionen Frauen in den Westzonen gehen barfuß, weil es in ganz Deutschland keine Firma mehr gibt, die Strümpfe herstellen kann. Die haben immer in Sachsen gestanden, und die wenigen Strumpffabriken, die noch produzieren dürfen, verkaufen nicht in den Westen, um ein Druckmittel gegen die Amerikaner und die Briten in Händen zu haben.« Er schnaubte. »Die Frauen wollen Strümpfe, und ich werde sie ihnen verkaufen. Wer, wenn nicht ich? Und wenn Selbmann meint, er müsste mit Damenstrümpfen Politik machen, dann soll er mal sehen, dass andere das auch können.«

Otto sah in den Spiegel und lächelte seinem Chef zu. »Ich weiß schon: groß denken!«

Das war schon immer Wilhelms Leitspruch gewesen. Mit dem Kleinkram konnten sich andere abgeben.»Ich werde auf jeden Fall ganz vorn mit dabei sein.«

Es wurde schon dunkel, als der Wagen sich Lauenburg näherte. Hier war die Grenze zwischen der sowjetischen und der britischen Zone Deutschlands. Ein russischer Soldat hob die Kelle und winkte ihn raus. Wilhelm schob den Ärmel seines Anzugs nach oben, damit man die Uhr sehen konnte. Die wäre er gleich los, aber das war ihm egal. Er wollte noch vor der völligen Dunkelheit Hamburg erreichen.

Der Brite auf der anderen Seite ließ ihn anstandslos passieren.

Zwei Stunden später kamen sie im zerstörten Hamburg an. Sie fuhren am Stadtpark vorbei und wunderten sich über die endlosen Reihen merkwürdiger Hütten, die eigentlich nur aus halbrunden Wellblechdächern bestanden. Vor einer völlig unversehrten Stadtvilla mit Jugendstilfassade und Vorgarten in Alsternähe parkte Otto Besecke den Wagen. Er nahm die Koffer, Wilhelm die Aktentasche, in dem das Geld und sein Notizbuch mit den Adressen von Kollegen und Geschäftsfreunden waren. Dazu einige in Zellophan verpackte Alba-Strümpfe und das Hochzeitsfoto. Das wichtigste Gepäck hatte er im Kopf: sein Wissen darum, wie man Damenstrümpfe herstellte und verkaufte, und die letzten Statistiken der Militäradministration.

Die Wirtin hieß Hannchen Fischer und war viel zu jung,

um schon Witwe zu sein. Sie zeigte Wilhelm das reservierte Zimmer, und er sah sich anerkennend um, während er den verlockenden Geruch nach Bratensoße aus der Küche wahrnahm. Unter dem Blick des gefallenen Hausherrn, dessen schwarz umkränztes Foto auf der Anrichte stand, nahmen sie das Abendessen ein. Danach legte Wilhelm sich hochzufrieden in das weiche Bett, Otto schlief auf einer Liege im selben Zimmer. Hier hatte er es gut getroffen, aber die Wirtin nahm auch saftige Preise.

Am nächsten Morgen fuhr Otto zurück.

»Sobald ich hier Leute brauche, die mit der Cotton umgehen können, kommst du wieder. Du kannst dich schon mal umhören, wer Interesse hätte. Aber vorsichtig, nicht dass der Iwan was merkt. Geh zu mir nach Hause und sag meiner Haushälterin Bescheid.«

»Was wird denn mit Ihrem Haus?«, fragte Otto.

»Das nehmen sie mir garantiert weg, vor allem, wenn sie spitzkriegen, dass ich nicht wiederkomme. Sag Frau Otterberg, sie soll das Silber einpacken und andere Dinge, die wertvoll sind und die ich hier zu Geld machen kann. Das schaffst du nach und nach rüber zu mir.«

»Verlassen Sie sich auf mich.«

»Tue ich.« Niemand war so loyal wie Otto. Schon sein Vater hatte für die Firma gearbeitet. Otto war im Krieg gewesen, und als er zurückkam, fehlten ihm drei Finger der linken Hand. Aber Auto fahren konnte er auch ohne diese Finger wie eine Eins.

Die beiden Männer gaben sich die Hand zum Abschied.

Wilhelm trank noch einen dünnen Kaffee, für den die Wirtin sich entschuldigte. Dann zog er seinen Sommermantel an und griff nach Hut und Stock. Frau Fischer kam auf den Flur heraus.

»So früh schon auf dem Weg?«, fragte sie.

»Der frühe Vogel fängt den Wurm«, gab er zurück. Er warf einen professionellen Blick auf ihre Beine. Hätte er sich denken können, dass ihre Strümpfe nur aufgemalt waren. Woher sollte sie auch welche haben?

»Haben Sie gehört? Die Russen haben alle Zufahrten nach Berlin geschlossen. Kam gerade im Radio«, sagte sie. »Waren Sie nicht in Berlin? Da sind Sie gerade noch rausgekommen. Mein Gott, die armen Leute dort. Wo sollen die denn jetzt Lebensmittel und Kohle herkriegen? Und Medikamente?«

Das war beunruhigend, verdammte Russen! Hoffentlich kam Otto durch, aber der wusste sich meistens zu helfen.

Wilhelms erster Weg führte ihn ins Rathaus, um bei der britischen Stadtkommandantur einen Antrag auf Zuzug zu stellen. Jeder, der neu nach Hamburg kam, musste einen solchen Antrag ausfüllen, denn zwei Drittel aller Wohnungen waren kriegsbeschädigt oder zerstört, und immer noch strömten Flüchtlinge in die Stadt und vergrößerten die Wohnungsnot. Drei Stunden stand er in der Schlange, und dann war Feierabend. »Kommen Sie morgen wieder«, sagte der Beamte und knallte ihm die Tür vor der Nase zu.

Am nächsten Tag ging Wilhelm ganz früh hin, und nun lief alles reibungslos. Er zeigte seine Empfehlungsschreiben und legte diskret eine Packung Strümpfe auf den Tisch des Beamten.

»Damit Sie wissen, wovon ich rede«, sagte er. Er gab an,

eine Fabrik eröffnen zu wollen und somit Arbeitsplätze und wirtschaftlichen Aufwind zu garantieren. Denn Hamburg nahm Menschen auf, die für den Wiederaufbau gebraucht wurden.

»Ich bin ja schließlich nicht einer dieser dahergelaufenen Flüchtlinge aus dem Osten«, sagte er.

Über diese Überlegungen war es draußen fast dunkel geworden. Wilhelm hätte sich gern ein Taxi gerufen, aber weit und breit war keins aufzutreiben. Und auf die Straßenbahn hatte er keine Lust. Also machte er sich zu Fuß auf den Weg. Er freute sich auf das Lächeln im Gesicht von Hannchen Fischer. Bestimmt hatte sie etwas Gutes für ihn im Topf, sie war eine beinahe so gute Köchin wie Frau Otterberg, und wie seine Haushälterin gab sie sich alle Mühe, ihm den Aufenthalt so angenehm und bequem wie möglich zu machen. Und ein Mann in seiner Position brauchte doch so was.

Kapitel 6

Nachdem Paula das Büro von Wilhelm Röbcke mit zwölf Mark in der Tasche verlassen hatte, wandte sie sich mit raschen Schritten nach links, zurück Richtung Osterstraße. Zehn Minuten später stand sie wieder im Modehaus Woller.

»Das ging aber schnell«, sagte die Verkäuferin mit einem Lächeln.

»Da war Glück im Spiel«, gab Paula zurück und legte das Geld auf den Tisch.

»Soll ich den Rock einpacken?«

Paula nickte.

Beschwingt ging sie nach Hause. Sie hatte eine Arbeit, sie hatte sich einen wunderschönen Rock gekauft, und sie freute sich auf ein paar Rühreier.

»Helga Lien wird wohl nicht mehr lange in der Kälte stehen müssen«, sagte Wilhelmine, während sie die Eier mit Milch und einer Prise Salz verquirlte. Paula schnitt das Brot, und Gertrud deckte den Tisch. »Die hat einen Mann kennengelernt, einen Arzt, stell dir vor. Die ist bald alle Sorgen los. Und ihre Kinder sind auch versorgt. Ich gönn es ihr.«

»Woher weißt du das?«, fragte Gertrud.

»Hat Frau Schostack erzählt. Die hat es von Frau Lien persönlich. Der Mann hat vor einiger Zeit bei ihr ein Zimmer gemietet. Er stammt aus Bremen. Na ja, und jetzt sind sich die beiden nahegekommen. Sie wollen bald heiraten, sagt Frau Schostack. Die ist ganz schön neidisch.«

»Die Schostack wird ja auch so schnell keiner heiraten. Hat denn dieser Arzt schon eine Praxis?«

»Die Leute kommen zu ihm in die Wohnung. Heimlich.«

Das hatte Paula sich beinahe gedacht. Es war fast unmöglich, als Arzt von außerhalb eine Lizenz für eine Praxis zu bekommen, und irgendetwas an der Sache gefiel ihr nicht. Es gab so viele Menschen, die sich eine neue Vergangenheit zusammenschusterten. In den Zeitungen war immer wieder von Hochstaplern die Rede. Es war einfach, in diesen Zeiten zu behaupten, jemand anderer zu sein. So viele Ämter und Archive waren in Flammen aufgegangen, und wer aus den Ostgebieten kam, konnte sich leicht als Arzt oder Adliger ausgeben. Manche Männer heirateten auch und gründeten eine Familie, obwohl sie schon Frau und Kinder hatten.

»Aber wir gehen natürlich nach wie vor zu Doktor Hildebrandt«, bekräftigte Wilhelmine, und deshalb sagte Paula nichts von ihren Befürchtungen.

In diesem Augenblick stürmte Uschi wutentbrannt in die Wohnung. Wie immer krachte die Tür ins Schloss, aber diesmal nicht von einem übermütigen Schwung, sondern weil Uschi ihr einen wütenden Stoß gegeben hatte.

»Diese Kuh!« Sie warf ihre Tasche auf einen Küchenstuhl und stemmte die Fäuste in die Hüften.

»Wen meinst du?«, fragte Paula, aber sie ahnte es bereits.

»Na, die Schostack. Die hat mich doch eben Tommy-Lieb-chen genannt.«

Wilhelmine fuhr herum. »Wie kommt sie darauf?« Dann sah sie es.

Uschi trug Nylons unter ihrem Rock. Die Nähte waren nicht nur auf die nackte Haut aufgemalt, wie es viele Frauen machten, die sich keine Strümpfe leisten konnten. Uschi trug auch keine Vorkriegsware, keine geflickten Strümpfe, son-dern echte, gut sitzende, verführerisch schimmernde Nylons, die ihre Beine perfekt in Szene setzten. Uschi drehte sich, damit alle die feine Naht sehen konnten.

»Das ist doch viel zu kalt«, meinte Gertrud trocken.

»Pfft. Wer friert, hat keinen Charakter«, gab Uschi zurück.

»Woher hast du die?«, fragte Wilhelmine streng.

Uschi zuckte mit den Schultern. »Hat mir jemand ge-schenkt.«

»Und was hast du dafür getan?«, rief ihre Mutter.

»Nichts, was schlimmer ist, als sich den Nazis anzudienen und die Nachbarn zu denunzieren!«, rief Uschi in Richtung des Treppenhauses.

»Uschi. Das geht zu weit«, mahnte Paula.

»Du ziehst die Dinger sofort aus!«, ließ sich ihre Mutter vernehmen.

»Das werde ich nicht tun. Ich gehe ins Kino. Ich kann eure Heuchelei nicht länger ertragen.« Damit wandte sie sich zum Gehen und blieb auch nicht stehen, als Wilhelmine sie wütend aufforderte, sofort zurückzukommen und ihr zu sagen, mit wem sie ins Kino gehen wolle. Die Tür knallte hinter ihr zu.

»Mama, sie ist siebzehn«, sagte Paula.

Wilhelmine ließ sich mit einem Seufzer auf den Stuhl fallen. »Eben«, sagte sie. »Ich will nicht, dass über sie geredet wird. Oder noch Schlimmeres.«

»Apropos Nylonstrümpfe«, begann Paula, um das Thema zu wechseln. »Ich habe heute eine Arbeit gefunden. Bei einem Strumpfhersteller. Und ich habe mir einen Rock gekauft. Auf Pump.« Dabei musste sie grinsen.

»Du?«, fragte Gertrud.

»Ja, ich«, gab Paula mit Stolz zurück. »Der Rock ist eine Investition. Jetzt brauche ich nur noch Strümpfe. Und da sitze ich ja demnächst an der Quelle.«

»Meine Güte, was habe ich nur für Töchter«, stöhnte ihre Mutter. Dabei warf sie einen Blick auf das Foto ihres Mannes, das auf dem Küchenschrank stand.

Heinrich Rolle war Kohlenhändler gewesen und gleich zu Kriegsbeginn eingezogen worden. Als er nach einem Jahr zum ersten Heimaturlaub kam, hatte Paula ihren Vater kaum wiedererkannt. Er war wortkarg, bisweilen aufbrausend, dann geradezu verzweifelt, je näher der Tag kam, an dem er wieder einrücken musste. Paula wagte nicht, sich vorzustellen, was er dort an der Front erlebte. Der Gedanke war einfach zu grausam. Im Frühjahr 1943 war er dann das letzte Mal in Hamburg gewesen. Er ging gebeugt, war abgemagert. Am schlimmsten fand sie das Flackern in seinen Augen. Nachts hatte er sie immer wieder mit seinen Schreien geweckt. Als er wieder gegangen war, hatte Paula gedacht, dass sie ihn wohl nie wiedersehen würde. Sie hatte niemandem davon erzählt, weil sie sich zutiefst dafür schämte. Und nun waren sie schon fünf Jahre ohne Nachricht von ihm.

Paula sah ebenfalls auf das Foto ihres Vaters. Aber sie dachte dabei noch an jemand anderen. An Konrad. Sein Foto trug sie in ihrem Herzen. Konrad Stoltenberg. 1938 hatte er für einige Zeit im Konzentrationslager Neuengamme gesessen. Als er wieder nach Hause kam, begann er von Neuem gegen die Nazis zu agitieren. Er war Mitglied der verbotenen KPD. Inzwischen war Deutschland im Krieg mit Polen, und Konrad versuchte in Gesprächen Soldaten davon zu überzeugen, dass Hitler einen Angriffskrieg führte, der nicht gewonnen werden könne. Um die ins Feld reisenden Soldaten aufzurütteln, verteilte und klebte er auch Flugblätter.

Bis zu jenem Tag im Oktober 1940 ...

Paula war früher von der Arbeit aufgebrochen, weil sie einen Termin beim Arzt hatte. Der Herbst gab in diesen Tagen noch einmal alles, und Bäume und Büsche prangten in Rot, Gelb und Orange. Sie stapfte mit ihren Stiefeln durch raschelndes Laub, das sich auf den Fußwegen türmte. Als sie an einer Ampel warten musste, hob sie ihr Gesicht in die Sonne, um die letzte Wärme des Tages auf den Wangen zu spüren – und auf ihrem Bauch, der warm verpackt unter ihrem Mantel war. Sie hielt kurz inne, dann eilte sie weiter in Richtung der Isestraße.

Hier reihten sich wunderschöne Jugendstilhäuser mit großen Balkonen und stuckverzierten Fassaden aneinander. Die Wohnungen in dieser Gegend waren allesamt groß und hatten eigene Dienstbotenzimmer. In der Mitte der prachtvollen

Straße verlief das Viadukt, auf dem die Hochbahn fuhr. Als Paula im Telefonbuch nach einer Frauenarztpraxis gesucht hatte, hatte sie sich gewundert, dass es so wenige Ärztinnen gab. Das war doch komisch, immerhin ging es in der Gynäkologie um typisch weibliche Dinge. Aber dann hatte sie an ihre Klassenkameradin Ilse gedacht. Ilse hatte begonnen Medizin zu studieren, aber vor einem Jahr hatte man sie der Universität verwiesen und sie nur noch als Krankenschwester arbeiten lassen. Lange hatte es geheißen, Frauen sollten in diesen Zeiten ganz zu Hause bleiben; für die nationalsozialistische Regierung war der Platz der Frauen am Herd, und wenn sie unbedingt im medizinischen Bereich arbeiten mussten, dann höchstens als Schwestern – nicht als Ärztinnen, die Anweisungen geben und Entscheidungen treffen durften. Paula schnaubte. Jetzt, wo schon ein Jahr lang Krieg herrschte, wurden Frauen als Lazarettschwestern dringend gebraucht, da stellten die Nazis ihre Heim-und-Herd-Ideologie plötzlich hintan und wollten doch nicht, dass sie zu Hause blieben.

Sie war bei der Hausnummer 46 angekommen. Auf dem Praxisschild aus Messing war eingraviert: *Dres. Thode und Salomon. Frauenheilkunde.* Das »Salomon« war halbherzig weggekratzt, ließ sich aber noch gut lesen. Paula fühlte Beklommenheit. Neben vielen Klingeln hier in der Isestraße waren die Namen ausgetauscht, die Namen der ehemaligen jüdischen Bewohner überklebt. Hoffentlich war Doktor Salomon heil aus Deutschland herausgekommen oder hatte anderswo Zuflucht gefunden. Sie starrte auf das Türschild. Ob sein Partner, dieser Doktor Thode, das Schild hatte hängen lassen, um an seinen vertriebenen Kollegen zu erinnern?

Paula hoffte, dass das der Grund dafür war, dass er kein neues Schild angebracht hatte. Sie klopfte und trat ein.

Doktor Thode untersuchte sie und teilte ihr dann mit, dass sie in der zehnten Woche schwanger sei. Die Art, in der der Arzt ihr das sagte, ließ sie hoffen, dass sie sich in ihm nicht getäuscht hatte. Er fing nicht an, davon zu schwadronieren, dass es ihre Pflicht als deutsche Frau sei, dem Führer Kinder zu schenken. Er beglückwünschte sie einfach zu ihrer Schwangerschaft und fragte sie nach früheren Erkrankungen oder Risikofaktoren. Und dann fragte er, ob sie verheiratet wäre. Als Paula das alles verneinte, hob er nur kurz die Augenbrauen, wünschte ihr alles Gute und vereinbarte einen neuen Termin in sechs Wochen.

Draußen auf der Straße schossen Paula die Tränen in die Augen. Langsam ging sie unter dem Viadukt entlang.

Konrad und ich bekommen ein Kind, dachte sie immer wieder. Nichts anderes mehr drang zu ihr durch. Konrad und ich bekommen ein Kind …

Sie hatten schon darüber gesprochen, dass sie heiraten und eine Familie gründen wollten. Aber dann war der Krieg ausgebrochen. Und nun war alles andere als ein guter Zeitpunkt, um Eltern zu werden, zumal Konrad immer damit rechnen musste, eingezogen zu werden. Bisher schützte ihn sein KZ-Aufenthalt, wegen »staatsfeindlicher Betätigung« galt er als wehrunwürdig. Was für ein Hohn, dachte Paula. Als ob es eine Ehre wäre, in einem Krieg verheizt zu werden.

Aber darum ging es jetzt nicht mehr. Jetzt war sie schwanger, und sie und Konrad mussten schnellstmöglich heiraten, denn ihr Kind sollte einen Vater haben.

Paula konnte nicht verhindern, dass sie sich mit einem Lächeln im Gesicht ihre Hochzeitsfeier ausmalte. Sie spürte die Kastanien unter ihren Sohlen und bückte sich nach einer der glänzenden Früchte, um sie in ihre Manteltasche zu stecken. Das hielt das Rheuma fern, sagte ihr Vater immer. Vielleicht würde er für die Hochzeit Heimaturlaub bekommen? Sie kam an einem Marktkarren vorüber, von dem Schwaden von verführerischen Gerüchen nach Zitrone und Schokolade ihre Nase trafen. Es war ein Bonbon- und Süßwarenhändler. Komischerweise wurde ihr auch bei diesen intensiven Gerüchen nicht schlecht. Sie hatte ihre Schwangerschaft nicht durch morgendliche Übelkeit bemerkt, sondern durch ein ungewohntes Ziehen in den Brüsten und durch das Ausbleiben ihrer Menstruation.

Der alte Mann, der hinter dem Karren stand, hielt ihr mit einer langen hölzernen Zange ein Bonbon unter die Nase. Paula strahlte ihn an und nahm es.

Es schmeckte himmlisch nach Brombeeren, der ganze Sommer schien in dieser kleinen Süßigkeit versammelt. Paula lutschte es ganz langsam, um den Geschmack möglichst lange im Mund zu behalten.

Sie war ein wenig zittrig vor Nervosität, aber bester Laune, als sie zu Hause eintraf. Sicher, ihre Mutter würde sich Sorgen wegen der Schwangerschaft machen, aber sie mochte Konrad, und es war abgemacht, dass Paula ihn heiraten würde. Dann würde das eben ein bisschen früher passieren.

Paula wollte die Haustür aufstoßen, als jemand sie am Ellenbogen packte und in den Torbogen zog, der zu den Parkplätzen und Werkstätten auf dem Hinterhof führte.

»Pauline! Psst!«

Paula fühlte Freude in sich aufsteigen. Pauline, so nannte sie nur Konrad. Was für ein Zufall, dass er gekommen war, dann konnte sie ihm gleich die gute Nachricht erzählen.

Konrad ließ sie los und lehnte sich an die Mauer. Jetzt fiel Paula auf, wie gehetzt er wirkte. Seine Augen flackerten unruhig, auf seinen Wangen zeigte sich der Schatten eines Barts, als habe er die vergangene Nacht nicht zu Hause verbracht.

»Was ist los?«, fragte sie alarmiert.

Er sah sich vorsichtig um, bevor er antwortete: »Ich bin gewarnt worden, von jemandem bei der Polizei, der sich noch nicht hat umdrehen lassen. Ich soll wieder verhaftet werden. Ich muss weg, noch heute Nacht.«

Jetzt sah Paula, dass er eine Aktentasche bei sich trug. Er öffnete sie, und sie erkannte darin ein Hemd und Wäsche. Und ein Foto, das er von Paula auf einem Ausflug gemacht hatte.

»Wohin gehst du? Für wie lange?«, fragte sie hastig.

Er schüttelte den Kopf. »Ich bin in Deutschland nicht mehr sicher. Meine Leute bringen mich heute Nacht auf ein Schiff. Ich misch mich unter die Hafenarbeiter, die auf dem Weg zur Nachtschicht sind.«

»Ein Schiff? Aber wohin fährt es denn? Und dann?«

»Erst mal nach Rotterdam. Dort bringt mich ein Kontaktmann über die Grenze nach Frankreich.«

»Wie lange wirst du weg sein?«, fragte Paula. Sie weigerte sich, zu verstehen, was er ihr sagte.

»Pauline, ich kann nicht zurück«, sagte er langsam. »Nicht,

solange Hitler an der Macht ist. Ich bin gekommen, um mich von dir zu verabschieden.«

In Paulas Kopf jagten sich die Gedanken. Was sagte er da? Sie sollte Abschied nehmen? Von Konrad? Dem Mann, den sie liebte? Aber das war vollkommen unmöglich. Sie bekamen doch ein Kind!»Ich komme mit. Zu zweit sehen wir aus wie ein Pärchen auf Urlaub. Und außerdem ...«

Wieder schüttelte er den Kopf, während er sie ansah.»Das geht nicht. Es gibt nur Platz für eine Person. Ich gebe dir Nachricht, sobald ich in Sicherheit bin. Dann kommst du nach.« Sein Blick flackerte, während er das sagte, und beide wussten, dass es Sicherheit in diesen Zeiten für jemanden, der gegen Hitler kämpfte, nicht geben konnte.

Konrad legte seine Arme um sie und zog sie an sich.

Paula lehnte sich an seine Schulter. Alle Kraft war aus ihrem Körper gewichen, und plötzlich überkam sie die Angst, dass sie ihn nie wiedersehen würde. Mit einem leisen Aufschrei drückte sie sich an ihn, um zum letzten Mal seinen Körper zu spüren und seinen Geruch in sich aufzunehmen.»Geh nicht!«, flüsterte sie. Und dennoch wollte sie nichts mehr, als ihn in Sicherheit zu wissen.

Sanft machte er sich von ihr los. Er schob sie auf Armeslänge von sich weg und schaute sie an, wobei er auf einmal viel älter wirkte. Lange sah er sie an, und sie konnte den Ernst in seinen Augen lesen, aber auch seine Liebe. Sie versuchte, sich jede Einzelheit seines Gesichts einzuprägen: die leuchtend blauen Augen, unter denen immer Schatten lagen, weil er zu wenig schlief, die feinen Linien um den Mund herum, die zu sehen waren, seit er aus dem KZ zurückgekehrt war.

Schon jetzt fürchtete sie sich davor, diese kleinen Dinge zu vergessen.

Konrad räusperte sich. Dann nahm er die Armbanduhr ab, die seinem Vater gehört hatte, und gab sie Paula. »Hier«, sagte er und band ihr die Uhr um das Handgelenk. »Ich komme wieder und hole sie ab.«

»Konrad«, rief sie mit einem unterdrückten Schluchzen. Fieberhaft überlegte sie, was sie bei sich hatte, das sie ihm geben könnte. Aber sie trug keinen Schmuck. Das Einzige, was sie ihm hätte geben können, wäre die Aussicht auf ihr gemeinsames Kind.

Bevor sie etwas sagen konnte, nahm er sie wieder in die Arme und küsste sie heftig. Dann stöhnte er auf, und im nächsten Moment war er weg.

Paula fühlte, wie alle Kraft aus ihr wich. »Konrad«, flüsterte sie, »ich muss dir doch noch etwas sagen. Du musst wiederkommen, um deinem Kind ein Vater zu sein.«

Plötzlich erschien es ihr ungeheuer wichtig, dass er das noch erfuhr, damit er auf sich aufpasste und auch wirklich zu ihr zurückkehrte. Sie wollte ihm nachlaufen.

»Fräulein Rolle?«

Paula blieb abrupt stehen. Renate Schostack stand mit einem Besen vor ihr und sah sie misstrauisch an. »War das nicht Ihr Verlobter gerade eben? Der ist ja gelaufen, als wäre der Teufel hinter ihm her.«

Paula spürte die Gefahr, die von der Hausmeisterin ausging. Sie traute ihr zu, nach der Polizei zu rufen, wenn ihr etwas komisch vorkam. »Wir haben uns gestritten. Er hat eine andere«, stammelte sie.

»Ja, so sind sie, die Männer. Mir kam der sowieso nie ganz koscher vor«, hörte sie die Schostack sagen.

Paula zwang sich, ins Haus zu gehen. Am liebsten hätte sie der Schostack ins Gesicht geschlagen. Aber sie durfte Konrad nicht gefährden. Mit steifen Schritten schleppte sie sich die Treppe hinauf. In der Wohnung ließ sie sich auf einen Stuhl fallen, dann fing sie an zu weinen.

Sie war unfähig, einen klaren Gedanken zu fassen, sie flüsterte immer nur Konrads Namen vor sich hin. Wie oft hatte sie bei ihren Freundinnen und bei ihrer Mutter miterlebt, wie ein Mann seine Familie verlassen musste, weil er in den Krieg zog. Die Szenen waren herzzerreißend gewesen, manchmal waren die Menschen wie zu Eis erstarrt und gingen ohne ein Wort, ohne eine Umarmung auseinander. Paula hatte immer versucht, sich vorzustellen, was sie selbst fühlen würde. Aber es war unmöglich. Es gab Dinge auf der Welt, die konnte man sich nicht ausmalen, bis sie einen selbst betrafen.

Sie hatte tausend Ängste ausgestanden, als Konrad zum ersten Mal verhaftet worden war. Aber damals hatte sie noch hoffen dürfen, dass er zu ihr zurückkommen würde – was jetzt nicht mehr der Fall war. Sie versuchte, sich diesen Gedanken zu verbieten, aber er nistete in ihrem Kopf. Und was, wenn Konrad nicht wiederkommt? War das eben das letzte Mal, dass ich ihn sehen, mich an ihn lehnen, ihn küssen durfte?

Auf einmal wusste sie, wie sich Abschied anfühlte. Wie eine Mischung aus Schuld, Wut, Hilflosigkeit und purer Verzweiflung.

Und dann musste sie daran denken, dass sie ihm nichts von ihrer Schwangerschaft gesagt hatte. Er durfte doch nicht gehen, ohne zu erfahren, dass er Vater wurde. Das war ganz unmöglich. Sie hätte es ihm sagen müssen. Sie sah auf Konrads Uhr an ihrem Handgelenk und fing wieder an zu weinen. Was hatte er gesagt? Er würde im Hafen erwartet werden. Paula konnte sich vorstellen, wo das war. Ganz am Ende der Landungsbrücken, wo die Fähren abgingen, die die Arbeiter zu den Docks von Blohm & Voss brachten. Sie wusste, was sie tun würde. Sie rannte in ihr Zimmer und zerrte den alten Pappkoffer unter dem Bett hervor. Sie stopfte ein paar Kleidungsstücke und alles Geld, was sie besaß, hinein. Dann schrieb sie einen Zettel für ihre Mutter: *Mach Dir keine Sorgen. Ich schreibe, sobald ich kann.*

Es war dunkel geworden, als sie wieder auf die Straße trat. Sie nahm den Bus, der in Richtung Hafen fuhr. An den Landungsbrücken stieg sie aus und sah sich suchend um. Etwas entfernt standen einige Schauerleute und warteten auf die Fähre, die sie an Bord der Schiffe bringen sollte, die sie entladen würden. Sie traten wegen der Kälte von einem Fuß auf den anderen. Paula versuchte, Konrad unter ihnen zu entdecken.

»Na, Fräulein, wie wär es mit uns beiden?« Ein Mann trat vor sie und verstellte ihr den Weg. Sein Atem traf sie. Er hatte getrunken.

»Lassen Sie mich in Ruhe!«, zischte sie und wollte an ihm vorbei.

Aber der Mann dachte nicht daran. »Nun tu mal nicht so. Sieht man doch, was du für eine bist. Sag schon, wie teuer bist du?« Er legte den Arm um sie und machte Anstalten, sie grob zu küssen. Einige Arbeiter wurden aufmerksam und sahen zu ihr herüber. Einer setzte sich in Bewegung.

Paula spürte, wie ihr der Ekel die Kehle zuschnürte. Sie musste würgen, und plötzlich übergab sie sich auf die Hose des Mannes. Der fing an, wild zu fluchen und zu schreien, und wollte sie schlagen.

Paula schrie nun auch und versuchte, sich loszumachen. Und auf einmal war Konrad neben ihr. Er versetzte dem Mann einen Fausthieb. Der Betrunkene jaulte auf und hielt sich die blutende Nase.

»Mein Gott, Paula, was tust du hier? Bist du verrückt geworden?«, keuchte Konrad.

Paula brachte ihren Mantel in Ordnung und griff nach ihrem Koffer, der zu Boden gefallen war. »Ich gehe mit dir mit. Ich bleibe nicht allein hier.«

Inzwischen näherten sich Passanten, weil der Betrunkene um Hilfe rief. »Überfall!«, schrie er.

Ein dunkler Wagen kam aus der Richtung des Elbtunnels angerast, voller Entsetzen sah Paula, dass es ein Wagen der Gestapo war. Gleich würden die Männer in den dunklen Ledermänteln hier sein.

»Du musst sofort verschwinden«, stieß sie hervor. »Lauf!«

Konrad drehte sich um und sah das Auto jetzt ebenfalls. Er warf Paula einen Blick zu, in dem ebenso Verwunderung wie Angst lag. Dann fing er an zu laufen. Er rannte einen der Pontons hinunter, die zu den Schiffen führten. Die Polizisten

sprangen aus dem Auto und nahmen die Verfolgung auf.
»Halt! Stehen bleiben oder ich schieße!«, rief einer von ihnen.

Paula schrie vor Entsetzen auf und lief ihnen hinterher. Als sie das Wasser erreichte, hörte sie ein Platschen. Konrad war in die Elbe gesprungen, und die Polizisten feuerten in das schwarze Wasser. Es war nichts von ihm zu sehen, doch der Hagel der Kugeln war so dicht, dass man ihm unmöglich entkommen konnte.

Ein Mann in der Kluft der Hafenarbeiter war auf einmal neben ihr und zog sie am Arm hinter eine Litfaßsäule. »Hauen Sie ab, oder wollen Sie, dass die Sie mitnehmen? Sie bringen ihn nur in Gefahr.«

Paula wollte noch protestieren und versuchte, sich loszumachen, doch der Mann verstärkte seiner Griff, bis es wehtat. »Gehen Sie endlich«, zischte er und wies mit dem Kopf auf einen der Polizisten unten am Ponton, der sie bemerkt hatte und sich jetzt in ihre Richtung in Bewegung setzte. Dann verstand sie, dass es sinnlos war und dass sie selbst in Gefahr schwebte. Sie drehte sich um und fing an zu laufen, im Wissen, den größten Fehler ihres Lebens gemacht zu haben – sie hatte Konrad verloren, und es war ihre Schuld.

Als sie völlig erschöpft und halb wahnsinnig vor Angst nach Hause kam, wollte sie nur noch weinen. Ihre Mutter merkte gleich, dass etwas passiert war, und Paula erzählte ihr alles. Wilhelmine war die Einzige, die wusste, dass Konrad Kommunist war. Vor ihren Schwestern hatten sie das stets geheim halten müssen, sie waren zu jung und hätten unabsichtlich etwas ausplaudern können.

Als Gertrud und Uschi kurz darauf begeistert von einer BDM-Nachtwanderung zurückkehrten, musste Paula so tun, als wäre alles in Ordnung, und nichts hätte ihr schwerer fallen können.

Jedes Mal, wenn sie an diese Szene dachte, stieg die Verzweiflung erneut in ihr auf. Wenn sie Konrad an jenem Abend doch nur gesagt hätte, dass sie schwanger war, vielleicht wäre er nicht gegangen. Vielleicht hätte er besser auf sich aufgepasst, vielleicht ... vielleicht ...

Direkt nach der Schießerei hatte sie sich noch die Hoffnung bewahrt, dass Konrad entkommen sein könnte. Er war ein guter Schwimmer, und die Nacht war so dunkel, dass die Polizisten ihn womöglich nicht sehen konnten. Aber als Monat um Monat und Jahr um Jahr vergingen, ohne dass sie ein Lebenszeichen von ihm bekam, war sie sicher, dass er in jener Nacht umgekommen war. Der Gedanke, dass er gestorben war, ohne von seinem Kind zu wissen, hatte sie eine Zeit lang halb wahnsinnig gemacht. Sie fühlte sich schuldig, weil sie durch den Streit mit dem Betrunkenen die Polizei auf sich aufmerksam gemacht hatte. Immer wieder in den folgenden Jahren tauchte diese dunkelste Nacht in ihren Alpträumen auf. Jeden Tag, wenn sie zur Arbeit in den Hafen ging, hielt sie nach Konrad Ausschau. Als einige Wochen später eine Leiche aus der Elbe gefischt wurde, glaubte sie vor Angst den Verstand zu verlieren. Und wenn es Konrad war? Am Ende hoffte sie beinahe, dass er es sei, damit die Unsicherheit endlich ein Ende hätte.

Direkt nach dem Krieg fing sie dann wieder an zu hoffen,

als viele Emigranten nach Deutschland zurückkamen, einige von ihnen als Besatzungssoldaten. Sie waren amerikanische oder britische Staatsbürger geworden und hatten mit der Waffe in der Hand gegen ihre frühere Heimat gekämpft. Nach Ostberlin waren die Kommunisten gekommen, die in Moskau im Exil den Krieg überlebt hatten. Konnte nicht Konrad unter ihnen sein? Sie suchte erneut nach ihm, auf der Straße, sie fragte im Hafen nach ihm, doch niemand wusste etwas. Das Haus, in dem er mit seinen Eltern gelebt hatte, stand nicht mehr. Sie las die vielen Notizen, die mit Kreide auf die umliegenden Häuser geschrieben oder einfach ins Mauerwerk geritzt waren. *Gesucht wird ... Anton Räder, wir leben und sind bei Tante Else. Elfie und Sophie werden vermisst, Hannah ist bei den Schneiders in der Hagenbeckstraße, die Urbans aus dem vierten Stock sind alle tot ...*

Und irgendwann hatte sie aufgegeben. Ihre Liebe war verloren.

Sie erwartete nicht, eine neue zu finden ...

»Paula? Wo bist du mit deinen Gedanken?«

Paula zuckte zusammen und sah hoch. Mit Mühe tauchte sie aus ihren Erinnerungen wieder auf. Sie befand sich wieder in der Küche mit ihrer Mutter. Ihr Handgelenk tat weh. Ihre Finger hatten Konrads Uhr so fest gedrückt, dass das Gehäuse tiefe Kerben in der Haut hinterlassen hatte. Wilhelmine sah sie besorgt an. »Sie kommen beide nicht wieder. Weder Papa noch Konrad«, sagte sie leise.

Paula rieb mit der rechten Hand ihr Handgelenk und sah auf die Uhr. Sie legte sie nie ab. Seit damals waren acht Jahre vergangen. Sie hatte nie wieder von Konrad gehört, und die Gewissheit, schuld an seinem Schicksal zu sein, hatte ihr Leben verändert.

Sie spürte die Wärme der Uhr am Handgelenk. »Nein, Mama, sie kommen nicht wieder«, antwortete sie. »Aber sind wir nicht auch ohne sie zurechtgekommen?« Sie nahm die Hand ihrer Mutter, um sie zu trösten. Ja, sie waren zurechtgekommen, sie hatten überlebt, aber zu welchem Preis?

»Manchmal kann ich mich nicht mehr an Papas Stimme erinnern«, flüsterte Wilhelmine. »Und dann denke ich, er kommt vielleicht doch wieder und ist dann so wie Egon Schiering ...«

Paula war froh, dass ihre Mutter sie auf andere Gedanken brachte.

Die Schierings hatten ein paar Häuser weiter gewohnt und waren 1943 ausgebombt worden. Erna Schiering hatte Glück gehabt, weil sie zu dieser Zeit mit den drei Kindern bei einer Schwester in Barmbek untergekommen war. Sie hatten alle überlebt. Als ihr Mann zurückkam, hatte sie gehofft, alles würde wieder gut werden. Doch Egon war nicht mehr derselbe. Die ersten Tage hatte er nur regungslos am Tisch gesessen, dann war er aufgestanden und in die nächste Kneipe gegangen. Seitdem trank er, ständig ließ er sich in Prügeleien verwickeln. Die Briten hatten ihn schon zweimal in Gewahrsam genommen.

Es ging nicht immer gut, wenn die Männer heimkehrten. Sie waren andere geworden. Männer wie Egon Schiering hatten Dinge erlebt und getan, die ihnen auf der Seele lagen, viele von ihnen waren regelrecht verstummt. Und sie trafen auf Frauen, die die letzten Jahre ohne sie ausgekommen waren. Erna Schiering hatte ihre Kinder allein durchgebracht, sie war es nun gewohnt, eigene Entscheidungen zu treffen, sie hatte gearbeitet und gelernt, »ich« zu sagen statt »wir«. Warum sollte sie sich einem Mann unterordnen, der trank und die Kinder schlug?

»Was ist das denn für eine Arbeit?«, meldete sich Gertrud vorsichtig zu Wort. Sie hatte bemerkt, dass ihre Mutter und ihre ältere Schwester an Dinge dachten, von denen sie keine Ahnung hatte, weil sie zu jung war. Sie hatte inzwischen den Tisch abgeräumt und setzte sich zu ihnen.

Paula fiel auf, wie blass sie war. Gertrud war immer noch ihre kleine Schwester, obwohl sie im nächsten Monat neunzehn wurde. Aber die aufregendsten Jahre einer Frau, in denen sie vom Mädchen zur Frau wurde, sich zum ersten Mal verliebte, zum Tanz ging und sich schön machte, hatte Gertrud im Luftschutzkeller verbracht.

Doch heute sah sie unter dem spärlichen Licht der Küchenlampe noch elender aus als sonst, fand Paula.

»Was ist das für eine Arbeit?«, fragte Gertrud jetzt zum zweiten Mal. »Wie viel verdienst du da?«

»Mein Chef ist ein Strumpffabrikant aus dem Osten, dem die Russen die Maschinen weggenommen haben und der jetzt hier neu anfangen will. Er braucht ein Mädchen für alles, das Englisch kann und sich mit Technik auskennt.«

»Aus dem Osten? Ist er etwa Kommunist?«, fragte ihre Mutter.

»Dann wäre er doch wohl kaum nach Hamburg gekommen.«

Ihre Mutter winkte ab. »Bei diesen Leuten weiß man nie. Und man hört doch jetzt, wo die Amis und die Russen sich nicht mehr verstehen, immer öfter von Spionen.«

»Egal ob er ein russischer Spion ist oder nicht, mit dir hat er jedenfalls die perfekte Mitarbeiterin gefunden«, sagte ihre Schwester in ehrlicher Bewunderung.

»Meinst du als Spionin oder als Sekretärin?«, gab Paula zurück.

Gertrud prustete los, aber Wilhelmine blickte immer noch sorgenvoll.

»Mama, jetzt hör schon auf. Dem Mann haben die Russen alles weggenommen. Da spioniert er doch nicht für die.«

»Woher weißt du denn, dass das stimmt? Vielleicht erzählt er das nur, um seine Geschichte glaubwürdig zu machen. Bei diesen Russen muss man so was von vorsichtig sein. Immerhin haben sie deinen Vater auf dem Gewissen. Madame Tosca hat neulich gesagt, sie spürt ständig die Präsenz von Feinden ...«

»Mama! Lass die Frau aus dem Spiel. Bist du etwa bei ihr gewesen und hast ihr Geld gegeben?«

Wilhelmine senkte den Blick, dann sagte sie: »Ich habe sie nach unserem Vater gefragt ...«

»Ach, Mama«, sagte Paula traurig. »Mein Chef ist jedenfalls kein Spion für die Russen. Die Firma liegt am Eppendorfer Weg, da kann ich zu Fuß hingehen und brauche keine Ewigkeit. Und wenn wir erst produzieren, dann bringe ich euch allen Strümpfe mit, dir auch, Mama, und keiner wird mehr komische Gedanken hegen. Schon gar nicht die Schostack!«

Wilhelmine machte sich immer noch Sorgen. »Redest du mit Uschi? Dass sie vorsichtig sein soll?«

Paula seufzte. Sie hatte schon immer die Rolle der Mutter bei Uschi spielen müssen. Wenn Wilhelmine nicht weiterwusste, schickte sie ihre älteste Tochter vor. Aber natürlich wollte auch Paula nicht, dass ihre kleine Schwester in Schwierigkeiten geriet.

»Ich muss euch auch was sagen«, bekannte Gertrud leise. »Ich bin heute entlassen worden.«

Wilhelmine zuckte zusammen. »So kurz vor Weihnachten? Aber …«

»Ich habe nichts falsch gemacht.« Gertrud seufzte. »Erich Petersen ist aus dem Krieg zurückgekommen. Da brauchen sie mich nicht mehr.«

Kapitel 7

Als der Wecker am nächsten Morgen klingelte, drang der Geruch nach heißer Seifenlauge durch die Fensterritzen. Paula sprang aus dem Bett und sah hinunter in den Hof. Aus der offenen Tür des Schuppens kam weißer Dampf.

Ach ja, heute war Waschtag. Einmal im Monat wurden die Bett- und die Tischwäsche und die Handtücher gekocht. Viel war es nicht, was den Krieg überstanden hatte, aber Wilhelmine hielt an den alten Bräuchen fest. Wenn schon die Welt in Trümmern lag, wollte sie wenigstens etwas aus ihrem gewohnten Leben bewahren. Am Waschtag wurde eimerweise Wasser geschleppt und Feuer unter dem Waschkessel gemacht. Dafür taten sich die Frauen des Hauses zusammen, denn für eine Familie allein lohnte es sich nicht, das Wasser zu kochen und Kohlen zu verschwenden. Jetzt konnten sie den Waschraum im Schuppen wieder uneingeschränkt nutzen. Bis vor einigen Wochen hatte Renate Schostack dort ihre Hühner gehalten. Sie hatte die Eier mühselig in ihrer Küche unter einer Decke ausgebrütet und war jedem mit ihren Hühnern auf die Nerven gegangen. Denn dass sie kein einziges Ei abgeben würde, war allen klar. Einige Nächte zuvor war jedoch ein Wiesel in den Stall eingedrungen und hatte alle Tiere getötet. Seitdem roch es im Haus nach gebratenen oder gekochten Hühnern. »Hoffentlich erstickt sie an einem Knochen«, eiferte sich Uschi.

Ein Huhn riecht in jedem Fall besser als die Fischfabrik, dachte Paula. Aber noch besser roch der Waschtag.

Sie stellte sich vor das winzige Waschbecken und versuchte, ihr Spiegelbild in der Fensterscheibe zu erkennen. Dann fiel ihr die Spiegelscherbe ein. Sie lief zurück in ihr Zimmer und nahm sie aus der Tasche. Sie klemmte die Scherbe mit der Spitze zwischen Fenster und Rahmen. Jetzt konnte sie sich sehen – und erschrak. Früher war sie schön gewesen, das wusste sie, aber was für eine Frau blickte ihr da entgegen? Ihre Augen, die früher immer gestrahlt hatten, waren viel zu ernst. Und wo waren die Grübchen in den Wangen geblieben, die bei jedem Lächeln da gewesen waren und so manchen Mann verzückt hatten? Ihr Haar hatte früher in dunkelblonden Wellen geglänzt, aber dann hatte Gertrud es ihr ein wenig stümperhaft auf Schulterlänge abgeschnitten, weil das praktischer war. Es war stumpf und müsste dringend gewaschen werden, aber bei dem Gedanken an das eiskalte Wasser verließ Paula der Mut. Außerdem hatte sie kein Haarwaschmittel mehr.

Ich sehe aus wie eine Vogelscheuche, dachte sie. Aber weil fast alle Frauen so aussehen, fällt es noch nicht einmal besonders auf. Es muss sich dringend etwas ändern. Sie würde sich doch die Haare waschen, schließlich war heute ihr erster Arbeitstag. Sie beugte sie sich über das Waschbecken und drehte den Hahn auf. Als der eiskalte Strahl ihre Kopfhaut traf, stöhnte sie auf.

Als sie mit einem Handtuch um den Kopf in die Küche

kam, stand der Muckefuck auf dem Tisch, dazu eine Scheibe Brot mit dünn gestrichener Butter darauf. Daneben stand ein Topf mit dem Rest vom Apfelmus von gestern. Wilhelmine kam herein, das Gesicht rot vor Hitze und Anstrengung. »Das ist das einzig Gute am Waschtag: Man friert nicht«, brummte sie. »Aber sonst ist es die Pest. Die Wäsche ist so schwer, und ich habe mich schon zweimal verbrannt. Und dann steht auch noch die Schostack die ganze Zeit neben mir. Ich muss gleich wieder runter. Wollte nur schnell eine Tasse Kaffee trinken und sehen, ob ihr aus dem Bett seid.« Sie ließ sich schwer auf einen Stuhl fallen und streckte ihre Beine aus. Unter der blassen Haut konnte Paula die hervortretenden Krampfadern sehen. Ihr wurde schmerzhaft bewusst, dass ihre Mutter im Krieg alt geworden war. Sie war eine Kriegerwitwe, die nicht mehr viel vom Leben zu erwarten hatte.

»Wenn wir bloß nicht wieder so einen harten Winter kriegen«, sagte Wilhelmine nun sorgenvoll. Alle hatten die beiden ersten Nachkriegswinter noch in Erinnerung, besonders den 1946/47. Damals hatte es von November bis März Temperaturen von um die zwanzig Grad minus gegeben. Die Menschen waren in ihren Betten erfroren. Für Wilhelmine, deren Mann einfach nicht heimkehren wollte, war diese Zeit noch schrecklicher als die Nächte im Bombenkeller gewesen.

Paula nahm die Hand ihrer Mutter und drückte sie. Wilhelmine sah sie überrascht an, dann drückte sie Paulas Hand ebenfalls und nickte ihr dabei aufmunternd zu.

Gertrud schlurfte aus dem Nebenzimmer, Uschi schlief noch. Sie durfte das, weil sie am Vorabend nach dem Kino noch Nachtschicht im *Winterhuder Keller* gehabt hatte.

»Ich muss heute noch mal zu Petersen und meine Sachen abholen und das letzte Geld«, sagte Gertrud.

»Du wirst etwas Neues finden«, sagte Faula.

»Was ist denn eigentlich mit dir und Erich?«, fragte Wilhelmine.

Gertrud machte eine wütende Handbewegung. »Mama, mit mir und Erich ist gar nichts, und da war auch nie was. Außerdem hat er nur noch ein Bein. Er hat sein linkes Hosenbein umgeschlagen, es geht nur noch bis zum Knie. Seine Krücken machen bei jedem Schritt so ein Geräusch, tock, tock …«

»Aber ihr wart doch so etwas wie verlobt!«

»Ich und Erich? Niemals!«, schnaubte Gertrud.

»Mama! Die beiden waren nicht verlobt. Wie kommst du denn darauf?«, rief Paula.

»Aber es wäre so schön gewesen, wenn Gertrud versorgt wäre.«

»Mir wäre es lieber, wenn sie eine Arbeit hätte und nicht von einem Mann abhängig wäre«, sagte Paula bestimmt.

»Erich Petersen war schon früher gemein. Der Krieg hat bestimmt keinen besseren Menschen aus ihm gemacht.« Gertrud sagte das mit aller Entschiedenheit. Paula sah ihre jüngere Schwester überrascht an. Eine solche Festigkeit hörte man selten bei ihr.

»Du wirst eine neue Arbeit finden«, wiederholte Paula. »Auch wenn das zurzeit alles andere als einfach ist – jetzt, wo immer mehr Männer aus der Gefangenschaft zurückkommen und wieder auf ihre alten Arbeitsplätze wollen. Die Frauen, die vorher dort gearbeitet hatten, werden entlassen. So einfach ist das. Mich bringt das auf die Palme.«

»Aber das ist doch auch richtig so. Die Männer müssen schließlich die Familie ernähren«, widersprach Wilhelmine. Gertrud sah sie grimmig an.

»Und wie ist das bei uns? Papa ist nicht da. Wir schaffen es auch allein. Und wenn nun Gertrud uns nicht hätte oder sogar Kinder durchbringen müsste?« Paula war wütend geworden.

»Aber es gibt nun mal Berufe, die Männer besser können«, verteidigte sich ihre Mutter.

»Und welche wären das?«, wollte Gertrud wissen. »Im Krieg haben die Frauen doch auch alles gemacht. An den Maschinen gestanden, Bomben und Straßen gebaut, sie waren Schaffnerinnen und Postbotinnen und Flakhelferinnen und haben im Feld als Krankenschwestern genauso unter Beschuss gelegen wie die Männer. Sie haben alles am Laufen gehalten. Und nebenbei waren sie noch Mütter und haben Kinder erzogen. Aber jetzt, wo die Männer wieder da sind, sollen wir die Plätze stillschweigend räumen und zurück an den Herd? Wir sollen kein eigenes Geld mehr verdienen, damit wir wieder schön abhängig von den Männern sind – darum geht es hier doch. Aber ohne mich!« Gertrud hatte immer lauter gesprochen, und Paula hatte sie verwundert angesehen.

»Ich wusste nicht, dass wir in diesen Dingen so einer Meinung sind«, sagte Paula zu ihrer Schwester.

»Aber ist es denn nicht schön, wenn eine Frau zu Hause bleiben darf und sich um ein schönes Heim bemüht und für die Kinder da ist?«

Gertrud sah ihre Mutter mit einem spöttischen Lächeln an. »Du meinst so was wie Waschtag? Oder wenn der Mann am Zahltag nicht nach Hause kommt, sondern das Geld in die nächste Kneipe trägt?«

»So jemand wie Egon Schiering?«, ergänzte Paula.

Wilhelmine sah ihre Töchter verblüfft an. »Aber es gibt doch auch andere Männer«, sagte sie, doch es war klar, dass sie wusste, dass sie gegen ihre Töchter nicht ankam. »Na, ich muss dann mal wieder«, sagte sie.

»Tut mir leid, dass wir dir nicht helfen können«, sagte Gertrud.

»Ach, lasst mal. Ich schaff das schon. Aber beim Mangeln müsst ihr mit anfassen. Ich hoffe, ich hab die Laken heute Abend trocken.«

Als ihre Mutter gegangen war, blickte Gertrud auf die Uhr. »Wir müssen los.«

Paula stand auf. Sie hätte gern noch eine Scheibe Brot gegessen, aber es war nichts mehr da. Nur auf Uschis Teller lag noch eine.

»Ist der schön«, sagte Gertrud, als sie Paulas neuen Rock sah, und fasste den dicken, warmen Stoff an.

»Steht er mir?«

Gertrud nickte. »Hast du was vor? Vielleicht solltest du dir Uschis Nylons leihen.«

»Uschi würde mich umbringen. Geht er nicht auch so? Ich will nicht zu mondän aussehen.«

»Mondän? Nur weil du einen warmen Rock und ordentliche Strümpfe trägst? Mach dich nicht lächerlich. Und wenn du deinen ollen Mantel drüberziehst, sieht sowieso keiner mehr was von deinem Mondän.«

Paula lachte. Sie mochte Gertruds trockenen Humor. Ihre

Schwester konnte gut über sich selbst lachen. »Es ist allein das Gefühl. Man geht doch ganz anders durch die Welt, wenn man weiß, dass man gut gekleidet ist.«

Sie sah an sich hinunter und fand sich ganz in Ordnung. Eine neue Frisur oder ein – Gott behüte, in diesen Zeiten! – Lippenstift hätte sicherlich mehr aus ihr gemacht. Ohne es zu wollen, kam ihr der Gedanke, was dieser englische Major wohl denken würde, wenn er sie in schöner Kleidung sähe, dezent geschminkt und frisch vom Friseur. Dann machte sie eine wegwerfende Geste. In ganz Deutschland besaß wohl kaum eine Frau so etwas wie einen Lippenstift.

Bevor sie und Gertrud die Wohnung verließen, weckten sie Uschi. »Aufstehen, Faulpelz. Du bist heute dran mit Schlangestehen. Mama hat Waschtag. Ich habe gehört, dass Feinkost Radke Grünkohl hat.«

Uschi drehte sich fluchend auf die andere Seite.

»Gertrud, hol den Wassereimer«, befahl Paula, und Gertrud klapperte mit dem Blecheimer. »Sie braucht eine Abkühlung, um hochzukommen.«

»Ich hasse euch«, maulte Uschi und quälte sich aus den Laken.

»Frühstück steht auf dem Tisch.«

Paula und Gertrud verließen die Wohnung und gingen gemeinsam bis zur Ecke, wo sie sich trennten. Gertrud wartete auf die Straßenbahn, und Paula lief in Richtung Eppendorfer Weg. Auf einem Trümmergrundstück wurde gerade eine Mauer umgestoßen. Mit einem ohrenbetäubenden Krach donnerte sie in sich zusammen und wirbelte eine Wolke von grauem Staub auf.

Paula drehte sich automatisch weg, um den Dreck wenigstens nicht ins Gesicht und in ihr frisch gewaschenes Haar zu bekommen. Als sich die Wolke gelegt hatte, war alles ringsherum mit einer zähen Staubschicht bedeckt. Resigniert klopfte sie auf ihrem Mantel herum, um ihn wieder sauber zu bekommen. Mit einem Taschentuch wischte sie zum Schluss auch über die Schuhe, damit sie ordentlich aussahen. Dann reichte sie es an einen Mann neben ihr weiter, dessen Brillengläser beschlagen waren und der verzweifelt versuchte, die Gläser mit seinem ebenfalls staubigen Mantel zu reinigen.

Eine Viertelstunde später betrat sie das Büro.

Röbcke war schon da. Er sah auf die Uhr. »Pünktlich, das lobe ich mir.«

»Das ist doch wohl selbstverständlich. Ich kann noch mehr.«

»Das können Sie sofort unter Beweis stellen.«

Er führte sie in den zweiten, kleineren Raum mit Blick auf den Hof. »Dies hier ist Ihr Reich. Sie müssen sich allerdings alles selbst zusammensuchen und Platz schaffen. Aber vorher trinken wir erst mal einen Kaffee zusammen. Damit wir uns ein bisschen beschnuppern und uns besser kennenlernen.«

Er ging in die kleine Teeküche und kam mit zwei Tassen Kaffee zurück.

»Ist das echter?«, fragte Paula. Von dem verführerischen Duft wurde ihr ganz schwindlig.

»Was denken Sie denn?« Röbcke zwinkerte ihr zu und reichte ihr eine Tasse.

»Haben Sie den gekocht?«

»Ab morgen übernehmen Sie das.«

Paula nickte und nahm vorsichtig einen Schluck. Echter Kaffee mit einem Schuss Kondensmilch! Wann hatte sie so etwas zum letzten Mal getrunken?

»Sie richten sich jetzt erst mal ein. Sehen Sie sich alles an. Ich muss gleich weg, bin gegen Mittag zurück. Kann ich Sie allein lassen?«

Paula nickte.

Als ihr Chef gegangen war, sah sie sich an ihrem neuen Arbeitsplatz um. Sie hatte ein helles Büro, das anständig beheizt war. In dem Raum standen lediglich ein Tisch mit einer gebrauchten Olympia-Schreibmaschine und der Stuhl, auf dem sie bei ihrem Vorstellungsgespräch gesessen hatte. Sie nahm einen Bleistift in die Hand und roch daran. Den Geruch hatte sie immer schon gemocht. Sie begann sich in ihrer neuen Umgebung zu Hause zu fühlen.

Sie legte den Bleistift wieder auf den Tisch. »Jetzt aber los«, sagte sie zu sich selbst.

Als Erstes würde sie das Chaos in Röbckes Büro aufräumen, aber dafür brauchte sie unbedingt einen Platz für die Ablage. Hatte er nicht gesagt, dass ihm auch eine Garage im Hof gehörte? Sie ging auf gut Glück hinunter und fand dort, sorgfältig mit einer Plane zugedeckt, einen mannshohen Rollladenschrank aus Kirschholz. Ein richtiges Schmuckstück. Mit jeweils zwei Griffen ließen sich die hölzernen Rollläden nach oben und unten verschieben. Sogar die Schlüssel steckten im Schloss. Sie probierte sie aus – sie hakten, weil sie verstaubt waren, aber mit ein bisschen Öl wären sie wie neu.

In diesem Augenblick kamen zwei Arbeiter mit ihren Frühstücksboxen über den Hof. »Wollen Sie sich ein paar Mark extra verdienen?«, fragte Paula die beiden Männer. »Es geht darum, einen Schrank abzubauen, die Treppe hinaufzutragen und ihn oben wieder zusammenzusetzen.«

Ihre Mittagspause verbrachte sie an ihrem Schreibtisch, weil es draußen zu kalt war. Zufrieden aß sie das mitgebrachte Brot. Ein geheiztes Büro, echter Kaffee, ein Chef, der offensichtlich ein netter Mensch war, eine Arbeit, die Spaß zu machen versprach. Sie fühlte sich wohl. Vielleicht geht es jetzt endlich aufwärts, dachte sie.

Ihr Chef war noch nicht zurück, als ihre Pause vorüber war. Also machte sie sich daran, Aktenordner und Pläne aus seinem Büro in ihres hinüberzutragen und in den neuen Schrank zu sortieren. Dabei verschaffte sie sich einen ersten Überblick über die Inhalte, studierte Baupläne der Maschinen und versuchte, sich die Einzelschritte der Produktion zu vergegenwärtigen. Als sie anhand der Maßstäbe erkannte, dass diese Strumpfwirkmaschinen eine Länge von zehn oder mehr Metern hatten, runzelte sie besorgt die Stirn. Dafür würde der Platz in der Halle unten im Hof nicht ausreichen.

Willi Röbcke traf sich in der Zwischenzeit mit Eberhard Dabelstein, einem alten Freund, der vor dem Krieg ein Transportunternehmen besessen hatte.

Sie saßen in einem Café in der Nähe des Rathauses, und

Dabelstein erzählte, dass er bereits wieder groß im Geschäft war.

»Das sehe ich«, sagte Wilhelm mit Blick auf die Hände seines Freundes. Wie immer hatte er Motoröl an den Fingern, denn Eberhard Dabelstein liebte nichts mehr, als an seinen Autos herumzuschrauben. Er kannte sie wie seine Geliebten, und so behandelte er sie auch. Seine Wagen blieben nie liegen und schnurrten wie gut geölte Nähmaschinen, mochten sie auch aussehen wie Rostlauben.

»Aber wo hast du als Privatmann in diesen Zeiten gleich mehrere Autos her?«, fragte Röbcke verblüfft.

Dabelstein lachte. »Du hast doch auch einen Wagen.«

»Mein Auto ist drüben in Auerbach und stammt noch aus Vorkriegszeiten.« Er senkte die Stimme, weil man ja nie wusste, wer mithörte. »Otto hat ihn mitgenommen, um bei seinem nächsten Besuch Material und so weiter rüberzuschaffen. Bei jedem Besuch bringt er was mit. Aber jetzt sag mal: Wie geht's dir mit deinen Autos? Wie viele hast du?«

Dabelstein grinste ihn an. »Natürlich haben die Tommys gleich nach dem Krieg alle meine Wagen beschlagnahmt. Zumindest die, die ich ihnen als Häppchen hingeworfen habe.«

Röbcke sah ihn fragend an. Er freute sich schon auf eine gute Geschichte, bei der er vielleicht sogar etwas lernen konnte. Sein Freund Eberhard war ein verdammtes Schlitzohr, wenn es um Geschäfte ging.

»Ich habe ein paar alte Rostlauben auf dem Hof stehen gehabt, die haben sie mitgenommen, die fuhren ja noch.« Er lachte. »Fragt sich nur, wie lange! Von meinen guten Autos habe ich die Räder abmontiert und die Motoren ausgebaut und gut versteckt. Sobald sich die Lage beruhigt hatte, habe ich die Autos wieder zusammengebaut. Und jetzt fahre ich Mitarbeiter der deutschen Behörden und manchmal sogar die Tommys.«

»Du bist Taxiunternehmer geworden?«

»Ich würde eher sagen, ich habe ein Transportunternehmen. Inzwischen habe ich vier Limousinen und zwei Lkws. Ich könnte doppelt so viele Wagen haben, ich komme gar nicht hinterher. Wenn du deinen Wagen nicht mehr brauchst ...«

»Nee, nee«, wehrte Röbcke ab. Dann schlug er seinem Freund auf die Schulter. »Uns kriegen die nicht klein, nicht wahr, Eberhard?«

»Wo denkst du hin? Prost, darauf stoßen wir an.« Sie hoben ihre Gläser, und dann fragte Dabelstein, was Wilhelm so vorhabe.

Wilhelm erzählte, dass es seine Fabrik in Auerbach nicht mehr gab. »Ich hab's ja kommen sehen, aber ich wollte es nicht glauben. Wenn ich geblieben wäre, hätten sie mich garantiert einkassiert. Also bin ich abgehauen. Aber ich mache meine Fabrik wieder auf. Hier in Hamburg. Dazu brauche ich eine Halle, das Dach muss in Ordnung sein.«

Dabelstein nickte wichtigtuerisch und wies mit der Hand, die eine dicke Zigarre hielt, auf sich selbst. »Da fragst du den Richtigen. Hab zufällig gerade was gehört. Eine Halle im Hafen, nicht weit vom Hauptbahnhof entfernt. Das Gebäude ist intakt, nur die Hafenbecken rundherum haben ein paar Treffer abbekommen. Wir könnten uns zusammentun. Ich brauch Platz für meinen Fuhrpark.«

Ein Strahlen breitete sich auf Wilhelms Gesicht aus. »Ich wusste doch, dass ich mich auf dich verlassen kann.«

»Eine Hand wäscht die andere. Wenn dein Chauffeur das nächste Mal unterwegs ist, dann sag Bescheid. Ich kenne jemanden, der gute Kontakte zu den Alliierten hat, den Russen und den Amis. Mit dem Interzonenhandel kann man gutes Geld verdienen. Der Iwan ist ganz heiß auf Chesterfields.«

So ganz wohl war Wilhelm bei dieser Sache nicht. In diesen Dingen kannte er sich zu wenig aus, und wenn man ihn beim Interzonenschmuggel erwischen würde, könnte er seine Genehmigungen getrost vergessen. Aber es war klar, dass er seinem Freund eine Gegenleistung bieten musste.

Und Dabelstein zerstreute seine Bedenken. »Ist alles legal, mit Stempel und allem. Das Geheimnis ist, zu wissen, wen du fragen musst.«

Ein paar Schnäpse später spazierte Wilhelm beschwingt zurück ins Büro. Er kam an den Gebäuden der Firma Beiersdorf vorüber und lächelte breit. Das Dach des größten Gebäudes war abgedeckt, rundherum standen immer noch Ruinen. Aber überall waren Maurer und Zimmerleute dabei, die Fabrik wiederaufzubauen. Beiersdorf mit seiner Nivea-Creme. An dem sollte man sich orientieren.

Morgen oder übermorgen würde er sich die Halle im Hafen ansehen, von der Dabelstein gesprochen hatte. Eine Hilfskraft hatte er auch, und er war gespannt, was dieses Fräulein Rolle inzwischen zustande gebracht hatte. Als er das Büro betrat, war sie dabei, Aktenordner und Zeichnungen in einen riesigen Aktenschrank zu verfrachten. Ein großer Teil seiner Unterlagen war bereits in die obere Hälfte des Schranks einsortiert.

»Wo haben Sie den aufgetrieben?«, fragte er überrascht. »Wie teuer war der?«

Paula drehte sich zu ihm herum. »Der gehörte bereits Ihnen. Er stand unten in der Garage. Ich brauche nur drei Mark, um die beiden Herren zu entlohnen, die ihn heraufgetragen haben. Sie arbeiten nebenan in der Klempnerei. Ich habe mich gut mit ihnen gestellt. Wer weiß, wozu wir sie noch brauchen können.«

Röbcke bedachte sie mit einem anerkennenden Lächeln.

»Ihren Vorschuss haben Sie sich voll und ganz verdient«, sagte er.

Kapitel 8

Ab jetzt betrat Paula jeden Morgen nach einem kleinen Spaziergang ihr neues Büro mit einem Lächeln. Sie hatte sich rasch eingearbeitet und verstand schnell, worum es ging. Dazu musste sie nur den Gesprächen und Telefonaten zuhören, die ihr Chef nebenan führte.

Röbcke setzte derweil Himmel und Hölle in Bewegung, um eine Cotton-Maschine zu kaufen. Er hoffte immer noch, in Deutschland eine auftreiben zu können. Er telefonierte den ganzen Tag, aber alle, die er fragte, lehnten ab. Es gab viel zu wenige Maschinen. Bei Kriegsende waren es noch sechstausend gewesen. Sie waren fast alle in Sachsen gebaut worden und standen noch in der sowjetischen Zone, wenn die Russen sie nicht demontiert hatten. In Westdeutschland gab es nur ein paar Dutzend Textilunternehmer, die in Süddeutschland produzierten.

Willi Röbcke telefonierte mit jedem einzelnen Besitzer dieser Maschinen. Paula konnte die Gespräche von ihrem Schreibtisch aus mithören: »Erwin? Ja, hier ist Willi. Hättest du nicht gedacht, oder? Altes Schlitzohr! Was treibst du so? ... Ja, ja, die verdammten Russen. Mir haben sie die Firma weggenommen, sei froh, dass du in Bayern sitzt. Und du? ...

Und deine Maschinen? Du bist dabei, sie wieder auf Strümpfe umzurüsten? Läuft wie geschmiert? Das freut mich. Dann willst du sie mir nicht zufällig verkaufen? Auch nicht eine? … Nein? … Du willst meine Kundendaten? Da muss ich aber herzhaft lachen, alter Freund, so läuft das nicht. Wir sprechen uns in einem halben Jahr wieder.«

Der Hörer fiel krachend auf die Gabel, kurze Zeit später stand Röbcke vor Paulas Schreibtisch. »Der hat Maschinen und verkauft mir keine.« Er grinste. »Würde ich auch nicht machen. Ich habe jetzt alle angerufen, die vor dem Krieg Strümpfe produziert haben. Alle, deren Maschinen noch da sind, wollen wieder einsteigen, keiner verkauft. Kann ich ja verstehen. Wer züchtet sich schon gern seine eigene Konkurrenz heran.«

Paula erschrak. »Heißt das, Sie schließen Ihre Firma und ich verliere meine Arbeit?«

Ihr Chef rieb sich vergnügt die Hände und verkündete: »Wo denken Sie hin? Natürlich habe ich einen Plan B. Aber es muss schnell gehen, ich will nicht erst auf den Markt kommen, wenn alle anderen schon da sind.«

Er setzte Paula auseinander, dass vor dem Krieg die sächsischen Maschinenfabriken Tausende von Cotton-Maschinen nach Amerika verkauft hatten.

Paula nickte. Das hatte er schon mal erwähnt.

Es sollte drüben sogar einen Verein geben, den ausgewanderte Strumpffabrikanten aus Sachsen gegründet hatten. Röbcke ging vor ihrem Schreibtisch hin und her. Paula hatte schon gemerkt, dass er dabei am besten nachdenken konnte. »Die Sache ist ganz einfach«, begann er. »Wenn die Amis früher Maschinen aus Deutschland gekauft haben, dann können wir doch jetzt von denen welche zurückkaufen ... Ich glaube, in Philadelphia sitzt einer von denen. Wie hieß der noch ... genau: Brodersen, Otto Brodersen.« Er blieb stehen und zeigte mit dem Finger auf Paula. »Versuchen Sie, seine Adresse rauszukriegen. Brodersen in Philadelphia. Schaffen Sie das?«

Zwei Tage später überreichte Paula ihrem Chef einen Zettel, auf dem eine Adresse und eine lange Telefonnummer standen. Röbcke griff sofort zum Hörer, um ein Gespräch anzumelden. In einem Telefonat, das ein Vermögen kostete, erläuterte Otto Brodersen ihm, dass die Amerikaner inzwischen selbst solche Maschinen herstellten, die zwischen dreißig- und fünfzigtausend Dollar kosteten. Gebrauchte Vorkriegsmaschinen gebe es aber schon für zehntausend Dollar. Brodersen versprach, sich umzuhören.

Nach dem Gespräch saß Willi Röbcke zusammengesunken an seinem Schreibtisch. Von seiner gewohnten Zuversicht war nichts mehr da. »Fünfzigtausend Dollar«, flüsterte er immer wieder. Das waren nach dem offiziellen Umrechnungskurs fast hundertsiebzigtausend Mark, ein Vermögen. Das lag jenseits von allem, womit er gerechnet hatte. Und mit dem Preis fingen die Probleme erst an. Denn natürlich hatte Röbcke keine Dollars, um Maschinen in Amerika zu kaufen. Niemand in Deutschland hatte Dollars. Die gab es nur zu einem horrenden Kurs auf dem Schwarzmarkt oder illegal in der Schweiz. Röbcke hatte überhaupt kein Geld mehr. Sein Geld steckte in den Maschinen in Auerbach, und die hatten jetzt die Russen.

Paula machte sich ihre eigenen Gedanken und veranstaltete im Kopf Zahlenspiele. Die Dinge lagen doch so: Die Leute wollten Strümpfe, und sie würden sie auch teuer bezahlen, wenn sie nur welche auftreiben könnten. Röbcke könnte sie ihnen liefern, wenn er Geld hätte, um eine Cotton-Maschine zu kaufen. Aber wie sollte er an Geld kommen? Sie tippte mit ihrem Bleistift an ihre Unterlippe, und dann fiel ihr etwas ein, das sie vor einiger Zeit gelesen hatte. Das war es!

Von nebenan hörte sie ihren Chef schimpfen, als hätte er ihre Gedanken gehört. »Eberhard, ich habe ja nicht mal genügend D-Mark! Es ist zum Verzweifeln. Nein, das mache ich nicht! Ich kann doch nicht auf den Schwarzmarkt gehen. Nicht für so eine Summe. Wenn das so weitergeht, bin ich pleite! ... Nein! Kein Schwarzmarkt, ich habe es dir doch gesagt. Eine so große Summe, das geht nicht gut. Und ich will nicht im Knast landen.«

Paula hörte, wie er nebenan genervt den Hörer aufknallte und laut fluchte. Sie überlegte einen Moment, dann stand sie auf und ging zu ihm hinüber.

Röbcke saß grübelnd an seinem Schreibtisch, den Kopf in die Hände gestützt. »Jetzt nicht«, sagte er.

»Chef, ich habe eine Idee. Kann ich mit Ihnen sprechen?«

»Wieso? Haben Sie einen Sack mit Dollars gefunden?« Seine Stimme klang resigniert.

»Ich wüsste vielleicht, wie wir an Geld kommen.« Ihr fiel auf, dass sie »wir« gesagt hatte. »Und wenn wir erst mal

D-Mark haben, kriegen wir die auch getauscht.« Zur Not würde sie den britischen Major um Hilfe bitten, mit dem sie an der Straßenbahn aneinandergeraten war. Der schien ja ein Einsehen mit den Nöten der Deutschen zu haben. Sie lächelte bei dem Gedanken. Sie hätte nicht übel Lust, ihren Charme bei ihm spielen zu lassen. Paula hatte in den Tagen danach noch ein paarmal an ihn denken müssen. Etwas an seinem Blick hatte sie angezogen. Und er war so höflich gewesen. Vor allem hatte er sie nicht so von oben herab behandelt, wie es so viele Männer taten. Aber inzwischen war so viel passiert ... Sie wandte sich wieder Röbcke zu.

»Chef, ich arbeite gern für Sie, und ich kann es mir nicht erlauben, meinen Job zu verlieren, weil Sie aufgeben. Es geht auch mich etwas an.«

Röbcke nahm die Brille ab und sah sie an. »Wer redet denn von aufgeben? Schießen Sie los«, forderte er sie auf.

Paula erzählte, dass sie vor ein paar Wochen einen Artikel über Henry Ford, den amerikanischen Autobauer, gelesen hatte.

»Kenn ich«, sagte Röbcke ungeduldig.

»Ford wäre einmal fast pleitegegangen, weil er nicht mehr liquide war. Sein ganzes Vermögen steckte in seinen Fabriken ...«

»Und?«, fragte Röbcke, und an dem Glitzern in seinen Augen konnte Paula erkennen, dass ihn die Sache jetzt doch interessierte.

»Er bat seine Autohändler, die ja viele Jahre gutes Geld mit ihm verdient hatten, ihm Kapital vorzuschießen – für jedes Auto, das sie bei ihm in Auftrag gaben, zehn Prozent. Sie haben es gemacht, und Ford bekam Schecks aus ganz Amerika. So konnte er produzieren, seine Autos an die Händler liefern, und die wiederum bezahlten ihre Rechnungen minus der zehn Prozent.« Paula lehnte sich zurück und sah ihren Chef an. »Die Amerikaner wollten Autos, die deutschen Frauen wollen Strümpfe.«

»Sie meinen …«

»Sie kennen doch all Ihre Abnehmer seit Jahrzehnten, die Besitzer von Kaufhäusern und Modegeschäften, die Großhändler. Haben Sie sie jemals enttäuscht?«

»Wo denken Sie hin? Meine Kunden konnten mir immer blind vertrauen!«

»Fragen Sie sie, ob sie Ihnen Geld vorschießen, damit Sie eine Cotton-Maschine in Amerika kaufen können. Dafür versprechen Sie, ihnen bis zu einem bestimmten Datum Strümpfe zu liefern, die sie dann verkaufen können. Alle wollen doch Strümpfe, ein besseres Geschäft können die Händler gar nicht machen.«

Röbcke sah sie verblüfft an. Dann schlug er sich auf die Schenkel und fiel in ein befreites Lachen. So ausgelassen hatte Paula ihn noch nie erlebt.

»Ich wusste doch, dass Sie die Richtige sind. Wir fangen sofort an, alle anzuschreiben und anzurufen. In drei Wochen müssen wir das Geld zusammenhaben. Und wir kaufen nicht nur eine Maschine, sondern mehrere. Und Sie«, er wies mit dem Finger auf Paula, während er mit der anderen Hand schon nach dem Telefonhörer griff, »Sie kommen mit mir nach Amerika.«

Wilhelms Kapital war das Vertrauen, das seine Kunden in ihn hatten. Er hatte in seinem Leben noch niemals betrogen. Er war als harter Verhandlungspartner bekannt, aber auch als jemand, dessen Wort galt. Ein Handschlag war für ihn dasselbe wie ein zehnseitiger Vertrag voller Klauseln. Das kam ihm jetzt zugute.

Allein in Hamburg hatte er über achtzig Adressen in seiner Kartei. Von den großen Warenhäusern wie dem Alsterhaus bis zu ausgesuchten Fachgeschäften für Strumpfwaren und Unterwäsche wie Otto Leu am Gänsemarkt, mit dem er schon vor dem Krieg Geschäfte gemacht hatte. Leu war sofort Feuer und Flamme für den Vorschlag und erklärte sich bereit, die Idee weiterzutragen und für Willi Röbcke zu bürgen. Die Namen vieler anderer Kunden befanden sich jedoch noch in der Kartei in Auerbach. Willi ließ seinem Chauffeur eine Nachricht zukommen, und einen Tag später fuhr Otto in den Hof. Er kannte jemanden, der ihm seinen Interzonenpass immer wieder verlängerte, ohne lange zu fragen.

»Die haben mich gefilzt, aber zum Glück kenne ich die Leute inzwischen. Eine kleine Gefälligkeit hier und da, und die Sache ist geritzt.«

Er hatte zwei Kästen mit Adressen dabei, die er vor der Zerstörungswut der Russen hatte retten können.

»Ich hab mich nachts reingeschlichen und sie rausgeholt. Sind schon nach dem Alphabet sortiert«, sagte er, als er die hölzernen Karteikästen vor seinem Chef auf den Tisch stellte. »Sie waren ja alle rausgerissen. Ich habe sie vom Boden aufgeklaubt. Allerdings fehlen viele. J bis M ist ganz weg. Da haben die Russen ein Feuer mit gemacht. Seien Sie froh, dass

Sie das nicht mit ansehen mussten, Chef.« Er schnaufte und drehte seine Mütze in der Hand. »Das ist noch nicht alles. Der Betrieb ist jetzt ›volkseigen‹. Ist aber nicht mehr viel da. Das meiste ist kaputt.«

Röbcke atmete schwer. »Und die Leute?«

»Haben keine Arbeit mehr. Ich habe schon bei einigen vorgefühlt. Die würden lieber heute als morgen abhauen.«

»Mein Haus?«

Otto schüttelte den Kopf. »Da wohnt jetzt der Stadtkommandant.«

»Und Frau Otterberg?«

»Keine Sorge. Die hat er immerhin behalten. Sehen Sie mal hier.« Er bückte sich nach einem weiteren Karton. Darin befand sich, säuberlich verpackt, das englische Teeservice, das er Margot zu ihrem ersten Hochzeitstag geschenkt hatte. Röbcke musste schlucken, aber bevor die Rührung ihn übermannte, sagte Otto: »Frau Otterberg meint, Sie sollen sagen, was Sie haben wollen. Sie hat in den letzten Wochen so einiges im Keller versteckt und versucht, es rauszuschmuggeln. Ich bring das dann rüber.«

Röbcke war sichtlich gerührt. Er wickelte eine Tasse aus und hielt sie gedankenverloren in den Händen.

»Hast du auch an die andere Sache gedacht?«, fragte er.

»Klar, Chef. Hier ist das gute Stück.« Otto hob einen Mantel aus hellbraunem Wollstoff in einem Pfeffer-und-Salz-Muster in die Höhe.

Paula stockte der Atem. Der Mantel sah aus wie ein Modell aus Paris. Und der Kragen war mit einem langflauschigen Pelz verbrämt.

»Probieren Sie den mal an!«, forderte Röbcke sie auf.

»Ich?«, fragte sie. Dann ließ sie sich von Otto Besecke hineinhelfen. Der Mantel war ein Traum, mit der angesetzten Taille war er vom Schnitt her fast wie der, den sie sich aus dem blauen Samtstoff genäht hätte. Sie schloss die lederbesetzten Knöpfe und fuhr mit den Händen über den Stoff. Das Schönste war der Pelzkragen. Sie schmiegte ihre Wange hinein und schloss vor Verzücken die Augen. Er war so weich. Der Mantel war wie für sie gemacht, er passte wie angegossen. Paula hatte noch nie etwas so Kostbares besessen. Ohne in den Spiegel zu sehen, wusste sie, dass die Farbe wunderbar zu ihrem Haar und ihrer blassen Haut passen würde.

»Da sehen Sie aber ganz anders drin aus, Fräulein Paula«, sagte Otto Besecke und hob anerkennend die Augenbrauen.

»Ich wusste doch, dass Sie dieselbe Größe wie meine Margot haben«, sagte Röbcke sichtlich zufrieden. »Er hat zwar schon ein paar Jahre auf dem Buckel, aber meine Frau hat ihn damals in Paris machen lassen. Ich weiß noch, dass ich ein Vermögen dafür bezahlt habe.«

»Aber …« Paula wollte sagen, dass sie sich so ein Stück niemals leisten könnte, doch Röbcke winkte ab.

»Sie immer mit Ihrem Aber. Nun nehmen Sie ihn schon. Ich kann Sie doch nicht in Ihrem komischen Altherrending mit nach Amerika nehmen. Da geben uns die Leute ja nicht einen Dollar Kredit.«

»Chef, Sie sind ein guter Mensch. Am liebsten würde ich Sie umarmen.«

»Das heben wir uns mal besser für später auf.« Er schob den ersten Kasten über den Tisch zu Paula.

»An die Arbeit. Sie nehmen den, ich den anderen. Wir fangen einfach vorne an. Wir rufen an oder schreiben und erklären, was wir vorhaben. Die Leute sollen zehn Prozent ihrer Lieferung sofort anzahlen.«

»Aber ... soll ich nicht ein Schreiben entwerfen, und Sie lesen es sich durch?«, fragte Paula, während sie mit leisem Bedauern den Mantel wieder auszog und ihn auf einen Bügel hängte. Sie konnte es kaum erwarten, ihn nachher für den Heimweg wieder anzuziehen. Ihre Mutter würde staunen.

»Nein, dafür ist keine Zeit. Sie machen das schon.«

»Wie Sie wollen. Wann liefern wir denn? Was soll ich sagen, wenn jemand danach fragt?«

»Pfingsten 1949.«

»Pfingsten? Das ist in einem halben Jahr«, rief Otto. »Das schaffen wir nie!«

»Drei Tage vor Pfingsten. Damit sie das Pfingstgeschäft mitnehmen können«, sagte Wilhelm fest. »Keinen Tag später.«

Paula sah auf den Kalender. Pfingsten fiel im nächsten Jahr auf den 5. und 6. Juni. Heute war der 11. Dezember. Also hatten sie sogar noch zwei Wochen weniger als ein halbes Jahr. Bevor Paula sich Gedanken darüber machen konnte, ob dieser irrwitzige Plan zu verwirklichen war, griff sie nach dem Notizblock und begann ein Anschreiben zu formulieren. Sie würde alles dafür tun, damit sie den Pfingsttermin halten konnten, und wenn sie sich halb totarbeiten müsste.

»Chef nix da?«

Paula sah von ihrer Schreibmaschine auf. Sie war dabei, die Ergebnisse des Vortages in Listen einzutragen, die sie sich eigens ausgedacht hatte. In die Spalten kamen der Name und der Betrag, die Menge der gewünschten Strümpfe und persönliche Anmerkungen. Die Olympia klapperte so laut, dass sie nicht gehört hatte, wie jemand ins Büro gekommen war. Hier kann sich jeder reinschleichen, wenn er will, dachte sie beunruhigt.

Sie sah zu dem Mann hoch. Als Erstes fiel ihr auf, dass er seinen Hut nicht abnahm. Er sah aus wie ein Mann, auf den die Frauen fliegen. Das dunkelblonde Haar war mit Pomade aus der hohen Stirn nach hinten gekämmt. Ein schmales Gesicht mit hohen Wangenknochen. Aber die Augen gefielen ihr nicht. Sie standen zu eng zusammen und waren fast schwarz unter buschigen Augenbrauen, was ihn brutal wirken ließ. Mit dem ist nicht gut Kirschen essen, dachte sie.

Der Besucher stützte sich auf den Schreibtisch, und Paula konnte riechen, dass er getrunken hatte. Er nahm einen Zug aus seiner Zigarette und blies ihr den Rauch ins Gesicht.

»Röbcke nix da?«, wiederholte er seine Frage. »Ich hab was für ihn.«

Paula hörte den Akzent, der sich für ihre Ohren russisch anhörte. Sie räusperte sich deutlich und sah ihn streng an. »Herr Röbcke kommt sofort wieder. Haben Sie einen Termin?«

Sie wusste gar nicht, wie lange Röbcke noch wegbleiben würde, er war mit diesem Dabelstein verabredet. Aber sie wollte unbedingt, dass der Mann vor ihr glaubte, er wäre gleich wieder da.

»Termin brauch ich nich«, sagte er. »Eher braucht Ihr Chef, was ich hier hab.« Er trat mit dem Fuß gegen ein Paket, das Paula vorher nicht bemerkt hatte. Es war so groß wie ein Umzugskarton, schien jedoch leicht zu sein, denn es rutschte nach dem leichten Tritt ein Stück weit über das Parkett.

»Wie gesagt, er muss jeden Augenblick zurück sein. Oder Sie kommen später noch einmal wieder?«

Der Mann sah nicht so aus, als würde er wieder gehen wollen.

Paula wurde die Sache immer unangenehmer. Sie war heilfroh, als Röbcke in diesem Augenblick hereinkam.

»Erkolitsch, Sie sollen doch nicht ...«, sagte er, als er den Mann bemerkte.

»Ich bring, was Sie wollen.«

»Kommen Sie mit.« Röbcke nickte Paula zu und ging in sein Büro hinüber. Erkolitsch nahm den Karton und folgte ihm.

»Es ist besser, wenn Sie den vergessen«, sagte Röbcke am Abend, bevor sie nach Hause ging. »Das ist ein Freund von Dabelstein, ich schulde ihm einen Gefallen.«

Paula nickte. Damit wollte sie nichts zu tun haben.

In der folgenden Woche telefonierte Paula von früh bis spät. Wenn sie morgens ins Büro kam, trank sie als Erstes einen Kaffee, um wach zu werden. Manchmal hatte Röbcke auch Brötchen gekauft. Nach dieser Stärkung fing sie an, die ehemaligen Alba-Kunden abzuarbeiten und die Ergebnisse der

Akquise in ihre Listen einzutragen. Sie hatte einen Vordruck erstellt, in den sie die Beträge eintrug und der auch als Vertrag galt. Gerade hatte sie eine Vereinbarung mit der Firma Hugo Ernsting Söhne aus Rheine in Westfalen geschlossen und trug die Zahlen ein:

Bei einer Vorauszahlung von 3750 D-Mark verpflichtet sich Alba, insgesamt 375 Dutzend Strümpfe zu liefern, wobei die erste Lieferung zu Pfingsten 1949 zehn Prozent der Menge umfasst, der Rest folgt in monatlichen Lieferungen.

Die meisten Kunden waren am Anfang skeptisch, aber Paula hatte sich ein paar Sätze zurechtgelegt, um die Geschäftsidee zu erklären, und wenn sie den Namen Röbcke nannte, hatte sie meistens leichtes Spiel. Das größte Hindernis war oft, dass die Kunden selbst kaum finanzielle Reserven hatten, um das Geld vorzuschießen. »Aber mit Ihrem guten Namen bekommen Sie doch Kredit«, sagte Paula dann so liebenswürdig, wie sie konnte. »Gerade jetzt, wo die Amerikaner mit dem Marshallplan Geld in unsere Wirtschaft pumpen. Es ist doch so etwas wie eine nationale Pflicht, die Wirtschaft wieder in Gang zu bringen und den Russen zu zeigen, dass wir nicht alles mit uns machen lassen.« Dieses Argument zog bei vielen ihrer Gesprächspartner. Obwohl Paula manchmal nicht sicher war, ob sie damit Konrad und auch ihre eigenen politischen Überzeugungen verriet. Aber wenn sie sich ansah, was die Russen in ihrer Zone machten und wie unfrei die Menschen dort waren, glaubte sie, das Richtige zu tun.

Abends hatte sie dann einen steifen Nacken, und ihr rauchte der Kopf.

So verging die erste Woche. Am Sonnabendnachmittag kam Röbcke mit einer Flasche Sekt und drei Gläsern zu ihr ins Büro. Sie hatten die unvorstellbare Summe von achtzigtausend D-Mark aufgetrieben.

»Wie viel werden wir denn brauchen?«, fragte Paula. Sie hatte ihr Glas Sekt ausgetrunken, und der Alkohol war ihr zu Kopf gestiegen.

»Ich schätze, eine halbe Million«, meinte Röbcke.

»Darauf brauche ich noch einen Schluck«, sagte Paula.

An diesem Abend brachte Otto sie nach Hause, weil es noch später als üblich geworden war. Sie fuhren durch die dunklen Straßen. Nur in einigen Häusern brannte Licht oder eine Kerze. Schließlich war bald Weihnachten. Paula sehnte sich nach den Zeiten zurück, als die ganze Stadt vorweihnachtlich glänzte, als überall kleine Tannenbäume standen und Lichterketten über die Straßen gespannt waren. Während des Krieges war das verboten gewesen, da herrschte Verdunklungsgebot, und jetzt hatten nur die wenigsten Hamburger Geld und Muße dafür.

Otto setzte sie in der Hoheluftchaussee ab, bevor er zurück ins Büro fuhr, um Röbcke abzuholen, der noch etwas zu erledigen hatte.

»Danke«, sagte Paula.

»Bis Montag«, antwortete Otto.

In der Wohnung versuchte sie, leise zu sein und ihre Mutter nicht zu wecken, aber Wilhelmine war noch wach, weil sie auf Paula gewartet hatte. Sie saß am Tisch und strickte.

»Mama, du hast doch gar nicht genügend Licht«, mahnte Paula.

»Ich stricke glatt rechts. Da brauch ich kein Licht. Außerdem soll Gertrud das nicht sehen, es wird ein Pullover für sie zu Weihnachten.« Sie sah Paula ernst an. »Ich mach mir Sorgen. Du kommst nur noch zum Schlafen nach Hause.«

»Ich habe dir doch erzählt, dass wir jetzt das Geld einsammeln müssen, damit wir Pfingsten liefern können. Sobald wir das Geld zusammenhaben, wird es besser.«

Wilhelmine schnupperte. »Hast du getrunken? Auf der Arbeit?«

»Nur ein Glas Sekt. Wir haben die erste Woche gefeiert. Weil wir so erfolgreich waren. Otto hat mich nach Hause gefahren. Mama, du musst dir keine Sorgen machen.« Paula sah ihre Mutter an und fragte sich, ob jetzt der richtige Zeitpunkt war, um ihr zu sagen, dass sie mit Röbcke nach Amerika fliegen würde. Dann ließ sie es sein. Die Vorstellung war so phantastisch, dass sie ja selbst noch nicht daran zu glauben wagte.

Sie lächelte und überreichte Wilhelmine ein Päckchen in der Größe eines Schuhkartons. »Von meinem Chef«, sagte sie. »Mit den besten Grüßen an dich.«

Sie wusste bereits, was darin war. Otto hatte eine Ladung Holzfiguren aus dem Erzgebirge mitgebracht, und Röbcke hatte ihr eine Weihnachtspyramide geschenkt, die Wilhelmine jetzt entzückt aus dem Papier nahm. Sie stellte sie auf den Tisch und steckte die Flügel in die dafür vorgesehenen Halterungen. Sogar kleine Kerzen waren dabei. Paula reichte ihrer Mutter die Streichhölzer, und als sie die Kerzen anzündete, drehten sich die kleinen Holzengel mit den goldenen Trompeten durch die aufsteigende Wärme. In der Küche verbreitete sich ein sanftes Licht.

»Ich habe schon lange nicht mehr etwas so Schönes gesehen«, sagte Wilhelmine und wischte sich eine Träne aus dem Augenwinkel.

Paula lächelte ihre Mutter an. Vielleicht wurde im nächsten Jahr alles besser.

Kapitel 9

Die letzte Woche vor Weihnachten war gekommen. Paula arbeitete bis zum Umfallen, aber sie wusste, wofür, und deshalb tat sie es gern. Sie hatte das Gefühl, Teil von etwas Großem zu sein. An manchen Abenden musste Wilhelm Röbcke sie nach Hause schicken. »Da erreichen Sie doch jetzt niemanden mehr«, sagte er, wenn sie noch am Telefon war. Er selbst blieb jedoch stets im Büro. Damit die Briten ihm eine *production permit* für seine Strümpfe ausstellten, musste er viele Formulare ausfüllen. Auch um den Rohstoff musste er sich kümmern, und allmählich musste er sich auf die Suche nach Arbeitern für die Produktion begeben.

Heute war sie pünktlich gegangen. »Ich muss Weihnachtsgeschenke für meine Mutter und meine Schwestern besorgen«, sagte sie.

»Warten Sie.« Röbcke hielt sie zurück und zog sein Portemonnaie aus der Hosentasche, um ihm einen Zwanzigmarkschein zu entnehmen. »Machen Sie sich selbst auch eine Freude.«

»Das ist zu viel!«, protestierte sie, als er ihr das Geld reichte.

»Nehmen Sie schon. Sie sind unbezahlbar.«

Bester Laune lief Paula nun durch die Osterstraße. Die war immer die Einkaufsmeile der Gegend gewesen, mit Straßenbahn, Eisdiele, Gaststätten und Kinos und vielen Geschäften. Seit dem Sommer machten sie nach und nach wieder auf. Manchmal waren es noch keine festen Läden, sondern nur Holzbuden auf den geräumten Trümmergrundstücken, aber es gab wieder etwas zu kaufen. An einem der Behelfsstände gab es Produkte von Beiersdorf im Sonderverkauf. Paula zögerte nicht und kaufte eine Nivea-Creme für Wilhelmine. Die mochte den Duft so gern, und die leuchtend blauen Dosen dienten, wenn sie leer waren, als Aufbewahrungsort für Nähnadeln und kleine Knöpfe.

Paula vergewisserte sich, dass sie die Dose tief in ihrer Handtasche verwahrt hatte, und fand sich vor dem Modehaus Woller wieder. Sie dachte an das Geld in ihrer Tasche. Sollte sie sich eine Bluse gönnen? Wahrscheinlich hatte Röbcke recht, dass sie sich etwas Schönes verdient hatte, und ein bisschen Abwechslung würde ihrer Garderobe guttun. Und wenn sie schon da war, könnte sie auch gleich fragen, ob man hier Interesse an Alba-Nylons hätte. Wenn eine Frau sich einen Rock oder ein Kleid kaufte, dann konnte es doch nicht verkehrt sein, auch gleich die passenden Strümpfe im Angebot zu haben.

Sie beschloss, erst einmal hineinzugehen.

Während sie eine dunkle, leicht glänzende Bluse anprobierte, die sich angenehm an ihren Körper schmiegte, erzählte sie der Verkäuferin von den Alba-Strümpfen.

»Darüber sollten Sie mit Herrn Woller persönlich sprechen«, sagte die Verkäuferin gerade, als Paula hinter sich eine

Stimme hörte, die ihr bekannt vorkam. Eine dunkle, sanfte Stimme mit einem ganz leichten Akzent, die einen guten Tag wünschte. Sie drehte sich um und starrte verblüfft den Offizier an, der vor einigen Wochen an der Straßenbahnhaltestelle ihr und der Frau mit dem Kinderwagen geholfen hatte. So ein Zufall. Vor ein paar Tagen erst hatte sie an ihn gedacht.

»So sieht man sich wieder«, sagte er mit einem Lächeln. Er legte zwei Finger an die Kappe und grüßte auch die Verkäuferin.

»Dies ist ein Geschäft für Damenmode«, gab Paula zurück, weil ihr nichts anderes einfiel. Dann dachte sie, dass er vielleicht für seine Frau etwas kaufen wollte, und der Gedanke gefiel ihr nicht.

Er fuhr sich in einer jungenhaften Bewegung durch das Haar. »Ich weiß«, sagte er dann, »aber ich habe Sie durchs Fenster gesehen, und da dachte ich … Ich wollte Sie einfach gern wiedersehen.«

»Mich?«

»Ich würde gern mit Ihnen reden.«

»Ist das eine Vorladung?« Ihre Stimme klang härter, als sie beabsichtigt hatte.

»Wenn es notwendig ist.« Sein Lächeln fiel in sich zusammen. Sein Blick wurde kalt.

Gratuliere, Paula, jetzt hast du ihn durch deine schnippische Art brüskiert, dachte sie. Sie wandte den Blick ab.

»Ich würde Sie aber auch auf einen Kaffee einladen, wenn Sie einverstanden sind. Vorladen kann ich Sie ja immer noch.« Jetzt lächelte er wieder, und sie war ihm dankbar, dass er die Situation entschärfte. »Die Bluse steht Ihnen übrigens sehr gut. Sie sollten sie kaufen. Ich warte draußen auf Sie, während Sie bezahlen, einverstanden?« Wieder dieses strahlende Lächeln, das ihn so jung aussehen ließ.

»Gern«, sagte Paula und ging in die Kabine, um sich umzuziehen. Aber dann entschied sie sich, die Bluse gleich anzulassen.

»Das ist eine gute Idee«, sagte die nette Verkäuferin und wickelte ihre alte Bluse in Papier ein. »Wenn ich das sagen darf: Sie haben sich ziemlich gemacht seit unserer ersten Begegnung. Erst der Rock, jetzt die Bluse und dann dieser Mantel.«

»Vielen Dank«, gab Paula glücklich zurück. »Vielleicht sprechen Sie mit Herrn Woller schon mal über meinen Vorschlag? Ich komme in den nächsten Tagen wieder.«

»Gern. Wir erwarten übrigens eine Lieferung englischer Tweedstoffe in ausgezeichneter Qualität. Und der blaue Samt ist immer noch da.«

Paula lächelte. Wie gut es tat, für eine sehr zahlungskräftige und modebewusste Kundin gehalten zu werden. »Ich komme ganz bestimmt wieder.«

Der Major öffnete ihr von außen die Tür. Paula schlug den Kragen ihres Mantels hoch, als ihr die feuchte Kälte ins Gesicht schlug. Sie gingen nebeneinander her und fanden ein kleines Café, das den Krieg unzerstört überstanden hatte, ein kleines Wunder. Drinnen war es warm, und sie setzten sich an einen Tisch.

»Fräulein Rolle …«, begann er.

»Ich weiß nicht einmal, wie Sie heißen.«

Er sah auf, ehrlich bestürzt. »Sie haben recht. Wie unhöflich von mir. Mein Name ist Felix Robinson, Major der britischen Armee.«

»Sie sind Deutscher, nicht wahr? Weil Sie so gut Deutsch sprechen.«

Sein Blick verdunkelte sich. »Ich bin sogar Hamburger. Ich bin in Eimsbüttel aufgewachsen, gar nicht weit von hier. Aber seit ein paar Jahren bin ich britischer Staatsbürger.« Er berichtete, dass er schon 1935 Hamburg verlassen hatte und zu einem Bruder seines Vaters nach London gegangen war.

Noch etwas, das er mit Konrad gemein hat, dachte Paula, genau wie diese fesselnden blauen Augen, von denen sie kaum den Blick lassen konnte. »Das tut mir leid«, sagte sie mit einem Räuspern. Sie fragte nicht, warum er gegangen war. Es gab damals so viele Gründe, Deutschland zu verlassen.

Er berichtete weiter, dass er bei Kriegsbeginn erst als feindlicher Ausländer auf der Isle of Man interniert worden war und später bei einer Einheit der Armee für psychologische Kriegsführung anheuerte. Um Hitler bekämpfen zu können, wurde er britischer Staatsbürger und verhörte fortan abgeschossene deutsche Piloten, später auch Kriegsgefangene. Nach der Kapitulation war er nach Köln gekommen und hatte sich dort um die riesigen Gefangenenlager unter freiem Himmel gekümmert. Damals war er voller Wut gewesen. Wut auf die Deutschen und das, was sie der Welt angetan hatten. Das Mitleid war erst später gekommen. Als er die fünfzehnjährigen Jungen gesehen hatte, die in ihren viel zu großen Uniformen mit leerem Blick hinter den Stacheldrähten saßen und nicht einmal mehr die Kraft hatten, ihn um ein Stück Brot anzubetteln.

»Die Lager am Rhein gibt es nicht mehr, zum Glück, und seit zwei Monaten bin ich jetzt in Hamburg.«

»Und Ihre Eltern?«, wagte Paula zu fragen.

Er schüttelte den Kopf. »Sie sind bei dem Feuersturm ums Leben gekommen.« Sein Blick verhärtete sich, es war deutlich, dass er nicht weiter über dieses Thema sprechen wollte.

Paula erstarrte. Der Feuersturm oder Operation Gomorrha, so wurde die tagelange Bombardierung im heißen Sommer 1943 genannt, als halb Hamburg gebrannt hatte und Zehntausende umgekommen waren. Damals flogen bis zu achthundert Flugzeuge an mehreren aufeinanderfolgenden Tagen und Nächten Angriffe auf Hamburg. Aufgrund einer besonderen Wetterlage kam es zu einem Feuersturm. Eine gewaltige Feuerwalze stieg wie ein Höllenschlund über der Stadt auf und zog alles in sich hinein: Menschen, Bäume, Trümmer. Das Leid war unvorstellbar gewesen, und der Gedanke an das, was sie in jenen Stunden hatte mit ansehen müssen, machte es Paula unmöglich, weiterzusprechen. Nie würde sie den Anblick vergessen, als sie einige Tage nach den Angriffen zufällig an einem Luftschutzkeller vorbeikam, der von außen völlig unversehrt aussah. Zwangsarbeiter waren dabei, Holzstücke herauszutragen und draußen aufeinanderzustapeln. Und dann hatte sie erkennen müssen, dass aus diesen Holzstücken menschliche Gliedmaßen herausragten. Es waren völlig verkohlte Opfer des Feuersturms.

Die Kellnerin kam an ihren Tisch. »Wir haben heute Christstollen, allerdings mit Margarine.« Ihre fröhliche Stimme und die gute Laune waren ansteckend und vertrieben das Schweigen zwischen Paula und Felix.

Robinson sah Paula fragend an, sie nickte. »Wir nehmen zwei Stück. Und zweimal Tee, bitte.«

Paula musterte ihn, während er mit der Kellnerin sprach. Er sah sehr gut aus, nicht nur wegen seiner Augen. Aber neben dem Aussehen war da noch etwas anderes: das Selbstbewusstsein, das er ausstrahlte, das Gefühl, am richtigen Platz zu stehen. Viele deutsche Männer waren an Körper und Seele gebrochen. Einige waren es so lange gewohnt gewesen, Befehlen zu gehorchen, dass man den Eindruck gewinnen konnte, sie hatten das eigenständige Denken verlernt. Dabei kenne ich doch gar nicht viele deutsche Männer, dachte Paula. So viele sind nicht aus dem Krieg zurückgekommen.

»Wo sind Sie gerade mit Ihren Gedanken?«

Paula blickte auf, direkt in seine Augen.

»Ich habe gerade darüber nachgedacht, dass ich in einer Welt lebe, in der es kaum noch junge, unversehrte Männer gibt«, sagte sie.

»Sie sind alt genug, um zu wissen, dass es auch mal anders war ...«

»Und dann habe ich gedacht, wie sehr Sie zum Engländer geworden sind, weil Sie Tee bestellen und keinen Kaffee.«

Er lachte. »Gut beobachtet, aber falsch. Ich bin leidenschaftlicher Kaffeetrinker. Aber dem Ersatzkaffee, den es hier zweifellos gibt, ziehe ich eine ordentliche Tasse Tee vor.«

Paula ging es ähnlich. Hier gab es garantiert keinen Bohnenkaffee. Wer echten Jacobs- oder Eduscho-Kaffee ausschenkte, der warb damit groß in der Speisekarte.

»Wie geht es Ihnen?«

Paula atmete tief ein und aus. Eine unverfängliche Frage. Aber der Blick in seine blauen Augen hatte sie verwirrt.

»Gut. Ich habe eine Arbeit gefunden.«

»Das freut mich sehr. Wo denn?«

Paula erzählte ihm von Röbcke und dass sie bald Strümpfe produzieren würden. »Im Moment schlägt er sich mit den Behörden herum, um eine *production permit* zu erhalten.« Robinson warf einen Blick auf ihre Beine. Sie trug immer noch die geflickten Wollstrümpfe, andere hatte sie nicht.

»Wie Sie sehen, handle ich durchaus eigennützig«, sagte sie mit einem Seufzer.

Er grinste. »Sie fangen eben klein an. Erst die Bluse, dann die Strümpfe. Haben Sie Familie? Leben Sie allein?«

Paula schüttelte den Kopf. »Ich wohne mit meiner Mutter und meinen beiden Schwestern in Hoheluft. Aber das wissen Sie ja bereits.«

»Ihr Vater?«

»Ist nicht wiedergekommen.«

Die Kellnerin stellte zwei Teller mit Stollen und zwei Tassen Tee auf den Tisch.

»Ich wette, er schmeckt furchtbar«, sagte Robinson mit einer merkwürdigen Grimasse und führte die Tasse zum Mund.

»Sie sind unsere deutschen Delikatessen wohl nicht mehr gewohnt.«

Sie nahmen beide einen Schluck. Der Tee war dünn und bitter, Milch gab es nicht.

»Immerhin ist er heiß«, sagte Paula. Sie konnte das Getränk durchaus genießen.

»Worüber wollten Sie vorhin mit diesem Ladenbesitzer reden?«, fragte er, nachdem er von dem Stollen abgebissen und sich einen Zuckerkrümel von den Lippen geleckt hatte.

Paula hielt in ihrer Bewegung inne. Warum wollte er das wissen? Sie beschlich ein Gefühl, dass er nicht aufrichtig mit ihr war. »Etwas Geschäftliches«, sagte sie vage.

»Gehen Sie manchmal ins Kino?«

Die Frage kam überraschend. Tat sie ihm Unrecht? Paula merkte, dass sie rot wurde. Vielleicht kam das auch vom heißen Tee.

»Nicht so oft wie meine jüngere Schwester.«

»Es gibt noch mehr von Ihrer Sorte?« Ein charmantes Grinsen begleitete die Frage.

»Nicht ganz, meine Schwester ist zwölf Jahre jünger als ich.«

Er zog eine Grimasse. »Das ist zu jung für mich. Würden Sie einmal mit mir ins Kino gehen?«

Paula biss in den Kuchen, und ihre Zunge fühlte eine pralle Rosine, die nach Rum schmeckte. Himmlisch! »Auch zweimal, wenn es beim ersten Mal nicht klappt«, sagte sie, weil das Leben auf einmal, durch diese Rosine, etwas leichter geworden war.

Er sah sie amüsiert an. »Ich mag Ihre Schlagfertigkeit.«

»Das ist es leider nicht. Diese Rosine hat mich beschwipst. Ich bin so etwas nicht mehr gewohnt. Was hat dieser Krieg nur aus uns gemacht?« Sie sah ihn an und lächelte schmerzlich.

Er biss wieder von dem Kuchen ab. Paula tat es ihm nach. Sie war hungrig. Der Kuchen war staubtrocken, schmeckte aber annehmbar. Sie biss noch einmal ab, und damit war er schon zur Hälfte gegessen.

»Arbeiten Sie hier in der Nähe?«

Paula sah ihn an. Irgendetwas war plötzlich anders an seiner Stimme. Und wieder überkam sie das Gefühl, dass er sie ... aushorchte. Ja, das war genau das richtige Wort dafür.

»Ja«, sagte sie dann, »am Eppendorfer Weg.«

»Dann haben Sie es nicht so weit nach Hause.«

»Und ich muss nicht Straßenbahn fahren.«

»Ich kann nichts für die Regeln. Private Harris war da ein wenig übereifrig. Eigentlich ist die strikte Trennung zwischen Deutschen und Angehörigen der Besatzungsmacht bereits seit ein paar Monaten aufgehoben. Allerdings gibt es auch auf deutscher Seite genug Beamte, die übergenau sind.«

»So habe ich es nicht gemeint.«

Er hustete und schlug sich mit der flachen Hand auf die Brust. »Von diesem Kuchen holt man sich noch eine Staublunge«, sagte er und löste damit die angespannte Stimmung.

Wie macht er das nur, dachte Paula auf dem Heimweg, nachdem sie sich vor dem Café von Felix Robinson verabschiedet hatte. Manchmal ist er charmant und unbekümmert, und dann habe ich das Gefühl, er würde mich beobachten. Aber auf jeden Fall fand sie ihn sehr anziehend. Leider hatte er nicht mehr gefragt, wann sie mit ihm ins Kino gehen würde, obwohl sie darauf gehofft hatte. Aber aufgeschoben war ja nicht aufgehoben. Und außerdem musste sie jetzt Weihnachtsgeschenke kaufen.

Felix ging mit raschen Schritten in die andere Richtung davon. Als er Paula die Hand zum Abschied gereicht hatte, hatte er kurz daran gedacht, sie für den Abend ins Kino einzuladen. Er wäre gern mit ihr ausgegangen, ohne Hintergedanken. Doch dann siegte seine Vernunft. Er wollte sie nicht hintergehen. Und er war sich noch nicht sicher, ob ein Kinobesuch mit Paula Rolle für ihn ein rein privates Vergnügen oder ein Teil seiner Arbeit war. Einerseits erhoffte er sich Informationen von ihr, auf der anderen Seite kam er sich schäbig dabei vor. Es war kein Zufall gewesen, dass er Paula in dem Modegeschäft angesprochen hatte. Der Antrag auf Genehmigung einer Strumpffabrikation von Wilhelm Röbcke war gestern auf seinem Schreibtisch gelandet – zusammen mit einem Vermerk, dass Röbcke aus dem Osten kam und regelmäßig über seinen Chauffeur Kontakte in die Sowjetzone hatte. Das führte dazu, dass er standardmäßig überprüft wurde. Zum einen wollte die Abteilung, für die Felix arbeitete, wissen, ob Röbcke für die Russen spionierte, was Felix allerdings eher nicht glaubte. Man musste schon ein sehr überzeugter Kommunist sein, um sich die eigene Firma wegnehmen zu lassen, nur aus Gründen der Tarnung. Viel wichtiger war, dass Röbcke Informationen für die Briten zu haben schien. Er sollte Kontakte zu SED-Funktionären bis hin zum Wirtschaftsminister haben. Und es war immer gut, zu wissen, was die Leute drüben so dachten und wussten. Alles, jede kleine Information, konnte sich als nützlich erweisen.

Und dann hatte ihm die halbe Stunde im Café mit Paula so gutgetan, dass Felix seinen Auftrag beinahe vergessen hatte. Es hatte ihm Spaß gemacht, zu sehen, mit wie viel

Appetit sie den Tee und den Kuchen gegessen hatte. Sie hatte
frischer ausgesehen als bei ihrem ersten Treffen, so als hätte
sie in letzter Zeit besser gegessen. Es bekam ihr offensichtlich
gut, wieder eine Arbeit zu haben, auch diese neue Bluse stand
ihr sehr gut. Ob sie sie seinetwegen angelassen hatte? Er
fühlte sich wohl mit ihr, und sie war die erste Deutsche, mit
der er über seine Vergangenheit gesprochen hatte. Verflixt,
warum war alles so kompliziert?

Ohne es zu merken, war er in Richtung der Lutterothstraße gegangen. Aber jetzt musste er stehen bleiben und
sich orientieren, denn die alten Straßenzüge waren nicht immer sofort zu erkennen, weil markante Punkte, Häuser oder
Parks, die er von früher her kannte, nicht mehr da waren.
Mehr durch Zufall erreichte er die Emilienstraße. Er konnte
sich noch gut an den Park erinnern, in dem er als Kind gespielt hatte. Besonders die hohen Hecken hatten es ihm und
seinen Freunden damals angetan, weil man sich dort wunderbar verstecken konnte. Wieder blieb er stehen, meinte,
Kindergeschrei zu hören. Als er die Augen wieder öffnete,
sah er tatsächlich ein paar Kinder, die auf einem der Sandwege
mit Murmeln spielten. Er ging auf sie zu, und sie sahen mit
einer Mischung aus Neugier und Angst auf seine Uniform.
Er forschte in den Gesichtern nach Ähnlichkeiten, es war ja
gut möglich, dass hier die Kinder von ehemaligen Freunden
oder Nachbarn spielten. Als die Kinder verlegen aufstanden,
merkte er, dass er sie verunsicherte, und ging weiter. Er
suchte nach der alten Eiche, auf die sie früher geklettert waren, was ihnen zwar strengstens verboten war, aber gerade
aus dem Grund besonders viel Spaß gemacht hatte. Er ging

die Sandwege auf und ab, vorbei an Granattrichtern und aufgerissenen Rasenflächen. Die Eiche war verschwunden, ebenso wie die Buchenhecke. Er trat wieder aus dem Park und fand sich vor einem riesigen Hochbunker wieder, der ihn zwischen den zerstörten Häusern rundherum zu verhöhnen schien. Der Bunker war das einzige Gebäude in einer Trümmerwüste, das unversehrt war. Die Wände waren immer noch mit Suchmeldungen übersät. Ob sich die Familien inzwischen, über drei Jahre nach Ende des Krieges, wiedergefunden hatten? Die Suchmeldungen des Roten Kreuzes, die im Radio liefen und zu den meistgehörten Sendungen zählten, sprachen dagegen.

Eine alte Frau bahnte sich mühsam ihren Weg über Schuttreste zum Eingang des Bunkers. Wahrscheinlich wohnte sie dort. Wohnen? Wohl eher hausen. Felix mochte sich nicht vorstellen, wie es sein musste, an einem solchen Ort zu leben, der voll so schrecklicher Erinnerungen war. Wäre es Sommer, hätte die Frau bestimmt lieber unter freiem Himmel geschlafen. Aber bei dieser Kälte war das unmöglich. Er ging schneller, weil er anfing zu frieren.

Er hatte Paula Rolle gefragt, ob sie mal mit ihm ins Kino gehen würde. Bei dem Gedanken an ihre schlagfertige Entgegnung musste er lächeln. Sie war enttäuscht gewesen, als er eben beim Abschied keinen konkreten Termin vorgeschlagen hatte. Sie hatte darauf gehofft, das war unübersehbar gewesen, obwohl sie es sich nicht anmerken lassen wollte. Sie hob die Brauen und verzog den Mund, wenn er anders als erwartet antwortete. Es sollte wie ein Lächeln aussehen, zeigte jedoch ihre Enttäuschung.

So gut kenne ich sie schon, dachte Felix. Das ist nicht richtig. Ich will sie nicht gut kennen. Und ich will auch nicht mit ihr ins Kino gehen. Ich tue es nur, weil es zu meinen Aufgaben gehört. Er bog noch einmal links ab, hier war die Wäscherei, die er noch von vor dem Krieg kannte. Sofort hatte er das Geräusch des Plätteisens im Ohr, wenn es auf die Wäsche gesetzt wurde und sie zum Zischen brachte. Seine Mutter hatte hier gearbeitet, und er hatte als Kind viele Stunden an diesem heißen Ort verbracht und seine Hausaufgaben gemacht. Er trat näher. Die Wäscherei war wie früher im Souterrain des Nachbarhauses untergebracht und völlig unversehrt. Die große Waschmaschine stand hinten an der Wand, davor die Mangel und die Bügelbretter. Das war der Arbeitsplatz seiner Mutter gewesen. Doch oberhalb standen nur noch die Mauern des Erdgeschosses, durch die Fensterhöhlen konnte er Schuttberge sehen. Er atmete schneller. Von seinem Elternhaus war nichts mehr geblieben außer einem Haufen Schutt. Ganz oben links hatten sie gewohnt, mit einem Balkon zur Straße. Die Fassade war mit Stuck verziert gewesen. Er hatte ja gewusst, dass das Haus nicht mehr stand, dass es im Feuersturm komplett zerstört worden war. Seine Eltern waren in jenen Tagen im Juli 1943 umgekommen, auch wenn er nicht genau wusste, an welchem Tag. Er wusste auch nicht, auf welche Weise und wo sie gestorben waren. Ob sie in einem Luftschutzkeller erstickt oder im Feuer verbrannt waren oder ob herabstürzende Trümmer sie erschlagen hatten. Anfangs hatte ihn dieses Nichtwissen halb wahnsinnig gemacht. Und auch der Gedanke, dass sie womöglich am Leben wären, wenn er noch in der Stadt gewesen wäre und für sie gesorgt hätte. Irgendwann verbot er sich den Gedanken daran.

Auf den Fußwegen hasteten Menschen vorbei, die schnell ins Warme wollten.

In einem plötzlichen Anfall von Wut stieß er mit dem Fuß gegen einen Stein. Was wäre denn gewesen, wenn das Haus noch gestanden hätte, fragte er sich. Wäre ich hineingegangen und hätte bei den früheren Nachbarn geklingelt? Er schnaubte. Er wusste nicht, wer ihn damals denunziert hatte, weil er jüdische Freunde hatte und Swing-Musik hörte. Die Schulzes von nebenan hatten ihn irgendwann nicht mehr gegrüßt. Waren sie es gewesen?

Abrupt wandte er sich ab. Die Schulzes und all die anderen Nachbarn waren nicht mehr da. Sollten sie doch alle in der Hölle schmoren, ihm war es egal.

Mit versteinerter Miene fuhr er zurück in den Mittelweg, wo er ein Zimmer in einer prächtigen Villa mit einem Park drum herum bewohnte. Um die Pflege des Parks kümmerten sich die ehemaligen Besitzer, die im Keller wohnten und dafür auch noch dankbar waren. Als Felix dort ankam, kam ihm die stickige Wärme in dem Haus falsch vor. Er ignorierte die Einladung seiner Kollegen, die sich im Wohnzimmer in den Sesseln fläzten und ihn aufforderten, doch mit ihnen noch etwas zu trinken. Er ging in sein Zimmer und trank allein.

Kapitel 10

Das Wiedersehen mit Felix Robinson hatte Paula beschwingt, beinahe aufgekratzt. Beim nächsten Mal, wenn ich ihn sehe, werde ich ihn an die Einladung ins Kino erinnern, dachte sie, und die Vorstellung ließ sie fast ein wenig übermütig werden, weshalb sie auf dem Heimweg ein Seidentuch kaufte, dessen Farbe wunderbar zu dem Pullover passte, den ihre Mutter für Gertrud zu Weihnachten strickte. Sie wusste, dass ihre Mutter das für unnötigen Luxus halten würde, aber Paula kaufte es trotzdem. Es war nicht übermäßig teuer, und sie hatte zwanzig Mark in der Tasche, die ihr das Gefühl gaben, endlich wieder frei entscheiden zu können, und sei es auch nur darüber, wieder schöne Dinge kaufen und Geschenke machen zu können. Zu mehr fand sie heute keine Zeit, da die Geschäfte schlossen. Aber sie bereute keine Sekunde, so viel Zeit mit Felix Robinson im Café verbracht zu haben. Auch das war ein wiedergewonnener Luxus.

Sie betrat die Wohnung und hörte schon von der Tür her die aufgebrachte Stimme von Renate Schostack. Ausgerechnet! Aber Paulas Stimmung war immer noch so gut, dass ihr nicht einmal die Hauswirtin etwas anhaben konnte.

Die Schostack saß am Küchentisch und bebte vor Empörung.

»Ich habe es gerade schon Ihrer Mutter erzählt: Ich habe eine Einquartierung bekommen. Und ausgerechnet die Behnkes.«

»Die Behnkes?«, fragte Paula, während sie sich den Mantel auszog. Die Familie hatte im Nebenhaus gewohnt, Herr Behnke den Tabakladen geführt. »Sind die denn wieder da?«

Die Schostack schnaubte vor Wut. »Die waren im Krieg fein raus in Dänemark. Da verbringen die die schlimme Zeit, in der wir hier den feindlichen Bomben ausgesetzt waren, im schönen Dänemark, und jetzt stehen sie einfach vor meiner Tür und wollen einziehen. Sie hätten die Blicke sehen sollen, als die durch meine Wohnung gegangen sind. Die sollen doch froh sein, dass wir damals ihre Möbel genommen haben. Sonst wären die doch längst geplündert!« Sie erregte sich immer mehr, als sie die fassungslosen Blicke von Wilhelmine und Paula bemerkte. »Ja, ja, gucken Sie nur! Sie werden auch noch sehen, wie das ist. Es geht immer auf Kosten der kleinen Leute. Wir haben doch schon bei der Währungsreform gelitten. Die Bonzen, die Häuser und Grundstücke besitzen, die sind ungeschoren davongekommen – aber unsere kleinen Sparbücher, die waren auf einmal nichts mehr wert. Eine himmelschreiende Ungerechtigkeit ist das. Die Alliierten plündern uns aus. Und für Berlin müssen wir jetzt auch noch berappen. Bei jeder Briefmarke! Unter Hitler hätte es das nicht gegeben!«

»Es reicht, Frau Schostack«, rief Paula.

»Wenn ich mich recht erinnere, waren Sie doch ganz froh, als die Behnkes weg waren. Haben Sie sie nicht als asoziale Elemente bezeichnet, als Schädlinge am Volkskörper? Und die Anrichte, ich erinnere mich noch genau, da waren Sie richtig scharf drauf, nicht wahr?« Wilhelmine fragte das ganz freundlich, mit leiser Stimme, aber in ihr brodelte es, das merkte man.

Paula sah ihre Mutter überrascht an.

»Das waren grundehrliche Leute, gute Nachbarn, die keinem etwas zuleide getan haben«, fuhr Wilhelmine fort. »Ich frage mich, wer die damals denunziert hat, bloß weil er ein Sozi war ...« Sie stand auf. »Ich glaube, Sie gehen jetzt besser, Frau Schostack. Und wenn ich mitkriege, dass Sie die Behnkes schikanieren, dann gehe ich zur Polizei und erzähle denen, was Sie und Ihr Mann so getrieben haben.«

In Renate Schostacks Augen blitzte blanker Hass. »Wir haben nur getan, was damals Recht und Gesetz war. Unter Hitler konnte jeder gut leben, der sich in die Volksgemeinschaft eingefügt hat. Und alle anderen hatten selbst Schuld.« Sie stand schon in der Tür, als sie sich noch einmal umdrehte und Paula fixierte. »Zu denen gehörte ja wohl auch Ihr sogenannter Verlobter.« Damit war sie aus der Tür.

Paula und ihre Mutter blieben am Küchentisch zurück.

»Diese alte Nazine«, sagte Wilhelmine. »Wenn die noch einmal etwas über Uschi sagt, reiß ich ihr den Kopf ab. Und in meine Küche setzt die keinen Fuß mehr.«

Am Freitag war Heiligabend, das war schon übermorgen. Paula brauchte immer noch Geschenke für Uschi und ihre Mutter.

»Ich gehe jetzt, Chef«, rief sie durch die offene Tür zu Wilhelm Röbcke.

Er sah kurz hoch, wie üblich war er am Telefon, und wedelte mit der Hand als Zeichen, dass er sie gehört habe und sie entlassen sei.

Draußen schlenderte Paula durch die Straßen und blieb vor den Auslagen stehen, obwohl das Wetter nicht dazu einlud. Es war nasskalt, und die Kälte fraß sich langsam durch ihre Schuhsohlen. Sie überschlug in Gedanken, wen sie alles beschenken wollte. Für ihre Mutter hatte sie die Nivea-Creme, für Gertrud das Seidentuch und für Uschi ein Päckchen amerikanische Zigaretten, die Röbcke ihr gegeben hatte. Außerdem wollte sie ein Buch kaufen. *Draußen vor der Tür.* Das Buch handelte von einem jungen Mann, der aus dem Krieg zurückkam und in Hamburg kein Zuhause mehr fand. Oder war das Thema doch zu düster? Der junge Autor war einen Tag vor der Uraufführung in den Kammerspielen gestorben, das wusste jeder in Hamburg, der Zeitung las. Und viele Hamburger hatten gebannt dem Hörspiel im Radio gelauscht.

Bliebe noch Uschi. Für sie müsste es irgendetwas Besonderes sein, das den Duft der weiten Welt verströmte. Ein Haarband wäre toll. Nein, ein Lippenstift. Danach würde sie suchen. Vielleicht sollte sie zu Karstadt in der Mönckebergstraße fahren? Das Warenhaus hatte im letzten Monat große Neueröffnung gefeiert. Seitdem standen die Kunden Schlange auf der Straße. Uschi war schon dort gewesen und hatte von dem Angebot geschwärmt. Und immerhin würde Paula dem Regen entkommen. Und für sich selbst könnte sie auch stöbern.

Sie brauchte unbedingt eine neue Garderobe, wenn sie im Januar nach Amerika fliegen sollte. Weil gerade eine Straßenbahn heranratterte, stieg sie kurz entschlossen ein. In den letzten Wochen waren sie nicht mehr so überfüllt. Eine Frau direkt neben ihr stand auf, und Paula kam in den Genuss eines Sitzplatzes am Fenster und sah auf die regennassen Straßen hinaus, in Gedanken noch bei der geplanten Reise. Bei dem Gedanken, ein Flugzeug zu besteigen, wurde ihr ganz schwindlig. Sie hatte zu Hause immer noch nichts davon erzählt, weil sie wusste, dass ihre Mutter sich Sorgen machen würde. Aber die Flüge für sich selbst und Wilhelm Röbcke hatte Paula schon gebucht. In fünf Wochen sollte es losgehen. Bis dahin mussten sie noch einmal dreißigtausend D-Mark bei den Kunden erbetteln. Gestern hatte der Chef einen Auftrag für hunderttausend Paar Strümpfe an Land gezogen. Ein Großhändler aus dem Münchner Raum, der einen Vorschuss von fünfzigtausend D-Mark gezahlt hatte.

»Noch drei solche Abschlüsse, und wir haben das Geld zusammen«, hatte Röbcke gestrahlt. Die meisten Kunden kauften allerdings erheblich weniger. Mal hundert Paar, mal tausend, selten mehr.

Paula seufzte. Sie kannte die Zahlen genau. Röbcke und sie hatten fast eine halbe Million Mark eingesammelt, eine unvorstellbar große Summe. Das waren umgerechnet gut einhundertsechzigtausend Dollar. Viel zu viel für eine einzelne Maschine, aber Röbcke plante inzwischen ohnehin Größeres, wie er Paula auseinandergesetzt hatte. Er wollte in Amerika gleich mehrere Cotton-Maschinen kaufen. Dafür war das

Gebäude im Hinterhof natürlich zu klein, aber er hatte eine Halle im Hafen an der Hand. »Groß denken – das war schon immer meine Devise«, sagte er. Manchmal schoss es Paula durch den Kopf, was passieren würde, wenn ihr Chef sich mit dem Geld einfach aus dem Staub machen würde. Immerhin lagen seine Wurzeln in der Sowjetzone. Und wenn er auf die Idee kam, mit dem Geld drüben seine Firma wieder aufzubauen? Sie schüttelte energisch den Kopf. So einer war ihr Chef nicht. Und außerdem war drüben die Enteignungswelle immer noch in vollem Gange. Sie hatte noch nie gehört, dass jemand sein Unternehmen zurückerhalten hätte.

Ihre Gedanken wanderten weiter zum bevorstehenden Weihnachtsfest. Zum Glück war das Essen bereits sichergestellt. Gertrud hatte wahrhaftig irgendwo eine Ente aufgetrieben, wollte aber nicht sagen, woher sie die hatte, und niemand aus der Familie fragte nach. Wilhelmine hatte Rosinen für die Füllung besorgt. Dazu sollte es Rotkohl, Kartoffeln und eine Flasche Wein geben. Paula lief bei dem Gedanken das Wasser im Munde zusammen.

Sie fühlte in der Tasche nach ihrem Portemonnaie. Gestern hatte sie ihr erstes Gehalt bekommen. Und dann hatte Röbcke ihr noch mal zehn Mark als Weihnachtsgeld in die Hand gedrückt. Weil sie so viele Überstunden machte und so tüchtig war. Von dem Geld musste sie zwar den Vorschuss für den Rock abstottern, aber sie fühlte sich dennoch reich. Sollte sie zum Friseur gehen? Ihr Geld in sündhaft teure Nylons anlegen? Eins von beidem müsste sie auf den nächsten Monat verschieben. Eigentlich müsste sie Nylons tragen, um für die Firma Werbung zu machen. Aber dann dachte sie, dass

134

die Strümpfe vielleicht demnächst von selbst zu ihr kommen würden, wenn sie erst welche produzierten. Also doch erst der Friseur? Auf der Hoheluftchaussee gab es einen neuen Salon. Sie kannte die Frau, die ihn führte, eine sympathische Frau um die dreißig, die vier kleine Kinder durchzubringen hatte. Damit war ihre Entscheidung gefallen. Wenn sie Zeit fand, würde sie morgen hingehen.

Über noch etwas dachte sie nach. Wo würde Willi Röbcke eigentlich Weihnachten verbringen? Otto war nach drüben gefahren, wo seine Frau und die Tochter lebten, und seine Zimmerwirtin besuchte ihre Schwester an der Ostsee. Er wäre ganz allein, das wollte Paula nicht. Sie hatte ihren Chef inzwischen richtig gern. Er war ein aufrichtiger Mann mit Herz, und seit sie für ihn arbeitete, genoss sie einen Lebensstandard, den sie vor ein paar Monaten für völlig utopisch gehalten hatte. Sie legte die Wange an den Kragen ihres Mantels. Allein hierfür verdiente er es, dass sie ihn an Heiligabend zum Essen in die Hoheluftchaussee einlud. Würde er das als Anbiederung verstehen? Nein, so etwas fiele ihm nicht ein. Sie würde ihre Mutter fragen, was die davon hielt.

Die Straßenbahn hielt am Hauptbahnhof, und Paula stieg aus. Den Rest des Weges würde sie laufen. Aus einem kleinen Geschäft roch es verführerisch nach Orange und Zimt. Im Fenster lagen einzeln verpackte Lebkuchen. Sie fühlte wieder nach dem Portemonnaie, dann ging sie in den Laden und kaufte drei mit Zuckerguss und drei mit Schokolade. Für ihre Mutter und ihre Schwestern.

In der Parfümerie bei Karstadt erstand sie tatsächlich einen Lippenstift von Revlon für Uschi. Die Verkäuferin trug ihn ihr auf, und allein der Geruch verhieß Abenteuer. Im Spiegel sah sie eine beinahe fremde Frau vor sich, mit kirschroten Lippen, die verführerisch lächelten. An dem Stand daneben entdeckte sie ein Paar gestrickte Handschuhe mit Lederbesatz. Die wären perfekt für ihre Mutter.

Zwei Stunden später stieg sie in der Hoheluftchaussee aus der Straßenbahn. Vor dem Haus stand Uschi. Mit wem redete sie da? Der Mann trug Uniform. Paulas Herz klopfte schneller, als sie erkannte, dass es Felix Robinson war. Was wollte er? Das konnte doch kein Zufall sein. Hatte er etwa ihre Schwester kennengelernt? Zu ihrer Überraschung fühlte sie einen Stich der Eifersucht.

»Uschi?«, fragte sie, als sie zu den beiden trat.

Ihre Schwester zog großspurig an einer Zigarette.

»John Player«, sagte sie mit Kennermiene und nahm einen weiteren Zug. »Willst du auch eine?«

Robinson tippte sich an die Mütze. »Fräulein Rolle. Ich wollte gerade zu Ihnen und habe die Bekanntschaft Ihrer Schwester gemacht.« Er stutzte, und Paula wusste, dass er ihren Mund anstarrte. »Wenn ich mir die Bemerkung erlauben darf: Mit jedem Mal, das wir uns begegnen, sind Sie schöner.«

Paula senkte den Blick, sah aber, wie Uschi feixte.

»Fräulein Uschi«, wieder tippte Robinson an seine Mütze, »ich hätte da etwas mit Ihrer Schwester zu besprechen.«

»Ich muss sowieso los. Bin schon spät dran. Freddy mag es nicht, wenn ich ihn warten lasse. Obwohl …« Sie schenkte

Felix einen langen Blick und ließ ihr Kaugummi mit einem lauten Knall zerplatzen. Es war ihr anzumerken, dass sie nur höchst unwillig das Feld räumte. Sie nahm einen letzten Zug von der Zigarette und warf den Rest nachlässig auf die Straße.

»Paula, was haben Sie mit sich gemacht?«, fragte er, als sie allein waren.

»Lippenstift«, sagte Paula. »Ein Weihnachtsgeschenk für Uschi. Ich habe ihn nur ausprobiert.«

Er nickte. »Sie haben mir doch einen Kinobesuch versprochen ...«

»Sogar zwei«, sagte sie rasch.

Er erwiderte ihr Lächeln. »Wie wäre es mit heute?«

Sie wurde vor Freude rot. »Dann muss ich aber schnell oben Bescheid sagen.«

»Darf ich mitkommen? Ich würde gern Ihre Mutter kennenlernen und sehen, wo Sie wohnen.«

»Es ist nicht besonders geräumig und sehr bescheiden.«

Warum wollte er ihre Mutter kennenlernen? Das ging doch ein wenig zu weit.

»Gehen wir?« Er hielt ihr die Haustür auf. Im Flur lauerte Frau Schostack in der offenen Tür ihrer Wohnung. Paula hatte sich schon gedacht, dass sie sich ein solches Schauspiel direkt vor ihrer Tür nicht entgehen lassen würde.

»Das ist Frau Schostack. Ihr Mann war hier der Blockwart.« Paula wusste nicht, woher sie den Mut nahm, aber als sie die Angst in den Augen der Hauswirtin sah, wusste sie, dass das schon lange fällig gewesen war.

»Blockwart?«, fragte Robinson und machte einen Schritt auf die Schostack zu, die zurückwich. »Ist es nicht wunderbar,

137

dass die Zeiten der Bespitzelung und Denunziation vorüber sind?«

Die Augen der Hauswirtin glommen böse auf. Sie nickte. Dann wandte sie sich ab und ließ die Tür ihrer Wohnung ins Schloss fallen.

»Hoffentlich haben Sie das nicht zu büßen«, sagte Felix, als er neben ihr die Treppe hinaufstieg.

»Passen Sie auf, diese Stufe hält nicht«, sagte Paula. »Und was die Schostack angeht: Es wurde schon lange Zeit, dass man ihr mal Paroli bietet. Sie hat hier nichts mehr zu sagen, und trotzdem kuschen alle vor ihr.«

Wilhelmine hielt sich erschrocken die Hand vor den Mund, als sie den Mann in der britischen Uniform in die Wohnung kommen sah. »Hat meine Tochter etwas angestellt?«, fragte sie ängstlich.

Felix nahm die Mütze ab. »Entschuldigen Sie, Frau Rolle, ich wollte Sie nicht erschrecken. Ich möchte Sie nur um Erlaubnis fragen, ob ich Ihre Tochter ins Kino ausführen darf.« Er machte eine kleine Verbeugung vor Wilhelmine.

»Uschi ist nicht da«, sagte sie.

Paula platzte beinahe vor Lachen, und Felix sagte: »Ich meine auch Paula, wenn es recht ist.«

Wilhelmine war für einen Augenblick verwirrt, dann strahlte sie. »Dann wünsche ich viel Vergnügen.«

Sie gingen ins Waterloo am Dammtor und sahen Marlene Dietrich und Jean Gabin in *Martin Roumagnac*. Für Paula

war der Abend sehr aufregend. Es begann damit, dass Felix
sie zu seinem Auto führte. Wie lange war sie schon kein Auto
mehr gefahren!

»Ist Ihnen kalt?«, fragte er, als sie losfuhren.

»Ein wenig, aber wir sind ja gleich da.« Paula lehnte sich
an die Wagentür, obwohl die eiskalt war. Sie spürte die Kälte,
aber es wäre ihr unangenehm, Felix in dem engen Wagen zu
berühren.

Es war ein komisches Gefühl, im dunklen Kinosaal neben
ihm zu sitzen. Sie war ihm so nahe, dass sie ihn atmen hören
konnte. Sie vermied es, ihren Unterarm auf die gemeinsame
Lehne zu legen. Verstohlen sah sie zur Seite, um sein Profil
zu betrachten.

Er war sehr attraktiv, und es war lange her, dass sie einen
Mann anziehend gefunden hatte. Nach Konrad hatte es immer mal wieder jemanden gegeben, niemand konnte von
einer jungen Frau verlangen, jahrelang ohne Zärtlichkeit zu
leben. Aber die Begegnungen waren immer flüchtig geblieben, sie war nicht mit dem Herzen dabei gewesen, und allzu
viele Gelegenheiten hatte es auch nicht gegeben. Immerhin
war Krieg, und die Männer standen im Feld.

Auf der Leinwand spielte die Dietrich eine Frau, die sich
ihre Ehemänner danach aussuchte, ob sie sie finanziell versorgen konnten, etwas, das für viele Frauen im Nachkriegs-
deutschland galt. Für einige ihrer ehemaligen Schulkamera-
dinnen gab es nichts Wichtigeres, als sich einen Mann zu
angeln, der ihnen ein schönes Leben bieten konnte. Dabei
standen den wenigen Männern, die jung und nicht durch den
Krieg versehrt waren, viel zu viele Frauen gegenüber. Im

Film verliebte sich die Dietrich letztlich gegen ihren Willen in einen kleinen Handwerker. Das Ganze spielte vor der Kulisse von Paris, und beim Anblick von Marlene Dietrich musste Paula an eine Blume denken, die nach einer langen Frostperiode wieder aufblühte.

Auf dem Rückweg im Auto dachte sie über den Film nach, der sie sehr berührt hatte. War jetzt die Zeit gekommen, in der eine Frau sich wieder verlieben durfte? War Felix dieser Mann?

»Einen Penny für Ihre Gedanken«, unterbrach er sie.

Paula räusperte sich, dann sagte sie leichthin: »Ich habe mir gerade vorgestellt, was die Dietrich für ein Leben haben muss. Und dass ich gern mal nach Paris fahren würde.«

Er lachte leise. »Den passenden Mantel haben Sie ja bereits. Vielleicht kommen Sie beruflich mal hin, immerhin ist Paris die Stadt der Mode. Apropos Beruf: Wie gefällt Ihnen Ihre Arbeit?«, fragte Felix, als er die Hoheluftchaussee hinauffuhr.

Paula überraschte die Frage. »War es das, was Sie mit mir besprechen wollten? Ich mag meine Arbeit sehr, es war wirklich Glück, dass ich diese Stelle gefunden habe.«

»Ihr Chef scheint gut zu zahlen. Allein dieser Mantel ist ein Vermögen wert. Ich glaube, die Frau eben an der Kinokasse hat kurz in Erwägung gezogen, für das Stück zu morden.«

Paula lachte auf. »Der ist von seiner verstorbenen Frau.«

»Er steht Ihnen ausgezeichnet. Aber das wissen Sie ja selbst.«

Ihr wurde warm von seinem Kompliment. »Im nächsten

Monat fliegen mein Chef und ich nach Amerika!« Wie immer, wenn Paula das sagte, kam sie sich wie eine Hochstaplerin vor. Sie konnte es ja selbst kaum glauben.

Er sah sie forschend an. »Amerika?«

»Ja, wir kaufen dort Maschinen, um Strümpfe herzustellen. Ich hoffe, es dauert nicht mehr allzu lange, damit ich endlich diese scheußlichen Dinger wegschmeißen kann.« Sie zeigte auf ihre Beine.

Er lachte übermütig. »Ich mag Menschen, die über sich selber lachen können.« Er zog an seiner Zigarette. Er hatte Paula auch eine angeboten, und sie schmeckte himmlisch. Ihr wurde so schön schwindlig davon. »Und Ihr Chef?«

»Was meinen Sie? Er ist ein guter Mensch, und ich glaube, er weiß, was er tut.«

»Ich habe gehört, er kommt aus dem Osten?«

Woher wusste er das? Und was spielte das für eine Rolle? Und dann wurde ihr klar, dass die Briten natürlich Bescheid wussten, wenn ein wichtiger Unternehmer aus Sachsen nach Hamburg zog und sein Chauffeur ständig zwischen den Zonen hin und her fuhr. Wieder hatte sie das Gefühl, dass Felix Robinson nicht ehrlich mit ihr war. »Ja, seine Firma war in Sachsen. Die Russen haben sie demontiert«, gab sie etwas unwillig zur Antwort.

»Hat er noch Verbindungen dorthin?« Robinson sah sie an, aber sie konnte sein Gesicht im Dunkeln nicht richtig sehen.

»Natürlich steht er im Kontakt. Sein ehemaliger Chauffeur kommt ab und zu und bringt Sachen, die er aus der Firma retten konnte. Und wenn wir erst unsere Maschinen haben, braucht er auch seine Spezialisten von drüben. Aber wieso fragen Sie das?«

Robinson parkte den Wagen vor dem Haus, in dem Paula wohnte. Er wandte sich zu ihr herum. »Weil mich das interessiert.«

»Sie meinen, das interessiert die Briten?«

Er nickte. »Das gehört zu unserem Beruf«, sagte er knapp. »Hier treiben sich ein paar windige Gestalten herum. Denen versuchen wir das Handwerk zu legen.«

Gerade noch hatte Paula darüber nachgedacht, ob sie ihn nicht ebenfalls zum Essen am Heiligabend einladen sollte. Es müsste schön sein, mit ihm am Tisch zu sitzen. Er übte eine starke Anziehungskraft auf sie aus, ein Gefühl, das sie schon seit Jahren nicht mehr kannte. Aber seine letzten Bemerkungen ließen sie zögern. Wieder fragte sie sich, was er eigentlich von ihr wollte. Sie kam zu dem Schluss, dass sein Interesse an ihr rein beruflicher Natur sein musste.

»Sie sind so etwas wie ein Spion, nicht wahr?« Es sollte leichthin klingen, aber sie war sich nicht sicher, ob ihr das gelungen war.

»Spion würde ich nicht sagen. Aber wir wollen gern wissen, was die Russen planen. Sie wissen ja, dass die Allianz, in der die Westmächte und die Russen gemeinsam Hitler und die Nazis besiegt haben, nicht mehr so eng ist wie während des Krieges. Die Russen versuchen, sich Westberlin einzuverleiben, und wir passen auf, dass sie das nicht auch mit den Westzonen versuchen. Mehr darf ich Ihnen dazu nicht sagen.«

Dass er sein berufliches Interesse zugab und ehrlich mit ihr war, besänftigte sie ein wenig.

»Ich wünsche Ihnen frohe Weihnachten«, sagte sie, bevor sie ausstieg.

»Ich werde in London sein. Ich wünsche Ihnen auch frohe Weihnachten. Paula?«

»Ja?«

»Sie schulden mir noch einen zweiten Kinobesuch, erinnern Sie sich?«

Sie lachte und winkte ihm zum Abschied.

Als sie die Treppe hinaufstieg, summte sie leise die Titelmelodie des Films, den sie gesehen hatten. Frau Schostack ließ sich nicht blicken.

Kapitel 11

Wilhelmine setzte alles daran, ein schönes Weihnachtsfest zu feiern. Sie buk einen Rumkuchen, dessen betörender Geruch durch die Wohnung zog. Sie scheute keine Mühe, bis sie einen mickrigen Weihnachtsbaum erstanden hatte, und schmückte ihn gemeinsam mit Gertrud. Kerzen und leicht zerfleddertes Lametta hatte sie noch aus den letzten Jahren. Sie platzierte das Bäumchen vor dem Fenster; auf der Fensterbank stand die Pyramide aus dem Erzgebirge, und als alle Kerzen brannten, sah es richtig schön weihnachtlich aus.

Die Ente brutzelte derweil im Ofen, und ihr Geruch war noch betörender als der nach Rum. Kartoffeln und Rotkohl waren schon fertig.

Pünktlich um sechs klingelte es an der Tür.

Paula ging öffnen. Vor der Tür stand Wilhelm Röbcke. Ein wenig verlegen trat er von einem Fuß auf den anderen.

Wilhelmine kam aus der Küche.

»Mama, das ist mein Chef, Wilhelm Röbcke.«

Zu dritt war es in dem kleinen Flur recht eng. Wilhelm deutete bei Wilhelmine einen Handkuss an und stieß dabei an die Garderobe. »Gnädige Frau …«

»Kommen Sie herein. An Weihnachten sollte niemand allein sein«, sagte Wilhelmine.

»Darf ich? Störe ich auch wirklich nicht?« Ein Strahlen ging über sein Gesicht.

Paula hatte schon einige Male gedacht, dass in diesem großen Mann ein rührseliges Herz steckte. Deshalb mochte sie ihn ja so. »Geben Sie mir Ihren Mantel«, sagte sie und hängte ihn an den Garderobenhaken.

In der Küche standen Gertrud und Uschi am Tisch. Röbcke reichte ihnen die Hand und überreichte Wilhelmine einen Strauß rote Nelken und eine Flasche echten französischen Cognac. »Da habe ich also alle drei Rolle-Schwestern vor mir«, sagte er dann. »Eine schöner als die andere. Aber bei der Mutter ...«

Wilhelmine wurde rot, Uschi kicherte.

»Nehmen Sie doch Platz.« Wilhelmine schob ihm einen Stuhl hin.

»Warten Sie noch auf jemanden?«, fragte Wilhelm mit dem Blick auf das sechste Gedeck.

»Wir legen an Weihnachten ein Gedeck mehr auf. Das halten wir immer so. Für Überraschungsgäste.«

Ein Strahlen ging über sein Gesicht. »Ein Extragedeck? Das hat meine Margot auch so gemacht.«

Paula sah versonnen auf den leeren Platz. Es wäre schön gewesen, wenn Felix Robinson dieser Überraschungsgast wäre.

»Wie das duftet«, sagte Röbcke.

Wilhelmine stellte die Platte mit der wunderbar gebräunten Ente auf den Tisch und wollte sich daranmachen, den Vogel zu zerteilen.

145

»Lassen Sie, das ist doch Männersache«, sagte Wilhelm und nahm ihr das Messer aus der Hand.

»Da haben wir ja Glück, dass Sie da sind, sonst hätten wir den Vogel ja gar nicht essen können«, sagte Uschi, lächelte aber dabei.

Röbcke überhörte ihre Stichelei. Mit geschickten Handgriffen zerteilte er die Ente. Am Schluss schnitt er die Brust in sechs genau gleich große Stücke. »So, bitte sehr«, sagte er mit einem Grinsen zu Uschi, deren Bemerkung er offensichtlich doch gehört hatte.

Es wurde ein Abend, der zwischen Besinnlichkeit und lautstarker Fröhlichkeit schwankte, was auch an dem Wein und dem Cognac lag. Nach dem Essen erhoben sie sich und sangen alle gemeinsam *Stille Nacht.*

Was dazu führte, dass Wilhelmine in Tränen ausbrach.

»Guste hat bestimmt keine Ente auf dem Tisch«, sagte sie und wischte sich mit einem Taschentuch die Augen.

»Guste?«, fragte Wilhelm betroffen.

»Meine ältere Schwester in Berlin. Die einzige Verwandte, die ich noch habe. Sie ist schon in den zwanziger Jahren mit ihrem Mann nach Berlin gezogen. Ihr Eduard ist nicht wiedergekommen, genauso wenig wie mein Heinrich.« Ihr Blick wanderte zu dem Foto auf der Anrichte.

»Das bedaure ich sehr. Westen oder Osten?«

Wilhelmine wandte sich mit einem Seufzen wieder Röbcke zu. »Im Wedding, in der französischen Zone. Seit Beginn der Blockade habe ich einen einzigen Brief von ihr bekommen, obwohl ich ihr fast jede Woche geschrieben habe. Die meisten Briefe kommen zurück, und wo die anderen bleiben ...«

»Ohne die Luftbrücke hätten die nicht mal Brot und Margarine«, schnaubte Willi Röbcke. »Was die Russen da machen, ist doch ein Verbrechen. Und jetzt fangen sie auch noch an, die amerikanischen und britischen Rosinenbomber durch eigene Flugzeuge zu behindern. Sogar Raketen haben sie in die Flugbahnen geschossen. Angeblich Manöver! Aber neulich haben die Amis einen Russen abgeschossen.«

Paula erschrak. »Was ist, wenn die Russen reagieren und zurückschießen? Wir stehen doch ohnehin am Rand eines neuen Krieges.« Sie dachte daran, was Felix ihr erzählt hatte. Wie stark die Meinungen innerhalb der Alliierten auseinandergingen, was die Haltung gegenüber den Russen betraf. Und auch, was die Blockade anging, gab es Leute, die dafür waren, Berlin aufzugeben. Und jetzt kam noch die Angst vor dem Winter dazu, »General Winter«, wie die Russen ihn nannten. Es war schon schwierig genug, Berlin über die Luftbrücke im Sommer zu versorgen. Wie sollte das jetzt, im Winter, werden, wo zusätzlich Kohle und warme Kleidung in die Stadt geschafft werden mussten?

»Die Schostack hat sich neulich beschwert, dass sie von ihrem bisschen nun auch noch was für Berlin abgeben soll«, sagte Paula und spielte damit auf das Notopfer Berlin an. Für jeden Brief musste man eine Steuermarke für zwei Pfennige extra kaufen.

»Ach, die blöde Schostack, die soll bloß ruhig sein«, schimpfte Uschi. »Wenn die heute Abend vor der Tür gestanden hätte, die hätten wir nicht reingelassen.«

»Uschi, was ist denn das für ein Ton? Wir haben Gäste«, mahnte ihre Mutter, die sich wieder gefasst hatte.

Willi erhob sich halb von seinem Stuhl. »Ach, lassen Sie doch, liebe Frau Rolle. Das ist das Vorrecht der Jugend, auch mal vorlaut zu sein.«

Paula sah auf ihre beiden Schwestern, die um so vieles jünger waren als sie. Uschi lümmelte mehr am Tisch, als dass sie saß, und Gertrud hing wie so oft ihren Gedanken nach. Röbcke hatte recht: Sie gehörten noch zur Jugend. Sie selbst mit ihren bald dreißig Jahren nicht mehr. Die Erkenntnis war nicht besonders angenehm.

»Die Schostack hat gut reden, die hat ja auch keine Schwester in Berlin«, meldete sich Wilhelmine zu Wort. »Ich mache mir solche Sorgen um Guste. Wir haben ja schon genug zu knapsen, um über die Runden zu kommen, aber die armen Leute in Berlin …«

Röbcke räusperte sich. »Also mein Otto, der fährt regelmäßig nach Ostberlin. Er hat dort Verwandte. Ich könnte ihn bitten, einen Brief mitzunehmen oder mal bei Ihrer Schwester vorbeizugehen. Und wenn er nicht rüberkommt, dann fragt er einen Freund. Es gibt ja noch genügend Leute, die im Osten wohnen und im Westen arbeiten. Die fahren jeden Tag über die Zonengrenze. Und die armen Schweine bekommen ihren Lohn in Ostgeld. Dabei ist es verboten, Sachen von einer Seite auf die andere mitzunehmen. Das wird alles kontrolliert. Aber ein Brief müsste doch gehen.«

Wilhelmine sah ihn dankbar an. »Das würden Sie tun? Ich schreibe ihr noch heute ein paar Zeilen. Wann kommt Ihr Fahrer das nächste Mal?«

»Gleich nach Silvester.«

Wilhelmine legte Röbcke die Hand auf den Unterarm.

»Vielen Dank. Damit machen Sie mir ein wunderbares Weihnachtsgeschenk. Und jetzt gibt es den Nachtisch.«

Er lobte den Kuchen über den grünen Klee. Dann hob er sein Glas und sagte:»Frohe Weihnachten, liebe Frau Rolle. Ihnen und Ihren Töchtern. Danke, dass ich Ihr Gast sein durfte. So ein Heiliger Abend ganz allein, das ist doch keinem zuzumuten. Aber jetzt lasse ich Sie in Ruhe. Auf Wiedersehen, liebe, verehrte Frau Rolle.«

Paula brachte ihn zur Tür.

»Dann bis in drei Tagen«, sagte er.»Und nochmals vielen Dank.«

Als Paula zurück in die Küche kam, sagte Uschi gerade mit Pathos in der Stimme zu ihrer Mutter:»Verehrte, liebe gnädige Frau, können wir dann jetzt die Bescherung machen?«

»Ach, lass ihn. Er ist nur ein alter Mann, der einsam ist. Ich glaube, er hat seine Frau sehr geliebt«, sagte Paula.

»Herr Röbcke ist doch nicht alt, was fällt euch ein! Das ist ein Mann in seinen besten Jahren«, schimpfte Wilhelmine.

Uschi brach in schallendes Gelächter aus.»Da kann man mal wieder sehen, wohin das führt, wenn es zu wenige Männer gibt. Kaum kommt mal einer um die Ecke, sind alle Frauen komplett aus dem Häuschen.«

Dann schalteten sie das Deckenlicht aus und zündeten die Kerzen an der Weihnachtspyramide an, und die Bescherung begann.

Uschi war entzückt von dem Lippenstift, Gertrud mochte ihren Pullover und das Seidentuch, und Wilhelmine meinte, so schöne Handschuhe, da hätte sie ja gar keine Gelegenheit, um sie zu tragen. Paula bekam von ihrer Familie eine wun-

derschöne Handtasche aus feinem Kalbsleder vom Traditions-
geschäft Leder Israel geschenkt. Sie mochte die rehbraune
Farbe der Tasche und das schöne Gefühl, wenn sie mit den
Fingerspitzen über das weiche Leder strich.

»Ich hatte mir schon Gedanken darüber gemacht, was für
eine Tasche ich in Amerika nehmen sollte«, gab sie zu. Gleich
darauf merkte sie, was sie da gesagt hatte. Aber jetzt war es
zu spät.

»Amerika? Wie meinst du das? Wieso willst du nach Amerika? Jetzt sag schon! Etwa mit dem Flugzeug?«

Alle redeten durcheinander, und Paula erzählte ihnen, was
los war.

»Ich fahre mit meinem Chef. Wir wollen drüben Maschinen kaufen, und ich übersetze für ihn. In fünf Wochen geht
es los.«

»Nach Amerika. Wenn das die Schostack wüsste. Darauf
brauche ich noch einen Cognac«, sagte Wilhelmine.

Gertrud blieb merkwürdig still. Aber schließlich sagte sie:
»Paula, ich bin stolz auf dich. Du siehst aus wie eine erfolgreiche Geschäftsfrau, du trägst schöne Kleidung, du warst
beim Friseur. Und jetzt fährst du auch noch nach Amerika.«
Sie hob ihr Glas. »Auf meine große, tolle Schwester. Prost
und schöne Weihnachten.«

Kapitel 12

Paula sah schon wieder auf die Uhr an ihrem Handgelenk, die eigentlich zu groß für ihren schmalen Unterarm war. Seit acht Jahren trug sie sie. An jedem Tag. Nie hatte sie sie vergessen. Selbst bei den nächtlichen Luftangriffen hatte ihr erster Gedanke stets dieser Uhr gegolten, bevor sie nach der Tasche gegriffen hatte, die immer gepackt neben dem Bett stand. Es hätte viele Gelegenheiten gegeben, sie zu versetzen. Als Gertrud schwer krank war und unbedingt Aspirin brauchte, das es aber nur auf dem Schwarzmarkt gab. Vielleicht hätte sie sogar noch ein Paar Strümpfe obendrauf bekommen, echte Nylons. Oder ein Stück Suppenfleisch, als sie im ersten Nachkriegswinter alle so krank und schwach waren und beinahe verhungert wären. Aber Paula hatte sich nicht von der Uhr trennen können. Weil sie Konrad gehörte und weil sie immer noch gehofft hatte, er würde wiederkommen und sich seine Uhr bei ihr abholen, wie er es versprochen hatte.

Aber Konrad würde nicht wiederkommen. In der vergangenen Nacht, als sie nicht schlafen konnte, hatte Paula versucht, sich sein Gesicht in Erinnerung zu rufen, die kornblumenblauen Augen und das volle Haar, das ihm immer in die Stirn fiel. Sein Lachen, wenn sie in rasender Geschwindigkeit auf dem Fahrrad unterwegs waren, sie auf dem Gepäckträger, die Arme um seinen Leib geschlungen. Aber immer wieder schob sich das Gesicht von Felix Robinson vor das von Konrad. Paula wunderte sich, ja sie hatte ein schlechtes Gewissen. Doch dann empfand sie vor allem Freude, dass sie überhaupt wieder fähig war, einen Mann attraktiv zu finden.

»Danke, Felix Robinson«, flüsterte sie, »dass Sie mir geholfen haben, mich von diesem Trauma zu befreien.«

An einen Neuanfang, an eine neue Liebe mit ihm glaubte sie dennoch nicht. Er hatte ihr keinen Anlass gegeben, daran zu glauben. Sein Interesse an ihr war durch seinen Beruf bedingt, mehr nicht.

Und nun stand sie auf der anderen Straßenseite des Pfandleihhauses in der Langen Reihe in St. Georg und zögerte. Wenn ihre Mutter wüsste, was sie hier tat, würde sie vor Entsetzen die Hände über dem Kopf zusammenschlagen. Man versetzte keine Wertstücke im Leihhaus, so etwas tat man nicht in Wilhelmines Vorstellung. Deshalb ging Paula auch nicht in das Leihhaus in der Osterstraße, wo sie jemand hätte sehen können, sondern beobachtete hier in St. Georg den Laden gegenüber. Gerade verließ eine Frau in einem Nerzmantel selbstbewusst das Geschäft. Es schien ihr weder peinlich zu sein, noch machte sie einen sonderlich bedrückten Eindruck.

Die Frau im Pelz gab den letzten Ausschlag. Paula ging mit festen Schritten über die Straße und betrat das Geschäft.

»Wie viel bekomme ich für diese Uhr?«, fragte sie und legte sie auf den Tresen.

»Von Ihrem Vater?«, fragte der Pfandleiher und sah sie bekümmert an.

Paula gab keine Antwort. Was hätte sie auch sagen sollen? Von meinem Verlobten? Meinem Geliebten? Dem Mann, der durch meine Schuld umgekommen ist und den ich nie wiedersehen werde, obwohl ich ihn so geliebt habe? »Wie viel?«, wiederholte sie stattdessen. »Und wie lange habe ich Zeit, um sie wieder auszulösen?« Während sie wartete, bis der Pfandleiher die Uhr begutachtet hatte, wurde sie sich des Tickens der vielen Uhren bewusst, die in Vitrinen lagen und an den Wänden hingen. Einige tickten laut und dominant, andere leiser und hektisch. Ihr ging der Gedanke durch den Kopf, wie es sein musste, wenn all diese Uhren, und es mussten Hunderte sein, die volle Stunde schlugen. Man müsste sich wie auf einem Ozean von Tönen fühlen. Sie blickte verstohlen auf ein Zifferblatt, noch zwölf Minuten bis zur vollen Stunde.

Der Mann verstand das falsch. »Geduld, Geduld. Einen Moment müssen Sie mir schon geben«, sagte er. Er drehte die Uhr herum und betrachtete durch eine Lupe die Gravur und den Stempel auf der Rückseite.

Paula sah ihm dabei zu. Konrad braucht die Uhr nicht mehr. Und sein Vater, dem sie ursprünglich gehört hatte, war wahrscheinlich längst tot. Aber sie brauchte jetzt das Geld. Als Investition in ihre Zukunft. Ich begehe keinen Verrat, an niemandem, wenn ich sie versetze, dachte Paula. Nur einen einzigen Menschen gab es, vor dem ihr ihr Tun peinlich gewesen wäre. Und in ihrem tiefsten Innern wusste sie, dass er auch der Grund war, warum sie sich von Konrad zu lösen begann. Ohne Felix Robinson wäre ihr nie der Gedanke gekommen, dieses Leihhaus zu betreten.

153

»Also bitte?«, fragte sie.

»Fünfzig Mark. Sie haben drei Monate Zeit. Das ist mein einziges und letztes Angebot. Ich verhandle nicht.«

»Einverstanden.«

Als sie wieder auf der Straße stand, atmete sie tief durch, während hinter ihr das Ticken und Schlagen der Uhren einsetzte, die die volle Stunde schlugen.

Eilig ging sie in Richtung des Hauptbahnhofs. Als sie den großen Vorplatz erreichte, stockte ihr der Atem. Das Dach der riesigen Halle war an vielen Stellen zerstört, keine einzige Fensterscheibe war ganz, und von dem Uhrturm, einst ein Wahrzeichen der Stadt, stand nur noch ein ausgeglühtes Gerippe. Sie hielt einen Augenblick inne, weil der Anblick des versehrten Gebäudes so wehtat. Sollte es wirklich möglich sein, diese riesigen Zerstörungen zu beseitigen? Die Stadt und ihre Bewohner irgendwann wieder heil werden zu lassen? In Barmbek sollte es Flächen geben, wo kilometerweit kein einziges Haus mehr stand und die eine einzige Wüste aus Stein waren.

Als Paula durch die Wandelhalle ging, sah und hörte sie die Züge, die zwar noch ungeheizt und oft völlig überfüllt waren, aber immerhin wieder fuhren. Und arbeiteten Röbcke und sie nicht daran, Nylonstrümpfe herzustellen, einen absoluten Luxusartikel? War sie nicht auf dem Weg zu Karstadt in der Mönckebergstraße, auf der anderen Seite des Bahnhofs, um sich ein paar Kleidungsstücke für ihre geplante Amerikareise zuzulegen? Hatte sie nicht gerade, indem sie sich von Konrads Uhr getrennt hatte, ein Stück ihrer Vergangenheit hinter sich gelassen, um nach vorn zu schauen?

Vielleicht muss beides nebeneinander hergehen, dachte sie, während sie den Bahnhof durchquerte, wo die Reisenden sich an provisorischen Kiosken mit Zeitungen und Proviant versorgten: das Gedenken an die Vergangenheit und der Blick in die Zukunft. Sie dachte darüber nach, was sie inzwischen über die bevorstehende Reise in Erfahrung gebracht hatte.

Sie und Willi Röbcke würden mit dem Zug nach Kopenhagen fahren und von dort nach New York fliegen, denn der Hamburger Flughafen wurde für die Luftbrücke nach Berlin gebraucht. Die Reisegenehmigungen hatte ihr Chef mittlerweile besorgt, was inzwischen zunehmend einfacher wurde, solange man nicht in den russischen Sektor wollte. Röbcke hatte überall genügend einflussreiche Freunde sitzen, die ihm halfen. Beziehungen waren in diesen Tagen alles.

New York! Allein der Klang des Namens ließ ihr Herz höherschlagen. Leider würden sie dort nur einen kurzen Aufenthalt haben, denn ihr eigentliches Ziel war Philadelphia, das gute zwei Zugstunden südlich lag. Über die Stadt wusste Paula nicht viel, außer dass dort die Unabhängigkeitserklärung unterzeichnet worden war. Wichtiger für sie war indes, dass es dort einen echten Erzgebirgsverein gab. Er bestand aus Männern, deren Väter oder Großväter aus Deutschland eingewandert waren und die entweder Cotton-Maschinen bauten oder in der Strumpfindustrie arbeiteten. Über Otto Brodersen hatte Röbcke dort einen alten Freund seines Vaters wiedergefunden, Heinrich Reimers, der bereits seit dreißig Jahren drüben lebte. Reimers sollte ihnen die Türen öffnen.

Ihr Chef verließ sich bei allen organisatorischen Fragen

auf Paula, weil er kein Wort Englisch sprach. Sie konnte nur hoffen, dass alles glattging.

Was die amerikanischen Frauen trugen und wie sie sich zurechtmachten, wusste Paula aus der Wochenschau und dem Kino. Doch so elegant würde sie nie sein, ganz gleich, was sie hier für ihre Garderobe erstünde. Allein diese Victory-Locken! Paula hatte auch in Hamburg schon Frauen mit diesen aufregenden Stirnwellen gesehen und sich gefragt, welcher Friseur das wohl konnte. Sie trug ihr Haar seit dem Friseurbesuch etwas kürzer und nahm es am Hinterkopf zu einem Knoten zusammen, weil sie fand, dass es ihr so stand. Trotzdem wollte sie adrett angezogen sein. Bei dem Gedanken, was Uschi zu einem »adretten« Kleid sagen würde, verzog sie jedoch den Mund. »Adrett ist ein gebügelter BDM-Rock oder eine Kittelschürze. Du willst doch nicht ernsthaft adrett sein!«, hätte ihre Schwester ihr um die Ohren gehauen.

Für ihre Reise schwebte ihr ein Kostüm vor, das sie mit zwei oder drei Blusen und einem Tuch jeden Tag neu kombinieren könnte. Vielleicht dürfte es ja auch ein bisschen mehr als nur adrett sein. Und Schuhe brauchte sie. Und Nylons! Im Stillen dankte sie Willi Röbcke für den Mantel. Mit dem konnte sie überallhin, und er hielt warm. Die Winter in Nordamerika sollten eisig sein.

Sie hatte die Kirche St. Petri gegenüber von Karstadt erreicht, die wundersamerweise im Krieg kaum zerstört worden war. In eben dem Moment, als sie daran vorüberging, begannen die Glocken zu schlagen. Erst die Läuteglocken, dann kamen die schweren Schlagglocken mit Dröhnen dazu.

Paula meinte, die Schallwellen in ihrem Brustkorb zu spüren. Sie hatte auf einmal das Bedürfnis, stehen zu bleiben und sich in den Klang zu versenken. Sie war nicht besonders gläubig, aber der Klang der Glocken beruhigte sie. Er war so normal, schon so oft gehört, ebenso oft überhört. Diese Glocken gehörten zu Hamburg wie der Hafen und die Reeperbahn. Paula nahm sich Zeit und hörte dem Geläut zu, bis es mit den letzten Schlägen verklang, und als sie ihren Weg fortsetzte, fühlte sie sich getröstet.

Bei Karstadt drängelten sich wie üblich die Kunden. Bereits vor den Türen stauten sich die Kaufwilligen. Paula hatte vergessen, dass heute der erste Tag des Winterschlussverkaufs war. Sie zögerte, dann drängelte sie sich entschlossen durch die Menge. Im Erdgeschoss wühlten Frauen in Unterwäsche und Bergen von Jedermann-Schuhen. Aber Paula brauchte andere Dinge dringender als diese verbilligten, subventionierten Schuhe, für die man dennoch Punkte abgeben musste. Über ihren Köpfen hingen rot umrandete Schilder mit durchgestrichenen Preisen. Paula warf einen flüchtigen Blick auf einen Tisch mit Damenunterhemden, dann wandte sie sich in Richtung der Rolltreppen. Eine Frau stieß sie mit dem Ellenbogen an, um sich einen Platz am Wühltisch zu sichern. Bei diesem Ansturm konnte man den Eindruck gewinnen, dass die Hamburger sich vom neuen Jahr 1949 ein besseres Leben versprachen. Vieles war ja auch besser geworden, es gab wieder Sachen zu kaufen, auch wenn einige Güter immer noch rationiert waren. Wenn nur die Angst vor den Russen nicht wäre. Die Zweiteilung der Welt in West und Ost verfestigte sich immer mehr. In Berlin zeigte sich, wohin das führte. Die armen Westberliner. Da waren die Kaufhäuser leer, die waren froh, wenn sie einigermaßen satt wurden und in ihren Wohnungen nicht erfroren. In Hamburg waren diese ganz bitteren Zeiten Gott sei Dank vorüber.

Paula nahm den Duft von Parfüm wahr. Etwas Blumiges, Frisches. Sie war in der Parfümabteilung angekommen und schwelgte in den Farben und Düften. Und wenn sie sich einen Nagellack ...? Oder diesen Lippenstift in Brombeerrot?

Nein, erst musste ein Kostüm her.

Nach zwei Stunden machte sie sich auf den Heimweg. In ihrer Tasche trug sie ein nachtblaues Wollkostüm, dessen Jackett mit hoch angesetzter Taille ihr wie auf den Leib geschneidert war. Dazu eine helle Bluse mit einem runden Kragen und eine zweite mit hellen Blumen auf blauem Grund. Weil ihr Geld reichte, hatte sie ein Paar Strümpfe gekauft, keine echten Nylons, aber alles war schöner als ihre Wollstrümpfe.

Gleich als sie die Wohnungstür öffnete, spürte sie, dass etwas nicht in Ordnung war.

Gertrud saß am Küchentisch, das Gesicht über die Zeitung gebeugt. Die Seite mit den Stellenanzeigen war aufgeschlagen. Einige Annoncen hatte sie dick mit einem Bleistift umrandet. Paula las: *Tüchtige Morgenfrau für Arzthaushalt in Blankenese. Ledige Büfettmamsell, flink und sauber ...* Paula mochte diese Bezeichnungen nicht. Sie erinnerten sie an das Frauenbild der Nazis. Warum mussten Frauen bloß immer unverheiratet, tüchtig und flink sein? Und bescheiden und hübsch und dankbar für Komplimente? Und warum sollten verheiratete Frauen eigentlich nicht arbeiten?

»Na, ist etwas für dich dabei?«, fragte sie. Dann sah sie die blau verfärbte Schwellung an Gertruds Schläfe. »Was ist passiert?«, fragte sie alarmiert. »Um Gottes willen, hattest du einen Unfall?«

»Das war Erich«, flüsterte Gertrud. »Sag bloß Mama nichts!«

»Erich? Erich Petersen? Warum?«

»Ich bin noch mal hingegangen, weil ich doch immer noch achtzehn Mark bekomme. Das Geld steht mir zu. Ich habe hart dafür gearbeitet.«

»Und dann?« Paula setzte sich auf den Stuhl neben sie und legte ihr den Arm um die Schulter. Gertrud fing an zu weinen und konnte nur stockend berichten:

»Er hat mich beleidigt. Ich hätte es ausgenutzt, dass er nicht da war, und mich ins gemachte Nest gesetzt. Ob ich geglaubt hätte, den Laden übernehmen zu können. Er hat gesagt, ich sei hässlich und er hätte nicht im Krieg sein Bein verloren, um dann eine alte Schrapnell zu heiraten. Als wenn ich so ein Scheusal heiraten würde! Dabei hätte seine Mutter den Laden ohne mich nie halten können. Was denkt der sich?«

Sie sah Paula mit einem tränenverschmierten Lächeln an.

»Er ist und bleibt ein Schwein. Hat er dir wenigstens das Geld gegeben?«

»Er nicht, aber seine Mutter. Daraufhin hat er auch sie beschimpft.«

»Siehst du, es hat gar nichts mit dir zu tun. Er hat einfach einen schlechten Charakter und glaubt, er kann Frauen runtermachen. Und nun rutsch mal und lass mich mitlesen. Wir werden schon was für dich finden.«

Die Stellenanzeigen ähnelten sich. Für Frauen gab es Stellen als Putzhilfen oder Köchinnen. Die besseren Angebote galten Sekretärinnen, aber Gertrud konnte weder Schreibmaschine schreiben noch Steno. Sie hatte während des Krieges einfach nicht die Möglichkeit gehabt, etwas zu lernen oder eine Ausbildung zu machen.

Gertrud und Paula saßen immer noch über die Zeitung gebeugt, als ihre Mutter nach Hause kam.

»Seht mal, was ich hier habe. Orangen. Es gab fünfhundert Gramm pro Kopf.«

Mit einem entschlossenen Stöhnen wuchtete sie die beiden schweren Taschen auf den Tisch. Aus der einen nahm sie die Früchte und legte sie vorsichtig auf die Tischplatte. Dann sah sie Gertruds blauen Fleck.

»Das ist gar nichts. Sie hat sich den Kopf angestoßen«, sagte Paula rasch.

Wilhelmine stöhnte. »Gertrud, du bist aber auch immer ungeschickt. Fällt über jeden Fussel!«

Paula sah den schmerzlichen Gesichtsausdruck ihrer Schwester und warf ihr einen aufmunternden Blick zu. Sie drückte ihren Fingernagel in die Schale einer Orange, und sofort verströmte sie den typischen Duft. »Mmh!«, machte sie. »Ich schneide gleich eine auf.«

Ganz langsam kauten sie die seltenen Früchte, die nur ein bisschen sauer, aber absolut köstlich waren, und der Saft lief ihnen über die Finger. Dann sagte Paula: »Wisst ihr eigentlich, wie dankbar Uschi und ich euch sind, weil ihr die Hausarbeit erledigt und vor allem das Einkaufen und Suchen in den Geschäften übernehmt? Ich würde das neben meiner Arbeit nicht schaffen. Ich könnte ja nur nach der Arbeit in das nächstbeste Geschäft hetzen und kurz vor Ladenschluss kaufen, was noch übrig ist. Ich könnte auch keine Preise vergleichen und Sonderangebote erstehen.«

»Und du meinst, Uschi könnte das?«, fragte Gertrud zweifelnd und grinste dabei.

Paula lachte laut heraus. »Siehst du, du kannst sehr wohl etwas, was wir nicht können.«

Als Wilhelmine besorgt fragte, wie das denn gemeint sei, sagte sie: »Ach, nichts. Gertrud weiß schon, wie ich das meine, nicht wahr?«

»Ich finde, wir sollten mit Uschi reden. Sie kann doch nicht noch jahrelang in diesem Restaurant arbeiten. Sie ist noch jung, sie sollte etwas lernen.« Paula sah die beiden anderen an.

»Und was stellst du dir da vor?«, fragte Gertrud.

Paula zuckte mit den Schultern. »Ich weiß auch nicht. Friseurin, Sekretärin, Straßenbahnschaffnerin, Tischlerin ... Heutzutage haben wir doch alle Möglichkeiten. Jetzt, wo die Nazis nicht mehr da sind, die uns nur als Mütter und Hausfrauen haben wollten. Und natürlich für alles andere, als die Männer weg waren.«

»Als wenn die eine Frau ein Handwerk lernen lassen würden«, ereiferte sich Gertrud. »Wir haben genügend Männer, die arbeitslos sind oder eine Lehrstelle suchen.« Sie sagte das in einem nölenden, belehrenden Tonfall, als würde sie jemanden nachahmen.

»Hast du dich etwa beworben? Als was?«

Gertrud zuckte mit den Schultern. »Ich möchte so gern irgendwas Technisches machen, Chauffeurin vielleicht. Ich weiß genau, wie ein Automotor funktioniert. Aber das kann ich mir wohl abschminken.«

»Aber Gertrud, das ist doch nichts für Frauen!«, rief Wilhelmine.

Paula sah sie streng an. »Und warum nicht? Das wollen wir doch mal sehen.«

Am Sonntagnachmittag packte Paula ihren kleinen Koffer. Am nächsten Tag ging mittags der Zug nach Kopenhagen.

»Hast du auch deinen Pass und die Reiseerlaubnis?«, fragte Wilhelmine, die nervös um sie herumschwirrte. Paula hatte sie nur mit Mühe davon abbringen können, ihr ein Fresspaket zu packen.

»Mama, im Flugzeug bekommen wir zu essen«, sagte sie.

»Bringst du mir was aus Amerika mit?«, fragte Uschi.

»Ach, ich beneide dich so sehr. Ich würde meinen rechten Arm dafür geben, nach New York zu kommen.«

»Wahrscheinlich werde ich gar keine Zeit haben, mir etwas anzuschauen. Und in New York steigen wir ja nur um.«

Uschi zog ein Gesicht, und Paula lenkte ein.

»Was soll ich dir mitbringen?«

Uschi streckte die Arme aus und rief: »Einfach alles, was es hier nicht gibt – Parfüm, Corned Beef, Schallplatten mit der neuesten Musik! Wir wissen doch gar nicht, was die da drüben alles haben, wir leben hier hinter dem Mond.«

»Ach, verflixt, dieses blöde Ding will schon wieder nicht. Und dabei fängt doch jetzt meine Sendung an«, schimpfte ihre Mutter aus der Küche. Gleich darauf hörten sie, wie sie mit der flachen Hand auf den Radioapparat schlug.

Gertrud ging zu ihr hinüber. »Mama, so wird das nichts. Lass mich mal.« Sie beugte sich über den Apparat.

»Du machst ihn doch kaputt«, rief Wilhelmine, aber Gertrud ließ sich nicht beirren. »So ein Radio ist doch kein Hexenwerk. Man muss nur wissen, wie es geht. Gib mir mal den kleinen Schraubenzieher aus der Küchenschublade.«

Unter den besorgten Blicken ihrer Mutter schickte sich Gertrud an, die Rückwand des Radiogerätes abzuschrauben. Sie fummelte an ein paar Drähten herum und nahm die Batterie heraus, um sie dann wieder einzusetzen. Und plötzlich war klar und deutlich die Stimme von Just Scheu zu hören, der die *Funklotterie* ankündigte.

»Wie hast du das gemacht?«, fragte Wilhelmine verblüfft.

»Gekonnt ist gekonnt«, gab Gertrud zurück und schraubte die Rückwand wieder an.

Kurz darauf saßen sie alle um den Küchentisch herum und hörten Radio. Die *Funklotterie* war Wilhelmines Lieblingssendung. Jeden Sonntag saß sie vor dem Apparat und hörte zu, wie Geräusche oder Musikstücke vorgespielt wurden, die die Zuhörer erraten mussten. Dafür gab es Preise.

In der letzten Woche hatte einer von Wilhelmines ehemaligen Schulkameraden den Hauptpreis von zehntausend Mark gewonnen. Sie war ganz aus dem Häuschen gewesen. »Da seht ihr mal. Jeder kann gewinnen. Was der Hans wohl mit dem vielen Geld anfängt?«

»Was würdest du denn damit machen?«, fragte Gertrud.

»Ich würde mir neue Gardinen von Gloyer kaufen, so in der Mitte gerafft und halb durchsichtig.«

»Gardinen?« Uschi war empört. »Mama, das ist ja so was von spießig! Und dann auch noch von Gloyer? Der hat sich doch gleich nach dem Krieg eine neue Eichentür für sein Geschäft geleistet. Weiß der Himmel, woher der das Geld hatte.«

»Inzwischen hat er sie doch grau übermalt. Und er hat die schönsten Gardinen und macht Maßanfertigungen und bringt sie auch an.«

»Lass Mama doch, wenn sie Gardinen will«, mischte sich Gertrud ein.

»Also ich würde mir nichts für die Wohnung kaufen«, fuhr Uschi fort. »Ich würde schick zum Friseur gehen, und dann würde ich mir ein Kleid von Heinz Oestergaard kaufen. Oder gleich eins von Dior! Na, das vielleicht nicht, aber ich will endlich mal wieder hübsch sein und mich als Frau fühlen. So wie Paula.« Sie seufzte tief.

»Mal wieder Frau sein? Du bist gerade mal siebzehn, du Küken.« Paula sagte das mit einem Lächeln, aber im Grunde fand sie, dass ihre kleine Schwester recht hatte.

»Dieser Oestergaard macht doch Kleider für Prostituierte«, ereiferte sich Wilhelmine, »und für diese Knef. Ich kann beim besten Willen nicht verstehen, was ihr an diesen Kleidern so toll findet. Ich würde mir lieber einen von diesen neuartigen Waschautomaten kaufen. Und einen Staubsauger.« Sie erklärte das im Brustton der Überzeugung.

Uschi rollte theatralisch mit den Augen.

»Was würdest du denn mit zehntausend Mark anfangen?«, fragte Paula Gertrud. Aber bevor diese antworten konnte, begann die Sendung.

»Still, es geht los!«, rief Wilhelmine.

Das erste Rätsel war sehr leicht. Eine Trompete ertönte. »Lili Marleen!«, riefen sie alle gleichzeitig. Nun erklang die Titelmelodie von Gräfin Mariza, dann das Geräusch, mit dem sich die Türen der Straßenbahn schlossen. Aber jetzt wurde es schwierig. Ein Pfeifen erklang.

»Jetzt weiß ich es: Das ist ein Zugführer, der zur Abfahrt pfeift.«

»Quatsch, das ist eine Polizeipfeife!«

»Woher weißt du denn, wie eine Polizeipfeife klingt?«

In diesem Augenblick pfiff der Teekessel, denn Gertrud hatte Wasser für Tee aufgesetzt. Alle sahen sich an. Das war das Geräusch!

Wilhelmine trug das letzte Lösungswort ein. »Hat eine von euch ein Fünfzigpfennigstück?«

»Mama, du bist eine Glücksspielerin!«, sagte Uschi, ohne von ihrem Modemagazin aufzusehen.

Paula suchte in ihrem Portemonnaie nach dem passenden Geldstück.

Kapitel 13

Mit leicht wackligen Beinen stieg Paula in das Flugzeug und ging den Gang entlang bis zu ihrem Fensterplatz. Sie war eine der ganz wenigen Frauen an Bord. Die meisten Passagiere waren Männer mit Aktentaschen, und offensichtlich flogen sie nicht zum ersten Mal. Völlig entspannt saßen sie in ihren Sitzen, vor sich auf kleinen Tischen ein Glas mit einem Willkommensdrink. Auf der anderen Seite des Gangs nahm eine Frau mit einem Baby Platz. Für Paula war schon die Zugfahrt über die Grenze nach Dänemark ein Abenteuer gewesen, und nun auch noch ein Atlantikflug. Sie war nur froh, ihr neues Kostüm und den Pariser Mantel zu tragen, dazu die Handtasche. Ihre gepflegte Kleidung ließ sie aussehen wie die anderen und gab ihr Sicherheit. Nur die Strümpfe fielen dagegen ab, aber es waren die besten, die sie hatte finden können. Die vier Propeller der Lockheed Constellation fingen an, sich zu drehen, der Lärm in der Maschine wurde ohrenbetäubend. Es ging los.

Das Flugzeug beschleunigte und hob ab. Paula wurde in den Sitz gedrückt. Sie blickte aus dem kleinen Fenster, als die Maschine eine steile Schleife über Kopenhagen drehte, sah auf die Häuser und das Wasser hinunter, und ihr wurde leicht

übel. Sie lehnte sich in ihren Sitz zurück und schloss die
Augen, um die Übelkeit zu besänftigen. Bald waren sie über
dem Atlantik, wo das Flugzeug in ein Gewitter geriet. Es
schaukelte und schwankte so sehr, dass Paula, die sich eigentlich vorgenommen hatte, ihren ersten Flug zu genießen,
Angst bekam, und ihr wurde leicht schummrig. Sie dachte
an Gertrud, der die Sache bestimmt einen Heidenspaß gemacht hätte und die vermutlich ganz genau verstanden hätte,
warum ein Flugzeug fliegen konnte und nicht abstürzte.

»So hatte ich mir meinen ersten Flug nicht vorgestellt«,
sagte sie zu Wilhelm Röbcke, der seelenruhig neben ihr saß
und die Zeitung las. Auf seinem Schoß lag eine Aktentasche.
Paula fragte sich, ob die anderen Herren auch eine halbe
Million Mark in Dollars mit sich herumtrugen. Was für ein
nervenaufreibendes Abenteuer war es gewesen, dieses Geld
umzutauschen. Normalerweise wäre ein wochenlanger Ge-
nehmigungsprozess mit der Joint Export Import Agency, der
Außenhandelsbehörde der westlichen Besatzungsmächte mit
Sitz in Frankfurt am Main, notwendig gewesen, die jeden
Export oder Import genehmigen musste. Natürlich hätte Röbcke auch in die Schweiz fahren und schwarz tauschen können.
Aber dann hätte er zwanzig Mark für einen Dollar hinlegen
müssen, außerdem wäre es illegal gewesen. Sie hatten diese
Lösung rasch verworfen, zumal sie vor den Briten hätten be-
legen müssen, woher die Dollars für die Maschinen stammten. Nein, es musste auf offiziellem Weg gehen. Röbcke fragte
seinen Freund Dabelstein, ob der nicht was für ihn tun könne,
denn Eberhard Dabelstein sollte zufällig David Hennings,
einen hohen Beamten der alliierten Wirtschaftskommission,

nach Bremen kutschieren. Während der Fahrt auf der Autobahn hatte Dabelstein genügend Zeit, ihm von Röbckes Plan zu erzählen und ihm auseinanderzusetzen, wie wichtig es sei, ein weiteres Unternehmen in Hamburg anzusiedeln, das nicht nur Arbeitsplätze schaffen, sondern mit der produzierten Ware auch die Unzufriedenheit der Deutschen mit der allgemeinen Lage lindern würde. »Sie wissen doch, wie das ist: Wenn die Frauen zufrieden sind – dann sind es die Männer auch«, hatte er mit einem jovialen Grinsen gesagt.

Hennings war neugierig geworden, und schon am nächsten Tag kam er in den Eppendorfer Weg, um sich alles anzusehen.

Paula wäre fast die Kaffeetasse aus der Hand gefallen, als sie erkannte, wer hinter ihm durch die Tür trat. Es war Felix Robinson.

Felix tippte sich an die Mütze. »Fräulein Rolle«, sagte er, und ein winziges Lächeln huschte über sein Gesicht.

»Sie kennen sich?«, fragte Hennings. Es war ihm anzumerken, dass er den Gedanken nicht besonders sympathisch fand. Hennings gehörte zu den Briten, die jedes Fraternisieren mit den Deutschen ablehnten und ein unüberwindliches Misstrauen gegen sie hegten. Er machte seine Arbeit, und dazu gehörte es, die deutsche Wirtschaft wieder in Schwung zu bringen, aber im Grunde seines Herzens war er eher ein Anhänger der Ideen des amerikanischen Finanzministers Morgenthau, der aus Deutschland einen Agrarstaat ohne jede Industrie machen wollte.

»Flüchtig«, gab Felix mit einem Blick auf Paula zurück, aber dabei zwinkerte er ihr zu.

»Ihr Freund Dabelstein hat sich mächtig für Sie ins Zeug gelegt. Sie wollen Dollars tauschen, um in Amerika Maschinen zu kaufen? Zeigen Sie mir mal, was genau Sie da vorhaben«, sagte Hennings knapp.

»Fräulein Rolle, bringen Sie bitte die Unterlagen«, sagte Röbcke zu ihr. »Leider haben wir nur zwei Stühle«, fügte er hinzu, »aber nehmen Sie doch Platz.«

Als sie mit den Unterlagen den Raum betrat, saß Hennings, Felix stand. Sie wollte wieder gehen, doch Röbcke sagte: »Bleiben Sie.« Und zu den beiden Männern: »Fräulein Rolle weiß über alles Bescheid und wird mich nach Amerika begleiten, um die Maschinen zu kaufen. Es war im Übrigen auch ihre Idee«, sagte er zu den Männern und setzte sich.

Felix' Blick flog zu ihr, er nickte anerkennend.

»Wie lange werden Sie drüben bleiben?«, fragte Hennings.

»Nur bis wir die Maschinen haben. Dann sorge ich dafür, dass sie ordentlich auf ein Schiff verladen werden, ich habe da meine Kontakte in Amerika«, versicherte er den beiden Engländern, »und dann nichts wie nach Hause, um hier alles in Gang zu bringen. Ich muss Pfingsten liefern.«

Paula reichte die Listen mit den Bestellungen und die entsprechenden Zahlungseingänge herum, die sie in den letzten Wochen erstellt hatte. »Wie Sie sehen, hat alles seine Richtigkeit und Ordnung. In dieser Spalte steht, wie viele Strümpfe der Kunde bestellt hat« – sie fuhr mit dem Finger über das Blatt Papier und streifte dabei unabsichtlich Felix' Finger, der neben ihr stand und sich ebenfalls über die Liste beugte. Wie elektrisiert zog sie ihre Hand zurück und musste erst Luft holen, bevor sie sich wieder in der Gewalt hatte: »… und hier in der zweiten Spalte sind Betrag und Zahlungseingang notiert. Adresse und, wenn vorhanden, Telefonnummer stehen in Spalte drei. Sie können jeden auf der Liste anrufen und sich die Angaben bestätigen lassen.« Sie wartete, während Hennings die Liste überflog. Jetzt kam es darauf an. Hatte sie ihn überzeugt? Wenn er Nein sagte, könnten sie ihr Geschäft vergessen und wären ruiniert. Was für eine Macht hatten diese Männer eigentlich? Sie sah zu Felix hinüber, der ihr beruhigend zulächelte.

Hennings nickte. »*Sounds reasonable*«, sagte er, eine Bemerkung, die Röbcke auch ohne Übersetzung verstand.

Paula atmete erleichtert aus.

»Und was benötigen Sie von uns?«, fragte Felix.

»Wir müssen unser Geld, rund eine halbe Million D-Mark, in Dollar tauschen, um die Maschinen drüben bezahlen zu können. Ich verfüge über geschäftliche Kontakte in Philadelphia, und dort gibt es Interesse, mir Cotton-Maschinen zu überlassen«, sagte Willi Röbcke.

»Eine halbe Million?« Hennings schien angesichts der Summe misstrauisch zu werden.

»Wir zeigen Ihnen gern die Empfehlungsschreiben und die Einladungen aus Amerika«, fügte Paula eilig hinzu.

»Das wird nicht nötig sein«, sagte Hennings und zog ein Blatt Papier aus der Tasche. Paula sah viele Stempel darauf. »Das ist die Genehmigung. Unterschreiben Sie hier.«

»Das ist alles? Sie meinen, ich kann das Geld tauschen?«, fragte Röbcke verblüfft.

»Es spricht nichts dagegen. Allerdings müssen Sie dafür nach Frankfurt fahren.« Hennings erhob sich etwas steif.

»Viel Erfolg für Ihr Unternehmen. Damit die deutschen
Frauen wieder ihre Beine zeigen können.«

»Darauf sollten wir anstoßen«, rief Röbcke begeistert.
»Dass wir endlich Frieden haben und uns um die schönen
Dinge des Lebens kümmern können.«

Hennings drehte sich zu ihm herum und sagte ernst: »Sie
sind im Irrtum, wenn Sie meinen, wir hätten Frieden. Wir
sind immer noch im Krieg. Nur heißt unser Gegner jetzt
Russland.«

»Aber ...«

»Auch wenn wir nicht mit Waffen kämpfen, sondern mit
Strümpfen und Autos und Schweinekoteletts, auch wenn
dieser Krieg bisher ein kalter ist, so ist es doch immer noch
ein Krieg, und wenn wir nicht aufpassen, schlucken uns die
Russen, glauben Sie mir. Außerdem fraternisiere ich nicht.«
Er grüßte militärisch und wandte sich zum Gehen.

Felix blieb einen Moment mit Paula allein.

»Wie waren Ihre Weihnachtstage?«, fragte Paula.

Er senkte den Blick. »Eher traurig. Ich bin froh, dass wir
uns noch einmal gesehen haben, bevor Sie nach Amerika
fliegen.«

Wie meinte er das? Wie so oft fragte sich Paula, wo eigent-
lich sein Interesse an ihr lag. War es beruflich oder privat?
»Ich wusste nicht, dass Sie das interessiert.« Sie zögerte.
»Warum waren Sie eigentlich bei diesem Gespräch dabei?
Ich denke, Sie arbeiten für den Geheimdienst?«

»Das geht bei uns Hand in Hand. Hennings hat mich als
Dolmetscher angefordert ...«

»Aber er spricht doch Deutsch«, warf Paula ein.

Felix nickte. »Er tut es aber nicht gern. Er mag die Deutschen nicht, sieht sie immer noch als Feinde. Und er macht keinen Unterschied zwischen alten Nazis und denen, die unter Hitler gelitten haben.« Er sah sie bedeutsam an. »Wie dem auch sei: Als ich gehört habe, dass ich Sie hier treffen würde, habe ich nur zu gern zugestimmt. Ich war neugierig.« Er lächelte sie auf seine entwaffnende Art an, die alle Zweifel in Paula verstummen ließ. »Kommen Sie schnell wieder. Hamburg ist lange nicht so schön ohne Sie.«

Ein heftiger Stoß ließ sie aufschrecken. Das Flugzeug sackte ab, fast hätte sie vor Schreck aufgeschrien. Röbcke sah sie von der Seite an und legte ihr die Hand auf den Unterarm. Die Berührung beruhigte sie ein wenig.

Röbckes Vertrauen in Technik war einfach unbegrenzt. »So ein Flugzeug ist auch nicht komplizierter zu bauen als eine Cotton-Maschine«, sagte er. Er reichte ihr ein Stück Papier. »Hier, übersetzen Sie mir doch rasch diesen Bericht, den Reimers uns geschickt hat. Von wegen wen wir treffen sollen und so weiter. Wer wichtig ist, Sie wissen schon.«

Erst war Paula ärgerlich, weil er so unsensibel war, aber dann merkte sie, dass ihr die Konzentration half, ihre Angst und die aufkommende Übelkeit zu vergessen. Sie warf ihm einen dankbaren Blick zu und fing sein Lächeln auf. Als sie nach einiger Zeit wieder aufsah, hatte sich der Sturm gelegt. Das Flugzeug lag ruhig in der Luft. Nur leider war es draußen vor dem Fenster dunkel.

»Wir sind hinter Neufundland. Da sehen Sie ohnehin nur Wasser«, sagte die Stewardess.

»Gut, dass Sie da sind«, sagte Röbcke. »Bringen Sie uns mal eine Flasche Sekt. Wir wollen anstoßen, bevor es was zu essen gibt. Nicht wahr, Fräulein Rolle?«

Das Essen war vorzüglich. Ein zarter Rinderbraten mit knackigem Gemüse und sämiger Bratensoße. Dazu gebratene goldene Stäbchen.

Paula sah in der Speisekarte nach und erfuhr, dass es sich um frittierte Kartoffelstäbchen, sogenannte French Fries, handelte. Sie schmeckten ihr ganz hervorragend. Zum Nachtisch gab es sogar Eiscreme.

Nach dem üppigen Essen lehnte sie sich zurück und kuschelte sich in die Wolldecke, die die freundliche Stewardess ihr brachte. Ihr Chef schlief schon neben ihr und schnarchte leise.

Automatisch fuhr Paula mit der Linken über das rechte Handgelenk. Und wie immer hatte sie eine kleine Schreck-sekunde, als sie spürte, dass Konrads Uhr nicht mehr da war. Sie seufzte tief. Es war gut so. In der Reihe neben ihr greinte das Baby, die Mutter beruhigte es mit leisen Worten. Sie schloss schläfrig die Augen.

Auch sie hätte ein Baby haben können. Doch dann war sie an dem Tag, als Konrad verschwunden war, nicht mehr dazu gekommen, ihm zu sagen, dass sie schwanger war. Ihre Gedanken kreisten wieder einmal um die Frage, ob das Wissen, Vater zu werden, ihn gerettet hätte. Was wäre geschehen, wenn er tatsächlich zurückgekommen wäre und nach dem Kind gefragt hätte? Es gab keine Antwort auf diese Frage.

Plötzlich wurde ihr das Datum bewusst. Heute war der 28. Januar. Genau an diesem Tag vor acht Jahren hatte sie ihr Kind verloren. Nach einer unruhigen Nacht war sie morgens mit Bauchweh aufgewacht, und auf der Toilette hatte sie gesehen, dass sie blutete. Sie war an diesem Tag nicht zur Arbeit gegangen und hatte sich wieder ins Bett gelegt. Gegen Mittag hatte sie sich dann in Krämpfen gewunden, das Blut war in Klumpen aus ihr herausgekommen. Paula hatte gewusst, was das zu bedeuten hatte. Sie hatte schon vorher geahnt, dass sie dieses Kind nicht würde behalten dürfen, weil sie schuld war, dass es ohne Vater aufwachsen musste. Wilhelmine hatte den Krankenwagen gerufen. Paula seufzte tief. Damals war nicht nur das Kind in ihr gestorben. Etwas in ihr war zerbrochen. Sie hatte plötzlich nicht mehr gewusst, wofür sie auf der Welt war. Aber die letzten Wochen hatten ihr gezeigt, dass das Leben trotz allem wieder schön sein konnte, dass es Menschen und Dinge gab, für die es sich lohnte, jeden Tag aufzustehen: ihre Familie, ihren Chef, die Arbeit und nicht zuletzt Felix Robinson, der ihr zeigte, dass sie wieder sentimentale Gefühle haben konnte.

»Fräulein Rolle? Hallo? Aufwachen!« Die Stimme von Wilhelm Röbcke holte sie zurück in die Wirklichkeit. »Wir landen gleich. Nanu, haben Sie etwa geweint?«

»Aber nein«, sagte Paula rasch und suchte in ihrer Handtasche nach einem Taschentuch. »Ich habe wohl Zug bekommen.«

Von New York sahen sie so gut wie nichts. Sie nahmen ein Taxi vom Flughafen bis zur Grand Central Station und erreichten gerade noch so ihren Zug. Aber allein der Bahnhof ließ Paula ins Schwärmen geraten. Diese Größe und Eleganz! Zum Glück hatte sie ihre Fahrkarten bereits reserviert. Reimers war ihnen dabei behilflich gewesen, und Paula schickte ihm in Gedanken ein Stoßgebet. Nie hätte sie sich hier zurechtgefunden. Sie hätte nicht gewusst, welcher der vielen Ticketschalter, vor denen die Reisenden in langen Schlangen standen, der richtige gewesen wäre. Überall glänzte es golden, und über allem lag ein Teppich aus Stimmen. Als sie die Haupthalle von schier unvorstellbaren Ausmaßen durcheilten, ergossen sich plötzlich Sonnenstrahlen durch die halbrunden Fenster, die in schwindelerregender Höhe über ihnen waren. Die Sonnenstrahlen fielen als meterbreite Gottesfinger in die Halle aus hellem Marmor. Paula war genau dort, wo die Strahlen den Boden erreichten, und war von der Helle geblendet. Die türkisfarbenen Wände leuchteten. Ohne es zu wollen, blieb Paula abrupt stehen und sah an sich hinab, um dieses Wunder zu betrachten. »Meine Güte, ist das schön«, flüsterte sie ergriffen.

Auch Willi Röbcke war stehen geblieben. »Meine Margot hat immer davon geträumt, nach New York zu reisen«, sagte er leise. Aber dann trieb er sie an. »Kommen Sie, wir dürfen den Zug nicht verpassen.«

Paula folgte noch einmal den Sonnenstrahlen mit den Augen, dann verdeckten Wolken die Sonne, und das Naturwunder erstarb. Aber sie wusste, dass sie noch nie etwas so Schönes gesehen hatte. »Das ist ein gutes Zeichen«, rief sie ihrem Chef hinterher, der schon ein paar Schritte vor ihr war.

Sie erreichten den Bahnsteig, und ein Träger half ihnen mit dem Gepäck. Auch hier herrschte ein selbstverständlicher Luxus. Der Zug hatte einen Speisewagen, und Willi Röbcke lud sie zu einem Drink ein. »So macht man das doch hier«, sagte er und zwinkerte ihr zu. Sie fanden einen Platz an einem Tisch und bewunderten die Aussicht aus den großen Panoramafenstern.

»Ob es in Deutschland je wieder so sein wird?«, fragte Paula, während sie an ihrem Whiskey Sour nippte.

»Wir werden mit unseren Strümpfen auf jeden Fall den Anfang machen.«

Kaum waren sie in Philadelphia aus dem Zug gestiegen, nahm Heinrich Reimers sie in Empfang.

»Nein, nicht Heinrich – Henry«, rief er, als Willi ihn bei seinem Vornamen nannte.

Er ließ ihnen nicht einmal die Zeit, ihr Gepäck ins Hotel zu bringen. Sie mussten sofort mitkommen. Auch während der Fahrt im Auto fand Paula kaum eine Gelegenheit, aus dem Fenster zu sehen, denn Henry Reimers redete die ganze Zeit auf sie ein. Sie war nur froh, dass sie sich während der Zugfahrt ein wenig ausgeruht hatte.

Im Hinterzimmer eines Cafés erwarteten sie die Männer, die fast alle Mitglieder des Erzgebirgsvereins waren. Reimers stellte sie in rasender Geschwindigkeit vor, woraufhin Paula Komplimente von einem knappen Dutzend Männer bekam. Sie hatten nur darauf gewartet, dass die deutschen Gäste endlich eintrafen, und bestürmten sie mit Fragen.

»Wie sieht es aus in Auerbach?«

»Kennen Sie Emil Wegener noch? Wie geht es ihm?«

»Stimmt es, dass man bei den Russen nur Wodka trinken darf?«

Die Fragen flogen hin und her, nach Orten, Familien, Bekannten, aber auch danach, wie viel die Deutschen zu essen hatten und ob es stimmte, dass alle ehemaligen Nazis in Gefängnissen saßen. Die Gespräche wurden auf Deutsch geführt, die Männer sprachen ein näselndes Sächsisch, das mit altmodischen Wendungen durchzogen war. Nach einer Stunde klingelten Paula die Ohren.

»Meine Herren, meine Herren«, rief Reimers irgendwann. »Jetzt haben Sie doch Mitleid mit unseren Gästen. Die haben eine lange Reise hinter sich. Es wird sich bestimmt noch die Gelegenheit für einen ausführlichen Bericht über die Lage in der alten Heimat ergeben, nicht wahr, Willi?«, fragte er in Röbckes Richtung.

Der nickte in die Runde.

»So, dann lassen wir unseren Gästen ihre wohlverdiente Nachtruhe. Morgen früh fahren wir dann rum und sehen uns infrage kommende Maschinen an. Und morgen Abend sehen wir uns in alter Frische wieder.«

Paula war eigentlich satt von dem Essen im Zug, aber als sie auf ihrem Hotelzimmer ein Sandwich mit dünn geschnittenem Fleisch und Mayonnaise vorfand, konnte sie nicht widerstehen. Sie wunderte sich nur, weil es kein Besteck gab, aber dann erinnerte sie sich, dass die Amerikaner ihre Sandwiches zusammendrückten und einfach abbissen. Sie probierte es und war begeistert. Sie trank ein Bier dazu, das eiskalt und köstlich war, und zehn Minuten später lag sie im Bett und schlief.

Was für eine Vorstellung hatte Paula eigentlich von einer Strumpfmaschine gehabt? Auf jeden Fall war sie überrumpelt, als sie am nächsten Morgen vor einer Halle hielten, in der sie sich einer echten Cotton gegenübersah.

»Jetzt passen Sie mal auf«, sagte Röbcke zu ihr.

Sie betraten die Halle, und auf einmal ratterte und klickte es in einem fort. Doch die Geräuschkulisse war nicht ohrenbetäubend, sondern hatte fast etwas Beruhigendes, auch wenn es so laut war, dass sie rufen musste, um sich verständlich zu machen.

Paula sah mehrere Maschinen hintereinander. Jede war ungefähr zehn Meter lang, auf jeder lagen zehn Nylonstrümpfe, die bereits bis zum Knie gestrickt waren. Kleine Hämmer und Wagen bewegten sich und ließen das Gewebe mit jeder Reihe wachsen, ähnlich wie bei einem Webrahmen. Es wurde oben am Doppelrand begonnen, wo später, wenn der Strumpf am Bein der Frau säße, die Strumpfhalter befestigt wurden; dann wurde der Strumpf in Richtung Ferse gewirkt, wobei die Maschenzahl stetig kleiner wurde. Das Garn kam von großen Spulen, die sich oberhalb drehten. Vor jeder Maschine ging ein Arbeiter im Blaumann auf und ab und passte auf, dass die Maschine reibungslos lief. Die fertigen Strümpfe wurden von der Maschine genommen, und Frauen nähten sie mit einer Art Nähmaschine an der Rückseite zusammen, wobei sie mit dem Fuß begannen.

Am Ende stand die Qualitätskontrolle. Frauen in dünnen Handschuhen fuhren mit gespreizten Fingern in die Strümpfe und spannten sie über einen Metallrahmen, untersuchten sie auf Fehler oder Laufmaschen und prüften den perfekten Verlauf der Naht.

Eigentlich kein Hexenwerk, dachte Paula, der ihr technisches Verständnis hier zugutekam. Lediglich die Feinheit des Materials machte die Sache kompliziert und erforderte äußerste Präzision. Wenn nur eine einzige Nadel falsch lief, musste die ganze Maschine abgestellt werden.

Sie besuchten an diesem Tag noch drei weitere Werke. Der Ablauf war mehr oder weniger derselbe, die Maschinen unterschieden sich im Wesentlichen durch die Anzahl der Fonturen. So nannte man die nebeneinanderlaufenden Arbeitsstellen einer Maschine. Ein vierundzwanzigfonturiger Cotton-Stuhl produzierte vierundzwanzig flach gewirkte Strümpfe gleichzeitig und brauchte dafür eine knappe Stunde.

Am Abend besaß Paula drei Paar Nylons mit verschiedenen Pointe-Mustern an der Ferse. Sie hatte ihren Chef fragend angesehen, als man sie ihr überreichte, verpackt in verheißungsvoll knisternde Folie. Wäre das Bestechung? Doch Röbcke hatte freundlich genickt, und sie hatte sich bedankt. Drei Paar Nylons! Sie waren tausendmal besser als ihre eigenen.

Und heute Morgen musste sie keine Strümpfe anziehen, die noch feucht von der Vorabendwäsche waren. Sie konnte sogar zwischen drei Modellen wählen. Sie entschied sich für ein Paar mit der spitz zulaufenden Ferse und kam sich vor wie eine Filmschauspielerin. Immer wieder strich sie sich über die Beine, um das hauchfeine Knistern zu spüren, und stellte sich vor den Spiegel, um sich von der Seite und von hinten zu betrachten. Von ihrer Ferse zog sich die Naht in einer perfekten Linie über die Waden nach oben und verschwand wie eine Verheißung unter dem Rock. Sie hätte sich noch stundenlang selbst im Spiegel bewundern können, aber Willi Röbcke klopfte an ihre Tür. Henry wartete bereits beim Wagen.

Und dann folgte ein weiterer Tag mit Besichtigungen und Verhandlungen. Reimers hatte alles perfekt vorbereitet. Sie fuhren in die Außenbezirke von Philadelphia. Paula konnte beobachten, wie gut sich Röbcke mit den Maschinen auskannte. Einmal machte er sofort kehrt, als sie vor einer Cotton-Maschine standen. »Die gehört ausgemustert!«, sagte er. »Haben Sie nicht gesehen, bei den ersten vier Fonturen haken die Nadeln. Die produziert mehr Ausschuss als alles andere.« Bei anderen Gelegenheiten zog er dicke Dollarbündel aus der Aktentasche und machte den Kauf sofort perfekt. Er betonte immer wieder, wie merkwürdig es doch sei, dass er eine Maschine, die ursprünglich in Sachsen gebaut worden war, wieder nach Deutschland zurückholte. »Ist eben deutsche Wertarbeit«, meinte er ein wenig gönnerhaft.

Abends waren sie meistens zu geselligen Abenden im Erzgebirgsverein eingeladen. Paula staunte nicht schlecht, als plötzlich Blasmusik erklang. Und wieder gab es ein Büfett, auf dem sich Köstlichkeiten türmten, die sie schon seit Jahren nicht mehr gesehen hatte.

»Das müssen Sie probieren. Das haben Sie garantiert noch nicht gegessen.« Henry Reimers stand plötzlich neben ihr und legte ihr eine Art Brötchen auf den Teller, das mit Fleisch und etwas Gelblichem belegt war. »Das ist ein Cheesesteak.«

»Das heißt, das Gelbe ist Käse?«, fragte sie und balancierte ihren Teller, damit nichts herunterfiel.

180

»Überbacken«, nickte er und biss von einer gegrillten Hähnchenkeule ab.

Paula nahm das Brötchen in die Hand und biss hinein – und war augenblicklich verzaubert. Noch nie hatte sie etwas gegessen, das so üppig, so scharf und cremig, so betörend schmeckte! Unter dem Käse war noch etwas anderes, grün und knackig. Henry sagte ihr, das sei Paprika.

»Wir haben hier schon gute Sachen, aber Sie glauben nicht, was ich für eine richtige Portion Grünkohl mit Kasseler geben würde.«

»Hätten wir das gewusst, hätten wir was mitgebracht.«

»Hier, nehmen Sie das, Waldorfsalat. Und dazu ein Stück Maisbrot.«

»Hilfe!«, rief Paula über die Musik hinweg, die gerade wieder einsetzte. »Mein Kostüm wird zu eng werden.«

»Dann lassen Sie uns tanzen. Bewegung tut gut.« Henry reichte ihr den Arm und führte sie zur Tanzfläche.

Paula genoss es in vollen Zügen, in Amerika zu sein. Das Land war für sie wie das Paradies. Alles war so heil und in buntes Licht getaucht. Es gab weder Trümmer noch gesperrte Straßen, weder den Geruch nach Feuer oder Moder noch verhärmte Menschen in abgerissener Kleidung. Aber dafür gab es allerhand seltsame Maschinen und elektrische Apparate: zum Staubsaugen und Haaretrocknen, man kaufte seine Zeitung, indem man Geld in einen Kasten warf, ebenso Briefmarken. Und auf dem Flur ihres Hotels gab es Klappen in der Wand, eine für Müll, eine andere für Post.

Am meisten war Paula von allem fasziniert, was mit Essen zu tun hatte. Die hell beleuchteten Schaufenster barsten beinahe vor Köstlichkeiten, es gab Berge von Würsten und Schinken, Früchte, die sie noch nie gesehen hatte, und die Auslagen der chinesischen Restaurants versetzten sie in ratloses Staunen. Auf der Reeperbahn in Hamburg hatte es früher auch chinesische Familien gegeben, die dort meist Reinigungen betrieben hatten, aber die Nazis hatten sie verschleppt oder vertrieben, und ein chinesisches Restaurant hatte sie dort noch nie gesehen. Die Amerikaner putzten sich mit einer Serviette den Mund ab und warfen sie achtlos auf die Reste ihres Essens auf dem Teller, die dann in den Müll wanderten. Sie tranken ihren Kaffee – echten Bohnenkaffee – nicht aus. Ständig aßen sie etwas, das sie an Ständen auf der Straße oder in Automaten kauften. Und immer waren die Portionen riesig. Allein Eiscreme gab es in zig Farben und Geschmäcken. Was, bitte schön, war Marshmallow? Und wozu hatten diese runden Gebäckteilchen ein Loch in der Mitte? Alles war so sauber und roch so gut. Überall glitzerte und blinkte es, überall waren Farben und Musik. Nach dem Grau in Hamburg taten Paula fast die Augen weh.

Was sie jedoch am meisten in ihren Bann zog, waren die Amerikaner. Die Frauen waren so wunderschön in ihren engen Kostümen und den hochhackigen Schuhen. Alle waren dezent geschminkt und frisch frisiert. Zu zweit oder zu dritt untergehakt kamen sie ihr auf den Gehwegen entgegen, lachend, die kleinen Handtäschchen in der Armbeuge, einen kecken Hut auf dem Kopf. Paula fragte sich, wohin sie gerade unterwegs waren. In einen Schönheitssalon? Ins Büro? Zu einer Verabredung? Die Männer hatten eine Hand lässig in die Taschen ihrer weiten Hosen geschoben, mit der anderen hielten sie die Zigarette. Die Amerikaner kauten ständig Kaugummi und rauchten und lachten, so kam es Paula vor. Auf den Straßen drängten sie sich vor den Kinos und den Theatern und diesen Drugstores, in denen es anscheinend alles zu kaufen gab, was das Herz begehrte. Wenn die Amerikaner ein Geschäft verließen, dann trugen sie große Tüten aus Papier, hinter denen sie fast verschwanden und in denen sich wer weiß was befand. Und alle fuhren große Autos und hatten Telefon und Fernseher und riesengroße Kühlschränke in ihren Wohnungen.

Paula hätte diesem Treiben stundenlang zusehen können. In dem amerikanischen *way of life* lag ein Versprechen. Kein Wunder, dass die Amis den Krieg gewonnen hatten und dass viele in Deutschland so sein wollten wie sie.

»Da kommen die Russen in tausend Jahren nicht hin«, erklärte Willi Röbcke und sog an seiner Zigarre. »Die Ostdeutschen laufen ihnen ja so schon weg. Wenn die wüssten, wie es hier in Amerika zugeht, würden die keinen Tag länger bleiben.«

Ihr Chef war auf keinen Fall Kommunist, dachte Paula, als sie ihn so reden hörte. Sie war jedoch nicht so dumm, zu glauben, dass es nicht auch in diesem Land der unbegrenzten Möglichkeiten Menschen gab, die nicht zu den Gewinnern gehörten. Aber der erste Augenschein war einfach überwältigend.

Paula war von morgens bis abends beschäftigt, dennoch nutzte sie jede freie Minute, um möglichst viel von Amerika zu sehen und staunend die endlosen Häuserfluchten zwischen den Wolkenkratzern entlangzuspazieren. Sie wollte unbedingt in eines dieser himmelhohen Häuser hinein und fragte Henry, ob das möglich sei.

»Hallo? Wir leben im Land der unbegrenzten Möglichkeiten!« Er fuhr mit ihr in einem Aufzug, der so schnell nach oben raste, dass ihre Knie weich wurden, und ganz oben traten sie auf eine Plattform, von der aus sie eine gigantische Sicht auf die Stadt unter ihr hatte. Das Hupen der Autos war nur noch ganz leise zu hören, sehen konnte sie sie von hier oben nicht.

»Danke«, sagte sie, als sie wieder auf die Straße traten. Es war inzwischen dunkel geworden.

Henry stand etwas unschlüssig vor ihr, und sie verabschiedete sich: »Ich finde den Weg zurück ins Hotel allein. Vielen Dank.« Sie wollte einfach durch die Straßen schlendern, allein und in ihrem Tempo. Eigentlich war sie müde, denn die Tage mit den vielen Besichtigungen und Verhandlungen waren anstrengend, aber sie wollte sich keine Sekunde davon entgehen lassen.

Sie schlenderte eine größere Straße hinunter und ließ sich wieder einmal von dem Angebot der Geschäfte bezaubern. Sie überlegte, ob sie in ein Kaufhaus gehen sollte, um etwas für Uschi und Gertrud und ihre Mutter zu kaufen. Sie hatte etwas Geld getauscht und war schon drauf und dran, durch die Drehtür zu gehen, schon wieder etwas, was sie aus Hamburg nicht kannte, als sie Musik hörte, die aus einer Bar kam.

Sie folgte dem Klang und fand sich vor der Tür eines Musik-
clubs wieder. Erst zögerte sie, doch als eine Gruppe lachender
Menschen hineinging, ging sie einfach mit. Auf der Bühne
saß ein schwarzer Mann allein auf der Bühne. Kein großes
Orchester, keine Bläser, keine Musiker in Smoking. Stattdessen nur der Schwarze, der auf einem Stuhl saß und Gitarre
spielte und dazu mit dem Fuß den Takt stampfte. Der Rhythmus packte Paula sofort, riss sie mit. Die Umstehenden bewegten sich zur Musik und klatschten den Takt, und sie tat es
ihnen gleich. Wem diese Beats nicht sofort in Herz und Beine
fuhren, der musste taub sein. Paula war begeistert. Noch nie
hatte sie so etwas gehört. Sie wunderte sich über das helle
Klacken, wenn er mit dem Fuß aufstampfte, dann sah sie, dass
er sich Kronkorken unter die Sohlen geklebt hatte.

»Wer ist der Musiker?«, fragte sie die Frau, die neben ihr
stand und sich in den Hüften wiegte, auf Englisch.

»Das ist John Lee Hooker«, sagte sie.

Sie hatte den Namen noch nie gehört und verstand nicht
jedes Wort, das er sang, aber es ging um Liebe, um Frauen,
um das Leben.

Als der Mann aufhörte zu spielen, klatschte sie wie die
anderen. Ein Hut wurde herumgereicht, und sie verstand,
dass man Geld für den Musiker hineintun sollte.

Sie wollte schon gehen, als drei junge, schlaksige Männer
die Bühne betraten und anfingen zu spielen. Warum nicht
bleiben? Sie bekam Durst und stellte sich unschlüssig an den
Tresen.

»Ein Bier, Schätzchen?«, fragte die Bedienung, eine schwarze
Frau, und stellte eine Flasche vor sie hin.

Mit dem Bier in der Hand hörte Paula der Musik zu und fühlte sich so frei und verwegen wie noch nie in ihrem Leben. Es war lange nach Mitternacht, als sie wieder ins Hotel kam.

❧

»Wo waren Sie denn gestern Abend?«, fragte Röbcke sie am nächsten Morgen beim Frühstück.

»Ach, nur spazieren«, gab sie zurück. Sie ahnte, dass ihm nicht gefallen würde, dass sie sich in einer Musikbar mit vorwiegend schwarzen Menschen aufgehalten und Bier getrunken hatte, das ihr kein Mann hatte bestellen müssen.

»Heute machen wir eine letzte Einkaufstour. Wir haben drei Maschinen, die bereits am Hafen stehen. Heute kommt noch eine dazu. Die ist etwas ganz Besonderes, praktisch neu. Dann haben wir genug, um unsere Produktion anzufahren.«

Für die vier Maschinen hatten sie mehr als zwei Drittel ihres Budgets ausgegeben. Den Rest würden sie für den Transport und die Inbetriebnahme benötigen. Als sie jedoch zum Hafen kamen, zeichnete sich ein Problem ab, mit dem sie nicht gerechnet hatten. Es würde Tage brauchen, um die Maschinen auseinanderzunehmen und die Einzelteile in einer festgelegten Reihenfolge in den Laderaum der Schiffe zu verfrachten, nur um sie dann in Hamburg ebenso mühsam und langwierig wieder zusammenzusetzen. So viel Zeit hatten sie nicht.

Röbcke rannte den Kai auf und ab und raufte sich die Haare. Daran hatte niemand gedacht. Doch plötzlich blieb er stehen und rief: »Die Maschinen müssen im Ganzen verladen werden. Hier stehen doch überall Kräne. Besorgen Sie ein anderes Schiff mit einer größeren Luke.«

»Das wird Sie eine Stange Geld kosten«, sagte der Spediteur, den Reimers ihm vermittelt hatte.

»Das ist mir egal. Fangen Sie sofort an! Kein Aufschub mehr. Nicht einen verdammten Tag.«

Vierundzwanzig Stunden später saßen sie im Flugzeug nach Europa. Der Abschied von Henry Reimers und den anderen vom Erzgebirgsverein war herzlich gewesen. Reimers hatte versprochen, nach Hamburg zu kommen, wenn die Produktion lief. Röbcke bezahlte ihm eine dicke Provision und trug ihm auf, weiterhin nach passenden Maschinen Ausschau zu halten. Falls er die Produktion steigern müsse, wovon er ausging.

Auf dem Rückflug war Paula weniger nervös. Diesmal war Willi Röbcke mit den Nerven am Ende.

Wieder und wieder blätterte er durch seine Unterlagen. »Hoffentlich kommt alles rechtzeitig und heil an. Hoffentlich kommt das Schiff nicht in einen Sturm. In Hamburg müssen wir sofort in die neue Halle und nachsehen, ob alles vorbereitet ist. Wir werden auch dort einen Kran brauchen, um die Maschinen von Bord zu holen. Ich hoffe nur, dass das Hafenbecken auch tief genug ist für das Schiff ...« Ständig formulierte er neue Gefahren und Unwägbarkeiten.

Paula legte ihm die Hand auf den Unterarm. »Sie können jetzt nichts tun, Chef. Warten Sie ab, bis wir wieder in Hamburg sind.«

»Ja, ich weiß ja. Ich hoffe nur, dass das Schiff nächste Woche pünktlich eintrifft ...«

Irgendwann fiel er in einen unruhigen Schlaf.

Paula dachte mit Wehmut an ihre Zeit in Amerika. Sie war in ein völlig anderes Leben eingetaucht, so sorglos und frei, dass sie es kaum glauben konnte. Noch immer war sie dabei, nach den rechten Worten für ihre Eindrücke zu suchen. Für das Gefühl der Freiheit, der unendlichen Möglichkeiten, das sie gespürt hatte. Noch einmal würde sie bestimmt nicht die Möglichkeit zu einer Reise nach drüben bekommen.

Wie sollte sie sich je wieder an die Piefigkeit und die Enge in Hamburg gewöhnen? All die Grenzen, die dem Leben dort auferlegt waren? Da würden auch die Geschenke nicht helfen, die sie in ihrem Koffer hatte: Nylonstrümpfe, für jede aus der Familie zwei Paar, Schokoriegel von Hershey's und von Piggly Wiggly je eine Dose Corned Beef und Waldorfsalat. Eine Schallplatte von John Lee Hooker. Und als Krönung einen tragbaren Plattenspieler.

Kapitel 14

Felix saß an seinem Schreibtisch im Gebäude des Hotels *Vier Jahreszeiten*, in dem die Militärverwaltung untergebracht war. Er hatte sich in seinem Stuhl weit zurückgelehnt und die Füße auf den kostbaren Schreibtisch gelegt. Dieser Tisch hatte schon früher hier gestanden, als sein Büro noch eine Suite des Luxushotels gewesen war, und Felix hatte ihn übernommen. Die wuchtigen Betten und das Plüschsofa hatten er und Sergeant Murphy hinausgeworfen und einen zweiten Schreibtisch vor das Fenster gestellt. Felix hatte keinen Blick für die Binnenalster übrig, auf der schon wieder die ersten Ausflugsschiffe neben den allgegenwärtigen Lastenschuten in Richtung der Lombardsbrücke fuhren. Es war ein glasklarer Wintertag, der Himmel spannte sich metallisch blau über die Stadt. Wenn Felix nach rechts sah, konnte er den Jungfernstieg sehen, auf dem sich die Flanierenden vor den Schaufenstern drängelten. Die neu erbaute U-Bahn spuckte stetig weitere Menschen aus. Am Wasser lag der Alsterpavillon. Immer wenn Felix ihn ansah, wurde ihm ein wenig leichter ums Herz, denn hier hatte er auch nach 1933 Swing-Konzerte gehört, was unter den Nazis eigentlich verboten war. Aber hier hatte man sich nicht beugen lassen. Jetzt bot das Lokal einen traurigen Anblick. Von dem alteingesessenen Café ragten nur verkohlte Überreste in den wolkenlosen Himmel. 1942 hatten die Bomben es getroffen, doch es gab bereits Pläne für einen Wiederaufbau. Die Rede war von einem kühnen Bau mit einem geschwungenen Dach.

Felix veränderte seine Sitzposition und legte einen Fuß über den anderen. Dabei schob er einen der vielen Aktenstapel gefährlich nahe an den Rand des Schreibtisches, wovon er jedoch kaum Notiz nahm. Seine Gedanken waren bei Paula. Er hätte es nicht für möglich gehalten, aber seit sie nach New York geflogen war, musste er immerzu an sie denken. Er war sich nicht sicher, ob er sich darüber ärgern oder im Gegenteil froh sein sollte. Immerhin bedeutete es, dass er noch zu anderen Gefühlen außer Hass fähig war. In den nächsten Tagen sollten sie und Röbcke eigentlich zurückkommen. Aber wer wusste schon, wie lange es dauerte, Cotton-Maschinen zu kaufen und zu verschiffen? Wenn sie überhaupt welche beschaffen konnten. Dieser Röbcke hatte es verdammt eilig, musste er auch, wenn er seinen Lieferverpflichtungen nachkommen wollte. Felix hatte ihn bei seinem Besuch mit Hennings nicht unsympathisch gefunden und hielt ihn für einen gewieften, einigermaßen integren Geschäftsmann. Der Colonel war seiner Meinung gewesen, sonst hätte er niemals die Erlaubnis zum Geldtausch und die Reisegenehmigung erteilt, aber in seiner Abteilung gab es Leute, die Übersiedlern aus der sowjetischen Zone grundsätzlich misstrauten. Und natürlich machte es misstrauisch, dass Röbckes Chauffeur ständig zwischen Hamburg und Sachsen hin und her fuhr. Ein Vertrauensmann am Grenzposten gab Felix jedes Mal Bescheid. Manchmal machte der Chauffeur Abstecher über Ostberlin. Und er brachte weitere Leute aus Sachsen nach Hamburg, ehemalige Angestellte von Röbcke. Es lag auf der Hand, dass er für die Bedienung der komplizierten Maschinen Fachleute brauchte. Und die heuerte er drüben an. Die meisten waren bestimmt froh, in den Westen zu kommen, wo sie gutes Geld verdienten und wo die Versorgungslage besser war.

Einen Tag nachdem er und Hennings bei Röbcke gewesen waren, hatte Sergeant Murphy ihm erzählt, dass Röbcke im Hafen eine Halle angemietet hatte, wo er seine Maschinen unterbringen wollte. Warum hatte er nichts davon gesagt? Oder Paula? Wusste sie nichts davon? Aber viel wichtiger war die Frage, wie Röbcke an die Halle gekommen war. Produktionshallen wurden von allen Unternehmern fieberhaft gesucht, denn im zerstörten Hamburg gab es so gut wie keine. Er musste über sehr gute Verbindungen verfügen, und das machte ihn verdächtig. Wahrscheinlich steckte dieser Dabelstein dahinter, und dem war schon mal gar nicht zu trauen. Der hatte die alliierten Requirierungsstellen ganz schön übers Ohr gehauen, indem er ihnen ein paar alte Rostlauben unter die Nase gehalten und die fahrbereiten Autos irgendwo versteckt hatte. Wider Willen musste Felix in sich hineingrinsen.

Sein Kollege Murphy streckte den Kopf zur Tür herein. »Kommst du mit auf einen Drink in den Club?«

Das Four Seasons lag im Erdgeschoss des Hotels und war ein exklusiver Club für britische Offiziere und ihre Gäste. Ein Ort der Seligkeit im zerstörten Hamburg, obwohl der Hotelbesitzer Fritz Haerlin sich das anders gedacht hatte. Vor der Kapitulation hatte er Silber, kostbare Weine und Cognacs hinter einer falschen Wand vor den Briten versteckt, aber sie hatten das Versteck gefunden und mit den Waren den Club ausgestattet. Und jetzt hieß es, Haerlin, der bei der SS gewesen, aber bei seiner Entnazifizierung als entlastet eingestuft worden war, habe einen alten Freund als Techniker in den Four Seasons Club geschleust, der ihm alles berichtete, was im Hotel vor sich ging.

Murphy wartete in der Tür, und Felix sah auf die Uhr. »Jetzt schon einen Drink? Es ist noch nicht mal drei. Ich komme nach, ich muss hier noch was fertig machen.«

»So siehst du aus«, gab Murphy zurück und war schon wieder weg.

Noch einmal musste Felix in sich hineingrinsen. Er hatte Fritz Haerlin mal getroffen, der Mann war unkonventionell und pfiffig, fleißig und bauernschlau. Der würde sein Hotel bald zurückbekommen. Man erzählte sich über ihn auch, dass er still und heimlich Inventar rausgeschmuggelt habe, Möbel, Bilder und Antiquitäten, Porzellan und Wäsche, um für den Tag X gerüstet zu sein. Im Grunde war er genauso ein Typ wie Willi Röbcke. Auch der würde bald wieder oben schwimmen, das spürte Felix, und er empfand fast so etwas wie Hochachtung vor dem Überlebenswillen dieses Mannes, der doch schon einmal alles in seinem Leben verloren hatte. Wie er das mit der neuen Halle im Hafen wohl wieder gedeichselt haben mochte?

Felix nahm die Füße vom Tisch und stand auf, griff nach seiner Jacke und den Autoschlüsseln. Das würde er sich mit eigenen Augen ansehen.

Kurz darauf lenkte er sein Auto am zerstörten Hauptbahnhof vorbei über die Freihafenbrücke in Richtung Süden. Er nahm eine weitere kleine Brücke und erreichte den Kleinen Grasbrook, eine der Inseln im Hafengebiet. Hier gleich rechts musste es sein. Kurz darauf parkte er den Wagen vor einer mit Friesen verzierten Backsteinhalle, die völlig unversehrt in einem Meer der Zerstörung stand. Er sah an dem Gebäude hoch; auch das Dach und die Seilwinden, die zum zweiten Boden hinaufführten, waren intakt. Ringsum lagen meterhohe Trümmerberge, ragten Stahlskelette in den Himmel. Auf den Brachen wuchs Unkraut, das die Schuttberge gnädig überwucherte. Im Hafenbecken gegenüber der Halle ragten die Masten und Schornsteine versenkter Schiffe aus dem Wasser. Es würde nicht ganz einfach werden, hier anzulanden und die Maschinen auszuladen. Er ging um die Halle herum. Auf der Rückseite schien das Hafenbecken intakt zu sein. Mit einem kleineren Schiff könnte man dort löschen.

Er nickte anerkennend. Ein guter Platz, dachte er und näherte sich dem hölzernen Tor, das die Halle verschloss. *Wilhelm Röbcke. Strumpfwaren* hatte jemand auf ein Pappschild gemalt und es an die Tür genagelt. Rechts neben der Tür war ein Fenster, und Felix stellte sich auf Zehenspitzen, um hineinzusehen. Die Halle war leer, aber blitzblank gefegt. In der hinteren Ecke, vom Rest der Halle durch eine niedrige Mauer getrennt, standen eine Limousine und ein kleiner Lieferwagen. Das Auto erkannte er wieder, mit dem Mercedes Benz mit Ledersitzen war Hennings nach Bremen gefahren. Es gehörte Dabelstein. Darüber lag hinter Glas eine Art Büro. Felix blickte an der Halle entlang und entdeckte ein weiteres Tor, das als Einfahrt diente.

»Alle Achtung, Röbcke«, sagte er zu sich selbst. »Du und dein Freund Dabelstein werdet es weit bringen.«

Er schaute noch einmal in die Halle hinein und fasste den Türgriff an, doch es war abgeschlossen, und drinnen war niemand zu sehen.

Er würde das im Auge behalten.

Auf dem Rückweg kam er am Trockendock Elbe 17 von Blohm & Voss vorbei, einem Wahrzeichen der Stadt und dem letzten Überbleibsel der traditionsreichen Werft. Alles andere war demontiert worden, bis auf den letzten Topf aus der Werkskantine hatten die Siegermächte alles mitgenommen oder zerstört. Felix hatte nur wenig Mitleid. Auf der Werft hatten Tausende Zwangsarbeiter schuften müssen, es hatte sogar ein werkseigenes Lager für die Gefangenen gegeben. Dafür musste jemand bezahlen. Aber dass jetzt auch noch das Trockendock gesprengt werden sollte, hielt er für Unsinn. Der Krieg war seit dreieinhalb Jahren vorbei. Bei einer Sprengung war die Gefahr für den nahen Elbtunnel viel zu groß. Und außerdem war doch längst eine andere Ausrichtung der Besatzungspolitik abzusehen. Immerhin hatte Truman schon im letzten Frühjahr den Marshallplan auf den Weg gebracht. Mit der einen Hand wurden Milliarden Dollar nach Deutschland und Europa gepumpt, und mit der anderen zerstörte man das bisschen, was noch an Wirtschaftskraft da war? Das war doch Irrsinn, und auf den Fluren der Militärverwaltung war von nichts anderem mehr die Rede. Es gab durchaus

Leute, die meinten, Deutschland sollte am besten ein Agrarland ohne jede Industrie oder zivile Schifffahrt werden. Colonel Hennings gehörte zu ihnen, und sosehr Felix seinen Vorgesetzten schätzte, in dieser Sache war er anderer Meinung. Aber die meisten seiner Kollegen hielten es für besser, wenn Deutschland wirtschaftlich wieder auf die Beine kam. Es war viel zu teuer, das Land weiterhin zu alimentieren. Die Engländer lebten selbst am Rand der Not, vieles gab es auch dort nicht zu kaufen. Und außerdem musste alles getan werden, damit die westlichen Teile Deutschlands nicht auch noch den Russen anheimfielen, sondern sich in der immer schärfer werdenden Auseinandersetzung zwischen Russland und Amerika zu den Werten der westlichen Welt bekannten. Es gab ja sogar schon Diplomaten, die vorschlugen, Deutschland wiederzubewaffnen, um auch militärisch an der Seite Amerikas zu stehen. Wenn die Alliierten das Land weiterhin so ausbluteten, bestand immer die Gefahr, dass die Deutschen in Russland den neuen Heilsbringer sahen.

Die Sprengung des Docks war für die Hamburger offensichtlich der Tropfen, der das Fass zum Überlaufen brachte. In den Zeitungen und im Radio wurde darüber berichtet, und es hatte bereits Protestmärsche gegeben. Die Direktoren der Werft hatten sich offen den Demontageplänen widersetzt und versucht, Maschinen in Sicherheit zu bringen. Man hatte sie erwischt, jetzt saßen sie im Gefängnis.

Felix hielt den Wagen am Fischmarkt an und sah zur anderen Seite des Hafens hinüber, wo das Dock stand. Ja, es war Wahnsinn, das Einzige zu zerstören, was hier weit und breit noch intakt war.

Das Wetter war immer noch schön, ein eisblauer Himmel, der die Konturen gestochen scharf zeichnete. Felix entschied sich, ein Stück zu Fuß zu gehen. Er kehrte dem Hafen den Rücken zu und ging die Treppe hinauf, die in Richtung der Reeperbahn führte.

Oben, in der Bernhard-Nocht-Straße, war die Kaffeeklappe, in der seine Mutter jahrzehntelang Kaffee und Essen an die Arbeiter ausgegeben hatte. Abends war sie mit den Geschichten nach Hause gekommen, die die Hafenarbeiter ihr erzählt hatten. Wenn einer auf der Werft beim Klauen erwischt worden war und rausgeschmissen wurde; wenn einer politisch war und deshalb rausgeflogen war; wer geheiratet hatte; wessen Kind krank war. Hier erfuhr sie alles und kannte viele. Sie schmückte diese Episoden aus und erzählte sie ihm bildreich abends vor dem Schlafengehen, so wie andere Mütter Märchen vorlasen. Felix hatte ihre Geschichten immer viel lieber gemocht.

Er blieb kurz stehen und überlegte, ob er dort vorbeigehen sollte, dann ließ er es sein. Er wusste nicht, ob das Haus noch stand, und noch mehr Zerstörung und schmerzliche Erinnerungen konnte er heute nicht ertragen.

Er ging weiter bis ins Amüsierviertel rund um die Reeperbahn. Betrunkene kamen ihm entgegen, aus den Gaststätten scholl laute Musik. Zwei englische Soldaten standen vor einem Lokal und betrachteten die Reklamefotos der Frauen, die dort ihre Vorstellungen gaben. Als sie Felix erkannten, standen sie stramm und legten die Hände an die Mütze. Er grüßte kurz zurück und ging weiter. Es ging ihn nichts an, was die hier taten, solange sie nicht betrunken waren oder in eine Schlägerei gerieten.

Aus einem Kellerlokal kam eine junge Frau. Sie hielt sich die Hand schützend vor die Augen, als die Helligkeit sie traf. In ihr hellblondes Haar hatte sie ein keckes Tuch gebunden. Felix schaute noch einmal hin, dann erkannte er Uschi, die jüngere Schwester von Paula. Sie sah ihn jetzt auch, und vor Schreck vergaß sie ihre Kaugummiblase, die rosa vor ihrem Mund klebte.

»Guten Tag«, sagte er.

Uschi verschluckte ihren Kaugummi. Für eine Sekunde starrte sie ihn an, dann lächelte sie.

»Laden Sie mich zu einem Eis ein?«, fragte sie und zog eine herausfordernde Schnute.

»Ist es dafür nicht viel zu kalt?«

»Wir können uns doch bei Luigi reinsetzen. Die haben ein paar Tische. Und wenn alles besetzt ist, requirieren Sie einfach einen Platz. Das dürfen Sie doch.«

»Man muss ja nicht alles tun, was man darf. Vielleicht gehen wir einfach auf gut Glück hin?«

»Schick!«, rief Uschi aus und hakte sich bei ihm unter.

Sie fanden tatsächlich einen freien Tisch und bestellten zwei Kugeln Erdbeer und Vanille mit Sahne.

»Sagen Sie mir, was Sie in der Gegend machen? Ich weiß nicht, ob das der richtige Ort für ein Mädchen ist.«

Sie nahm einen Löffel Erdbeereis. »Und für Sie ist das der richtige Ort? Außerdem bin ich kein Mädchen mehr.«

»Und was machen Sie hier, auch wenn Sie kein Mädchen mehr sind?«

Sie verzog trotzig den Mund. »Ich habe mich vorgestellt. Ich brauche eine Arbeit.«

»Etwa in dem Lokal?«

»Es gibt doch nichts anderes.«

»Und Ihre Arbeit in dem Restaurant?«

»Da habe ich keine Zukunft.«

»Aber die Zeitungen sind doch voll mit Stellenanzeigen.« Felix wies auf den Nachbartisch, wo ein Mann gerade die entsprechende Seite des *Hamburger Abendblatts* aufgeschlagen hatte.

Uschi stöhnte. »Stenotypistin oder Hausmädchen. Ich bin weder für das eine noch das andere geschaffen. Da guck ich mir lieber die Heiratsannoncen an, da find ich eher was.«

Felix musste lachen. »Was würden Sie denn gern tun?«

Uschi machte einen Schmollmund. »Ich weiß auch nicht. Irgendwas mit Mode wäre schick. Vielleicht Mannequin. Finden Sie mich dafür hübsch genug?« Sie neigte den Kopf und sah ihn mit einem Lächeln schräg von unten an.

»Sie sind gar nicht so naiv, wie Sie tun«, sagte Felix, der nicht wusste, ob er amüsiert oder verärgert sein sollte.

Uschi wurde wieder ernst.

»Wann kommt denn Ihre Schwester wieder?«, fragte er, »haben Sie Neuigkeiten von ihr?«

»Sie gehen nur mit mir Eis essen, weil Sie mich nach Paula ausfragen wollen. Das ist nicht nett von Ihnen.« Sie schürzte die Lippen und schmollte.

Felix lachte laut heraus. »Verzeihen Sie, ich wollte Sie nicht beleidigen.«

»Dann ist ja gut. Aber jetzt spendieren Sie mir noch eine Kugel. Diesmal Schokolade.«

Auf dem Heimweg musste er beim Gedanken an ihre Forschheit lächeln. Paulas Schwester war wirklich ein nettes Ding und hübsch, aber sie war viel zu oberflächlich. Sie hatte das Glück, noch nicht allzu viel Schweres in ihrem Leben mitgemacht zu haben, darum beneidete er sie aus tiefstem Herzen. Wie alt mochte sie 1943 bei dem schrecklichen Bombardement Hamburgs gewesen sein? Zwölf, höchstens dreizehn. Diese Zeiten waren an niemandem spurlos vorübergegangen, die Traumata saßen tief, dennoch hatten die Jüngeren eher die Chance, sie hinter sich zu lassen.

Mit ihrer Jüngsten hatte Paulas Mutter bestimmt einen Sack Flöhe zu hüten. Paula hatte auch so etwas angedeutet. Jemand sollte sich darum kümmern, dass alle diese Jugendlichen eine ordentliche Perspektive bekamen, bevor sie auf die schiefe Bahn gerieten.

Paula war ungefähr zehn Jahre älter als ihre Schwestern, auch das hatte sie ihm gesagt. Sie war eine gestandene Frau, die wusste, was sie wollte, ein ernsthafter Mensch. Mit Uschi konnte man sich ein paar Stunden bestens amüsieren. Mit Paula konnte man wohl ein Leben verbringen.

Meine Güte, was dachte er sich denn da? Er schüttelte unwillig den Kopf, dann machte er sich mit schnellen Schritten auf den Weg zurück zu seinem Auto. Murphy saß bestimmt immer noch im Four Seasons Club und wartete auf ihn.

Kapitel 15

Konrad Stoltenberg fixierte die junge Frau, die direkt auf ihn zukam. Sie machte keine Anstalten, auszuweichen. Im letzten Moment tat sie einen Hüpfer zur Seite und umrundete ihn kichernd.

Er blieb stehen und drehte sich nach ihr um. An ihrem Kichern hatte er sie erkannt. Das war Uschi Rolle, da gab es keinen Zweifel. In einem Reflex streckte er den Arm nach ihr aus.

»Hallo?«

Sie blieb stehen. »Ja?«, fragte sie und schob eine Strähne ihres blonden Haars unter das Nickituch, das blau mit weißen Punkten war.

Auf einmal wusste er nicht, was er sagen sollte. »Ich ... ich habe Sie verwechselt. Entschuldigen Sie.«

»Na, die Masche kenne ich«, sagte sie und ging weiter.

Konrad folgte ihr mit dem Blick. War diese Begegnung etwa ein Wink des Schicksals? Seit er vor ein paar Tagen in Hamburg angekommen war, plagte er sich damit, ob er zu Paula gehen sollte oder nicht. Und jetzt stand Uschi vor ihm. Er hätte sie fragen können, wie es Paula ging. Ob sie überlebt hatte. Und dann? Das hatte doch alles keinen Sinn. Sie hatte keinen Platz mehr in seinem Leben. Und jetzt war die Gelegenheit ohnehin vorüber. Aber die Erinnerung an das letzte Mal, das er Paula gesehen hatte, war wieder da.

Gar nicht weit von hier hatte er sich damals in die Elbe gestürzt, um der Gestapo zu entkommen. Das eiskalte Wasser umschloss sofort seine Arme und Beine, lähmte sie, sein Herz hämmerte schmerzhaft in seiner Brust, er sank und war unfähig, sich zu bewegen. Anfangs glaubte er, der Schmerz würde von einer Kugel kommen. Irgendwann fing er an zu schwimmen, mit letzter Kraft kämpfte er sich nach oben an die Wasseroberfläche. Er brauchte einen Moment, um sich zu orientieren. Als er sich umsah, erkannte er, dass er unter einen der hölzernen Stege geraten war. Sein Kopf ragte aus dem Wasser, er konnte atmen. Über sich, aber ein Stück entfernt, hörte er die Polizisten rufen. Und dann Paulas Stimme, die immer wieder seinen Namen schrie, bis sie verstummte.

Er war unterkühlt, als ihn ein paar Arbeiter, die alles beobachtet hatten, aus dem Wasser zogen. Er wusste nicht, auf welcher Seite sie politisch standen, doch er war so durchgefroren, dass es ihm fast egal war. Zum Glück waren sie Genossen. Sie brachten ihn auf das Schiff, wie vereinbart. Dort konnte er aus den nassen Kleidern, man gab ihm Tee, irgendwann legte das Schiff ab. »Was ist mit der Frau, die bei mir war? Hat man sie verhaftet?«, fragte er. Aber niemand wusste etwas.

Und dann war er in Moskau. Unter dem Parteinamen Fichte arbeitete er wieder als Drucker, die erste Zeit war alles gut. Er war im Land der Werktätigen und der Revolution, er hatte das Gefühl, das Richtige zu tun. Nur Paula vermisste er. Doch er durfte ihr nicht schreiben, die KP-Auslandsleitung verbot das, und er wollte sie auch nicht in Gefahr bringen. Denn Post aus Russland wäre den Nazis nicht lange verborgen geblieben. Einmal, nach ungefähr einem halben Jahr, hielt er es nicht mehr aus und gab einem Genossen, der ins Reich eingeschleust werden sollte, einen Brief an sie mit, damit er ihn irgendwo einwarf. Bald darauf erreichte ihn die Nachricht, dass der Genosse geschnappt worden war und jetzt in Buchenwald einsaß. Er machte sich unendliche Sorgen, ob er den Brief womöglich noch bei sich gehabt hatte, ob die Gestapo bei Paula gewesen war. Einen zweiten Versuch, Kontakt zu ihr aufzunehmen, wagte Konrad nicht. Kurz darauf begegnete er Lotte, die ebenfalls aus Hamburg stammte. Sie verbrachten zwei schöne Jahre miteinander und bekamen eine Tochter, Lara. Doch dann fingen die Säuberungen wieder an. Erneut wurden verdiente Genossen abgeholt, immer am frühen Morgen, und gestanden die wildesten Verbrechen. Tausende wurden erschossen oder saßen in den Gulags. Auch Freunde von Konrad und Lotte. Er wusste nicht, was er davon halten sollte. In geflüsterten Gesprächen beriet er sich mit Lotte. Konnten die Verhafteten auch sie in Verdacht, in Gefahr bringen? Hatten sie irgendwann einmal etwas Falsches gesagt oder getan? Wie konnte es sein, dass er sich in seinen Freunden und Kollegen so getäuscht hatte? Und wenn die Freunde von Verrätern auch als Verräter galten, einfach nur, weil sie Freunde gewesen waren, warum war Stalin dann nicht verhaftet worden, als seine Mitstreiter in den ersten Prozessen verurteilt wurden? Stalin hatte doch auch Trotzki gekannt. »Stalin war aber derjenige, der Trotzkis Verrat aufgedeckt hat«, versuchte Lotte ihn zu beruhigen.

Nach diesen immer gleichen, ermüdenden und fruchtlosen Diskussionen liebten sie sich, um nicht mehr denken zu müssen. Sie wussten, dass die Geheimpolizei ihnen dabei zuhörte, denn die Zimmer waren alle verwanzt.

Und dann zog sich die Schlinge um ihn immer enger. Ein Genosse aus Hamburg, der wegen Konterrevolution angeklagt war, wurde ihm zum Verhängnis. Vielleicht hatte er ihn denunziert, um die eigene Haut zu retten oder weil er der Folter nicht länger standhielt. Schließlich war es so weit: Konrad wurde zu einer Befragung geladen. Er wurde eindringlich dazu verhört, wieso er ohne Parteiauftrag aus Hamburg geflohen war. Dann wurde ihm sein Verhältnis zu Lotte zur Last gelegt, die aus kleinbürgerlichem Milieu stammte. Zu seiner großen Verwunderung durfte er nach zwei Tagen wieder gehen, was seine Kollegen zu der Überzeugung brachte, dass er Genossen und Freunde verraten haben musste. Die nächsten Monate verbrachte er die Nächte neben einem gepackten Koffer, immer in der Angst, dass der NKWD ihn abholen würde. Die Angst blieb allzeit gegenwärtig, bis er das Gefühl hatte, dass sie ihm aus den Poren drang, stinkend und schmutzig. An einem Abend ging er über den Roten Platz, und in der tief stehenden Sonne warf sein Körper einen langen, dünnen Schatten. Plötzlich traute er sich nicht weiterzugehen. Er hatte Angst vor seinem eigenen Schatten. Wenn er auf seinen Schatten treten würde, wäre das Verrat an der Revolution? Er war kurz vor dem Wahnsinn.

Und dann holten sie eines Nachts Lotte ab. Um Lara zu retten, gab sie zu, eine Konterrevolutionärin zu sein, und beschwor ihn in einem geschmuggelten Brief, sie zu belasten, damit er seine Loyalität beweisen und sich um Lara kümmern konnte. Er unterschrieb ein Protokoll, und sie ließen ihn aus ihren Klauen. Er arbeitete fortan als Maschinist in der Druckerei, um sich zu bewähren. Lotte kam nach Sibirien, er hörte über drei Jahre lang nichts von ihr.

Seitdem war er nur noch ein Schatten seiner selbst. Ein Toter auf Urlaub.

Und dann, im Mai 1945, waren sie auf die Idee verfallen, ihn mit der Gruppe Ulbricht nach Berlin zu entsenden. Lara war bei ihm. Lotte hatte Aussicht auf Rehabilitation, wenn er sich bewährte. Das war alles, was er wollte. Wenigstens das wollte er hinkriegen. In Berlin hatte er geholfen, zuverlässige Leute, also Genossen, auf die richtigen Positionen zu heben und andere von wichtigen Ämtern fernzuhalten. Dabei war er nicht zimperlich gewesen. Verleumdungen, Drohungen und Erpressung waren an der Tagesordnung. Doch allmählich fragte er sich, ob diese Mittel tatsächlich noch den Zweck heiligten.

Vor zwei Monaten war auch Lotte nach Berlin gekommen, und dafür war er Stalin dankbar. Über das, was ihr im Gulag widerfahren war, sprach sie nicht. Sie versuchte, fröhlich zu sein, aber er wusste, dass etwas in ihr zerbrochen war. Nicht nur der Arm, der nach einem Bruch nicht wieder richtig zusammengewachsen war. Immerhin waren sie in Sicherheit, und der Alltag im zerstörten Berlin war nicht schlimmer als der in Moskau. Sie lebten zusammen in einem Zimmer in

Prenzlauer Berg, er, Lotte und Lara. Nur das zählte für ihn. Jetzt hatte die Partei ihn nach Hamburg geschickt, als Politinstrukteur, um die Hamburger KPD wieder auf Linie zu bringen.

Paula hatte er in all den Jahren jedoch nie vergessen. Seit er in Hamburg war, kämpfte er mit sich. Sollte er zu ihr gehen? Er wollte doch nur wissen, ob sie noch lebte. Und jetzt begegnete er zufällig ihrer kleinen Schwester. Zum Glück hatte Uschi ihn nicht erkannt. Sie war damals noch zu klein gewesen. Er rechnete nach: Sie konnte damals nicht älter als neun gewesen sein, knapp älter als seine Lara heute.

Er atmete tief durch. Uschi lebte, was hoffen ließ, dass es auch Paula gut ging. Bestimmt war sie verheiratet. Hoffentlich war ihr Mann heil aus dem Krieg zurückgekommen. Und er hatte überhaupt kein Recht, wieder in ihr Leben zu treten und es durcheinanderzubringen.

Und noch weniger Recht hatte er, Lotte und Lara in Schwierigkeiten zu bringen. Es war entschieden, er würde Paula nicht wiedersehen.

In diese Gedanken verstrickt, ging er langsam weiter. Das Abendrot färbte den Himmel über dem Hafen in ein dramatisches Orangerot. Der Mond erschien als hauchdünne Sichel am Himmel.

Ein englischer Major kam ihm entgegen, Konrad wäre fast in ihn hineingelaufen, weil er in die Betrachtung des Himmels versunken war. Er murmelte eine Entschuldigung und ging weiter. Er sah auf die Uhr, eine Dugena; das sowjetische Modell trug er nicht mehr, es hätte ihn verdächtig gemacht. Wenn er rechtzeitig in der Ferdinandstraße in der Parteizentrale sein wollte, musste er sich beeilen. Auf dem Weg dorthin rief er sich noch einmal seinen Auftrag in Erinnerung. Für die KPD in Hamburg sah es nicht gut aus. Bei den Wahlen zur Bürgerschaft vor zwei Jahren hatte die Partei magere zehn Prozent der Stimmen erhalten. Die Genossen verließen in Scharen die Partei. Die bedingungslose Identifikation der KPD mit der Sowjetunion und der Politik der Sowjets in Ostdeutschland ließ viele abwandern. Sie verließen nicht nur die Partei, sie verließen auch die sowjetische Zone, weil sie im Westen ein besseres Leben hatten. Die Unterschiede zwischen West und Ost wurden immer größer. Sie betrafen nicht nur die Versorgungslage, sondern auch die Freiheiten, die jeder Einzelne hatte. Konrad konnte das sogar nachvollziehen, dennoch war er in der Stadt, um die Genossen auf die Wahl eines neuen Vorsitzenden der Landes-KPD vorzubereiten.

Als er in der Zentrale ankam, wurde er bereits erwartet. Die Genossen hielten mit ihrer Meinung nicht hinter dem Berg: »Ihr werft uns parteischädigendes Verhalten und antisowjetische Propaganda vor? Dann ändert doch was daran. Guckt euch doch an, wie das aussieht, was ihr in der SBZ veranstaltet. Die Leute hauen euch doch ab, Mensch!«

»Ich trau mich nicht mehr, die Parteipresse zu lesen. Meine eigene Frau wirft die in den Mülleimer!« Der klapperdürre Mann, der das sagte, machte eine wegwerfende Bewegung mit seinen schaufelgroßen Händen.

»Wo ist eigentlich der Genosse Dettmann?«, rief ein anderer erbost. »Wir wollen mit unserem Vorsitzenden reden. Warum ist er nicht hier?«

Diese Frage hatte Konrad erwartet. Friedrich Dettmann, der Vorsitzende der Hamburger KPD, sollte abgelöst werden. Er war hier, um diesen Beschluss durchzusetzen. Dabei kannte er Fiete Dettmann nicht einmal persönlich.

»Aber wir sind doch die Einzigen, die gegen Faschismus und Militarismus kämpfen. Die anderen lassen sich doch alle mit Dollars kaufen«, rief Konrad. »Jetzt beruhigt euch doch erst mal. Setzt euch, Genossen!«

»Stimmt es, dass Dettmann öffentlich der Prozess gemacht werden soll?«

Als die anderen das hörten, setzte Tumult ein.

»Ja, damit man ihm die Schuld geben kann und die Parteiführung gut dasteht!«

»Genossen, die Vergangenheit hat uns doch gelehrt, wie wichtig Achtsamkeit gegen Abweichler und das unbedingte Befolgen der Parteilinie sind!«, rief Konrad.

Niemand wollte ihm zuhören, die Ersten standen auf und verließen unter Unmutsäußerungen den Saal.

Konrad blieb nichts anderes übrig, als die Versammlung aufzulösen. »Diskutiert das in euren Parteigruppen. Wir sehen uns nächste Woche.«

Nun ging er zu Fuß in Richtung Elbe. Es wiederholte sich. Auch hier in Hamburg. Er hatte das alles schon einmal mitgemacht. Die Verdächtigungen und Bespitzelungen, das Klima der Angst, die haltlosen Anschuldigungen, die Sippenhaft. Was früher Trotzkismus gewesen war, hieß heute Titoismus. Über allem stand das Argument, dass es im Sinne der

Partei sei. Die sei alles, der Einzelne nichts. Es hatte sich nichts geändert.

Er würde auch auf der nächsten Versammlung die Argumente herunterbeten, die er auf den Schulungen gelernt hatte, doch überzeugen konnte er die Menschen damit nicht mehr – das hatte er heute an den skeptischen, teils verächtlichen Blicken gesehen. Er hatte sein Feuer verloren.

Kapitel 16

Das Schiff tauchte aus dem Nebel auf. Paula stand neben dem schwer atmenden Wilhelm Röbcke an Land und sah zu, wie es sich langsam der Hafenkante auf der Rückseite der Halle näherte. Beide atmeten tief durch, als die Taue um die riesigen Poller gelegt wurden. Die Gangway wurde ausgefahren und auf die Hafenkante gesetzt, und Röbcke betrat ungeduldig das Schiff, um nachzusehen, ob seine Maschinen die Überfahrt überstanden hatten. Es war eine etwas gespenstische Szene, denn an diesem frühen Morgen lagen der Hafen und die Stadt jenseits der Norderelbe in dichtem Nebel. Zu dieser Stimmung passte, dass sie bis zum letzten Moment gefürchtet hatten, unter Wasser könnte sich doch noch ein unsichtbares Wrackteil oder sogar eine Mine verbergen. Aber alles war gut gegangen. Und während die erste Cotton-Maschine sanft am Haken schwankend aus der Ladeluke emporschwebte, löste die Sonne einzelne Nebelfetzen auf, und plötzlich tauchte die Turmspitze von St Petri im Sonnenlicht gleißend über einer Nebelbank auf.

Das ist ein gutes Zeichen, dachte Paula. Sie wollte ihren Chef auf dieses kleine Wunder hinweisen, doch der rannte wild mit den Armen fuchtelnd an der Hafenkante auf und ab, gefährlich dicht unterhalb der schwankenden Maschine über seinem Kopf. Seit sie vor sechs Tagen in Kopenhagen gelandet waren, war er ein einziges Nervenbündel und hatte ein paar Kilo abgenommen, während er auf die Ankunft der Maschinen wartete und sich täglich neue Schreckensszenarien ausmalte, was alles schiefgehen konnte.

»Das ist Nummer eins«, sagte Paula, als die erste Maschine in der Halle stand. Diese Bezeichnung sollte sich bei Alba durchsetzen. Nummer eins bis Nummer vier wurden die Maschinen genannt, in der Reihenfolge, wie sie aus dem Bauch des Schiffes geholt wurden.

Am Nachmittag standen die vier Maschinen ordentlich ausgerichtet in der Halle.

Eine erste Überprüfung ergab, dass nichts Gravierendes beschädigt war. Hermann Weber, Ingenieur und ehemaliger Vorarbeiter im Alba-Werk Auerbach und ein großer, schlaksiger Mann, machte eine letzte Runde, um alles zu überprüfen, wischte mit seinem Lappen über ein Ventil und verkündete dann: »In einer Woche können wir loslegen.«

»In einer Woche? Weber, sind Sie verrückt? Ich gebe Ihnen zwei Tage«, rief Röbcke. »Ich weiß, dass Sie das können.«

»Dann brauch ich mehr Leute. Gute Leute, die Ahnung von den Maschinen haben.«

»Kriegen Sie. Otto ist morgen schon wieder unterwegs nach Auerbach. Aber nicht darüber reden!«

Weber wischte sich die Hände an dem Tuch ab und kam zu ihnen herüber. Paula hatte Schnittchen vorbereitet und zwei Flaschen guten Henkell-Sekt gekauft, den sie in die vorbereiteten Gläser einschenkte. Für die Kinder von Hermann

Weber gab es Apfelsaft. Die Wiedererstehung des Alba-Werks musste gefeiert werden.

»Einen Moment noch«, rief in diesem Augenblick Irma Weber, die hübsche Frau des Ingenieurs. »Kommt, Kinder, helft mit. Anton, du fasst da an«, sie reichte ihrem Sohn das eine Ende einer Girlande, die sie aus Buchsbaum und einigen roten Nelken gebunden hatte, »und wir zwei nehmen das andere Ende.« Sie nahm ihre kleine Tochter an die Hand, und feierlich schritten sie Nummer vier ab und drapierten die Girlande auf dem Boden davor.

»Dass mir da kein Schmutz reinkommt«, rief Röbcke, der sichtlich bewegt war. Er räusperte sich, bevor er zu einer kleinen Rede ansetzte. »Liebe Mitarbeiter«, sagte er und ließ seinen Blick über die kleine Mannschaft schweifen, die bisher nur aus Paula, Otto Besecke, Hermann Weber und dessen Frau und den beiden Kindern bestand. »Wir haben hier den Anfang von etwas ganz Großem geschaffen. Freies Unternehmertum lässt sich nun mal nicht unterdrücken, und wer das versucht, dem laufen die Leute weg. Die Menschen wollen ein eigenes kleines Stück vom Glück, auch wenn die Angst vor einem neuen Krieg umgeht, oder vielleicht gerade dann. Je schlechter die Zeiten, desto mehr wollen die Leute sich amüsieren. Wir wollen den deutschen Frauen ihre Freude am Leben, an der Schönheit zurückgeben und damit auch uns Männer erfreuen ...« Er suchte nach weiteren Worten, fand aber keine. »Auf die Alba-Strümpfe«, rief er dann.

Alle klatschten und prosteten sich zu.

Paula nahm den Anblick der Halle und der Maschinen in sich auf. Weber würde sie in den nächsten Tagen eine nach der anderen auf Herz und Nieren prüfen und mögliche Transportschäden reparieren, alles justieren und für den Produktionsbeginn vorbereiten. In zwei Tagen träfen auch die ersten Arbeiter ein, um ihm zu helfen. Erfahrene Leute von drüben, die mit ihren Familien nach Hamburg kommen wollten, weil sie in Sachsen keine Zukunft für sich sahen und keine Arbeit hatten. Paula hatte in den letzten Tagen alles darangesetzt, Unterkünfte für sie aufzutreiben. Am Ende hatte sie zwei Wohnungen in Wilhelmsburg, gleich auf der südlichen Elbseite, gefunden, die sich die Familien jetzt teilen konnten. Dennoch waren es immer noch zu wenige Leute, und Otto würde gleich wieder nach Auerbach fahren, um weitere Arbeitskräfte anzuwerben.

Morgen sollten die Maschinen anlaufen, zuerst zur Probe, und wenn alles gut ging, würde dann die Produktion der Alba-Strümpfe beginnen. Sie sah aus dem Fenster in Richtung der Stadt, wo der Nebel sich inzwischen komplett aufgelöst und einem strahlend schönen Wintertag Platz gemacht hatte.

»Prost«, sagte sie, mehr zu sich selbst, und fing Irmas Blick auf, die ebenso hoffnungsfroh wirkte wie sie selbst.

Hinter ihr regte sich etwas. Sie drehte sich um und sah Felix Robinson und Colonel Hennings auf sich zukommen.

»Unsere englischen Freunde«, rief Röbcke freudig. »Fräulein Rolle, haben wir noch zwei Gläser?«

Er schüttelte den beiden Männern die Hand und zeigte ihnen voller Stolz die Maschinen.

»Sie sind wieder da«, sagte Felix, der neben sie getreten war, zu Paula. »Wie hat Ihnen Amerika gefallen?«

Sie drehte sich zu ihm herum und erschrak fast, wie sehr sie sich freute, ihn wiederzusehen. »Es ist ein Traum«, sagte sie. »Unvorstellbar, dass wir in Deutschland je wieder zu dieser Leichtigkeit zurückfinden. Waren Sie schon mal drüben?«

Er nickte. »Während des Kriegs, zur Ausbildung.«

Kein gutes Thema. Seine Ausbildung hatte darin bestanden, die Deutschen zu besiegen.

»Und das sind also diese berühmten Maschinen, auf denen Nylonstrümpfe hergestellt werden?«, fragte er.

Paula nickte. »Soll ich Ihnen zeigen, wie sie funktionieren?«

»Nichts lieber als das«, gab er zurück und wollte ihr folgen.

»Kommen Sie, Major?« Colonel Hennings war schon halb an der Tür.

»Schade«, sagte Felix mit einem warmen Blick auf Paula. »Wir sind nur kurz vorbeigekommen, weil wir ohnehin in der Gegend waren.«

Paula wollte nicht, dass er ging. »Na ja, ich schulde Ihnen ja noch einen Kinobesuch«, entfuhr es ihr.

Ein Lächeln glitt über sein Gesicht. »Morgen Abend? Ich hole Sie ab.«

Er tippte sich mit zwei Fingern an die Mütze und folgte dem Colonel.

Seit vier Tagen lief auch Nummer drei, die Zwölfer-Cotton, einwandfrei und produzierte ein Dutzend Strümpfe auf einmal. Mit ihr hatte Weber drei der vier Maschinen auf Trab gebracht.

Das war die Zeiteinheit, in der Paula rechnete. Alle anderen freuten sich, dass es März geworden war.

»Meine Güte, du lebst ja wie in einem anderen Universum. Für dich gibt es wirklich nur noch diese Maschinen«, beschwerte sich Gertrud, als Paula wie an jedem Abend von den Fortschritten und Rückschlägen berichtete.

Uschi hieb in dieselbe Kerbe. »Genau, du redest nur noch von deiner Firma. Wie langweilig! Ich frage mich, warum du so schöne Kleider hast. Die kriegt ja kein Mann zu sehen, höchstens dieser Ingenieur, von dem du immer erzählst. Oder hast du was mit dem?«, fragte sie frech.

Paula verteidigte sich. »Aber die Maschinen …«

»… müssen laufen«, ergänzten ihre Schwestern im Chor und feixten. Paula musste mitlachen.

Aber an diesem Sonntagnachmittag war sogar Paula bereit, einmal an etwas anderes als an die Arbeit zu denken. Es war einer der ersten milden Tage in diesem Frühjahr, und sie war mit Felix verabredet. Er holte sie ab, und als sie an seiner Seite vor das Haus trat, hatte sie das Gefühl, die Frühlingsluft würde ihre Wangen streicheln. In der Sonne war es richtig warm, es war einer dieser geschenkten Tage in Hamburg, wo man schon hoffen durfte, der Winter sei vorüber.

»Es ist viel zu schön, um ins Kino zu gehen«, sagte Felix, nachdem er sie begrüßt hatte. »Wollen wir stattdessen einen Spaziergang machen?« Er reichte ihr seinen Arm, und sie hakte sich bei ihm ein. Während sie Seite an Seite in Richtung des Isekanals gingen, war sie sich seiner Nähe sehr bewusst.

Am Kanal leuchteten die ersten Erlen in ihrem zarten

Grün, das sich auf der Wasseroberfläche spiegelte. Einzelne Insekten summten um sie herum.

»Wissen Sie, was wir machen? Wir fahren Boot«, sagte Felix plötzlich.

»Ich hätte große Lust dazu, aber wo wollen wir ein Boot herbekommen? Es gibt keine mehr«, sagte Paula. »Die sind alle konfisziert oder zu Feuerholz geworden.«

»Lassen Sie mich nur machen.«

Felix führte sie zu einem Haus in der Nähe und klingelte dort. Paula hörte ihn auf Englisch mit einem Mann sprechen. Der lachte und wies ihnen den Weg durch den Garten zum Kanal hinunter, wo tatsächlich ein Ruderboot vertäut lag.

»Bitte einsteigen«, sagte Felix. Er stand schon im Boot und reichte ihr die Hand. »Vorsicht, das kann ganz schön kippeln.«

Paula merkte, wie die Wut in ihr aufstieg. »Als Engländer dürfen Sie alles, nicht wahr?«, fragte sie, und in dieser Frage lag alles, was sie beide voneinander trennte. Er war Angehöriger der Besatzungsmacht, er hatte zu entscheiden, er hatte den Krieg gewonnen und konnte bestimmen, was zu tun war. Er nahm sich, was er wollte. Und Paula durfte gar nichts und war auf sein Wohlwollen angewiesen. Er hätte sie damals, als sie der Frau in die Straßenbahn geholfen hatte, verhaften können. Er könnte Willi Röbcke jederzeit die Produktionserlaubnis entziehen oder ihn in einem erneuten Entnazifizierungsverfahren vor Gericht stellen. Das hier war keine Begegnung auf Augenhöhe, und Paula hasste das Gefühl der Unterlegenheit.

Unwirsch lehnte sie seine Hand ab. Mit einem geschickten

Schritt war sie im Boot, das immer noch ganz ruhig dalag. »Ich war vor dem Krieg im Ruderclub an der Alster«, sagte sie, als ob das eine Erklärung war. Für ihre Geschicklichkeit schon, aber sie hätte ja trotzdem seine Hand nehmen können. Jetzt wusste sie schon nicht mehr, was sie davon abgehalten hatte.

Felix tat, als hätte er diesen kleinen Affront nicht bemerkt, und setzte sich ihr gegenüber. Er nahm die Riemen, wendete das Boot und lenkte es in Richtung Eppendorf und Alster.

»Sie rudern aber auch nicht zum ersten Mal«, sagte Paula.

»Sie werden es nicht glauben, ich war auch in einem Hamburger Ruderclub, keine hundert Meter von hier, am Kaiser-Friedrich-Ufer.«

»Es ist das erste Mal, dass Sie über Ihre Zeit in Hamburg sprechen.«

Er sah sie mit einem Ausdruck der Missbilligung an, der sie verletzte. »So schön war die auch nicht. Ich bin nicht freiwillig aus Deutschland weggegangen.«

»Das habe ich mir gedacht. Ich bin ja nicht auf den Kopf gefallen. Aber ich war es nicht, die Sie vertrieben hat.« Es klang schärfer, als sie beabsichtigt hatte.

»Ich dachte bisher, Sie gehören nicht zu denjenigen, die von nichts gewusst und sowieso immer schon gegen Hitler gewesen sind.« Auch in seiner Stimme lag nun schneidende Schärfe.

Der Nachmittag ist verpatzt, dachte Paula traurig. Das geht eben nicht zusammen, eine Deutsche und ein Engländer.

»Es tut mir leid, ich hätte das nicht sagen dürfen«, sagte

Felix nun behutsam und legte ihr für einen Augenblick die Hand auf den Unterarm, nahm sie aber gleich wieder weg.

Paula sah ihm ins Gesicht und las dort, dass seine Zerknirschung echt war.

»Geht es uns nicht beiden so, ich meine, allen? Es gibt Opfer und Täter. Sie gehören zu den Opfern, ich bin vielleicht eine Täterin. Ich habe nichts getan, als unsere Nachbarn abgeholt worden sind, und …« Sie dachte an Konrad, sie überlegte, ob sie seinen Namen aussprechen sollte, nach so vielen Jahren, in denen sie es nicht getan hatte. Sie hätte es nicht ertragen, die Erinnerung an ihn wach werden zu lassen und dann in das überhebliche Gesicht von jemandem wie der Schostack zu blicken, einer dieser Selbstgerechten, die immer noch meinten, die Verhafteten von damals, die Juden, die Kommunisten, sie hätten alle selbst Schuld daran gehabt, wie brutal die Nazis mit ihnen umgegangen waren.

»Auch ich fühle mich schuldig.«

Paula sah ihn fragend an.

»Weil ich überlebt habe. Weil ich jetzt in Hamburg das Sagen habe, in einem großen Haus lebe, aus dem zehn Familien vertrieben worden sind, weil ich ein Auto fahre und weiß, wo ich ein Boot herbekomme, wenn ich eins haben möchte.«

»Gibt es auch bei Ihnen jemand, der nicht überlebt hat?« Sie fragte das ganz vorsichtig.

»Meine Eltern.«

»Wo haben sie gewohnt?«

»Nicht weit von hier, in der Lutterothstraße. Das Haus steht nicht mehr. Ich war dort.« Seine Stimme klang brüchig.

Er hatte aufgehört zu rudern, das Boot trieb in Richtung Ufer. »Und Sie?«

»Was meinen Sie?«

»Wen haben Sie verloren?«

»Meinen Vater.« Sie zögerte, dann fuhr sie fort: »Und den Mann, den ich geliebt habe. Konrad. Er war in der KPD. Die Gestapo hat ihn vor meinen Augen erschossen. Ich bin daran schuld, weil ich ihm in der Nacht, als er fliehen wollte, nachgelaufen bin. Ich wollte mit ihm ins Ausland gehen. Und weil ich ihm gefolgt bin, habe ich die Gestapo zu ihm gelockt.« Plötzlich stand die Nacht wieder vor ihr, sie hörte wieder die Schüsse und Konrads Aufprall im Wasser. Sie begann zu weinen und legte die Hände vors Gesicht.

Das Boot stieß hart an die Uferkante. Der Aufprall ließ beide aufschrecken. Sie sahen sich an, doch keiner von ihnen sprach ein Wort.

Felix nahm die Ruder wieder auf.

»Ich glaube, wir fahren besser zurück«, sagte er.

Er hätte es sich denken können, dass eine Frau wie Paula einen Mann in ihrem Herzen trug, dachte Felix, nachdem er das Boot vertäut und sich an der Hoheluftchaussee von Paula verabschiedet hatte. Der Abschied war kühl gewesen, sie hatten sich kaum angesehen. Was war er für ein Idiot, zu glauben, zwischen ihnen könnte es eine Art Nähe geben. Er war auf die Firma von Wilhelm Röbcke angesetzt, und es war reiner Zufall, dass sie für den Strumpffabrikanten arbeitete. Zudem liebte sie einen anderen Mann, selbst wenn dieser tot sein mochte, und er hatte ihr auch noch Vorwürfe gemacht. Er hatte sich wie ein Anfänger verhalten Ab jetzt würde er Beruf und Privates strikt trennen.

Niedergeschlagen machte er sich auf den Heimweg.

Kapitel 17

Paula kam atemlos zu Hause an, weil sie den ganzen Weg gelaufen war. Wie dumm war sie gewesen, sich auf den Tag mit Felix zu freuen. Die wenigen Stunden hatten ihr deutlich gezeigt, dass sie nicht zueinanderpassten. In anderen Zeiten vielleicht, aber nicht mit der Vergangenheit, die sie beide mit sich trugen. Und warum hatte sie ausgerechnet ihm von Konrad erzählt? Fast hatte sie das Gefühl, ihn damit verraten zu haben. Sie würde Felix nicht wiedersehen und sich ab jetzt an ihre Arbeit halten. Das konnte sie.

Sie wäre gern allein gewesen, um darüber nachzudenken, aber als sie in das kleine Schlafzimmer kam, war Gertrud dabei, sich in eines von Paulas verschossenen Vorkriegskleider zu zwängen, das viel zu warm für die Jahreszeit war, und versuchte mit seltsam nach hinten verrenkten Armen vergeblich, den Reißverschluss am Rücken hochzuziehen. Ein weiteres Kleid lag zerknüllt auf dem Bett.

»Was machst du denn da? Warte, du zerreißt es ja!«

Gertrud machte noch eine komische Verrenkung, aber das Kleid war ihr einfach am Rücken zu eng. Auch mit Paulas Hilfe gelang es nicht, den Reißverschluss zu schließen. Stöhnend zog Gertrud es über den Kopf wieder aus und nahm ein anderes Kleid aus dem Schrank. Es war beigefarben mit kleinen blauen Rauten auf dem Rock. Sie hielt es sich prüfend vor den Körper.

»Die Farbe passt viel besser zum Ton deiner Haare«, sagte Paula.

»Aber es sieht so altmodisch aus.«

»Was willst du überhaupt mit einem Kleid? Du trägst doch nie welche.« Das stimmte. Gertrud sah in Kleidern komisch aus. Wollröcke und schlichte Blusen waren ihr einziges Zugeständnis an die Kleiderordnung für Frauen. Am liebsten trug sie Hosen und Pullover.

Gertrud stöhnte wieder genervt. »Ich brauche eben eines. Würdest du mir eines von deinen leihen? Vorausgesetzt, ich pass da rein.«

In das helle Kleid kam sie zwar mit Paulas Hilfe hinein, aber die vielen kleinen Knöpfe in Form von Knoten ließen sich nicht über ihrer Brust schließen. Mit einem wütenden Laut zerrte sie an dem Stoff und wollte es ebenfalls wieder ausziehen.

»Jetzt warte doch mal!« Paula stellte sich vor sie hin und zupfte an dem Kleid herum. »In der Taille passt es, und wenn es ein paar Zentimeter kürzer ist, zeigt es deine schönen Waden. Und außerdem trägt man das heute so.«

»Ich hab schöne Waden?« Gertrud drehte sich mit dem Rücken zum Spiegel, den Uschi vor einiger Zeit angeschleppt hatte, um ihre Beine von hinten betrachten zu können. »Aber oben ist es viel zu eng. Ich bin eben nicht so schlank wie du und Uschi.«

»Du gibst immer viel zu schnell auf. Jetzt lass mich mal

überlegen … Ich könnte das Oberteil abschneiden, das ist ohnehin zerschlissen …«

»… und diese komischen Knöpfe sind grässlich«, fiel Gertrud ein.

»Aber du könntest den Rock tragen …«

»Und was ist mit oben?«, fragte Gertrud skeptisch.

Paula war schon dabei, im Schrank zu suchen. »Hier, die meine ich.« Sie hielt Gertrud eine blaue Bluse mit einem abgerundeten Kragen hin.

Gertrud zog das Kleid aus und streifte die Bluse über, sie passte und saß auch in den Schultern gut. Der V-Ausschnitt ließ Gertruds Oberkörper schmaler wirken. Paula hielt ihr das Kleid vor und klappte dabei das Oberteil nach hinten, so dass nur der Rock zu sehen war. Das Blau der Karos nahm die Farbe der Bluse wieder auf. Sie nickte zufrieden. »Wenn ich das alte Oberteil abschneide und dafür die Bluse ansetze, könnte es gehen.«

»Meinst du?«, fragte Gertrud hoffnungsvoll. »Und würdest du mir das ändern? Du hast doch immer so viel zu tun.«

»Nur, wenn du mir sagst, wofür du es brauchst.«

Gertrud schloss den letzten Knopf der Bluse, sie passte tatsächlich, und holte tief Luft, dann sagte sie: »Ich nehme an einem Dauertanzturnier teil.«

Paula machte große Augen. »Du? Tanzen? In einem Kleid?« Sie musste lachen.

Gertrud war nicht beleidigt. »Es kommt nicht darauf an, besonders elegant zu tanzen, sondern möglichst lange.«

»Du meinst doch nicht etwa diese Veranstaltungen auf der Reeperbahn?«

Gertrud nickte. Diese Tanzveranstaltungen in der Jungmühle auf St. Pauli waren der letzte Schrei. Die Zeitungen
überschlugen sich mit besorgten oder hämischen Kommen-
taren über den Sinn dieser Wettbewerbe. Aber sie waren sehr
beliebt, und man konnte viel Geld verdieren, wenn man unter den Gewinnern war. Demnächst sollten sogar Deutsche
Meisterschaften im Dauertanzen ausgetragen werden.

Trotzdem konnte Paula nicht verstehen, was ausgerechnet
Gertrud dort wollte. Wenn sie etwas mehr hasste als feine
Kleider, dann war es Tanzen.

Gertrud hielt den Rock in der Taille zusammen und drehte
sich und brachte ihre Knie nach außen, um zu prüfen, ob er
weit genug für die Tanzbewegungen war. Dann nickte sie
zufrieden und sagte: »Ich brauche das Geld. Und ich kann
durchhalten. Man bleibt so lange im Rennen, wie man nicht
mit den Knien oder den Händen den Boden berührt. Das
Siegerpaar bekommt dreihundert Mark. Jeder.«

Paula pfiff durch die Zähne. »Dreihundert Mark? Das sind
mehr als vier Monatslöhne! Aber … Wofür brauchst du denn
Geld? Und mit wem willst du überhaupt tanzen?«

»Ich habe Alwin gefragt. Nähst du mir jetzt das Kleid um?
Man darf als Frau nur mitmachen, wenn man ein Kleid
trägt.« Sie schob trotzig ihre Unterlippe vor, als sie das sagte.
Es war ihr anzusehen, wie überflüssig sie diese Regel fand.

»Ja, ja, das mache ich. Aber ich verstehe immer noch nicht …
Und wieso ausgerechnet Alwin? Hältst du das für eine gute
Idee?«

Alwin Mangels wohnte ein Stück weit die Straße runter.
Gertrud kannte ihn seit der Schulzeit, und seit damals war

er in sie verliebt, hatte aber nie den Hauch einer Chance bei ihr gehabt. Was Paula nicht verstehen konnte, denn Alwin war einer der nettesten Männer, die sie je getroffen hatte.

Sie seufzte. Gertrud und die Männer, das wollte einfach nicht zusammengehen.

Zwei Wochen später betraten Paula und Uschi Arm in Arm die Jungmühle auf der Großen Freiheit in St. Pauli. Die beiden unterschiedlichen Schwestern erregten Aufsehen. Paula war eine schöne Frau in der Blüte ihrer Jahre, deren elegante Aufmachung sehr anziehend wirkte, während Uschi in ihrer knallengen Hose, die ihr nur bis zur Wade ging und unten geschlitzt war, aussah wie ein Mannequin. Allerdings hatte sie darauf geachtet, dass ihre Mutter sie nicht in dieser Caprihose sah, sie hätte sie unanständig gefunden. Bereits von der Straße her war die laute Musik zu hören, und drinnen war es so verqualmt, dass Paula sofort die Augen brannten. Die Tanzkapelle, die in einer Ecke des Saals spielte, war kaum zu erkennen, zudem roch es nach muffigem Schweiß und Parfüm. Auf der Tanzfläche drängelten sich ein gutes Dutzend Paare, die sich wie in Zeitlupe bewegten, obwohl der Rhythmus der Musik ziemlich schnell war. Der Tanzwettbewerb hatte schon am Vortag begonnen, und die Kräfte der Tänzer ließen bereits nach.

Uschi reckte den Hals, um über die Menschen hinwegzusehen, die am Rand der Tanzfläche standen und die Tänzer anfeuerten. »Da ist Gertrud«, rief sie und zog Paula am Ärmel, um sie auf die Schwester aufmerksam zu machen. »Gertrud!«, rief sie hinüber.

Gertrud entdeckte sie und winkte halbherzig. Sie und Alwin waren bestimmt nicht das eleganteste Paar auf der Tanzfläche. Paula hatte sich wirklich Mühe mit dem Kleid gegeben, und die Farbe stand Gertrud, aber sie war nun mal keine gertenschlanke Schönheit. Alwin trug einen dunkelbraunen Zweireiher, an dem die Ellenbogen leicht glänzten und der zu kurz war. Die beiden hielten sich aneinander fest und traten von rechts nach links, wobei sie nur ungefähr den Rhythmus trafen. Sie unterhielten sich, und Paula fiel der zärtliche Blick auf, mit dem Alwin auf Gertrud heruntersah, die ein ganzes Stück kleiner war als er.

»Guck mal, da drüben, da ist eine Krankenschwester«, sagte Uschi. Paula folgte ihrem Blick.

Medizinisches Personal war für diese Veranstaltungen vorgeschrieben und oft bitter notwendig. Einige Tänzer erlitten Schwächeanfälle, andere tranken vorher eine Flasche Schnaps und klappten dann zusammen, im letzten Monat hatte einer der Tänzer sogar Halluzinationen gehabt und war mit den Fäusten auf seine Partnerin losgegangen, weil er geglaubt hatte, sie wolle ihn ausrauben. Gerade näherte sich die Schwester einer Frau, die völlig erschlafft in den Armen ihres Mannes hing und zu schlafen schien. Auch der Mann war am Ende seiner Kräfte. Verzweifelt versuchte er, seine Partnerin wieder auf die Beine zu ziehen. Ihre Knie waren nur noch wenige Zentimeter vom Boden entfernt. Die Schwester hielt dem Mann einen Löffel Medizin hin, er versuchte, sich aufzurichten, sackte dann aber in sich zusammen. Das Paar rutschte auf den Boden, der Kampfrichter rannte herbei und zählte bis neun. Dann waren die beiden ausgeschieden. Zwei Männer kamen, hakten sie unter und schleiften sie aus dem Saal.

»Das ist ja wie beim Boxkampf«, meinte Paula. Sie konnte nicht verstehen, warum Gertrud sich das hier antat, sie fand es eher entwürdigend. Aber der Verdienst war wirklich gut, vorausgesetzt, man gewann. Wahrscheinlich war dies eine der lukrativsten Möglichkeiten, um legal Geld zu verdienen. Wenn sie nur wüsste, was Gertrud damit vorhatte.

Eine Glocke verkündete in diesem Moment die fünfzehnminütige Pause, auf die die Tänzer jede Stunde ein Anrecht hatten.

Darauf hatten Verehrer, Freunde und Krankenschwestern nur gewartet. Sie stürmten die Tanzfläche, um gute Ratschläge, Getränke und Essen oder Stärkungsmittel und Massagen zu verabreichen.

Gertrud kam langsam zu ihnen herüber und ließ sich auf einen Stuhl fallen. Sie rieb sich die schmerzenden Beine, war aber guter Dinge. »Zehn Paare sind schon ausgeschieden. Wir haben gute Chancen, nicht wahr, Alwin?« Ihr gelang ein kleines Lächeln, aber die Erschöpfung war ihr anzusehen.

Alwin nickte ihr zu. »Wir schaffen das.«

Viel zu schnell war die Pause vorüber, Alwin zog Gertrud von ihrem Stuhl, und sie gingen wieder auf die Tanzfläche. Zwei Paare blieben einfach schlaff auf ihren Stühlen sitzen.

»Schon wieder zwei weniger«, sagte Uschi trocken.

»Wir wollen doch mal ein bisschen Stimmung in den Laden bringen«, quäkte der Moderator in diesem Augenblick betont gut gelaunt ins Mikrophon. »Auf Wunsch des Herrn mit dem Schnauzer dort in der Ecke spielt die Kapelle einen schnellen Boogie. Wir wollen doch mal sehen, was unsere Kandidaten noch draufhaben! Meine Damen und Herren Tänzer: bitte einen besonders fetzigen Boogie. Der Gewinner erhält zehn Mark gleich auf die Hand! Liebe Zuschauer, machen auch Sie Ihre Einsätze. Für zehn Mark dürfen Sie sich was von unseren Tänzern wünschen.«

Gertrud und Alwin gaben noch einmal alles und wurden tatsächlich als beste Boogie-Woogie-Tänzer gekürt. Der Moderator kam und steckte Gertrud einen Zehnmarkschein in den Ausschnitt. Angewidert sah sie zu ihren Schwestern hinüber, dann ließ sie sich von Alwin eine Zigarette geben. Sie legte den Kopf weit in den Nacken, als sie den Rauch ausblies, und in diesem Augenblick fand Paula ihre Schwester richtig hübsch.

»Hattest du eine Ahnung, dass Gertrud raucht?«, fragte Uschi.

Paula schüttelte den Kopf. »Ich glaube, es gibt eine Menge, was wir nicht von unserer Schwester wissen. Komm, lass uns gehen. Ich finde das alles ziemlich deprimierend.«

Uschi machte das Victory-Zeichen in Gertruds Richtung, auch Paula winkte zum Abschied.

Gertrud kam am nächsten Abend kurz vor Mitternacht nach Hause. Sie war so müde, dass sie tatsächlich beinahe im Stehen einschlief. Paula und Uschi halfen ihr ins Bett und schafften es gerade noch, ihr vorher die Schuhe auszuziehen.

»Wir haben gewonnen«, murmelte sie noch, dann schlief sie auch schon.

Erst am Nachmittag des nächsten Tages erschien sie wieder in der Küche. Paula war gerade von der Arbeit nach Hause gekommen. Im Radio spielten sie ein Lied von diesem Elvis Presley, als Gertrud in die Küche wankte, das Haar zerzaust, immer noch in dem Tanzkleid, in dem sie geschlafen hatte.

Uschi sprang auf und nahm sie bei den Armen. »Komm, lass uns tanzen, du weißt schon, wo man die Arme hochwirft und die Knie so nach innen dreht.«

»Ich hab solchen Muskelkater«, stöhnte Gertrud.

»Egal, gerade dann muss man sich bewegen, damit die Muskeln wieder flott werden! Los, leg deine Handflächen an meine! So als würdest du Fenster putzen.« Uschi machte kreisende Bewegungen, dann fing sie an, die Füße zu bewegen. Dazu pfiff sie die Melodie mit. Die beiden Schwestern drehten sich und lachten. Wilhelmine brachte schnell die Kaffeekanne in Sicherheit, als die beiden in der engen Küche gegen die Tischkante stießen.

In der Halle im Hafen arbeitete Hermann Weber inzwischen Tag und Nacht. Er schraubte und feilte, putzte und ölte. Oft verbrachte er die Nacht auf einer Pritsche direkt in der Halle. Dass drei der vier Maschinen wie am Schnürchen liefen, war sein ganzer Stolz. Aber das funktionierte nur, weil er sie nicht eine Minute aus den Augen ließ.

»Ich brauche das leise Ächzen der Maschine, wenn sie nachts herunterkühlt und zur Ruhe kommt. Erst dann komm auch ich zur Ruhe«, erklärte er der verblüfften Paula, die ihn morgens entdeckte. »Und Sie haben hier doch auch schon übernachtet.«

Paula schenkte ihm ein Lächeln. Sie mochte den bedächtigen, erfahrenen Mann, der sich für die Firma krumm machte. Was man von Zacharias König leider nicht sagen konnte, einem der Männer, die Otto beim letzten Mal aus Auerbach mitgebracht hatte. König war großspurig und hielt sich für den Chef. »Ich lass mir doch von einer Frau nichts sagen«, schimpfte er. Dabei versprühte er seine Spucke, weil ihm ein paar Zähne fehlten. Paula wollte gar nicht wissen, wo er die verloren hatte, bestimmt bei einer Prügelei. Ihr war der Mann zutiefst unsympathisch. Aber er hatte ein Händchen für die Problemmaschine. Immer wieder stockte sie und blieb stecken, die teuren Fäden verhedderten sich und rissen. Wilhelm Röbcke bekam Tobsuchtsanfälle, manchmal fürchtete Paula um seine Gesundheit.

»Machen Sie sich keine Sorgen«, beruhigte Weber sie. »So war er schon immer.«

»Aber warum funktioniert es denn nicht?«, fragte Paula, als der Chef fluchend gegangen war.

»Na ja, jede Maschine besteht aus bis zu zweihunderttausend Einzelteilchen, wenn man die Nadeln und Platinen mitzählt. Und diese hier ist nun mal für 60-Denier-Fäden ausgelegt, soll aber 30-Denier-Strümpfe wirken. Unser deutsches

Nylon ist glatter und dünner als das amerikanische, auf das die Maschinen eingestellt sind. Deshalb stimmt die Fadenführung nicht, die Nadel trifft nicht, und die Fäden reißen. Da geht es um Mikrometer. Aber machen Sie sich keine Sorgen. Nummer zwei ist nicht unsere wichtigste Maschine, und König und ich kriegen das hin.«

Paula sah ihn zweifelnd an, doch es klang logisch, was er sagte. Sie verstand inzwischen ziemlich gut, wie diese komplizierten Maschinen funktionierten, die mehrere Strümpfe gleichzeitig nebeneinander in einem Flachwirksystem produzierten. Die Fäden wurden von Fadenführerträgern auf Schienen in wechselnder Richtung angetrieben. War es einerseits ein Vorteil, dass zwei bei drei Dutzend Strümpfe gleichzeitig produziert wurden, brachte es zugleich eine Reihe von Nachteilen. Ein Fehler an einem Strumpf brachte die ganze Maschine zum Stillstand, und dann war nicht nur ein Strumpf unrettbarer Ausschuss, sondern gleich ein ganzes Dutzend.

»Das braucht einfach nur seine Zeit, bis ich das justiert habe«, rief ihr Weber über den Lärm der Maschine hinweg zu und putzte sich wieder einmal die Hände an einem Lappen ab. Paula hatte ihn noch nie ohne gesehen.

»Aber diese Zeit haben wir nicht!«

Weber zuckte mit den Schultern und beugte sich wieder über die klickenden und ratternden Hebel.

Paula ging zu Maschine Nummer drei hinüber, die einwandfrei produzierte. Die Strümpfe waren von phantastischer Qualität, durchsichtig und mit einem seidigen Glanz. Paula konnte immer noch nicht genug davon bekommen, mit gespreizten Fingern hineinzufahren und das unvergleichliche Gefühl von Luxus zu spüren. Obwohl sie das inzwischen mehrfach am Tag tat, sie hatte nämlich eine neue Aufgabe: Sobald eine neue Charge Strümpfe vom Band lief, setzte eine der Näherinnen die Naht, und Paula suchte sich eine ruhige Ecke und zog ihre eigenen Strümpfe aus, um Passform und Geschmeidigkeit des Musterstrumpfs auszuprobieren.

»Sie machen das«, hatte Röbcke angeordnet. »Sie haben Idealmaße.«

»Aber wir brauchen doch auch Strümpfe für Frauen mit kräftigeren oder kurzen Beinen«, hatte sie entgegnet.

»Kommt später. Erst mal bedienen wir die Standardgrößen.«

»Also habe ich Standardbeine und keine idealen Beine?«, fragte sie mit einem Augenzwinkern. Sie konnte sich solche kleinen Respektlosigkeiten erlauben, denn Wilhelm Röbcke hielt große Stücke auf sie und vertraute ihr inzwischen blind. Erst hatte sie die Idee mit dem Subskriptionsplan gehabt, dann hatte sie in Amerika sicher die Verhandlungen geführt und für ihn übersetzt. Und jetzt hielt sie ihm den Rücken frei und hatte alles im Blick. Er hatte ihr bereits eine Gehaltserhöhung gegeben und ihr eine weitere in Aussicht gestellt, wenn die erste Ware pünktlich ausgeliefert war.

Zacharias König, dem Paulas wichtige Rolle gehörig gegen den Strich ging, hatte sich vor den anderen darüber aufgeregt, dass eine Frau mehr zu sagen hatte als die Männer. »Die sollte mal heiraten, dann würde ihr Mann ihr einfach verbieten zu arbeiten. Aber wer will schon so eine alte Schach-

tel?« Er hatte hämisch gelacht, und Hermann Weber hatte
ihn zurechtgewiesen und gesagt, dass ihn das nichts angehe.

Es kam Paula inzwischen ganz normal vor, sich in einer Ecke
umzuziehen und halb in der Öffentlichkeit ihre Beine zu zeigen.

Sie balancierte auf einem Hocker und rollte den Strumpf
vorsichtig über das Knie hinauf, wobei sie aufpasste, weder
mit den Fingernägeln noch an einem winzigen Holzsplitter
am Hocker eine Laufmasche hineinzureißen. Der Strumpf
fühlte sich vielversprechend an, seidenweich und leicht kühl,
er war reißfest und verfügte dennoch über eine leichte Elas-
tizität, die über das sogenannte Auge erreicht wurde, ein
Loch in der Naht in Höhe des breiten Bündchens oben am
Bein, das sich nach Bedarf, das hieß je nach dem Umfang des
Schenkels der Trägerin, dehnte oder zusammenzog. Dieses
Auge half beim Anziehen und hielt den Stoff dann schön eng
auf der Haut. Am Bündchen befestigte sie mit sechs Knöpfen
den Strumpfhalter. Dann nahm sie den Strumpf zwischen
Daumen und Mittelfinger und zog daran. Er gab leicht nach,
so wie es sein musste, denn zu enge Strümpfe rissen leicht.
Der Sitz war perfekt. Sie verdrehte den Oberkörper, um den
Sitz der Naht zu begutachten. Der Strumpf hatte die Farbe
ihrer Haut und brachte ihr Bein zum Glänzen. Sie griff nach
dem linken Strumpf und streifte ihn über. Da bemerkte sie,
dass sie jemand beobachtete, und sie sah auf und strich sich
das Haar aus dem Gesicht.

»Entschuldigen Sie«, stotterte Felix, »man hat mir gesagt, ich würde Sie hier finden. Ich wusste nicht, dass Sie …« Nur langsam und widerstrebend wandte er den Blick ab.

Felix? Paula wurde warm vor Freude. Sie hatte damit gerechnet, ihn nach ihrem missglückten Bootsausflug nie wiederzusehen. Aber jetzt meinte sie Begehren in seinen Augen zu lesen, oder wünschte sie sich das nur? Männerblicke, die Frauenbeine streicheln … Warum dachte sie das jetzt? Sie spürte ein Prickeln wie Gänsehaut.

Rasch schloss sie den letzten Knopf des Strumpfbandes und ließ ihren Rock über die Beine fallen. Vor Felix machte es ihr plötzlich doch wieder etwas aus, wenn er sie dabei sah, wie sie die Strümpfe anzog.

Er räusperte sich, sagte aber nichts. Dann streckte er ihr die Hand zur Begrüßung hin. Als er sie berührte, knisterte es leise, und Paula zuckte zurück, weil sie einen kleinen Stromschlag bekommen hatte. Das passierte leider manchmal, wenn der Unterrock an den Strümpfen rieb. »Anziehungskraft«, witzelte sie.

Felix wusste nicht, was er sagen sollte. »Wie gesagt, man hat mir gesagt, dass ich Sie hier finde, aber nicht, was Sie hier tun …« Er verhaspelte sich, und plötzlich fing er auf eine jungenhafte Art an zu lachen. »Meine Güte, wir sind doch keine Kinder mehr. Übrigens haben Sie sehr schöne Beine, wenn ich das sagen darf.«

»Dürfen Sie«, sagte Paula, die sich auf einmal ganz leicht fühlte. »Worum geht es denn?«

»Wie?«

»Na ja, Sie haben mich doch gesucht. Worum geht es?«

Felix sagte entschlossen: »Mir geht unsere letzte Begegnung nicht aus dem Kopf. Irgendetwas ist da schiefgelaufen. Ich habe das Gefühl, ich hätte Sie verletzt. Und das wollte ich natürlich nicht. Ich möchte Ihnen sagen, wie leid mir das tut. Ich bin manchmal ein Trottel, wie er im Buche steht.«

Paula musste lächeln. »Sie schulden mir immer noch einen Kinobesuch. Da könnten Sie versuchen, es wiedergutzumachen.«

Er strahlte.

»Fahren Sie zurück in die Stadt?«

Er nickte. »Soll ich Sie mitnehmen?«

»Sehr gern. Ich muss noch ins Büro nach Eppendorf. Und Otto ist nicht da, um mich zu fahren.«

Ihm fiel auf, wie müde sie aussah. »Sie arbeiten zu viel«, sagte er.

»Das tun wir doch alle. In diesen Zeiten geht es nun mal nicht anders.«

Kurze Zeit darauf saßen sie nebeneinander im Auto und fuhren in Richtung Stadt.

Paula hatte Strümpfe für ihre Schwestern und Wilhelmine dabei, damit auch sie sie testen konnten. Sie war immer noch der Meinung, dass es Alba-Strümpfe für alle Größen geben sollte, für dünne Beine wie die von Uschi, für kräftigere wie die von Gertrud und Wilhelmine. An Uschis Beinen warfen sie bislang immer unschöne Falten, während man bei Gertrud immer Angst haben musste, dass sie rissen, und am Oberschenkel schnitten die Bündchen zu sehr ein. Wobei Gertrud die »Dinger« ohnehin nur sehr ungern anzog. Sie passten auch nicht zu ihr. Für Frauen wie Gertrud sollte es dickere, robustere Strümpfe geben, die trotzdem ein bisschen Eleganz hatten, das hatte Paula schon mehrfach gedacht. Sie nahm sich vor, die Sache noch einmal mit ihrem Chef zu besprechen.

»Machen Sie auch mal Feierabend?«, fragte Felix, während er den Wagen durch den Verkehr lenkte, der in der letzten Zeit stärker geworden war. Immer mehr Deutsche hatten inzwischen wieder genug Geld, um sich einen Wagen zu leisten.

»Ich muss mich noch um die Auftragsabwicklung kümmern und Rechnungen bezahlen. Im Hafen habe ich kein richtiges Büro.«

»Ihr Chef sollte sich wirklich glücklich schätzen, eine Mitarbeiterin wie Sie zu haben.«

»Das tut er.«

Felix hielt vor dem Büro am Eppendorfer Weg. Aber Paula stieg nicht sofort aus. Sie hielt die Augen geschlossen, weil sie todmüde war. Es war so schön, einfach neben ihm zu sitzen. Auf einmal überfiel sie das unwiderstehliche Verlangen, sich einfach an ihn zu lehnen und an seiner Schulter auszuruhen. Erinnerungen an die Zärtlichkeiten mit Konrad stiegen in ihr auf. Sie schluckte schwer. Wie sehr sie das vermisste. Geradezu körperlich spürte sie das Bedürfnis nach Nähe, nach Händen, die ihren Körper hielten, ihn erkundeten, nach Haut auf ihrer Haut – nach der Möglichkeit, jedes Verantwortungsgefühl loszulassen und sich einem anderen Menschen anzuvertrauen. Einmal alle Sorgen hinter sich zu lassen und einfach nur eine Frau in den Händen eines geliebten Mannes zu sein.

Sie wusste nicht, wie lange dieser Zustand angedauert hatte, aber als sie zu sich kam, lehnte ihr Kopf tatsächlich an Felix' Schulter. Sie fuhr hoch.

»Ich glaube, Sie sind für ein paar Minuten eingeschlafen«, sagte er sanft.

»Entschuldigung. Ich bin einfach nur sehr erschöpft.«

»Am Sonnabend?«, fragte er. »Kino?«

Kapitel 18

Am 1. April war es endlich so weit. Die ersten Strümpfe sollten serienmäßig von allen Maschinen laufen. Auch Maschine Nummer zwei produzierte endlich mehr als Ausschuss.

»Ich habe die Presse eingeladen«, sagte Wilhelm Röbcke zwei Tage vorher zu Paula. »Bitte sorgen Sie dafür, dass wir die Herren bei Laune halten. Sie wissen schon, Schnittchen und Bier und so was.« Er wollte sogar eine Blaskapelle engagieren, aber das konnte Paula ihm ausreden.

»Ist das nicht zu früh?«, fragte sie. »Erst gestern mussten wir eine ganze Charge wegwerfen. Die Fadennehmer haben verrücktgespielt, kompletter Ausschuss. Weber hat zwei Stunden gebraucht, bis die Maschine wieder lief.« Sie warf einen Blick hinter sich, wo in einem Behälter zerfetzte Strümpfe darauf warteten, auf den Müll zu wandern. Eigentlich hatte sie ihm diese Nachricht schonender beibringen wollen, doch jetzt glaubte sie, ihn warnen zu müssen.

Auch Otto, der bei ihnen stand, war besorgt. Er war gerade mal wieder aus Auerbach zurückgekommen und hatte drei Männer mitgebracht, die an den Maschinen in Sachsen gelernt hatten, sich mit den neuen Maschinen, die hier in Hamburg standen, allerdings erst vertraut machen mussten. »Vielleicht sollten wir noch ein paar Tage warten, dann haben auch die Neuen sich eingearbeitet«, gab Otto zu bedenken. »Wenn uns übermorgen auch so was passiert, denken die Hamburger, wir machen einen schlechten Aprilscherz.«

»Aprilscherz?« Röbcke fuhr herum. »Von wegen! Das muss klappen, und das wird klappen. Sonst können wir einpacken. Und jetzt an die Arbeit!«

An diesem Morgen fuhr Paula mit vor Aufregung klopfendem Herzen in den Hafen. Otto holte sie zu Hause ab, und auf dem Weg hielten sie bei Fisch Petersen. Sie würdigte Erich keines Blickes, als sie die Platten mit den Häppchen in Empfang nahm. Sie hatte roten Heringssalat, Eiersalat und Aal bestellt, und es duftete verführerisch von der Rückbank, als sie weiterfuhren.

»Was haben Sie denn mit dem Fischhändler zu schaffen?«, fragte Otto. »Sie haben ausgesehen, als würden Sie ihn am liebsten erwürgen.«

»Ach, fragen Sie nicht. Er ist einfach ein sehr unangenehmer Mann.«

»So wie König? Wissen Sie, was er über Sie herumerzählt?«

»Ich kann es mir denken«, sagte Paula.

Er sagte es trotzdem. »Dass Sie ein Tommy-Liebchen seien und Strümpfe klauen.«

Paula erinnerte sich, dass er sie dabei gesehen hatte, wie sie Strümpfe für ihre Schwestern mitgenommen hatte – was jedoch mit Röbcke abgesprochen war. Er hatte ihr erlaubt, sich für private Zwecke zu bedienen.

»Steht alles im Ausgangsbuch«, sagte sie müde.

»Sie sollten ihn zur Rede stellen oder Röbcke informieren. König schafft nur Unfrieden.«

»Und dabei ist er noch nicht mal ein besonders guter Mechaniker.« Paula nahm sich vor, mit Röbcke über König zu reden und ihm vorzuschlagen, ihn zu entlassen.

Eine halbe Stunde später kamen sie im Hafen an. Tische waren bereits aufgestellt, Irma Weber hatte sogar ein paar Blumengestecke besorgt.

Pünktlich um elf Uhr betraten die geladenen Gäste und die Journalisten die Halle. Paula stand schräg hinter Röbcke, der die Gäste begrüßte. Zwei Dutzend Leute waren anwesend, daneben die Arbeiter, die in sauberen Arbeitshosen in einer Reihe standen. Unter den Gästen waren Hamburger Politiker, der wichtigste war Karl Schiller, der der Behörde für Wirtschaft und Verkehr vorstand. Er kam mit zwei seiner Mitarbeiter. Der hagere Mann mit der dunklen Brille schien sehr angetan und nickte anerkennend. Hinter ihm näherte sich Otto Leu, der Inhaber des Feinwarengeschäfts am Gänsemarkt, einer der größten Abnehmer von Alba-Strümpfen in der Stadt. Zu Paulas Überraschung kam auch Hannchen Fischer, Röbckes Vermieterin, die über das ganze Gesicht strahlte und sich bei Willi Röbcke einhakte. Und er tätschelte ihr die Hand. Weitere Kunden trafen ein, einer von ihnen mit einem Holzbein. Paula erkannte den Chefeinkäufer von Karstadt und auch Herrn Woller vom Modehaus, wo sie damals ihren Rock gekauft hatte. Damals, dachte sie verwundert, während sie noch schnell an einer verrutschten Tischdecke zupfte. Dabei ist das alles noch nicht einmal ein halbes Jahr her. Aber in diesen Monaten hatte sich ihr Leben komplett verändert.

Damals war sie ohne Job, ohne Perspektive gewesen, und jetzt war sie die rechte Hand eines Unternehmers, der womöglich bald sehr erfolgreich werden würde. Sie war in Amerika gewesen, sie war eine elegante Frau, die sich zu kleiden wusste, vor allem aber trug sie Verantwortung und hatte eine Aufgabe zu erfüllen, die ihr Freude machte.

»Zum Anbeißen!«

Paula fuhr herum. Vor ihr stand Dabelstein, hielt ein Fischbrötchen in die Höhe und grinste dabei.

»Guten Tag«, sagte sie förmlich. Er legte das Brötchen zurück auf den Teller und hielt ihr die Hand hin. Sie wollte den Händedruck erwidern, doch er bedachte sie mit einem Handkuss. Sie hasste diese Geste. Sie war ihr zu intim, und dann hatte er auch noch Fisch gegessen.

Sie traute Dabelstein nach wie vor nicht über den Weg. Bei ihm ging immer alles zu glatt. Und er hatte sich in Röbckes Geschäft gedrängt. Natürlich brauchte der Lkws, um seine Ware auszuliefern, aber Paula hätte gern noch andere Anbieter geprüft, von denen es inzwischen einige gab. Dabelstein war nicht mehr der Einzige, der über eine Wagenflotte verfügte. Aber Röbcke hatte das kategorisch abgelehnt. »Er hat mir geholfen, jetzt helfe ich ihm. So einfach ist das.«

Paula fand ja sogar, dass er damit recht hatte, aber dennoch blieb ihr komisches Gefühl bei dem Fuhrunternehmer.

»Oh, ich glaube, es geht los«, sagte sie rasch zu Dabelstein, als sie sah, dass alle sich um die Maschine Nummer eins versammelten. Sie lief am besten und verzieh auch kleine Unebenheiten im Garn.

Paula kehrte Dabelstein den Rücken und gesellte sich zu

den anderen, dann schickte sie ein kleines Stoßgebet zum Himmel. Hoffentlich klappte alles!

Röbcke hob den Daumen, und Hermann Weber fuhr die Maschine an. Es klappte. Die Maschine surrte wie am Schnürchen, sie klickte und klackte regelmäßig vor sich hin, und die Zuschauer konnten beobachten, wie vor ihren Augen zehn Strümpfe gleichzeitig entstanden. Röbcke stand stolz davor und hielt dann einen bereits gefertigten Strumpf hoch, der natürlich schon am Vortag die Qualitätskontrolle passiert hatte, um den Journalisten die Feinheit des Materials zu präsentieren. Die waren beeindruckt.

»Und so sehen unsere Alba-Strümpfe an schönen Frauenbeinen aus!«, rief Röbcke dann, und ein paar junge Frauen führten die Strümpfe mit einigen Tanzschritten vor. Paula zwinkerte Uschi zu, die eine von ihnen war. Paula hatte ihre Schwester gebeten zu kommen, weil sie einen kleinen Zuverdienst dringend gebrauchen konnten. Als sie aber sah, wie ihre Schwester den Journalisten schöne Augen machte, ärgerte sie sich. Musste Uschi immer übertreiben? Röbcke fand es natürlich großartig, wie sie die Männer bei Laune hielt.

Fotoapparate klickten, Stifte wurden gezückt, der Mann vom *Hamburger Echo* hatte sogar ein Mikrophon dabei und bat Röbcke um ein Interview.

Am Ende der Veranstaltung überreichte Röbcke jedem Journalisten eine Packung Strümpfe »mit den besten Empfehlungen an die Frau Gemahlin«.

»Das war echt stark«, sagte Uschi, als alle gegangen waren und sie die Reste des Essens einpackten. »Und ich bin stolz auf dich, wie du den Laden hier schmeißt.«

Paula sah sie überrascht an. Ihre kleine Schwester lobte sie, das kam nicht oft vor. Aber auch sie war mit sich zufrieden.

Der einzige kleine Wermutstropfen war, dass Felix nicht kommen konnte. Natürlich hatte sie ihn und Colonel Hennings eingeladen, aber die beiden mussten in einer anderen Sache dringend nach Lübeck fahren.

Schade, sie hätte ihn gern an ihrer Seite gehabt. Felix Robinson war in den letzten Wochen ein fester Bestandteil ihres Lebens geworden. Nach ihrer gemeinsamen Autofahrt, als sie die kostbaren Minuten schlafend an seiner Schulter verbracht hatte, waren sie am Wochenende darauf ins Kino gegangen und danach noch in ein Lokal, wo sie sich stundenlang unterhalten hatten. Seitdem trafen sie sich regelmäßig mindestens zweimal in der Woche, sobald sie Zeit füreinander fanden. Meist gingen sie ins Kino, das bald zu einer gemeinsamen Leidenschaft wurde. Sie sahen die amerikanischen Western, die sie wegen der grandiosen Landschaften liebten, und amüsierten sich über Heinz Rühmann. An anderen Tagen machten sie einen Spaziergang durch den Hamburger Frühling und aßen Eis. Paula freute sich auf jedes Treffen mit Felix. Seit sie diese Gefühlswallung neben ihm im Auto gehabt hatte, war sie sich sicher, dass sie mehr als nur Sympathie für ihn hegte. Es war nicht zuletzt seine rücksichtsvolle Art, seine sensible Natur, die sie so mochte. Wenn sie ihn traf, machte sie sich mit äußerster Sorgfalt zurecht, sie wollte schön für ihn sein, und sie freute sich schon vorher darauf, mit ihm zu lachen, denn an seiner Seite war alles auf einmal ganz leicht. Doch trotz allem blieb immer eine gewisse Distanz zwischen ihnen.

Und nach wie vor wusste Paula so gut wie nichts über ihn, sie hatte keine Ahnung, was er tat, wenn er nicht mit ihr zusammen war.

Am Tag nach der Einweihung sah Paula ihr Foto in der Zeitung, wie sie Alba-Strümpfe in den neuen Verpackungen, die ein geschwungenes Frauenbein zeigten, in die Kamera hielt. Neben ihr stand Röbcke mit einer dicken Zigarre im Mund, hinter ihnen der unvermeidliche Dabelstein. Am Bildrand konnte man seine Lkws sehen, auf denen unübersehbar sein Name geschrieben stand.

»Hast du das gelesen?«, fragte Wilhelmine, die ihr über die Schulter sah. »Das ist nicht zu fassen. Am helllichten Tag!«

Wilhelmine meinte nicht den Bericht über die Alba-Eröffnung, sondern einen anderen, der direkt daneben abgedruckt war. *Der Schieber und seine Opfer* stand dort in großen Lettern, daneben ein Foto von einem Mann in Handschellen. Paula erstarrte. Der Mann auf dem Foto war dieser Erkolitsch, der bei ihr im Büro gewesen war! Seine Hände waren mit Handschellen gefesselt, zwei Polizisten hielten ihn rechts und links am Arm, und er sah noch finsterer aus als damals. Daneben waren zwei unscharfe Passfotos abgebildet, die einen Mann und eine Frau zeigten. Sie zog die Zeitung zu sich heran, um zu lesen. Atemlos überflog sie den Artikel. Dieser Erkolitsch war Serbe, stand dort, und sie erinnerte sich wieder an seinen Akzent. Er habe sein Geld nach dem Krieg mit Schiebereien verdient, hauptsächlich Zigaretten und Schnaps habe er zwischen den Zonen hin- und hergeschoben, wobei er selbst ein Trinker sein sollte, der zuweilen Schlägereien anfing. Vor einigen Tagen habe er seiner ehemaligen Geliebten und ihrem neuen Mann vor deren Wohnung aufgelauert und sei mit einer Eisenstange auf sie losgegangen. Paula betrachtete die Frau und den Mann auf den Fotos. Die Frau lag mit schweren inneren Verletzungen im Krankenhaus, dem Mann hatte Erkolitsch den Schädel eingeschlagen. Zeugen berichteten, dass der Serbe zwischen zwei Schlägen immer wieder gebrüllt habe: »Mich verlässt man nicht. Euch mach ich fertig!« Ein Zeuge, der im selben Haus wohnte wie die Frau, habe ihn erkannt, so dass die Polizei ihn in einer Kaschemme auf St. Pauli habe aufgreifen können. Man habe drei Beamte gebraucht, um ihn zu überwältigen und festzunehmen.

Schockiert las Paula den Artikel noch einmal und suchte fieberhaft, ob die Namen Dabelstein oder sogar Röbcke auftauchten. Zum Glück nicht! Sie ließ das Blatt sinken.

»Ist das nicht furchtbar?«, sagte Wilhelmine. »Das ist im Hellkamp passiert, hier bei uns um die Ecke.«

»Die Polizei hat den Mann ja erwischt«, versuchte Paula ihre Mutter zu beruhigen. Aber eigentlich war ihr selbst die Angst in die Knochen gekrochen. Sie hatte gleich das Gefühl gehabt, dass dieser Erkolitsch nicht ganz koscher war.

Sie sagte ihrer Mutter natürlich nicht, dass sie ihn kannte. Sie konnte es ja selbst kaum fassen, mit was für Leuten Röbcke oder vielmehr Dabelstein sich abgab. Inzwischen wusste sie auch, was in dem Karton gewesen war, den der Mann damals gebracht hatte: amerikanische Zigaretten. Ein paar Tage später waren die Zigaretten verschwunden gewesen, aber drei neue Männer waren aus Auerbach angekommen. Es war klar, dass ihr Chef irgendwelche Leute bestochen hatte, um die Arbeiter und ihre Familien heil über die Zonengrenze zu bringen.

In den nächsten Tagen war immer wieder von Erkolitsch und dem Prozess die Rede. Ihm drohte die Todesstrafe, weil inzwischen auch die Frau ihren Verletzungen erlegen war. In den politischen Nachrichten ging es um die Verhandlungen des Parlamentarischen Rates in Bonn, wo fünfundsechzig Abgeordnete über ein Grundgesetz für die drei Westzonen berieten. Doch diese neue Verfassung wurde nicht von allen als etwas Positives begrüßt.

»Wenn dieses Gesetz beschlossen wird, dann ist die Teilung in zwei Deutschland unumkehrbar«, hatte Röbcke sichtlich bedrückt zu Paula gesagt. »Dann werde ich meine Heimat nie wiedersehen. Die Russen werden sich das nicht gefallen lassen und eine eigene Verfassung verabschieden. Und dann machen sie die Grenzen komplett dicht.«

»Wollen Sie denn wieder zurück?«, fragte Paula.

»Mein Haus steht dort, ich habe drüben immer noch Freunde, meine ganze Kindheit habe ich in Dresden verbracht – dort wurzeln all meine Erinnerungen. Stellen Sie sich mal vor, Sie können nie wieder dahin, wo Sie Ihre Kindheit verbracht haben.« Er fuhr sich mit der Hand über die Stirn. »Und außerdem ist Margot dort begraben.«

»Aber das muss doch nicht heißen, dass die Grenzen zugemacht werden.«

»Haben Sie eine Ahnung. Den Russen laufen doch jetzt
schon die Leute davon. Gucken Sie sich doch nur an, wie viele
meiner Arbeiter aus Auerbach nach Hamburg gekommen
sind. Die haben alles stehen und liegen lassen, um bei mir zu
arbeiten und sich was für ihr Geld leisten zu können. Das
machen viele andere Betriebe im Westen auch so. Die Freiheit
kann man nicht ersetzen. Und man kann den Leuten nicht
verdenken, dass sie jetzt, wo der Krieg vorbei ist, wieder ein
bisschen Luxus wollen. Darauf beruht unser Geschäft. Ich
weiß nur nicht, was den Russen einfällt, um das zu stoppen.
Ich traue denen sogar zu, einen neuen Krieg anzufangen.«

»Aber es gibt Leute, die sagen, dass drüben keine Nazis
mehr sind, dass die dort konsequent bestraft werden. Hier
bei uns machen sie sich doch schon wieder breit.«

»Vielleicht ist das der Preis, den wir für den Wohlstand
zahlen müssen«, sagte Röbcke.

Und während Paula Röbckes Sicht auf gewisse Weise verstehen konnte, trieben ihre Schwester Gertrud ganz andere,
ebenfalls wichtige Dinge um. Sie fand es einen Skandal, dass
nur vier Frauen im Parlamentarischen Rat vertreten waren
und dass die Männer sich standhaft weigerten, einen Passus
ins Grundgesetz aufzunehmen, der die Gleichberechtigung
von Männern und Frauen festschrieb. Als Elisabeth Selbert,
eine der Frauen im Rat, eine Brief- und Protestaktion star-
tete, um die Gleichberechtigung zum Thema zu machen,
verteilte Gertrud Flugblätter und ging auf eine Demonstra-
tion in Hamburg.

»Ich will, dass Männer und Frauen den gleichen Lohn für die gleiche Arbeit bekommen!«, rief sie.

Und sie machte sich einen Spaß daraus, den Briefkasten von Renate Schostack mit Protestaufrufen zu verstopfen.

Kapitel 19

Zwei Wochen später war Gründonnerstag. Paula freute sich auf ein paar freie Tage. Sie war erschöpft und müde von der Arbeit, die in den letzten Wochen nie hatte enden wollen. Einmal war sie im Kino neben Felix eingeschlafen und erst wieder aufgewacht, als das Licht anging. Im ersten Moment hatte sie wohlig geseufzt, weil sie so tief geschlafen hatte wie schon lange nicht mehr. Dann hatte sie bemerkt, dass ihr Kopf an seiner Brust ruhte und er den Arm um sie gelegt hatte, um es ihr bequem zu machen. Verwirrt hatte sie sich von ihm gelöst. »Das tut mir leid.« Aber er hatte sie eher besorgt angesehen. Obwohl sie mehr und besser aß, nahm sie vor lauter Stress nicht zu, sie war immer noch zu dünn. Aber jetzt hatte sie vier freie Tage vor sich. Und endlich war der Frühling gekommen, es wurde zusehends wärmer, und das Frieren hatte ein Ende. Endlich konnte man wieder frische Luft in die engen Wohnungen lassen, ohne zu bibbern. Und gleich wurde das Leben leichter. Paula ertappte sich dabei, dass sie wildfremde Menschen auf der Straße anlächelte. Und sie lächelten zurück. So einfach konnte das sein.

Das Straßenbild änderte sich. Es waren nicht mehr nur die

Ehefrauen der britischen Offiziere und die weiblichen Angehörigen der Militärregierung, die sich gut kleideten und denen man ansah, dass sie Wert auf ihr Äußeres legten. Immer mehr deutsche Frauen bekamen genug zu essen, so dass sie nicht mehr so entsetzlich mager waren. Das Geld reichte für kleine schöne Dinge und, wenn man sparte, ab und zu eine neue Bluse.

Gertrud und Alwin nahmen nach wie vor an Tanzturnieren teil. Irgendwann war sogar ihr Foto in der Zeitung, was auch Wilhelmine mitbekam.

An diesem späten Nachmittag war sie nicht da, weil sie letzte Besorgungen für das Osterfest machte. Die drei Schwestern saßen um den Küchentisch herum.

»Jetzt sag schon: Warum tust du dir diese Tanzerei an?«, fragte Uschi und fügte sarkastisch hinzu: »Schickt sich das denn?«

Gertrud ließ sich nicht provozieren. »Ich habe etwas vor mit dem Geld. Bald habe ich genügend zusammen.«

»Geht das wieder los. Das muss ja was ganz Tolles sein. Jetzt rück doch endlich raus mit der Sprache!«, sagte Paula.

Gertrud schüttelte den Kopf, und Uschi zündete sich eine Chesterfield an.

»Ach, ich sehe, du hast einen neuen Freund? Ist er Tommy oder Ami?«

»Freddy ist Amerikaner. Aus Iowa.«

»Soso, und wie lange bleibt dein Freddy aus Iowa in Deutschland? Die ziehen doch immer mehr Leute ab, und wenn das Grundgesetz kommt, gehen die alle zurück.«

»Vielleicht nimmt er mich ja mit.«

»Du würdest nach Amerika gehen?«, fragte Paula. »Aber dann sehen wir dich ja nie wieder.«

»Warten wir es erst mal ab, wie ernst es Freddy aus Iowa meint. Die meisten von denen haben doch zu Hause längst eine Frau«, meinte Gertrud. »Dann hättest du nicht nur keinen Job, sondern auch keinen Mann.«

Der Hieb saß. Uschi hatte nämlich schon wieder ihre Arbeit als Kellnerin verloren, weil sie ständig zu spät erschienen war. Sie ging jede Nacht aus und kam erst im Morgengrauen nach Hause, so dass sich ihre Schwestern langsam Sorgen um sie machten.

»Gertrud hat recht. Du solltest endlich einen richtigen Beruf lernen«, sagte Paula zu ihr. »Ich könnte Röbcke fragen, wir brauchen dringend Leute.«

Uschi rollte demonstrativ mit den Augen. »Nein, danke. Ich habe keine Lust, die kleine Tippmamsell zu geben.«

»Wenn du wenigstens tippen könntest«, schimpfte Paula. »Dann such dir doch wieder etwas als Kellnerin.«

»Ich lasse mir nicht mehr von jedem Idioten in den Ausschnitt gucken oder auf den Po hauen.«

»Ist etwas passiert?«, fragte Gertrud erschrocken.

Uschi machte eine abfällige Handbewegung. »Nur das Übliche. Ich hab es als Taxi-Girl versucht. Hat nicht funktioniert.«

»Taxi-Girl?«, fragte Paula.

»Das sind Frauen, die in Lokalen für Geld mit Männern tanzen«, sagte Gertrud.

»Genau. Du trägst eine farbige Schleife im Ausschnitt, damit die Herren dich erkennen. Es gibt sogar eine Anleitung, in der steht, dass wir nichts machen müssen, was mit der Würde einer Frau nicht vereinbar wäre.«

»Ich kann mir vorstellen, dass die Meinungen darüber sehr weit auseinandergehen«, sagte Gertrud trocken.

»Ich habe es nur ein paarmal gemacht, aber sie wollen, dass du dich als bedürftige Schauspielerin oder Studentin ausgibst. Wehe, du bist zu selbstbewusst. Das mögen die Herren nicht so gern. Ich gehe da jedenfalls nicht wieder hin.« Uschi lehnte sich zurück und verschränkte die Arme vor dem Körper.

»Aber irgendwas musst du doch machen«, riefen Gertrud und Paula gleichzeitig.

Uschi schüttelte den Kopf. »Ich habe doch nicht den Krieg überlebt, um jetzt zu versauern. Ich will endlich leben! Guck dich doch mal an: Du arbeitest von morgens bis abends und schläfst im Kino ein.«

»Das ist gemein!«, fuhr Paula auf. Sie bereute, Uschi davon erzählt zu haben.

»Aber es ist doch wahr! Ich will jetzt leben. Jetzt bin ich jung.«

»Du wirst nicht ewig jung und hübsch sein.« Das sagte Gertrud.

Uschi bedachte sie mit einem langen Blick. »Dann heirate ich eben einen Mann, der mich versorgt. Einen mit einer schönen Wohnung und einem großen Auto. Und zu Weihnachten gibt's jedes Jahr ein Schmuckstück.« Uschi sagte das mit einem ironischen Unterton, den allerdings nur Paula heraushörte. Sie war sich auch nicht ganz sicher, ob Uschi es nicht im Grunde doch ernst meinte.

Aber Gertrud explodierte geradezu bei diesen Worten. »Das ist nicht dein Ernst! Du willst dich doch nicht von einem Mann abhängig machen. Krieg gefälligst deinen Hintern hoch und unternimm was, damit du allein zurechtkommst. Wir leben doch nicht mehr in den Zeiten, wo eine Frau sich für eine Wohnzimmergarnitur verkauft.«

»Na ja, dass du keinen Mann findest, ist ja nicht verwunderlich.« Uschi sagte das mit einem gehässigen Unterton.

Gertrud ließ sich nicht provozieren. »Ach, glaub doch, was du willst. Ich bin zwar nicht so hübsch wie du, aber dafür habe ich was im Kopf. Und das Recht auf Glück habe ich auch!«

»Was ist denn eigentlich mit Liebe?«, fragte Paula. »Hast du darüber mal nachgedacht?«

»Och, die Liebe lässt sich ja trotzdem finden«, sagte Uschi, »also, ich meine, so ganz nebenbei.«

Paula reichte es. »Du bist ja komplett verrückt.«

Uschi sah auf die Uhr, die über dem Küchenbüfett hing. »Kinder, ich muss los.« Sie schlang sich ihr Seidentuch mit den Tupfen um den Hals und griff nach ihrer Handtasche.

»Die ist neu. Woher hast du die?«, fragte Gertrud.

Uschi zuckte mit den Schultern. »Ist doch egal.« Damit war sie aus der Tür. Paula hörte unten ein Auto hupen, dann lautes Gelächter.

Sie ging zum Fenster und sah auf die Straße hinunter. Ihre Schwester stieg in einen Jeep ein, der gleich darauf davonbrauste.

Mitten in der Nacht, Paula war gerade eingeschlafen, wurde an der Tür geklingelt. Schlaftrunken ging sie öffnen. Vor ihr standen zwei Militärpolizisten, die Uschi zwischen sich trugen. Sie war völlig betrunken und konnte sich nicht allein auf den Beinen halten.

»Kennen Sie diese Person?«, fragte der eine Polizist streng.

»Das ist meine Schwester«, sagte Paula. »Aber was ist denn passiert?«

Wilhelmine tauchte hinter ihr auf und stieß einen Schrei aus. »Uschi!«

Die Polizisten schoben sie in die Küche, wo sie auf einem Stuhl zusammensackte. »Sie sollten besser auf Ihre Schwester aufpassen. Sie ist minderjährig. Wir haben sie in einer Bar aufgegriffen, in der sie nichts verloren hat. Am Karfreitag ...«

»Was meinen Sie damit?«, fragte Wilhelmine.

»Fragen Sie Ihre Tochter, wenn sie wieder ansprechbar ist. Für heute drücken wir ein Auge zu, aber wenn wir sie noch einmal erwischen, wird das Konsequenzen haben.«

Damit gingen die beiden die Treppe hinunter. Unten klappte eine Wohnungstür. Renate Schostack hatte wahrscheinlich jedes Wort mitgehört.

Sorgenvoll sahen Paula und ihre Mutter sich an, dann machten sie sich daran, Uschi mit vereinten Kräften ins Bett zu verfrachten.

Am nächsten Tag konnte Uschi nicht vor Mittag aufstehen, ihr war hundeelend. Die vier Frauen verbrachten den Feiertag zu Hause, sie lasen, schliefen und spielten Karten. Paula saß an der Nähmaschine, während das Radio lief.

Am Sonnabend tat Gertrud wie immer geheimnisvoll. Sie nahm sich kaum die Zeit für einen Kaffee, zog sich eine verbeulte Manchesterhose ihres Vaters an und verließ das Haus.

Paula machte sich fertig für den Ausflug, zu dem Felix sie eingeladen hatte. »Hagenbeck oder Ostsee?«, hatte er vor einigen Tagen gefragt.

»Ostsee! Ich will endlich mal wieder Natur sehen. Und das Meer habe ich schon immer geliebt.«

Paula freute sich auf den Tag mit Felix. Der Rock mit der hohen Taille und den tiefen Kellerfalten aus dunkelblauem Crêpe de Chine, den sie am Vortag genäht hatte, saß perfekt. Den Stoff hatte sie bei Woller gekauft, endlich hatte sie wieder Spaß am Nähen gehabt, und der Rock war ihr rundum gelungen. Er schwang bei jedem Schritt um ihre Beine, war leicht und wärmte dennoch. Zum Glück war noch kein Badewetter, denn einen Badeanzug besaß sie nicht. Zu dem Rock zog sie eine zitronengelbe Strickjacke mit Zopfmuster an, die noch aus Vorkriegszeiten stammte und die Paula mit neuen Knöpfen aufgepeppt hatte, darunter eine kurzärmelige Bluse mit leichten Puffärmeln. Sollte es wärmer werden, könnte sie die Jacke ausziehen. Sie stemmte die Hände in die Hüften und betrachtete sich im Spiegel. Die Kleidung betonte ihre schmale Taille und gab ihr eine Silhouette, die fast der des New Look von Christan Dior entsprach. Sie hob den Rock seitlich und überprüfte die Naht ihrer Nylons. Im letzten Moment nahm sie noch ein großes Tuch mit. Sie könnte es sich um die Schultern legen oder auch um ihr Haar, falls Felix das Verdeck des Jeeps herunterklappen sollte.

»Wo willst du denn hin?«, fragte Uschi, die immer noch elend aussah. »Du siehst aus wie eine Filmschauspielerin.«

Paula drehte sich vor ihr und ließ den weiten Rock schwingen. Der Saum legte sich über Uschis Kopf, was sie von Neuem aufstöhnen ließ.

»Gute Besserung!«, wünschte Paula ihr noch, dann klingelte es schon, und sie machte sich auf den Weg nach unten.

Felix lenkte den Wagen durch den dichten Stadtverkehr, dann waren sie auf der Autobahn Richtung Lübeck. Sie fuhren nach Niendorf und von dort in Richtung des Brodtener Steilufers. Nach zwei Stunden kamen sie dort an, und Felix parkte den Wagen an der Straße.

»Den Rest des Weges müssen wir laufen«, sagte er und griff nach dem Picknickkorb auf dem Rücksitz.

»Das macht doch nichts.«

Sie gingen durch einen Buchenwald, der Paula so urwüchsig und idyllisch vorkam wie ein Wunder. Intakte, mächtige Bäume, in denen die Vögel sangen und unter denen sie einhergehen konnte! Nach einigen Hundert Metern konnten sie das Rauschen des Meeres hören. Paula ging schneller.

»Kommen Sie, Felix!«, rief sie ihm zu.

Kurz darauf standen sie oben an der Abbruchkante. Unter ihnen lag ein schmaler Streifen heller Sand mit großen Findlingen, und dann kam die riesige Fläche der Ostsee. Paula stockte der Atem. Die Sonne ließ die Wasseroberfläche glitzern, kleine weiße Schaumkronen wippten darauf, denn es ging ein leichter Wind.

Fast hätte sie nach seiner Hand gegriffen, weil sie ihm so dankbar war für diesen Anblick. Sie streckte die Finger aus, dann zog sie sie wieder zurück. Aber er hatte ihre Geste bemerkt.

»Ich habe mir gedacht, dass Ihnen das gefällt«, sagte er leise.

»Ich war zuletzt als Kind hier, lange vor dem Krieg, als mein Vater noch lebte, meine Schwestern waren noch nicht geboren ...«

»Hier?«

Paula wies nach rechts. »In Travemünde. Mein Vater war so etwas wie ein verhinderter Seemann. Er war zwar Kohlenhändler, aber ich glaube, er wäre gern zur See gefahren.«

Sie wanderten an der Steilküste entlang, bis sie einen Trampelpfad entdeckten, der hinunter ans Wasser führte. Einige Baumwurzeln hingen frei in der Luft, wo das Meer sich Teile des Hangs geholt hatte. Paula nutzte sie, um sich während des steilen Abstiegs festzuhalten.

»Von hier sieht das alles ganz anders aus«, sagte sie, als sie etwas außer Atem unten ankamen. Neben und über ihnen erhob sich jetzt die Steilküste, aus dem Sand ragten vereinzelte Bäume und Wurzeln. Der Strand war nicht sehr breit, nur ein paar Meter, und von Steinen in allen Größen übersät. Paula begann sofort, nach besonders schönen Exemplaren zu suchen.

»Trauen Sie sich?«, rief Felix.

Paula drehte sich nach ihm um. Er hatte Schuhe und Strümpfe ausgezogen und marschierte auf das Wasser zu.

»Klar«, rief sie. »Aber nicht gucken!«

Er lachte. »Sie sind komisch. Ständig probieren Sie Strümpfe an, und jetzt soll ich mich umdrehen?«

»Das hier ist etwas anderes. Los, umdrehen!« Rasch löste sie die Strumpfbänder, rollte ihre Strümpfe hinunter und raffte ihren wadenlangen Rock, bevor sie ihm zum Wasser folgte.

Es war unglaublich kalt. Die Kälte prickelte an den Füßen und die Waden hinauf. Aber es fühlte sich so lebendig an, und das Wasser war so klar, dass sie die Muscheln sehen konnte, die sich an den Steinen festhielten.

Es war allerdings nicht ganz leicht, auf den glatten Steinen das Gleichgewicht zu halten. Paula nahm den Saum ihres Rocks und steckte ihn in das Bündchen, damit sie beide Hände frei hatte. Dennoch rutschte sie auf einem Stein aus, sie ruderte mit den Armen, und Felix griff nach ihrer Hand. Paula lachte auf und ging vorsichtig weiter. Er behielt ihre Hand einfach in seiner.

Sie wanderten durch das Wasser und drehten Steine um, um zu sehen, was darunter war.

»Ich habe kein Gefühl mehr in meinen Füßen«, sagte Paula nach einer Weile.

Sie gingen im Sand weiter, und erneut fühlte sie das Prickeln, als das Blut wieder in ihren Beinen zirkulierte.

»Das ist so schön«, sagte sie. »Als hätte es den Krieg nie gegeben, nichts erinnert hier daran, es ist einfach nur die pure Schönheit der Natur.«

Felix sagte nichts, und Paula blieb stehen. Ernst sah sie ihn an. »Ich weiß, was hier mit der *Cap Arcona* passiert ist. Ich wollte das ganze Elend nur für einen Augenblick vergessen.« Sie stockte. »Haben Sie etwa jemanden bei dem Unglück verloren?«

»Unglück würde ich das nicht nennen. Die *Cap Arcona* wurde bombardiert, als sie hier«, er wies mit dem Arm in Richtung Norden, »vor Anker lag. Mit Tausenden von Häftlingen der Deutschen an Bord.«

»Ich weiß. Und viele von ihnen waren aus dem geräumten Konzentrationslager Neuengamme hierhergebracht worden. Es wäre also gut möglich, dass Sie jemanden dieser Unglücklichen gekannt haben ...«

»Und Sie?«

Paula schüttelte den Kopf. »Zum Glück nicht.«

»Es waren britische Flugzeuge, die die Bomben abgeworfen haben.«

Paula nickte. »Aber die britischen Piloten wussten nicht, dass Häftlinge an Bord waren. Manche glauben, dass die Nazis es darauf angelegt haben. Die Schiffe waren nicht als zivile gekennzeichnet. So dachten die Briten, es wären Soldaten an Bord. Und hätten sie nicht die Bomben geworfen, hätten die Nazis die Schiffe vielleicht selbst versenkt, weil sie die Häftlinge loswerden wollten. Alle Rettungsboote waren abmontiert.«

Sie blickten auf das Wasser und versuchten, den Gedanken zu verdrängen, was sich damals auf dem Schiff für Horrorszenarien abgespielt haben mussten.

»Nein, ich kannte niemanden von ihnen«, sagte Felix

schließlich und griff wieder nach ihrer Hand. »Paula, ich möchte uns nicht den Tag verderben. Er fing so schön an. Kommen Sie, lassen wir die Toten ruhen.«

Paula war ihm dankbar. Einen Moment lang hatte sie wieder einmal denken müssen, dass eine Freundschaft zwischen ihr und dem Major unmöglich wäre, weil sie während des Krieges auf verschiedenen Seiten gestanden hatten. Aber Felix war in den letzten Wochen nachdenklicher geworden, vielleicht auch milder oder verständnisvoller. Und war nicht das Unglück der *Cap Arcona*, wo britische Bomben Tausende Gegner und Opfer der Nazis getötet hatten, ein Sinnbild für die Unmöglichkeit, in einem Krieg moralisch sauber zu bleiben?

»Wir leben in komplizierten Zeiten«, sagte sie. »Es ist manchmal so schwer, zu wissen, was richtig und was falsch ist. Meine Schwestern und ich haben gleich nach dem Krieg auf dem Schwarzmarkt gehandelt, obwohl es verboten war. Aber sonst wären wir verhungert. Und jetzt bei Alba bestechen wir die Russen und womöglich auch Ihre Leute mit Zigaretten, um Menschen aus der sowjetischen Zone zu schmuggeln, die für uns arbeiten wollen. Wir tun mit der einen Hand etwas Unrechtes, damit wir mit der anderen etwas Gutes tun können.«

Felix lachte. »Das wissen wir natürlich. Allerdings hätten Sie sich nicht mit diesem Erkolitsch einlassen sollen.«

Sie sah ihn mit großen Augen an. »Das wissen Sie auch?«

»Das ist mein Job.«

»Aber …« Sie wollte fragen, woher er das wusste. Spionierte er ihr nach? Ein böser Verdacht kam ihr. Machte er diesen Ausflug mit ihr nur, um ihr Vertrauen zu gewinnen und sie auszuhorchen? Sie sah zu ihm hinüber. Er lächelte sie offen an, sie glaubte, in seinem Gesicht lesen zu können. Und plötzlich wusste sie, dass er es ehrlich mit ihr meinte. Zumindest an diesem Tag, den sie fern von Hamburg und der Politik verbrachten. Sie schob alle Bedenken zur Seite. »Ich will mir nicht von diesem furchtbaren Menschen die Stimmung vermiesen lassen. Verraten Sie mir lieber, was Sie da eigentlich alles in Ihrem Picknickkorb haben. Ich habe Hunger.«

»Und ich erst!«

Sie gingen mit schnellen Schritten zu der Stelle zurück, wo sie ihre Sachen abgelegt hatten. Es war Mittag geworden, und in der Sonne war es angenehm warm.

Kurz darauf saßen sie auf einer Decke, und Paula ließ sich ein Käsebrot schmecken. Dazu gab es saure Gurken. Zum Nachtisch hatte Felix eine Dose Mandarinen dabei, die sie mit kleinen bunten Spießen aus der Dose fischten.

»Die sind ein Gedicht«, sagte Paula. Sie lehnte sich zurück und streckte ihre Beine aus, damit die Sonne sie wärmen konnte. Schläfrig schloss sie für einen Moment die Augen.

»Warum gibt es keinen Mann in Ihrem Leben, Paula?«

Warum fragte er das jetzt? Nur ungern ließ sie sich in ihrer wohligen Mattigkeit stören. Sie war satt und müde, und die Sonne verleitete sie zum Dösen.

»Weil die meisten Männer im Krieg geblieben oder noch in Gefangenschaft sind«, sagte sie, ohne die Augen zu öffnen.

»Das glaube ich Ihnen nicht.«

»Warum denn nicht?«

»Weil etwas an Ihnen mir sagt, dass ich die Finger von Ihnen lassen soll. Also, nicht nur ich, sondern alle Männer. Als wäre Ihr Herz besetzt. Ist es dieser Konrad?«

Jetzt öffnete Paula doch die Augen. Er lag dicht neben ihr auf dem Bauch, die Ellenbogen aufgestützt, und sah sie an.

»Ich habe Ihnen von ihm erzählt«, sagte sie mehr zu sich selbst. Und fragte sich gleichzeitig, was sie eigentlich damit meinte. Dann fiel es ihr ein. Indem sie gegenüber einem anderen Mann von Konrad sprach, verschob sie die Grenzen. Sie entfernte sich von Konrad und näherte sich Felix an.

Sie sah in Felix' außergewöhnlich blaue Augen, die vor dem hellen Sand und dem Meer womöglich noch intensiver strahlten als sonst. Die Sonnenstrahlen trafen sie und ließen sie aufleuchten.

»Ist er der Grund?«, fragte er sanft.

War er das? Sie hatte schon seit längerer Zeit nicht mehr intensiv an Konrad gedacht, und das lag nicht nur an den vielen Jahren, die seitdem vergangen waren. Es war noch etwas anderes: Ihre Gefühle für ihn hatten sich verändert, sie konnte an ihn wie an einen guten Freund denken, wie an einen fernen Geliebten, für den sie noch liebevolle Gefühle, aber keine Liebe oder Sehnsucht mehr hegte. »Ich weiß es nicht«, sagte sie schließlich. »Ich glaube nicht. Nicht mehr.«

Er sah sie an, und sie entdeckte helle Sprenkel in seinen Augen. Es erinnerte sie an die weißen Gischtflecken auf dem blauen Meer. »Darf ich dich küssen?«, fragte er. »Das will ich schon so lange tun.«

Er wartete die Antwort nicht ab, sondern legte seine Lippen auf ihre.

Paula blieb die Luft weg. Sein Mund war so unerwartet weich, sie meinte, den Saft der Mandarinen zu schmecken. Er hörte nicht auf, sie zu küssen, und sie öffnete ihre Lippen und erwiderte seinen Kuss. Er fuhr mit der Zungenspitze über ihre Unterlippe, und sie konnte einen Seufzer nicht unterdrücken. Sie schlang die Arme um ihn, er tat es ihr gleich, und sie küssten sich leidenschaftlich. Sie fühlte seinen Körper an ihrem, und sie wollte seine Haut spüren, jetzt sofort. Sie fuhr mit der Hand über seine nackten Unterarme und unter sein Hemd. Er stöhnte auf, was ihr eine ungekannt heiße Woge durch den Unterleib laufen ließ. Sie war nur noch Gefühl.

Dann machte er sich plötzlich mit einem Ruck von ihr los, auf einmal war es ganz kalt, und sie wollte ihn wieder an sich ziehen.

»Da kommt jemand«, sagte er und räusperte sich übertrieben. Dann grinste er sie an. Mit einer Hand fuhr er sich durch das zerzauste Haar, mit der anderen zog er unauffällig ihren Rock wieder über ihre Oberschenkel.

Paula setzte sich auf und sah ein älteres Paar auf sie zukommen. Sie nickte einen Gruß zu den beiden hinüber. Dann fingen sie unbändig an zu lachen.

»Ich bin so gern mit dir zusammen«, sagte Felix und strich mit den Fingerspitzen zärtlich über die Haut an ihrem Unterarm. »Und ich kann kaum die Finger von dir lassen.«

Sie lächelte ihn an.

»Haben wir eine Chance?«, fragte er, und seine Offenheit verblüffte sie.

»Du meinst, allein sein zu können?« Sie sah ihn keck von unten herauf an.

»Das auch. Aber ich meine es ernst: Haben wir beide eine Chance miteinander?«

»Du bist Engländer. Du lebst in England.«

Er schwieg für einen Moment, dann sagte er: »Können wir nicht versuchen, etwas Glück miteinander zu finden? Wir haben so viel Zeit vergeudet. Wäre der Krieg nicht gewesen, wir hätten uns schon vor Jahren treffen können. Wir haben ja nicht einmal sehr weit voneinander gewohnt.«

Aber damals gab es schon einen Mann in meinem Leben, dachte Paula. Sie überlegte noch, wie sie ihm das sagen sollte, und gleichzeitig malte sie sich aus, wie schön ein Leben an Felix' Seite sein könnte.

»Ist gut. Ich verstehe dich. Dann eben nicht«, sagte er.

Ehe sie verstand, dass er ihr Schweigen als Ablehnung deutete, und ihm widersprechen konnte, stand er bereits auf und fing an, die Sachen zusammenzupacken. Der Moment der Zärtlichkeit war vorüber.

Die Sonne verschwand hinter den Wolken, woraufhin es empfindlich kühl wurde. Paula griff nach ihrer Strickjacke, die sie vorhin ausgezogen hatte.

Während der Rückfahrt nach Hamburg sprachen sie nur wenig. Paula war in Gedanken versunken. Sie fragte sich, wie sie wieder einen Zugang zu ihm finden könnte, aber dann dachte sie an Konrad und daran, dass Felix bald nach England zurückgehen würde. Sie sagte nichts.

Vor dem Haus wollte Paula aussteigen, doch Felix hielt sie am Arm zurück.

»Paula«, sagte er, »ich muss mit Colonel Hennings nach München fahren. Ich wusste nicht, wie ich es dir sagen sollte.«

Er beugte sich zu ihr herüber, und sie glaubte erst, er würde sie wieder küssen. Doch das tat er nicht.

Paula sah ihn fragend an. »Einfach so sollst du es sagen. Wie du es jetzt tust. Schließlich hast du keinerlei Verpflichtungen mir gegenüber.« Sie sagte das mit neutraler Stimme, doch sie merkte, wie sich Enttäuschung in ihr breitmachte.

Er hob fragend die Augenbrauen. Dann lehnte er sich wieder zurück und sagte steif: »Ich darf nicht sagen, worum es geht. Es kann sein, dass es länger dauert … Paula?«

»Ja?«

»Ich fand den Tag mit dir wunderschön. Ich möchte dich wiedersehen. Ich melde mich, sobald ich zurück bin.«

Kapitel 20

»Wenn ich noch eine esse, muss ich mich übergeben«, stöhnte Paula. Ihre Stimme klang verwaschen, sie hatte das Gefühl, ihr Inneres sei mit Zucker verklebt.

»Komm, jede von uns noch eine, dann sind sie alle.« Ohne hinzusehen, streckte Gertrud ihre Finger nach der Schachtel mit den Weinbrandbohnen aus. Das goldene Stanniolpapier knisterte leise, als sie die letzten beiden Pralinen herausfischte und eine an Paula weiterreichte. Dann leckte sie sich die Schokolade von den Fingern.

Sie lagen schon den ganzen Nachmittag träge nebeneinander auf dem Bett, sahen an die Decke und plauderten über Gott und die Welt. Zwischen ihnen lag die Schachtel mit Asbach-Pralinen, die Willi Röbcke Paula zu Ostern geschenkt hatte.

»Jetzt lieg ich hier mit meiner Schwester im Bett und stopf mich mit Pralinen voll, obwohl ich viel lieber noch mal mit einem interessanten Mann an die Ostsee fahren würde.« Paula streckte ihre nackten Beine in die Höhe, um zu begutachten, ob sie vorgestern am Strand ein bisschen Farbe bekommen hätten.

»Hast du dich in ihn verliebt?«, fragte Gertrud. Sie hätte

sich nicht getraut, ihrer großen Schwester diese Frage zu stellen, wenn sie nicht schon seit Stunden hier herumliegen würden und beschwipst gewesen wären.

»Ich weiß auch nicht. Ich mag ihn sehr … und er küsst, dass einem Hören und Sehen vergeht, aber es hat ja doch keinen Sinn mit uns. Irgendwann geht er zurück nach England. Ich bin da nicht so naiv wie Uschi.«

»Ach, Uschi, die ist dumm und hat von nichts eine Ahnung«, winkte Gertrud ab. »Aber du, du weißt immer alles und bist so patent und …«

»Und?«

»Und du musst vielleicht mal dein Gehirn in der Tasche lassen.«

»Sagt meine kleine Schwester, die den nettesten Mann der Welt abweist.«

»Du bist betrunken«, sagte Gertrud trocken.

»Du auch«, sagte Paula und biss in die letzte Bohne. Der klebrige Alkohol floss heraus und ihr über die Wange. Sie kicherte. »Und ich habe recht. Alwin trägt dich auf Händen. Und er ist der freundlichste und liebenswürdigste Mann, dem ich je begegnet bin.«

Gertrud blähte die Backen und ließ die Luft geräuschvoll entweichen. »Dann heirate du ihn doch!«

»Aber er liebt dich. Jetzt sag doch mal, Gertrud, was hält dich ab?«

»Ich liebe ihn nicht. Das hält mich ab.«

»Gibt es denn jemand anderen? Mir kannst du es doch sagen.«

Gertrud drehte sich auf die Seite, und Paula sah nur noch ihren Rücken. Sie gab es auf.

»Diese Weinbrandbohnen hat Papa immer so gern gegessen, weißt du noch?«, fragte sie stattdessen.

»Bloß weil du neun Jahre älter bist, musst du nicht immer glauben, dass ich mich an nichts erinnere.«

»Sorry.«

»Du bist zu viel mit diesem Engländer zusammen. Du sprichst ja schon Englisch mit uns.« Gertrud schwieg einen Moment und stieß leise auf. »Meine Güte, ist mir übel! Komm, lass uns einen Spaziergang machen, damit wir wieder auf die Beine kommen. Ich muss morgen früh fit sein.«

Paula fragte nicht, wofür Gertrud fit sein musste. Sie hätte ja doch keine Antwort bekommen.

Am Dienstag nach Ostern betrat Gertrud den Kellerraum in der Springeltwiete, in dem die Kurse der Fahrschule gegeben wurden. Die fünf Männer starrten sie ungeniert an. Natürlich war sie die einzige Frau, das hatte sie nicht anders erwartet.

»Sie wünschen, Fräulein?«, fragte der dicke Mann, der den anderen gegenüber hinter einem Schreibtisch saß. Auf seiner Halbglatze spiegelte sich die Deckenleuchte, die über seinem Kopf baumelte. An der Wand hinter ihm hingen Plakate mit Verkehrszeichen und Abbildungen von Verbrennungsmotoren.

Gertrud sah auf das Namensschild, das vor ihm auf dem Schreibtisch stand. *Egon Wawerzik* stand dort. Er war der

Fahrlehrer, sie hatte seinen Namen in der Anzeige im *Hamburger Echo* gelesen.

»Ist das hier eine Fahrschule? Dann will ich vielleicht den Führerschein machen.« Gertrud hatte schon vorher beschlossen, offensiv aufzutreten. Die üblichen Waffen einer Frau, nämlich das kleine hilflose Wesen zu spielen und an die Ritterlichkeit der Männer zu appellieren, beherrschte sie nicht gut. Das war mehr Uschis Domäne.

Die Männer im Raum fingen an zu lachen. »So weit kommt's noch, jetzt wollen die Frauen auch noch den Führerschein machen«, sagte einer, ein pockennarbiger Mann mit Schiebermütze.

»Dann wird es richtig gefährlich auf Hamburgs Straßen«, ergänzte sein Nachbar.

»Ach, das ist eine Frau?«, fragte noch ein anderer süffisant. »Und warum trägt die dann Hosen? Damit sie besser fahren kann?«

Gertrud warf ihm einen tödlichen Blick zu. Sie gefiel sich in der karierten Hose und dem blauen Pullover. Ihr Haar hatte sie sich schneiden lassen, es fiel ihr nun in leichten Wellen in den Nacken. Aber sie trug weder Nagellack, noch war sie geschminkt.

»Meine Herren, bitte«, sagte der Fahrlehrer jovial. »Mein Fräulein, warum wollen Sie denn die Fahrerlaubnis erwerben?«, wandte er sich an Gertrud.

»Darüber werde ich Ihnen keine Rechenschaft ablegen. Ich habe mich ordnungsgemäß angemeldet und die erste Rate bezahlt.«

»Haben Sie denn überhaupt eine Ahnung von einem Auto, vom Fahren, von der Technik?«

»Das ist was anderes als ein Bügeleisen!«, rief einer von hinten, und die anderen lachten.

»Nun, ich bin doch hier, um diese Dinge zu lernen, oder? Sonst würden Sie Ihr Geld ja fürs Nichtstun bekommen.«

Der Fahrlehrer holte tief Luft, dann sagte er: »Ist denn Ihr Herr Vater damit einverstanden, dass Sie den Führerschein machen?« Dabei blätterte er in den Unterlagen, die vor ihm auf dem Tisch lagen. »Stimmt, hier habe ich Ihre Anmeldung, Fräulein Rolle«, murmelte er.

»Mein Vater ist tot. Und einen Ehemann habe ich nicht. Ich gebe mir selbst die Erlaubnis.« Damit setzte sie sich auf einen freien Platz in der ersten Reihe. Hinter sich hörte sie die Männer murren.

»Also, wie ich das sehe …« Herr Wawerzik blätterte noch einmal in seinen Unterlagen und sagte dann zu den anderen Fahrschülern: »Wie ich das sehe, hat es mit der Anmeldung von Fräulein Rolle seine Richtigkeit. Dann wollen wir mal keine Spielverderber sein. In unserer ersten Stunde werden wir uns mit dem Motor beschäftigen. Bitte folgen Sie mir in den Hof.«

Der Hinterhof war gepflastert, allein in der Mitte wuchs in einem Beet ein Ahornbaum. In einer Ecke stand ein Borgward Hansa Coupé.

»Wenn Sie mal schauen wollen …«, sagte Wawerzik und öffnete die Motorhaube.

Alle traten näher, auch Gertrud. Sie frohlockte innerlich, denn den Borgward kannte sie in- und auswendig, weil sie und Alwin mal einen repariert hatten.

Alwin hatte sich von dem Geld, das sie bei den Tanzturnieren gewonnen hatten, einen Unfallwagen gekauft und ihn gemeinsam mit Gertrud wieder flottgemacht. Sie hatten den Motor auseinandergenommen und wieder zusammengesetzt, und jetzt lief das Auto wie eine Nähmaschine. Gertrud kannte sich nicht nur mit Motoren aus, sie konnte auch fahren, das hatte sie mit Alwin geübt. Als sie das erste Mal hinter dem Steuer gesessen hatte, hatte Gertrud gleich gemerkt, dass sie sich wie in ihrem Element fühlte. Sie fuhr gern schnell und hatte auch vor Staus oder engen Straßen keine Angst. Im Gegenteil. Ihr Vorbild waren Abenteurerinnen wie Annemarie Schwarzenbach oder Clärenore Stinnes, die mit ihren Autos um die ganze Welt gefahren waren. Die Berichte über die Reise dieser beiden mutigen, leidenschaftlichen Frauen hatte Gertrud verschlungen.

Irgendwann würde sie auch so eine Weltreise mit dem Auto unternehmen, aber bis es so weit war, hatte sie beschlossen, gemeinsam mit Alwin ein Taxiunternehmen zu eröffnen. Es gab noch nicht viele davon in der Stadt, aber immer mehr Leute wollten bequem von A nach B kommen. Die wenigen Taxen in Hamburg waren schwer zu kriegen und immer ausgebucht. Aber um ihr gemeinsames Unternehmen aufzubauen, brauchte sie den Führerschein. Alwin hatte seinen wie viele Männer im Krieg bei der Wehrmacht gemacht.

»Das schaff ich locker, ist doch kein Hexenwerk«, hatte sie vorhin zu Alwin gesagt, bevor sie sich auf den Weg zur Fahrschule gemacht hatte. Aber sie hatte schon geahnt, dass man ihr als Frau Steine in den Weg legen würde. Wenn in einer Ehe ein Auto vorhanden war, dann fuhr der

Mann damit zur Arbeit, und die Frau blieb zu Hause. Und wenn sie gemeinsam irgendwohin fuhren, dann saß sowieso er am Steuer. Wozu brauchten Frauen also den Führerschein?

Gertrud brauchte ihn. Doch bisher wusste nur Alwin, was sie vorhatte.

Jetzt fühlte sie nach der Zündkerze, die er ihr zur ersten Fahrstunde in die Hand gedrückt hatte. »Die bringt dir Glück«, hatte er gesagt.

»Glück brauch ich nicht, ich brauch ein dickes Fell, um diese Männer zu ertragen.«

»Von mir aus musst du das nicht machen. Wenn du mich heiratest, dann musst du gar nicht arbeiten.«

Gertrud seufzte. »Nicht schon wieder, Alwin. Du bist mein bester Freund, und um das nicht zu gefährden, werde ich dich niemals heiraten.« Sie zog die Augenbrauen hoch, es sollte lustig wirken, aber sie wusste, dass sie ihn damit zutiefst enttäuschte. Alwin liebte sie, aber sie liebte Alwin nicht.

»Fräulein? Hallo? Ist jemand zu Hause hinter diesem Pony?«

»Hab ich doch gleich gesagt. Frauen und Technik, das funktioniert nicht.«

Gertrud kam wieder zu sich.

»Wir haben uns gerade gefragt, ob Sie wohl eine Ahnung haben, was eine Zündkerze ist und ob sie die im Fall der Fälle wechseln könnten«, sagte der Fahrlehrer und wippte dabei von den Zehen auf die Fersen und zurück.

Gertrud umfasste noch einmal den Talisman in ihrer Tasche, dann sagte sie: »Ich soll eine Zündkerze wechseln? Dann treten Sie doch bitte mal kurz zur Seite.«

In wenigen Minuten hatte sie das fachmännisch erledigt. Die Männer starrten sie verblüfft an.

»Sehr schön, sehr schön«, sagte der Fahrlehrer und überreichte Gertrud sein Taschentuch, damit sie ihre Finger säubern konnte. »Dann darf ich jetzt die Herren bitten? Einer nach dem anderen.«

Auch die Männer brachten das gut hinter sich, aber sie hatten ja auch schon bei Gertrud zugesehen, wie es ging. Danach kehrten sie in den Unterrichtsraum zurück, und Herr Wawerzik verteilte Prüfungsblätter, die sie zu Hause durcharbeiten sollten.

In ihrer ersten praktischen Fahrstunde saß der Pockennarbige mit im Auto. Gertrud ließ sich jedoch nicht verunsichern. Sie betätigte den Anlasser und legte den ersten Gang ein. Sanft rollte der Wagen an, und sie drehte ein paar Runden auf dem Hof. Dann war der Pockennarbige dran, der einen Kavalierstart hinlegte. Und er durfte auch gleich auf der Straße fahren.

Gertrud biss die Zähne zusammen. Hauptsache, sie bekam den Führerschein, alles andere war ihr egal.

Eine Woche später betrat sie wortlos die Wohnung und ging gleich in ihr Zimmer. Es war ihr anzusehen, dass sie vor Wut kochte.

Paula folgte ihr. »Was ist los? Warum bist du so aufgebracht?«

Gertrud zerrte sich ungeduldig das Kleid über den Kopf. »Und dabei habe ich mich extra hübsch für ihn gemacht. Aber das war das letzte Mal. Ich kann so was einfach nicht. Ich hasse es!«

»Was ist denn los?«, fragte Paula noch einmal und reichte ihr die karierte Hose, die Gertrud am liebsten trug.

»Er hat mich durchfallen lassen. Obwohl ich keinen Fehler gemacht habe und viel besser gefahren bin als der Mann, der nach mir dran war. Der hätte fast ein Kind über den Haufen gefahren!«

»Was für eine Prüfung? Etwa fürs Autofahren? Du hast kein Wort gesagt!« Jetzt begann Paula zu verstehen. »Deshalb hast du an den Tanzturnieren teilgenommen. Du brauchtest das Geld für die Fahrprüfung.«

Gertrud verzog angewidert den Mund. »Ich dachte, das müsste ich nie wieder tun. Aber jetzt ... Die Prüfung kostet Geld.«

Paula setzte sich neben Gertrud auf das Bett. »Du machst den Führerschein? Das hättest du uns doch sagen können.«

Gertrud nickte. »Ich brauche den Führerschein, bevor ich den Taxischein machen darf.« Sie stöhnte. »Jetzt geht das Ganze wieder von vorn los. Diese blöden Bemerkungen! ›Leute, holt die Kinder rein, die Gertrud macht den Führerschein.‹ Ich kann es nicht mehr hören!«

Paula fing an zu lachen. »Männer können so was von dumm sein.« Dann stutzte sie. »Aber was willst du mit einem Taxischein?«

»Alwin und ich machen ein Taxiunternehmen auf. Ein Auto haben wir schon. Nächste Woche geht es los.«

»Ein Taxiunternehmen? Ich nehme an, du willst nicht die Büroarbeit übernehmen?«

»Pah! Ich will fahren!«

»Aber ausgerechnet mit Alwin? Also ich verstehe euch beide nicht.«

»Ich verstehe mich ja selbst nicht. Alwin ist der netteste Mann, den ich kenne. Er ist mein bester Freund, aber ich kann mich nicht in ihn verlieben.« Sie stand auf. »Außerdem geht es jetzt um diesen verdammten Lappen. Und jetzt muss ich erst wieder die fünfzig Mark zusammenbekommen, sonst kann ich die Prüfung nicht bezahlen.«

Paula musste nicht lange überlegen, bevor sie sagte: »Ich gebe dir das Geld.«

»Ehrlich? Das würdest du machen?«

»Ich habe eine Gehaltserhöhung bekommen. Ich bin doch jetzt Geschäftsfrau. Ich sehe das als Investition in die Zukunft.«

Gertrud grinste. »Dann fahre ich dich so lange umsonst, bis ich meine fünfzig Mark abgearbeitet habe.«

»Ich und Taxi fahren? Ist das nicht ein bisschen mondän?«, fragte Paula.

»Aber warum denn? Du lässt dich doch auch von Otto kutschieren. Oder von deinem Major.«

Paula senkte den Blick und atmete tief ein und aus.

»Oh, entschuldige. Kein gutes Thema?«

»Felix ist nicht mehr in Hamburg. Ich habe keine Ahnung, wann er wiederkommt.« Sie blickte Gertrud an. »Und ich vermisse ihn.«

In der folgenden Woche trat Gertrud zum zweiten Mal an. Sie atmete auf, als sie sah, dass diesmal eine Frau die Prüfung abnahm. Sie nickte Gertrud vor der Fahrt aufmunternd zu. Herr Wawerzik konnte sie nicht noch einmal durchfallen lassen, weil sie keine Fehler machte. Er ließ sie extra an der Anhöhe vom Hafen nach Altona anfahren und wies ihr einen sehr kleinen Parkplatz zu, in den sie rückwärts einparken sollte. Sie bewältigte alles mit Bravour. Die Blicke der Prüferin von der Rückbank gaben ihr Zuversicht.

»Ich wäre froh, wenn unsere Männer alle so gut fahren könnten wie Sie«, bescheinigte sie ihr und überreichte ihr den Führerschein.

»Wie haben Sie es geschafft, als Prüferin zugelassen zu werden?« Gertrud konnte sich diese Frage einfach nicht verkneifen.

Die Frau lächelte. »Ich hatte auch eine Frau als Prüferin. Das hat mir Mut gemacht. Und ich habe einfach nicht lockergelassen.«

»Das werde ich auch nicht«, sagte Gertrud.

Diesmal kam sie glückselig nach Hause. Hinter ihr betrat Alwin die Küche, er strahlte vor Stolz.

»Gertrud und ich feiern heute Abend«, sagte er.

»Und morgen hole ich mir die Taxilizenz. Das ist gar nicht mehr so schlimm. Ich muss nur die Hamburger Straßennamen kennen.«

»Wird Zeit, dass du mich ablösen kannst. Ich arbeite Tag und Nacht, alle Welt will gerade Taxi fahren«, sagte Alwin, und Paula sah mit einiger Sorge den liebevollen Blick, den er auf Gertrud warf.

Kapitel 21

Konrad Stoltenberg feuerte den Ofen an, wozu er ein altes Exemplar des *Hamburger Echos* verwendete. Dabei fiel sein Blick auf ein Foto, das die Einweihung einer Strumpffabrik zeigte. Daneben prangte ein Foto des Mörders Bogdan Erkolitsch. Aber sein Blick wanderte zurück zu dem ersten Foto. Neben einigen Männern in Anzügen stand eine schöne Frau und hielt lächelnd etwas in die Kamera. Ihm stockte der Atem, dann durchströmte ihn Freude, als er Paula erkannte. Sie lebte! Wie schön sie war. Damals war sie noch blutjung gewesen, auf dem Bild sah sie reifer aus. Eine Frau mit Vergangenheit, die viel erlebt hatte und nicht alles davon preisgeben wollte, so wirkte sie. Natürlich hatte sie Geheimnisse. Immerhin war sie fast zehn Jahre älter als damals bei ihrer letzten Begegnung, sie hatte den Krieg überstanden. Da blieb man nicht, wie man war, das veränderte einen. Ob sie noch an ihn dachte? Ob sie verheiratet war und Kinder hatte? Nein, als Ehefrau und Mutter würde sie wohl kaum als rechte Hand dieses Strumpffabrikanten arbeiten. Er überflog den Artikel und las, dass Willi Röbcke aus Sachsen stammte. Bestimmt ein strammer Antikommunist. Oder noch schlimmer, ein alter Nazi? Er schüttelte den Kopf. Mit so einem würde Paula sich niemals einlassen. Sie war damals zwar nie Mitglied der KPD geworden, dennoch hatte sie die Nazis genauso verachtet wie er selbst. Auf der anderen Seite ... Wie viele ehemalige Genossen hatten sich umdrehen lassen? Er atmete hörbar ein und warf einen erneuten Blick auf das Foto. Der Wunsch, einfach zu ihr zu gehen und zu sehen, ob die alten Gefühle noch da waren, stieg in ihm auf. Aber die Gelegenheit dazu war vorüber. Er würde Paula nicht wiedersehen. Sein Koffer war bereits gepackt, und er war beinahe schon auf dem Weg zurück nach Berlin. Lotte und Lara warteten auf ihn.

Sein Auftrag in Hamburg war erledigt. Fiete Dettmann war so gut wie abgesetzt und würde demnächst nach Ostberlin abberufen werden. Nachdem durch die geplante Gründung der Bundesrepublik Stalins Anspruch auf ganz Deutschland nicht länger aufrechtzuerhalten war, sollte in der sowjetischen Zone ebenfalls ein Staat errichtet werden, selbstverständlich unter kommunistischer Führung. Aber das würde vorher natürlich nicht an die große Glocke gehängt werden. Die Genossen sollten sich maskieren und sogar vorsichtig gegen die Sowjetunion opponieren, hinter den Kulissen und aus der zweiten Reihe heraus sollten sie indes dafür sorgen, dass eine sozialistische Politik im Sinne Moskaus gemacht wurde. Konrad grinste in sich hinein. Ein linientreuer Vize konnte viel mehr bewirken als ein lascher Erster, der nur gut fürs Protokoll war.

Zu diesem Zweck hatte ihn der Genosse Walter Ulbricht angefordert. Konrad sollte sich an die Spitze der gerade gegründeten Deutschen Bauernpartei bringen und die eher oppositionellen Landwirte hinter sich scharen – auch mit antikommunistischen Parolen, die ausdrücklich von oben genehmigt waren. Als Sammelbecken für Antikommunisten sollte die Bauernpartei der CDU und den Liberalen in Ostdeutschland Konkurrenz machen und somit die Opposition zur SED zersplittern und schwächen. Und hinter den Kulissen arbeiteten alle im Sinne der SED, der neuen Sozialistischen Einheitspartei Deutschlands, zu der sich SPD und KPD zusammengeschlossen hatten. Auch in der SED galt das Prinzip, dass eher bürgerliche Männer in vorderster Reihe standen, die moskautreuen Genossen jedoch alle Fäden in der Hand hielten.

Und alles lief darauf hinaus, im Volksrat, der das ostdeutsche Pendant zum Parlamentarischen Rat war, eine Verfassung für den sozialistischen deutschen Staat auszuarbeiten.

Konrad verabscheute die Bonner Republik, in der viele alte Nazis wieder ganz oben saßen. Er konnte nicht verstehen, warum man ihnen nicht den Prozess machte. Aber er hatte auch seine Probleme mit dem Artikel 6 der neuen Verfassung des Volksrates. In diesem wurden jegliche Hetze gegen demokratische Einrichtungen, Hetze gegen demokratische Politiker und Organisationen und Kriegshetze als Verbrechen definiert. Er wusste selbst aus leidvoller Erfahrung nur zu gut, wie dehnbar solche Formulierungen waren und wie leicht man sie gegen Andersdenkende einsetzen konnte. Wie damals in Moskau, als schon ein harmloser Scherz über Stalin oder eine Klage über die schlechte Versorgungslage zur Verhaftung führen konnte.

Er verabscheute Walter Ulbricht. Er hatte ihn schon in Moskau als intriganten, skrupellosen Machtmenschen kennengelernt, dem die Ideologie mehr wert war als der Mensch. Ulbricht hatte so manchen seiner ehemaligen Mitstreiter ans Messer geliefert, er würde es gewiss, ohne mit der Wimper zu zucken, mit Konrad tun. In der Partei gab es bereits Gerüchte über eine neue Welle von Säuberungen, bei denen unzuverlässige Genossen aus der Partei ausgeschlossen wurden. Was als »Säuberung« begann, endete nur allzu oft in Terror. Und er selbst war Teil dieser Maschinerie. Er hatte mitgeholfen, den Genossen Dettmann zu demontieren.

Doch Konrad hatte keine Wahl. Er würde tun, was die Partei von ihm verlangte. Alles andere käme Selbstmord gleich. Er hatte sie gesehen, die Männer und Frauen, die sich von der Partei abgewandt hatten, zum Teil nach ihrem Austritt offen gegen sie aufgetreten waren. Sie wurden kaltgestellt, isoliert, und dann blieben sie verbittert und einsam zurück, ohne Lohn und Brot; oft landeten sie im Gefängnis, viele verschwanden für immer. Am schlimmsten musste die Einsicht sein, das halbe Leben für etwas gekämpft zu haben, was sich dann als falsch erwies, das Wissen um die Schuld, die sie im Namen der Partei auf sich geladen hatten. Nein, er würde seine Ideale nicht verraten. Und noch gab es Hoffnung, dass die Dinge in Ostberlin anders laufen würden als in Moskau.

Er betrachtete noch einmal das Foto, das Paula zeigte. Mit einem Ruck riss er die Seite heraus und faltete sie, um sie in die Brusttasche seines Jacketts zu stecken. Aber dann überlegte er es sich anders. Er warf den Ausschnitt in den Ofen, wo er sofort Feuer fing und verglühte.

Paula rieb sich die schmerzenden Oberarme, dann griff sie nach einem weiteren Karton und trug ihn zu den anderen hinüber. In den Kartons befanden sich die Strümpfe, die fertig für den Versand waren. An sich waren die Pakete nicht schwer, nur etwas unhandlich, aber nach dem hundertsten machte sich das Gewicht doch bemerkbar. Die Produktion der Alba-Strümpfe war in vollem Gange, die Firma hatte inzwischen fünfzehn Mitarbeiter, die die Maschinen Tag und Nacht am Laufen hielten, und sie setzten alles daran, die vorbestellten Aufträge bis Pfingsten abzuarbeiten. Paula hatte gemeinsam mit Röbcke eine Prioritätenliste erstellt. Zuerst waren die Großkunden und die Hamburger dran, falls sie doch nicht alle Aufträge termingerecht schaffen konnten.

Paula nahm einen weiteren Karton und warf einen Blick auf den roten Lieferzettel, der mit Leim aufgeklebt war: *Karstadt, Filiale Bremen*, stand dort. Sie reichte ihn an Irma Weber weiter, die oben auf der Ladefläche stand. Hinter ihr stand der Chef und stapelte die Kartons. Er half mit. Jeder packte mit an, auch die Frauen, wenn es gerade nichts zu nähen oder zu verpacken gab. Röbckes Einwände, das sei doch nichts für zarte Frauenhände, hatte Paula mit einem spöttischen Lachen abgetan, und dann hatte er sich entschuldigt.

Jeden Morgen machten sie, Röbcke und Hermann Weber eine Bestandsaufnahme. Paula hatte an der Wand der Halle für alle sichtbar eine weiße Leiste anbringen lassen. Für je ein Dutzend Paar Strümpfe gab es eine Markierung, die sie an jedem Morgen weiter schwarz einfärbte, um den Stand der Arbeit zu zeigen.

»Gute Idee«, hatte Röbcke gemeint. »Das motiviert die Leute.« Und jetzt galt sein erster Blick an jedem Morgen diesem Anzeiger. Heute hatte Paula die Leiste bis zu drei Vierteln eingefärbt. Sie lagen gut in der Zeit. Wenn alles weiter so gut lief, würden alle Strümpfe bis Pfingsten fertig und ausgeliefert sein. Es waren noch drei Wochen bis dahin.

Paula war von früh bis spät in der Halle. Willi Röbcke hatte das Büro inzwischen ganz hierher verlagert, in Hoheluft wurde ohnehin nicht produziert, weil die Räume dort viel zu klein waren, und er wollte die Miete sparen. Für Paula war es gut, immer vor Ort zu sein, aber die längeren Wege kosteten sie viel Zeit. Spätabends kam sie todmüde nach Hause und ließ sich ins Bett fallen. An den letzten beiden Wochenenden hatte sie durchgearbeitet wie alle anderen auch.

»Du hättest ja gar keine Zeit für deinen Major, selbst wenn er sich melden würde«, hatte Gertrud erst heute Morgen zu ihr gesagt. Ihre Schwester hatte sie trösten wollen, aber ihre Worte machten Paula nur deutlich, wie sehr sie Felix vermisste. Seit über vier Wochen, seit ihrem Ausflug an die Ostsee, hatte sie nichts von ihm gehört. Sie zermarterte sich das Hirn, ob sie etwas falsch gemacht hatte. Hatte er seine Frage, ob sie eine Chance hatten, für sich beantwortet und dagegen entschieden? Sie wusste es nicht. Genauso wenig wusste sie, wo Felix steckte, und so blieb ihr nichts anderes übrig, als abzuwarten. Da tat die Arbeit gut, um sich abzulenken.

Sie stieß mit einem Stapel Kartons gegen die Ladeklappe des Lkw, und sie fielen polternd herunter

Der Fahrer kam angerannt, um ihr zu helfen, sie aufzuheben. »Wo waren Sie denn mit Ihren Gedanken?«, fragte er gutmütig. »Na, zum Glück gehen Nylons nicht kaputt, wenn man sie herunterwirft.«

Paula ärgerte sich über sich selbst. Sie war unkonzentriert, weil sie an Felix gedacht hatte. Jeden Abend hoffte sie, er würde einfach auftauchen, hier bei der Arbeit, oder abends bei ihr vor dem Haus stehen, wenn sie zurückkam. Aber er meldete sich nicht.

Am 10. Mai wurde Bogdan Erkolitsch im Hof des Untersuchungsgefängnisses Hamburg mit dem Fallbeil hingerichtet. Ein Gnadengesuch hatte General Robertson, Chef der britischen Militärverwaltung in Deutschland, abgelehnt, obwohl zwei Wochen später das Grundgesetz in Kraft treten sollte, das die Todesstrafe in Westdeutschland abschaffte. Paula hatte die Diskussionen um die neue Verfassung aufmerksam verfolgt. Am wichtigsten fand sie, dass Verfassungsgegner ihre Grundrechte verlieren konnten und dass alles darangesetzt worden war, um eine neue Diktatur unmöglich zu machen. Dazu gehörte ein strenger Föderalismus ebenso wie der Verzicht auf einen starken Präsidenten als Oberhaupt dieses neuen Staates. Denn mit dem Grundgesetz war Westdeutschland fast wieder ein souveräner Staat, auch wenn es bislang noch die Alliierte Hohe Kommission gab, die alle Gesetze absegnen musste und weiterhin über Außenpolitik, Devisen und Entmilitarisierung wachte. Willi Röbcke versprach sich von der neuen Politik Aufwind für seine Geschäfte, obwohl er auf Adenauer schimpfte, der ihm zu zahm war. »Kanzler

der Alliierten« nannte er ihn. Diesen Begriff hatte der SPD-Vorsitzende Kurt Schumacher geprägt, mit dem er sonst nie einer Meinung war. Aber ihn ärgerte, dass die Amerikaner und Briten immer noch so viel in Deutschland zu sagen hatten. »Und was ist mit dem Ruhrgebiet? Deutsche Kohle unter alliierter Kontrolle. Von wegen souverän!«

Zwei Tage später hatte Röbcke seinen Optimismus wiedergefunden. Mit federnden Schritten, die Zigarre im Mundwinkel, kam er auf dem Grasbrook an.

»Paula? Kommen Sie doch mal. Haben Sie gehört, dass die Sowjets die Blockade von Berlin aufgegeben haben? Seit gestern um Mitternacht fließt wieder Strom nach Westberlin. Und die Straßen sind auch wieder frei. Der Iwan musste einsehen, dass er gegen uns nicht ankommt. Im Gegenteil, die Blockade hat die westlichen Alliierten und Berlin nur noch mehr zusammengeschweißt.«

Paula wollte ihn fragen, wen er mit »uns« meinte, aber er sprach schon weiter.

»Sie wissen doch, was das für unsere Firma bedeutet?«
»Wir fahren nach Berlin?«
»Genau, und zwar gleich morgen! Wegen dieser verbrecherischen Blockade konnten wir bisher in Berlin nichts verkaufen. Aber jetzt sind die Wege frei. Die Berlinerin will doch auch schick sein, gerade sie! Und wir werden ihr unsere Alba-Strümpfe verkaufen, bevor andere auf die Idee kommen.«

»Aber wir haben hier doch noch so viel zu tun. In drei Wochen ist Pfingsten, und bis dahin ...«

»Papperlapapp. Hier läuft alles. Weber hat die Produktion im Griff, die Cotton-Stühle laufen wie die Nähmaschinen. König macht die Disposition, die Konfektionierung läuft auch bestens, übrigens dank Ihrer Frau Weber. Die brauchen uns hier nicht.«

Paula hatte nicht übel Lust, nach Berlin zu fahren und dort etwas ganz Neues aufzubauen. Inzwischen war vieles an der Arbeit Routine geworden. Ganz am Anfang, als alles so ungewiss war und sie andauernd improvisieren mussten, war sie ständig mit neuen Herausforderungen konfrontiert gewesen, und nun regte sich ihr Abenteurergeist.

»Morgen, sagen Sie?«

Er nickte. »Ich habe Otto schon angefordert. Er kommt morgen aus Auerbach zurück, dann laden wir das Auto mit Mustern voll, und los geht's. Rechnen Sie mit drei oder vier Tagen.«

»Wo du überall hinkommst – Amerika und jetzt Berlin. Das ist ungerecht.« Uschi machte einen Schmollmund, als Paula beim Abendbrot erzählte, dass sie ihren Chef nach Berlin begleiten würde.

»Such dir einen richtigen Job und hör auf, dich mit den Engländern rumzutreiben, dann siehst du auch was von der Welt«, gab Wilhelmine knapp zurück.

»Wieso? Unsere Uschi will doch einen Ami heiraten und

zieht dann nach Amerika.« Gertruds Stimme troff vor Sarkasmus.

»Blöde Kuh! Du hast doch keine Ahnung«, schimpfte Uschi und betrachtete ihre roten Fingernägel. »Kannst du mich nicht mitnehmen?«, wandte sie sich an Paula. »Hamburg ist so öde!«

Kapitel 22

Berlin war nicht so glamourös wie New York, es war in vielen Teilen sogar grauer als Hamburg. Die Blockade hatte ihre Spuren hinterlassen, und man sah auf den ersten Blick, dass die Tage der Zerstörung und des Kampfes hier bei Weitem noch nicht überwunden waren. Als sie durch die Friedrichstraße fuhren, vorbei an den beschädigten Fassaden der eleganten Bekleidungsgeschäfte, wurden dort noch die Reste der Straßensperren zur Seite geräumt. Das berühmte Kaufhaus des Westens lag in Trümmern, die oberen Geschosse waren komplett zerstört worden, als 1943 ein amerikanisches Flugzeug in das Gebäude gestürzt war. Die Fassade von Hertie am Alexanderplatz war zum großen Teil eingestürzt.

Während sie durch die Straßen fuhren, wurden Willi und Paula, die im Fond saßen, immer stiller.

»Wo sollen wir denn hier Strümpfe verkaufen?«, fragte Paula schließlich leise. »Ich habe das Gefühl, hier gibt es gar keine Geschäfte. Und ich kann mir vorstellen, dass die Frauen in dieser Stadt andere Sorgen haben als Nylons.«

»Da irren Sie sich, mein Frollein«, ließ sich Otto von vorn vernehmen. »Die Berlinerin hatte immer schon besonderen Schick. Den lässt die sich nicht nehmen, da verzichtet die lieber aufs Abendbrot. Ich zeig Ihnen, wo wir hinmüssen.«

Und tatsächlich, Otto, der in den letzten Monaten ja immer wieder in der Stadt gewesen war, kannte sich aus. Er fuhr sie zu Geschäften, die in Wohnzimmern oder halb zerstörten Läden residierten. Und als sie den Besitzern sagten, dass sie Strümpfe anzubieten hätten, war ihnen die Aufmerksamkeit sicher.

An ihrem ersten Abend lud Willi Röbcke sie ins Café Kranzler ein. Otto war nicht dabei, der wollte seine Schwester im Ostteil der Stadt besuchen. Paula hatte von dem legendären Café bereits gehört, das bis zu seiner Zerstörung im Krieg Unter den Linden gewesen war und jetzt am Ku'damm residierte. Meine Güte, gab es denn tatsächlich etwas, das den Krieg heil überstanden hatte? Sogar auf der Terrasse, wo sie saßen, war das Kranzler elegant eingerichtet, auf den Tischen unter der rot-weißen Markise lagen weiße Decken, die Sitze der Stühle waren aus Kunstleder und gepolstert. Paula nahm Platz und hatte prompt die Trümmer der Gedächtniskirche im Blick. Aber jetzt war es zu spät, sich umzusetzen, also konzentrierte sie sich auf die Speisekarte. Auf dem Ku'damm fuhren die Autos dicht an dicht, und die Trottoirs waren voller Menschen. Paula folgte einigen Frauen mit dem Blick, um sich anzusehen, wie sie gekleidet waren und ob sie Strümpfe trugen.

Willi bestellte Sekt und Königinpastete mit Ragout fin. Paula hatte den ganzen Tag noch nichts Richtiges gegessen und zerteilte mit der Gabel das hauchfeine Blätterteigtörtchen. Es schmeckte himmlisch, besonders die frischen Champignons. Sie seufzte behaglich, und während sie jeden Bissen genoss, erzählte sie Röbcke, was ihr in den letzten Tagen durch den Kopf gegangen war.

»Toll wäre es, wenn wir eine berühmte Schauspielerin gewinnen könnten, die für Alba-Strümpfe wirbt. So jemand wie Lil Dagover. Oder die Knef.«

Röbcke fuhr auf. »Bloß nicht die Knef, wir verkaufen schließlich ein anständiges Produkt an eine anständige Frau. Hannchen mag sie auch nicht.«

Paula musste lächeln. Zwischen ihrem Chef und seiner Vermieterin bahnte sich etwas an, das hatte sie schon auf der Einweihungsfeier bemerkt. In der letzten Zeit holte Hannchen Fischer ihn manchmal in der Firma ab, woraufhin er strahlte und postwendend alles stehen und liegen ließ.

»Sie hätte doch mitkommen können«, sagte Paula.

»Sie meinen Hannchen? Ich habe sie gefragt, aber ausgerechnet morgen bekommt sie Besuch von ihrer Schwester. Mögen Sie sie?« Er beugte sich vor, um ihre Antwort zu hören.

Paula nickte. »Sie ist eine aparte Frau mit Herz.«

»Finden Sie auch?« Er war zufrieden.

»Aber über die Knef sollten wir noch mal nachdenken. Sie ist ein Vorbild für viele Frauen, gerade weil sie so provozierend ist. Sie verkörpert eine neue Art von Frau, die es während der Nazizeit nicht geben durfte.« Aber Paula musste zugeben, dass auch ihre Mutter sie nicht mochte.

Willi Röbcke war guter Dinge. »Kellner, bringen Sie uns noch mal zwei Sekt, aber schnell! Wir haben was zu feiern.«

»Ich hätte lieber noch einen Nachtisch«, wagte Paula vorzuschlagen. »Ein Fürst-Pückler-Eis, das soll hier so gut sein.«
»Sollen Sie haben, sollen Sie haben. Kellner!«

Sie hatten Zimmer in einer Pension ganz in der Nähe reserviert. Die Betten waren weich und bequem, und Paula war satt von dem guten Essen und schläfrig von dem Sekt und schlief tief und fest. Am nächsten Morgen setzten sie ihre Touren durch Berlin fort. Röbcke und Otto nahmen sich Charlottenburg und Wilmersdorf vor, Paula fuhr zum Alexanderplatz, von wo aus sie sich nach Norden wandte, in Richtung Prenzlauer Berg. Otto hatte seinen Chef davor gewarnt, in den Ostteil der Stadt zu gehen. Immerhin hatte der die SBZ heimlich verlassen.

»Mit Ihren Weststrümpfen schaden Sie der ostdeutschen Wirtschaft. Die würden Sie bestimmt gern ein bisschen verhaften«, sagte er, als sie beim Frühstück ihr Vorgehen planten.

»Ich hab sowieso keine Lust auf die verdammten Kommunisten«, knurrte Röbcke. »Paula, wenn Sie wollen, machen Sie rüber, aber Sie müssen nicht.«

Paula wollte. »Wir wissen doch nicht, wie sich die politische Lage entwickelt, und da wäre es ein Fehler, wenn wir uns nicht die Möglichkeit offenhalten, auch im Osten der Stadt zu verkaufen.«

»Aber die Ostberlinerinnen können doch im Westen kaufen. Das dürfen die doch jetzt wieder.«

Paula hörte nicht auf ihn. Sie wollte wissen, ob sich die Teilung der Stadt in Ost und West auch am Modegeschmack der Frauen ablesen ließ. Trug die Ost-Hausfrau überhaupt Nylons?

Sie nahm die Prenzlauer Allee in Richtung Norden, ließ die große Straße aber gleich hinter dem ehemaligen Kaufhaus Jonass links liegen. An der Fassade war ein riesiges Plakat angebracht, das zwei Hände zeigte, die sich vor einer knallroten Fahne umfassten. Das musste die Parteizentrale der SED sein, die beiden Hände symbolisierten die KPD und die SPD. Paula ging weiter und durchstreifte die kleineren Straßen. Sie schaute in die Schaufenster der Läden, und wenn ihr eine Frau entgegenkam, sah sie ihr wie immer als Erstes auf die Beine. Viele trugen gestrickte Strümpfe, die für die Jahreszeit zu warm waren. Andere trugen gar keine Strümpfe und hatten sich die Naht auf die Haut gemalt. Eigentlich war es hier genauso wie im Westteil der Stadt, dachte Paula. Im Westen war durch die Blockade nichts angekommen, im Osten waren die Waren ohnehin knapp. Sie bemerkte eine Frau, die vor einem großen Schaufenster stehen blieb, allerdings war sie nicht an den Auslagen interessiert, sondern sie fuhr sich mit dem Zeigefinger über die Lippen, um ihren Lippenstift zu korrigieren. Als Paula vorüberging, spürte sie den bewundernden Blick der Fremden auf ihr nachtblaues Kostüm.

In ihrem Wunsch nach Schönheit und gepflegtem Äußeren sind die Frauen in Ost- und Westberlin gleich, dachte Paula. Nur dass es den Westfrauen leichter gemacht wird, weil die Geschäfte voller Waren sind, die im anderen Teil der Stadt einfach nicht zu bekommen sind.

Nachdenklich ging sie weiter und fand sich auf dem Kollwitzplatz wieder. Hier war es seltsam friedlich. Bis auf die drei Eckhäuser, die den großen Platz umstanden, war in den umliegenden Straßen kaum Zerstörung zu sehen. Auf dem Platz tummelten sich viele Leute, Mütter mit Kinderwagen standen zusammen, um ein Schwätzchen zu halten, Kinder spielten, Alte saßen auf den Bänken und genossen die Sonne.

Paula spürte ihre Füße, schließlich war sie schon den ganzen Morgen unterwegs. Und dabei trug sie bequeme Schuhe mit einem flachen Absatz. Wieder einmal musste sie daran denken, wie sehr sich ihr Leben verändert hatte, was sie sich jetzt alles leisten konnte, was nach den langen Jahren des Krieges binnen relativ kurzer Zeit alles selbstverständlich geworden war: gute Kleidung, Essen, ein Bett, in dem sie sicher war ... Das alles hatte sie auch Willi Röbcke zu verdanken, der sie eingestellt und ihr eine Chance gegeben hatte.

Sie steuerte eine Bank an und setzte sich. Vor ihr lag auf einer Anhöhe ein alter Wasserturm. Dort amüsierten sich einige Jungen damit, in selbst gebauten Seifenkisten den relativ steilen Hügel hinabzusausen. Paula hörte ihr Schreien und Lachen, schloss für einen Augenblick die Augen und gab sich den friedlichen Geräuschen hin.

Dann war da plötzlich eine andere Stimme, die sie elektrisierte, weil sie ihr bekannt vorkam. Bevor der Verstand ihr sagen konnte, wessen Stimme das war, hatte ihr Herz sie schon erkannt. Sie öffnete die Augen und kniff sie gleich wieder zu. Sie keuchte. Das konnte nicht wahr sein! Nur wenige Meter vor ihr war Konrad. Er hatte sich verändert, sie

sah die Linien um Mund und Augen. Das Haar trug er aus
der Stirn nach hinten gekämmt, die Strähne, die ihm früher
ins Gesicht gefallen war, gab es nicht mehr. Er war reifer
geworden. Und jetzt beugte er sich zu einem Mädchen hinunter, das einen bunten Rock und eine dicke grüne Strickjacke trug, und band ihm die Schnürsenkel.

Paula starrte ihn an. Auf einmal waren Bilder in ihrem
Kopf. Von Konrad und ihr und dem Kind, das sie hätten haben können. Sie konnte sich immer noch nicht rühren, blieb
in diesem Bild gefangen.

Konrad schien ihren Blick zu bemerken, er sah auf – und
entdeckte sie. Er verharrte in seiner Bewegung, noch immer
vor dem Mädchen kniend, die Arme von sich gestreckt, und
blickte Paula dabei unverwandt an, während so viele Gefühle
sich in seinem Gesicht abzeichneten: Überraschung, Zweifel,
Freude, Verzweiflung und Unsicherheit und dann wieder un-
bändige Freude.

»Pauline«, sagte er endlich und erhob sich. Er nahm das
Mädchen an die Hand und kam langsam auf sie zu. »Pauline,
wie kann das sein?«, fragte er. »Was tust du hier?«

»Du lebst«, flüsterte sie. Und sie dachte: Warum bist du
nicht früher gekommen? Warum hast du mich nicht erlöst?
Warum hast du mir das angetan? Und dann fühlte sie die
Freude, dass er da war, dass er noch lebte und in jener Nacht
nicht gestorben war.

Konrad sagte nichts, auch er starrte sie nur an. Wahrscheinlich stellt er sich genau dieselben Fragen wie ich,
dachte Paula. Was alles hätte sein können …

Sie schwiegen immer noch, und irgendwann sagte das

Mädchen: »Papa, wer ist die Dame? Warum sagt ihr denn gar nichts?«

»Das ist eine alte Freundin aus Hamburg, die ich schon lange nicht mehr gesehen habe«, sagte Konrad mit heiserer Stimme zu seiner Tochter, sah dabei aber nur Paula an. Er wollte mehr sagen, aber das Mädchen zog an seiner Hand. »Komm, wir müssen nach Hause. Mama wartet.«

Natürlich war er verheiratet, und das süße Mädchen war seine Tochter. Paula versuchte, ihr Alter zu schätzen, und rechnete nach, wann er die andere Frau getroffen haben musste.

Das Mädchen schien zu spüren, dass etwas nicht stimmte. Es zog stärker an der Hand des Vaters. »Komm jetzt, Papa!«

»Gleich, Lara.«

»Sie ist entzückend«, brachte Paula heraus.

Konrad sah sie voller Verzweiflung an. »Warte hier«, sagte er dann rasch. »Ich bringe sie nach Hause. Ich wohne gleich da drüben.«

Er ließ ihr keine Zeit zum Antworten, und Paula sah ihm nach, wie er an der Hand seiner Tochter davoneilte. Er hatte immer noch diesen leicht schlenkernden Gang, den sie früher so sehr an ihm gemocht hatte. Sein heller Anzug war ihm zu groß, er schlackerte um den Oberkörper. Bei einem Hauseingang am Rand des Platzes drehte er sich zu ihr um und machte eine Geste, die ihr sagte, dass sie warten sollte. Dann verschwand er in dem Haus.

Ihr erster Impuls war, aufzustehen und zu gehen und ihn nie wiederzusehen. Es würde nichts bringen, wenn sie ihn wieder in ihr Leben ließe, es würde alles nur komplizierter machen. Sie stützte die Hände auf die Bank und erhob sich halb, dann ließ sie sich wieder fallen. Sie brachte es nicht über sich. Sie wollte mit ihm reden, alles von ihm wissen, ob er sie ebenso vermisst hatte wie sie ihn. Gleichzeitig spürte sie Wut in sich aufsteigen. Er hätte ihr ein Lebenszeichen geben müssen. Sie hatte sich jahrelang mit Schuldgefühlen herumgeschlagen, hatte um ihn getrauert. Und er? Hatte geheiratet! Ihre gemeinsame Zeit war vorbei. Was für Gefühle hegte sie denn noch für Konrad? Konnte das tatsächlich noch Liebe sein – oder war das nicht eher eine sentimentale Sehnsucht nach früheren Zeiten, in denen alles noch in Ordnung war? Waren es womöglich nur die Überbleibsel einer alten Freundschaft? Und wie waren seine Gefühle ihr gegenüber? Liebte er sie immer noch? Er war verheiratet, hatte ein Kind. Wenn sie jetzt wartete, bis er wiederkam, würde alles durcheinandergeraten. Ihr ganzes Leben, das sie gerade so gut im Griff hatte. Sie hatte eine spannende Arbeit, die ihr Spaß machte, sie brauchte kein Gefühlsdurcheinander. Nein, sie wollte das alles nicht.

Rasch stand sie auf und ging davon.

»Pauline! So warte doch. Wo willst du denn hin?«

Sie blieb stehen und ließ die Schultern hängen, bis er neben ihr war.

»Ich schulde dir eine Erklärung«, begann er.

»Warum hast du dich nicht gemeldet?«, flüsterte sie. »Ich habe gedacht, du wärst tot, weil ich dich damals verraten habe.«

Er hielt sie am Arm fest und drehte sie zu sich herum, und die Berührung durchzuckte sie. »Aber ... Wie kommst du darauf?«

»Die Gestapo hat auf dich geschossen, du bist ins Wasser

gefallen, und ich habe nie wieder von dir gehört. Was sollte ich da glauben?« Sie sah ihn an und hatte plötzlich Tränen in den Augen.

»Nachdem ich ins Wasser gefallen war, haben mich ein paar Genossen rausgezogen. Dann war ich in Moskau. Ich durfte mich nicht bei dir melden. Einmal habe ich es trotzdem versucht, es ist schiefgegangen. Jemand ist dafür ins KZ gekommen.« Er schaute hinter sich zu dem Haus, in dem er wohnte, und Paula kam der Gedanke, dass seine Tochter oder seine Frau zu ihnen herübersahen und sie beobachteten. Sie trat einen Schritt von Konrad zurück.

»Bist du immer noch Genosse?«

Er nickte. »Was denn sonst?« Aber er machte dabei nicht den Eindruck eines Siegers.

Paula fühlte die beinahe übermächtige Sehnsucht, ihn zu berühren, ihn in die Arme zu nehmen, die alte Vertrautheit wieder zu spüren. Sie sah ihm an, dass er litt. Woran, konnte sie nicht sagen. An seiner Partei? An seiner Frau?

»Wie ist es dir ergangen? Bist du verheiratet?« Seine Stimme klang warm und voller Zuneigung.

Paula schüttelte den Kopf.

»Was machst du in Berlin?«

»Ich bin mit meinem Chef hier. Wir produzieren Strümpfe.«

Konrad lachte auf. »Als wäre mit einem Paar Strümpfe die Welt in Ordnung.«

»Manchmal ist sie das. Zumindest macht es sie schöner.«

»Entschuldige.«

»Ich nehme an, bei dir muss es immer noch die ganz große Politik sein?«

»Ich weiß, dass ich recht habe.«

»Euren Leuten geht es schlechter als denen drüben, das ist unübersehbar.«

»Wenn du Konsum meinst, dann stimme ich dir zu. Aber es gibt wichtigere Dinge. Gerechtigkeit. Frieden.«

»Wenn man Hunger hat? Und kratzende Wollstrümpfe tragen muss, weil eine Partei meint, mit Nylons Politik machen zu müssen?« Sie dachte daran, was Röbcke ihr erzählt hatte, dass die SED Strümpfe nur gegen Stahl in den Westen liefern wollte und lieber die Maschinen demontierte.

Er nahm ihre Hand. »Pauline …«

Sie machte sich heftig los. »Ich bin nicht mehr Pauline. Mein Name ist Paula.«

Er ließ den Kopf hängen. »Entschuldige. Lass uns nicht streiten.« Dann erzählte er ihr, wie er in Hamburg gewesen war und Uschi ihm auf der Straße begegnet war. »Sie hat mich nicht erkannt. Ich wollte zu dir kommen, aber ich hatte nicht den Mut dazu. Ich wollte dein Leben nicht stören. Ich war mir sicher, dass du eine Familie hast. Unsere Zeit war vorbei …« Er brach ab.

»Und wenn ich eine Familie gehabt hätte, dann hätte es mich nicht interessiert, ob du lebst oder nicht? Glaubst du das?« Aufgebracht starrte sie ihn an. »Ich habe mir über Jahre Vorwürfe gemacht, weil ich glaubte, schuld an deinem Tod zu sein. Und du hast mal wieder deine Parteidisziplin über mich gestellt!« Sie merkte, wie ihr Tränen über die Wangen liefen, und wischte sie mit einer hefigen Handbewegung weg.

»Paula, es tut mir leid, glaub mir. Ich wollte dir nicht wehtun. Dir am allerwenigsten.« Er fuhr sich mit der Hand durch

296

das Haar, so wie er es früher getan hatte, nur dass jetzt keine Strähne mehr in sein Gesicht hing. Die Bewegung rührte Paula.

»Ach, Konrad«, sagte sie leise.

»Ich muss gehen. Lara wartet zu Hause. Aber ich möchte dich gern wiedersehen. Wie lange bist du in Berlin? Ich will, dass du mir alles erzählst. Wie es deiner Familie geht, wie du durch den Krieg gekommen bist, einfach alles. Wo wohnst du?« Wieder sah er sich nach dem Haus um.

»Ist das eine gute Idee?«, fragte Paula, die seinem Blick gefolgt war.

»Paula. Ich will dich nicht gleich wieder verlieren.« Als sie zögerte, fragte er: »Es gibt jemanden in deinem Leben, nicht wahr? Das hätte ich mir denken können.«

Auf einmal wurde es ihr zu viel. Sie machte sich unwillig von ihm los und wandte sich zum Gehen. »Ja, es gibt jemanden«, sagte sie mit harter Stimme. »Und du musst zu deiner Tochter, sie wartet auf dich.«

Sie drehte sich nicht um, als sie die Straße hinunterging. Aber als sie um die Straßenecke bog, begann sie unvermittelt zu weinen. Und dann überkam sie ein freudloses Lachen. Sie dachte an Konrads Uhr, die sie über Jahre täglich getragen und ausgerechnet so kurz vor ihrem unvermuteten Wiedersehen verkauft hatte.

Obwohl sie versuchte, sich nichts anmerken zu lassen, fragte Röbcke sie am Abend sogleich, was mit ihr los sei. Sie aßen in einem einfachen Lokal zu Abend, das im selben Haus lag, in dem auch ihre Pension war.

»Sie wirken so verschlossen. Und Sie haben noch kein Wort darüber verloren, was Sie heute im Ostteil erlebt haben. Und eine neue Idee haben Sie mir heute auch noch nicht präsentiert. Das passt nicht zu Ihnen. Ist etwas passiert?« Er klang wirklich besorgt, und wieder einmal dachte Paula, was für ein netter, mitfühlender Mann er war und dass sie ihn richtig gernhatte.

Sie atmete tief ein und aus, dann nahm sie die Schultern zurück. »Entschuldigung. Das ist etwas Privates. Aber jetzt bin ich wieder ganz bei Ihnen.«

»Sie haben ein Privatleben?« Er grinste sie vielsagend an. »Wie Sie meinen. Aber nun erzählen Sie: Wie ist der Osten?«

Paula konzentrierte sich darauf, ihm einen Bericht über ihre Eindrücke zu geben. Sie erzählte, dass die Frauen drüben noch schäbiger angezogen waren, von Nylons hatte sie weit und breit nichts gesehen. Sie war in einige Geschäfte gegangen und hatte danach gefragt, und die Verkäuferinnen hatten sie verständnislos angesehen. »Nylons? Bei uns? Wovon träumen Sie?«

Röbcke lachte über diese Bemerkung, und Paula merkte, wie gut es ihr tat, über das Geschäftliche und die Sache zu reden, die sie wirklich interessierte. Die Gedanken an Konrad traten in den Hintergrund.

»Da ist noch etwas, das ich Ihnen erzählen muss.«

»Schießen Sie los.«

Paula zog ein in Zellophan eingepacktes Paar Strümpfe aus ihrer Handtasche. Die Verpackung versprach Strümpfe von erstklassiger Qualität und Passform. Ein Herz aus winzigen Strasssteinen schmückte den oberen Teil der Ferse, dort, wo die Naht sich verjüngte.

Röbcke griff danach. »Verdammt. Wo haben Sie die her?«

»Aus einem Geschäft gleich hier nebenan am Kurfürstendamm. Ich bin auf dem Weg zur Pension daran vorbeigekommen und hineingegangen.« Eigentlich hatte sie das Geschäft betreten, weil davor einer der für diese Gegend berühmten Schaukästen stand, der intakt war und in dem sie einen traumhaften Georgettestoff in einem eleganten Gelbton entdeckt hatte. Augenblicklich hatte sie vor sich ein durchgeknöpftes Kleid mit einem schwingenden Rock gesehen. Sie hatte schon lange nichts mehr genäht, doch dieses Kleid zu schneidern war zu verheißungsvoll. Also war sie hineingegangen, um den Stoff zu kaufen. Dabei hatte sie die Strümpfe gefunden.

Ihr Chef untersuchte die Verpackung, öffnete sie und fühlte den Stoff. »Das sind amerikanische. Wo haben die die her? Da hat bestimmt ein GI ein gutes Geschäft gemacht. Verdammt gute Qualität. Aber damit war ja zu rechnen. Jetzt, wo Berlin wieder frei ist, wollen alle hier verkaufen. Wir ja auch. Und? Haben Sie sie anprobiert?«

Paula nickte. »Sie sitzen perfekt. Besser als unsere Strümpfe. Und sie kosten auch nur sechs Mark, wie unsere Alba-Strümpfe.«

»Jetzt kommen Sie mir wieder mit Ihrer Passform, nicht wahr?« Er lehnte sich zurück und verschränkte die Arme vor der Brust. Aber er sah sie aufmerksam an.

»Wir müssen den Markt besser kennenlernen. Es gibt

Frauen, denen passen unsere Strümpfe nicht. Sie sind zu eng, entweder an der Wade oder am Oberschenkel.«

»Aber wir nehmen die Maßtabellen, die wir immer genommen haben«, protestierte ihr Chef, »schon seit Jahren.«

»Genau da liegt der Fehler. Die Frauenbeine haben sich verändert. Die Frauen haben im Krieg an den Maschinen gestanden, und dann haben sie Trümmer geräumt und sind auf den Trittbrettern der Züge aufs Land gefahren, um zu hamstern. Ihre Beine sind kräftiger geworden. Und nicht jede Frau hat dieselben Maße. Das beste Beispiel sind meine Schwestern. Bei Uschi rutschen die Strümpfe und werfen Falten, bei Gertrud reißen sie beinahe, wenn sie sie anzieht. Unsere Strümpfe sollen doch aber jeder Frau ein Gefühl von Luxus und Wohlbefinden verleihen.« Sie strich den letzten Rest Senf auf ihr Würstchen und führte die Gabel zum Mund. »Man müsste die Beine der Frauen vermessen.«

Sie sah, dass Willi Röbcke Einspruch erheben wollte, und sprach schnell weiter:

»Man darf sie das natürlich nicht so direkt fragen. Aber wie wäre es, wenn wir eine Art Wettbewerb ausloben: Wir krönen Deutschlands Beinkönigin. Um teilzunehmen, nennen uns die Frauen ihre Maße: die Länge der Beine und der Füße, den Umfang der Wade und des Oberschenkels ... Ich habe mir gedacht, wir machen es ähnlich wie Aenne Burda. Die hat in Offenburg Frauen in ihr Nähatelier gebeten und sie dann dort vermessen, um die richtigen Größen für ihre Schnittmuster herauszufinden. So ähnlich machen wir es auch.«

»Und Sie meinen, die Hamburgerinnen haben nichts Besseres zu tun, als zu uns in den Hafen zu kommen, damit Sie ein Maßband anlegen?«

»Man müsste sie ködern. Als Anreiz bieten wir ihnen an, die Frau mit den schönsten Beinen zur Beinkönigin zu küren. Natürlich mit allen Schikanen, mit Schärpe und Preisgeld. Das ist gleichzeitig Werbung für Alba.«

Röbcke hatte auch aufgegessen und steckte sich eine Zigarre an. Er nahm ein paar hastige Züge, um sie in Brand zu setzen. Paula roch den würzigen Duft. Sie bekam auch Lust auf eine Zigarette und suchte in ihrer Handtasche nach der Packung. Ihr Chef gab ihr Feuer, und nach der kleinen Weile, die das alles dauerte, sagte er: »Wir könnten in einzelnen Städten Modenschauen veranstalten, da kommen die Frauen hin und lassen für ein bisschen Glamour ihre Beine vermessen.«

Paula war erleichtert, dass er nicht gleich abwinkte. »Und so erfahren wir, welche Größen unsere Kundinnen brauchen. Das ist das Dringendste. Jede Frau mit jeder Größe, egal welche Beinlänge, ob die Oberschenkel dicker oder dünner sind, muss bei Alba-Strümpfen fündig werden und sich in unseren Strümpfen schön fühlen. Und in einem weiteren Schritt bieten wir Strümpfe in verschiedenen Qualitäten an, von hauchzart für den Abend bis zu robusteren für den Tag, für die Arbeit. Aber das kommt später.«

Das wurde ihm jetzt doch zu viel. »Wie stellen Sie sich das wieder vor? Dazu bräuchten wir verschiedene Maschinen.«

Paula schüttelte heftig den Kopf. »Das müssen wir gar nicht. Wir rüsten unsere Maschinen um. Das ist nicht so schwer, ich habe mir die Pläne und Arbeitsablaufprogramme angesehen und auch schon mit Hermann Weber gesprochen.«

»Sie treffen hinter meinem Rücken Absprachen mit Weber? Der Chef bin immer noch ich! Ich lasse Ihnen ja wirklich allerhand durchgehen, aber das geht zu weit!«

»Herr Röbcke, wir haben gar nichts abgesprochen. Es ging lediglich um die theoretische Möglichkeit, die Maschinen leicht umzurüsten, um verschiedene ...«

»Ja, ja, ist ja schon gut. Ich hatte vergessen, dass Sie auch von Maschinen Ahnung haben. Aber selbst wenn, und ich betone das, selbst wenn wir die Maschinen umrüsten, woher wollen Sie wissen, was für Strümpfe die Frauen überhaupt wollen? Es gibt doch nichts Mysteriöseres als die Seele einer Frau, die etwas kaufen will, aber nicht genau weiß, was.«

Paula sah ihn streng an. »Herr Röbcke, Sie wollen mir doch nicht erzählen, dass wir Frauen nicht wissen, was wir wollen? Was hätte denn Ihre Frau dazu gesagt?«

Mit diesem Argument hatte sie ihn an der richtigen Stelle getroffen, das sah sie an seinem betretenen Blick.

»Hm.« Röbcke überlegte und strich sich dabei über seinen Bauch. »Bisher haben Sie mich ja nicht enttäuscht, obwohl ich mich manchmal frage, ob ich nicht einen Riesenfehler gemacht habe, als ich Sie eingestellt habe.«

Paula fragte sich, ob sie es übertrieben hatte, aber dann sah sie sein verschmitztes Grinsen.

»Aber meine Margot hat immer zu mir gesagt, dass auch Frauen denken können ...«

Ich habe gewonnen, dachte Paula triumphierend. »Geben Sie mir ein Budget und freie Hand, dann haben Sie in ...« – sie überlegte – »in spätestens zwei Monaten handfeste Ergebnisse. Eine Bedingung habe ich allerdings.«

»Was denn noch?«

»Kein Mann redet mir rein, auch nicht Dabelstein oder Otto. Ich lege nur Ihnen Rechenschaft ab. Und wenn alles klappt, kriege ich eine Gehaltserhöhung. Einverstanden?« Sie hielt ihm die Hand über den Tisch hin, damit er einschlug.

Er lachte dröhnend. »Sie sind mir die Richtige. Ich hätte schon damals vorsichtig sein sollen, als Sie einen Vorschuss für einen Rock haben wollten, bevor Sie überhaupt bei mir angefangen haben. Sie verhandeln härter als jeder Mann!« Aber er schlug ein und schüttelte ihr kräftig die Hand.

»Ich arbeite ja auch wie ein Mann«, sagte Paula und lächelte.

Der nächste Tag war ihr letzter in Berlin. Röbcke und Paula wollten am Vormittag noch einmal durch die Stadt streifen und sich Geschäfte ansehen, an die sie Alba-Strümpfe verkaufen könnten. Paula wollte in den Wedding, weil dort ihre Tante Guste lebte. Sie wollte nach ihr sehen und ihr das Päckchen übergeben, das Wilhelmine für sie gepackt hatte. Darin befanden sich Lebensmittel und natürlich auch ein Paar Nylons.

Doch dazu kam es nicht mehr. Sie saßen noch beim Frühstück, als der Kellner kam und sagte, dass jemand für Herrn Röbcke am Telefon sei. Er stand auf, um den Anruf entgegenzunehmen, und kam aschfahl zurück an den Tisch.

»Fünftausend Paar Strümpfe sind weg. Gestohlen aus dem

Wagen, der unterwegs nach Köln war.« In Köln saß ein Großhändler, der den Absatz für die gesamte Region unter sich
hatte.

»Was ist passiert?«, fragte Paula beunruhigt.

Röbcke schüttelte den Kopf. »Mehr weiß ich nicht. Das war
Hermann Weber eben am Telefon. Die Polizei hat ihn angerufen. Dabelsteins Fahrer ist überfallen worden. Man hat
ihm einen Schlag auf den Kopf gegeben, und als er wieder
aufgewacht ist, war der Laster leer. Fünftausend Paar! Das
ist ein Verkaufswert von über dreißigtausend Mark!«

»Wieso hat Weber angerufen und nicht König? Er ist doch
der Disponent.« Paula war augenblicklich alarmiert. »Ich
wette, König steckt dahinter.«

»Was meinen Sie?« Er stockte und sah sie an. »Sie haben
recht. Ich frage sofort nach.« Er stand wieder auf, um mit
Hamburg zu telefonieren. Dann kam er zurück.

»König ist schon gestern nicht zur Arbeit erschienen,
heute auch nicht. Und Weber sagt, dass im Lager weitere
Kartons fehlen. Er ist dabei, sich einen Überblick zu verschaf-
fen. Kommen Sie! Wir müssen los.«

Sie fuhren sofort zurück nach Hamburg. Während der
Fahrt wurde wenig gesprochen. Willi Röbcke starrte aus dem
Fenster und stieß nur ab und zu unwillige Laute aus, weil es
ihm nicht schnell genug ging.

Paula hatte keinen Blick für die endlosen Kiefernwälder
entlang der Autobahn rund um Berlin, die ihr auf der Hin-
fahrt so gut gefallen hatten. Aber das Grün beruhigte sie
dennoch, während sie darüber nachdachte, was die nächsten
Tage und Wochen bringen würden. Sie würden schwierig

werden, das war klar. Womöglich stand die Existenz der Firma auf dem Spiel. Jetzt ging es erst einmal darum, den größten Schaden abzuwenden. In Köln saß ein sehr anspruchsvoller Kunde, der tausend Paar Strümpfe bestellt hatte. Sie hatte ihm persönlich versprochen, pünktlich zu liefern, und er hatte ihr sogar Entwürfe für Annoncen und Plakate geschickt, mit denen er die Kundinnen in seine Kaufhäuser locken wollte. Sie musste alles daransetzen, dass er als einer der Ersten seine Ware bekam. Noch waren es zwei Wochen bis Pfingsten, noch hatten sie eine Chance.

Aber bis dahin würde sie ihren Plan mit dem Wettbewerb und der Ausweitung des Sortiments auf Eis legen müssen.

Kapitel 23

Am späten Nachmittag kamen sie im Hafen an und mussten feststellen, dass das Ausmaß des Schadens noch größer war, als sie befürchtet hatten. König hatte nicht nur die komplette Lkw-Ladung gestohlen. In Paulas Büro lagen Briefe und Telegramme von Kunden, die sich beschwerten, weil in den bereits gelieferten Kartons weniger Strümpfe waren als auf dem Lieferschein vermerkt.

»König muss schon seit einiger Zeit kleinere Mengen abgezweigt und unter der Hand verkauft haben«, mutmaßte Paula.

»Und als wir beide nicht da waren, hat er die Gelegenheit genutzt, um sich eine ganze Wagenladung mit Strümpfen unter den Nagel zu reißen. Das hätte ich nie von ihm gedacht. Er ist schon seit zehn Jahren bei mir.« Willi Röbcke schäumte vor Wut.

Aber dazwischen lag der Krieg, dachte Paula. Der hat viele Menschen zu ihrem Nachteil verändert.

Das Telefon klingelte, und Paula nahm ab. Die Polizei war am Apparat. Sie hatten den Fahrer des Lkws, einen von Dabelsteins Männern, in die Mangel genommen, und dabei war herausgekommen, dass er Königs Komplize gewesen war. »Leider ist uns der Mann entwischt, als wir ihn ins Untersuchungsgefängnis verlegen wollten. Aber vorher hat er ausgepackt.«

König und der Fahrer hatten die Ware hauptsächlich in Sachsen verkauft, wo König gute Verbindungen hatte. Das hatte Otto herausgefunden, der extra nach Auerbach gefahren war. König hatte die Ware unter Preis verhökert, und so stieß Otto in fast jedem kleinen Geschäft in Sachsen auf Alba-Strümpfe, die zu Schleuderpreisen abgegeben wurden – beziehungsweise bereits verkauft worden waren, denn natürlich schlugen bei einem solchen Schnäppchen die Frauen zu. Inzwischen war auch die ostdeutsche Volkspolizei aufmerksam geworden, die Strümpfe galten als Schmuggelware. Beamte hatten ehemalige Alba-Mitarbeiter verhört, um zu erfahren, wo die Ware herkam.

Die Auswirkungen waren katastrophal: Zu dem finanziellen Verlust kam hinzu, dass sie viele Kunden nicht bedienen konnten, weil sie nicht schnell genug nachproduzieren konnten. Es trat ein, wovor Willi Röbcke sich am meisten gefürchtet hatte: Er konnte seine Zusagen nicht einhalten. Die Presse bekam Wind und berichtete breit über den Fall; im Hafen tauchten Journalisten auf, die Fragen stellten und Fotos knipsten. Die meisten der Kunden, die es betraf, zeigten jedoch Verständnis für die Situation. Röbcke bot ihnen zumindest eine Teillieferung an und versprach, so schnell wie möglich den Rest zu liefern. Bis Pfingsten waren es noch zwei Wochen, noch war nicht alles verloren. Aber es gab auch Kunden, die ihre Aufträge stornierten und ihre Vorauszahlungen zurückverlangten. Einige wenige drohten sogar, das Unternehmen wegen Betrugs zu verklagen.

Röbcke gab sich zuversichtlich, aber wenn er sich unbeobachtet glaubte, saß er mit leerem Blick und hängenden Schultern an seinem Schreibtisch. Mit Rückschlägen konnte ein erfahrener Geschäftsmann wie er umgehen, aber dass langjährige Kunden ihn vor Gericht zerren wollten und ihn einen Betrüger schimpften, traf ihn hart. In diesen Tagen kam Hannchen Fischer oft vorbei, um ihn abzuholen, und nur dann erschien ein zaghaftes Lächeln auf seinem Gesicht.

Am folgenden Sonnabend waren die Löhne fällig – die sie nicht zahlen konnten.

Röbcke rief die Leute zusammen, um ihnen die Mitteilung zu machen. »Es gibt leider nur einen Abschlag. Und ich kann Ihnen nicht versprechen, dass es in den nächsten Wochen bis Pfingsten besser wird. Aber dann kommen die ersten Zahlungen rein.«

»Wir machen Sonderschichten, um die Produktion aufzuholen, und dann bekommen wir nicht mal unser Geld! Das können Sie ja mal meinem Vermieter erzählen«, rief Poensgen, ein Maschinenführer, aufgebracht.

»Seit der Währungsreform ist alles viel teurer geworden. Ich komm so schon kaum über die Runden. Und jetzt soll ich auch noch auf einen Teil meines Gehalts verzichten?«, fragte Hermann Weber.

»Wie sieht es denn mit Ihrem Gehalt aus?«, fragte sein Kollege.

So ging es weiter, die Männer wurden immer aufgebrachter. Paula sah, wie Poensgen ausspuckte.

»Lassen Sie mich mit den Leuten reden«, sagte sie leise zu Röbcke, und er zuckte ergeben mit den Schultern und nickte.

Paula trat vor.

»Was will die denn jetzt?«, zischte Poensgen, und Paula warf ihm einen giftigen Blick zu.

Dann wandte sie sich an die Frauen, die in der Näherei und der Konfektionierung arbeiteten. Sie standen etwas abseits. Die meisten hatte sie persönlich eingestellt. Sie wusste, dass viele von ihnen Kriegerwitwen waren und Kinder zu Hause hatten.

»Würden Sie einmal ganz kurz die Säume Ihrer Röcke anheben?«, fragte sie. »Nur ein paar Zentimeter.«

»Was soll denn der Quatsch jetzt?«, rief Poensgen. »Das ist ja wohl Männersache! Ihnen höre ich überhaupt nicht zu. Als wenn die Frauen was dazu zu sagen hätten.«

Wenn die Frauen vorher noch gezögert hatten, so brachte sie diese Bemerkung gegen Poensgen auf. Paula bedachte den Maschinenführer mit einem eiskalten Blick, dann lächelte sie die Frauen an.

»Bitte«, sagte sie, und nach und nach hoben die Frauen ihre Röcke und schauten sie fragend an.

»Wie ich sehe, tragen Sie alle unsere Alba-Strümpfe. Sie sind sozusagen Repräsentantinnen unserer Firma. Und ich kann Ihnen sagen, wie großartig Sie das alle machen. Bei den meisten sehe ich ausgetretene Schuhe und Röcke, die bessere Tage gekannt haben. Aber das wird nicht so bleiben. Mit unseren Nylons fängt es an, und bald werden Sie auch schöne, bequeme Schuhe und schicke Kleider tragen. Die Nylons sind nur der Anfang, ein erster Schritt. Sie sind ein Versprechen auf eine bessere Zukunft, auf Tage, an denen Sie sich schön machen werden. Dieses Versprechen geben Sie nicht nur sich selbst, sondern jeder Frau, die sich ein Paar Alba-Strümpfe kauft. Wir haben den Frauen zugesagt, dass sie zu Pfingsten in feinen Alba-Strümpfen herumlaufen werden. Dieses Versprechen sollten wir halten, finden Sie nicht? Ich weiß, dass wir Ihnen viel zumuten und dass Ihre Arbeitstage lang sind. Aber wir wissen doch, wofür wir arbeiten.«

»Für Geld!«, rief einer der Arbeiter wütend dazwischen, doch Paula hörte nicht auf ihn.

»Wir arbeiten für eine Vision von einer Welt, in der Frauen wieder schön sind.« Paula sah in einigen Gesichtern vorsichtige Zustimmung und sprach weiter: »Ich weiß, wie es Ihnen geht und dass Sie sich Sorgen machen, wie Sie Ihre Kinder satt kriegen. Wir verlangen viel von Ihnen, wenn wir Sie bitten, uns einen Teil Ihres verdienten Lohnes zu stunden. Sie werden ihn bekommen, das verspreche ich Ihnen. Zacharias König wird von der Polizei gesucht und zur Rechenschaft gezogen werden. Aber soll es ihm wirklich gelingen, unser Unternehmen mit in den Abgrund zu ziehen? Wir haben hier etwas aufgebaut, was vor einem Jahr niemand für möglich gehalten hätte. Wir produzieren etwas, das die Welt und die Frauen schöner macht. Wir verkaufen einen Traum, den sich jede Frau leisten kann. Unsere Strümpfe sind keine Ladenhüter, wir könnten noch viel mehr verkaufen, wenn wir mehr hätten. Das ist unser Kapital! Es wird aufwärtsgehen, und sobald wir die bestellten Strümpfe ausgeliefert haben, werden die Zahlungen kommen. Und wir werden weiter produzieren und noch mehr Strümpfe verkaufen! Wir sind bisher fast konkurrenzlos. In Deutschland gibt es Millionen Frauen, und sie alle träumen von Nylons. Damit kaufen sie viel mehr als ein Kleidungsstück. Sie kaufen eine Verheißung. Wenn wir allerdings nicht mehr produzieren, wenn Sie kündigen und sich eine andere Arbeit suchen, dann war alles, was wir bisher gemeinsam geleistet haben, umsonst. Ich bitte Sie, wieder an die Arbeit zu gehen. Und ich verspreche Ihnen, dass ich mich beim Chef dafür einsetze, dass jede und jeder von Ihnen eine Prämie bekommt, wenn Sie jetzt mit uns durchhalten.« Sie schwieg und blickte in die Gesichter der Frauen vor ihr.

Irma Weber meldete sich als Erste zu Wort: »Ich vertraue Ihnen. Wir vertrauen Ihnen. Sie sind die rechte Hand des Chefs, Sie haben hier was zu sagen, obwohl Sie eine Frau sind. Ich werde mit meinem Mann reden, damit er Ihrem Plan zustimmt.« Dabei sah sie zu ihrem Mann hinüber.

Poensgen stieß Weber in die Seite und grinste verächtlich, doch Hermann Weber rückte einen Schritt von ihm ab.

»Ich arbeite gern hier. Hier darf ich machen, was ich am besten kann. So eine gute Arbeit finde ich so schnell nicht wieder. Die meisten Firmen stellen doch nur Männer ein! Ich brauche diese Anstellung. Ich bin ganz allein, meine ganze Familie ist tot. Wovon soll ich denn sonst leben?« Das sagte Regine Sommerfeld, eine gescheite junge Frau, die erst vor ein paar Wochen als Werbezeichnerin zu ihnen gekommen war und sich den Respekt der anderen erworben hatte, weil sie schnell und geschickt war und immer für gute Laune sorgte.

Die anderen Frauen nickten zustimmend.

Frau Schulte, eine der älteren Arbeiterinnen, trat vor und sagte leise: »Ich habe ein krankes Kind zu Hause. Ich muss den Arzt bezahlen.«

»Das übernehme ich. Jeder, der außergewöhnliche Ausgaben hat, kann zu mir kommen«, sagte Willi Röbcke. »Und im Übrigen hat Fräulein Rolle in allem, was sie gesagt hat, meine Rückendeckung.«

Er kam zu ihr und schüttelte ihr die Hand, und Paula atmete heftig ein und aus. Den Chef schien sie überzeugt zu haben, aber was war mit den Frauen?

Einige nickten, und Frau Weber fing an zu klatschen. Die meisten anderen fielen ein.

»Dann lassen Sie uns wieder an die Arbeit gehen!«, rief Paula.

Als Paula an diesem Abend nach Hause fuhr, zitterte sie vor Anspannung. Sie war zu Tode erschöpft und gleichzeitig unendlich erleichtert und stolz auf sich. Müde lehnte sie den Kopf an die Rückenlehne von Ottos Auto. Sie wagte nicht, die Augen zu schließen, weil sie dann sofort eingeschlafen wäre.

»Das haben Sie heute gut gemacht«, sagte der Chauffeur und tippte an seine Mütze.

Paula nickte. Spätestens heute hatte sie gezeigt, was in ihr steckte. Ohne sie würde Alba nicht so gut dastehen. Sie hatte bewiesen, dass sie die Richtige für den Job war. Der Chef und die Mitarbeiter konnten sich auf sie verlassen.

Sie stieg die Treppe zur Wohnung hinauf und wollte sich nur noch ins Bett legen. Sie würde noch ein paar Zahlen durchgehen, damit sie morgen früh entscheiden konnte, welche Lieferungen sie zurückstellen konnte und welche Aufträge sofort bearbeitet werden mussten.

Als sie die Wohnungstür öffnete, hörte sie Gertrud und Uschi in der Küche streiten. Sie seufzte tief auf.

»Gut, dass du kommst«, rief Uschi aufgebracht. »Gertrud will mir nicht erlauben, heute auszugehen. Die hat mir gar nichts zu sagen.«

»Willst du, dass die Polizei dich wieder aufgreift? Du hast es doch gehört, beim nächsten Mal verhaften sie dich.«

Ihre Mutter kam aus dem Nebenzimmer. »Paula, endlich bist du da. Wieder viel zu spät. Und du bist so blass. Du musst mit Uschi reden. Und kannst du mir nachher helfen, einen Brief aufzusetzen? Da stimmt was nicht mit der Heizkostenabrechnung. Und dann muss ich dir erzählen, was die Schostack sich heute wieder erlaubt hat . . .«

Den Rest hörte Paula nicht mehr. Auf einmal war ihr alles zu viel.

»Lasst mich einfach mit eurem Kram in Ruhe«, rief sie und ging in ihr Zimmer. Aber auch hier fand sie keine Ruhe, weil sie die aufgeregten Stimmen von nebenan hörte. Was würde sie dafür geben, jetzt allein und ungestört zu sein. Sie brauchte endlich einen Ort, um sich von ihrer anstrengenden Arbeit zu erholen, wo sie zu sich kommen und tun und lassen könnte, was sie wollte. Aber das war zu Hause nicht möglich. Und ihren Schwestern ging es wahrscheinlich ebenso.

Gertrud kam von ihren Fahrschichten oft spät nach Hause, wenn sie Nachtdienst hatte, wobei sie die anderen weckte, auch wenn sie sich Mühe gab, leise zu sein. Und Uschi trieb sich nach wie vor herum und ging allen mit ihren Launen auf die Nerven. Bei Wilhelmine machte sich langsam ihr Alter bemerkbar. Sie hatte sich damit abgefunden, dass ihr

Mann nicht wieder nach Hause kommen würde, doch die Gedanken, was er vor seinem Tod erlebt haben mochte, quälten sie. Es fiel ihr zunehmend schwer, für alle zu sorgen, zu kochen, zu waschen, auch wenn sie das niemals zugeben würde.

»Es muss etwas geschehen. Ich werde ausziehen«, sagte sie zu sich selbst. Am liebsten wäre sie aufgestanden und in die Küche gegangen, um den anderen ihren Entschluss mitzuteilen. Dann ließ sie sich auf ihr Bett zurücksinken und lächelte. Das könnte sie ihnen immer noch früh genug sagen. Sie würde sich ein Zimmer nehmen. Geld genug verdiente sie inzwischen. Und freie Wohnungen gab es auch wieder, seit immer mehr Briten abzogen. Mit ein bisschen Glück müsste es klappen. Sie schloss die Augen, um von ihrer neuen Wohnung zu träumen, und schlief über ihren Listen ein.

In der Nacht träumte sie von Felix. Als sie am nächsten Morgen aufwachte, galt ihr erster Gedanke ihm, und sie merkte, wie sehr sie ihn vermisste. Sie stand vor dem Spiegel und kämmte ihr Haar und versuchte, sich seine Küsse in Erinnerung zu rufen. Sie hatte keine Ahnung, wo er steckte. Ob er immer noch mit Colonel Hennings unterwegs war? Oder war er vielleicht schon zurück nach England gegangen?

Gertrud klopfte an die Tür. »Brauchst du noch lange?«

Paula seufzte und verließ das Badezimmer. Wie gut, dass sie ihre Arbeit hatte. Sie war das Wichtigste in ihrem Leben. Und zum Glück hatte sie so viel zu tun, dass ihr kaum Zeit blieb, um über Felix nachzudenken.

»Bis morgen«, sagte Otto, als er sie an diesem Abend einige
Hundert Meter vor der Wohnung in der Hoheluftchaussee
absetzte. »Wenn ich mir erlauben darf: Sie sollten auch mal
ausgehen. Eine schöne junge Frau wie Sie. Es gibt doch noch
etwas anderes im Leben als immer nur Arbeit.«

»Ich denke drüber nach«, sagte Paula. »Vielen Dank.«

Sie ging den Rest des Weges zu Fuß, weil sie frische Luft
brauchte. Sie kam am ehemaligen Stand von Eier-Lienchen
vorbei. Dort wurde jetzt ein Haus gebaut, und Helga Lien hatte
ihr Geschäft in einen winzigen Souterrain-Laden in der Pa-
rallelstraße verlegt. Dort verkaufte sie neben Eiern auch Ge-
flügel, das sie von ihrer Familie in Ahrensburg bezog. Ihren
Arzt hatte sie hinausgeworfen, als die Polizei begann, sich für
ihn zu interessieren. Seine Frau in Bremen hatte eine Vermiss-
tenanzeige aufgegeben, und so kam heraus, dass er gar kein
Arzt war, dafür allerdings verheiratet. Helga Lien hatte die
Sache mit zusammengebissenen Zähnen hingenommen. »Das
war der letzte Mann in meinem Leben«, sagte sie.

Paula blieb stehen, um sich den Fortschritt des Baus anzusehen. Die Bodenplatte war gegossen, die Maurer zogen die
Wände hoch. In ein paar Monaten würde hier ein neues Haus
stehen und einigen Familien ein neues Heim bieten. Es war
nicht die einzige Baustelle in der Gegend. Überall hörte man
die Zementmischmaschinen und das Hämmern der Arbeiter.
Der Wandel in Hamburg war überall spürbar. Vieles, was
vertraut gewesen war, auch wenn es ein Provisorium bildete,
verschwand. Paula ging weiter und stieß auf ein neues Geschäft direkt gegenüber der Haltestelle. Ein Laufmaschendienst. *Eine Masche 40 Pfennige* stand in weißer Farbe quer

über dem Schaufenster zu lesen. Die Hamburgerinnen trugen zwar wieder Nylons, aber für mehr als ein Paar alle paar Monate reichte das Geld nicht. Deshalb hatten diese kleinen Läden, in denen man Laufmaschen wieder aufnahm, Konjunktur. Oft waren sie neben Schneiderateliers oder Strumpfwarengeschäften angesiedelt. Paula legte die Hand an die Scheibe, um in den Laden hineinsehen zu können. Frau Schostack stand dort vor dem Tresen und redete auf eine junge Angestellte ein. Paula erkannte in ihr die kleine Astrid Müller aus dem Nachbarhaus, eine Freundin von Gertrud.

Paula ging weiter und kaufte im Fruchthaus Loebe Bananen und Äpfel. Daneben wurden die ersten Erdbeeren des Jahres angeboten. Prall und rot lagen sie da. Paula nahm auch davon ein Schälchen. Die würde sie Wilhelmine mitbringen.

Als sie die Wohnung betrat, kam ihr Gertrud entgegen.

»Wusstest du, dass Astrid Müller jetzt einen Laufmaschendienst hat?«, fragte Paula. »Neben Loebe.«

»Ja. Die hat doch vorher als Haushaltshilfe gearbeitet und hatte die Nase voll davon, sich ausbeuten zu lassen. Und in ihrem neuen Job muss sie nicht ständig die Annäherungsversuche irgendwelcher Männer abwehren. Hm, Erdbeeren. Hast du was ausgefressen?« Gertrud stibitzte sich eine, griff noch eilig nach ihrem Schlüssel, dann war sie schon aus der Tür. »Ich muss los, bin spät dran. Bis nachher.« Sie stürmte die Treppe hinunter.

Paula sah ihr lächelnd nach. Gertrud verstand sich immer noch am besten darauf, kleine Anzeichen zu sehen. Bisher hatte Paula selbst noch nicht gewusst, dass sie ein schlechtes Gewissen hatte, weil sie demnächst ausziehen wollte.

Kapitel 24

Gertrud hatte es nicht weit bis zu dem Hinterhof im Abendrothsweg, wo Alwin wohnte und der Wagen stand.

Sie ging ins Büro und griff nach dem kleinen Päckchen, in dem ihr Führerschein und die Taxilizenz bereitlagen. Sie fuhr nie ohne, weil sie ständig von der Polizei kontrolliert wurde. Die Beamten wollten einfach nicht glauben, dass eine Frau Taxi fuhr. Manche machten sich einen Spaß daraus, sie rauszuwinken und umständlich die Papiere zu kontrollieren. Einmal war ein Fahrgast ausgestiegen, weil ihm das alles zu lange dauerte. Aber er hatte auf Gertrud geschimpft, nicht auf die Polizisten. »Nie wieder eine Frau am Steuer«, hatte er gesagt und war, ohne zu bezahlen, gegangen. Sie hatte auch schon Fahrgäste gehabt, die wieder ausgestiegen waren, als sie gesehen hatten, dass es eine Frau war, die sie fahren sollte. »Ich bin doch nicht lebensmüde!« Und dann gab es die, die ihr zweideutige Angebote machten. Gertrud kochte manchmal vor Wut über die Borniertheit einiger Männer, sie ließ sich jedoch nicht provozieren. Trotz allem gab es auch ausgesprochen nette Fahrgäste, für die es überhaupt kein Thema zu sein schien, dass eine Frau am Steuer saß. Sie fuhren mit ihr, zahlten und gaben

Trinkgeld, und weg waren sie. Das waren ihr die liebsten Kunden.

Inzwischen kannte sie die Schupos der Stadt, und die kannten sie. Mit einigen war sie per Du. Und gestern hatte sie ihren ersten Kunden gefahren, der ausdrücklich darauf bestanden hatte, dass sie ihn chauffierte.

Mal sehen, was heute so passierte. Sie ging zu Alwin hinüber, der am Wagen lehnte und sich die Hände in einem Tuch abwischte. Bestimmt hatte er nach seiner Schicht noch einmal die Zündkerzen und den Reifendruck kontrolliert. Gertrud sah das Lächeln in seinem freundlichen Gesicht und seufzte. Es tat ihr jedes Mal wieder leid, ihn enttäuschen zu müssen, aber so war es nun einmal.

»War viel los?«, fragte sie geschäftsmäßig.

Sein Lächeln erstarb. »Geht so. Ich hatte einen Betrunkenen, musste ihn aus dem Wagen werfen, gerade noch rechtzeitig, bevor er anfing zu kotzen.«

»Hat er bezahlt?«

Alwin lachte. »Ich habe ihm fünf Mark aus der Hosentasche gezogen.«

»Gibst du mir die Schlüssel?« Sie hielt ihm die Hand hin.

Er zögerte. »Du weißt, ich mag es nicht, wenn du nachts fährst. Als Frau … Da sind echt schräge Typen unterwegs.«

Gertrud runzelte die Stirn. »Wir haben doch schon so oft darüber gesprochen …« Sie ließ nicht mit sich reden. Sie waren gleichberechtigte Partner und teilten alles, auch die Nachtschichten. »Mach dir keine Sorgen. Ich pass auf mich auf. Besoffene nehme ich sowieso nicht mit. Und für alle Fälle habe ich das hier.« Sie griff in den Fußraum des Beifahrersitzes, wo ein Nudelholz lag. »Aber jetzt muss ich los.«

»Es sieht nach Gewitter aus. Ich hab noch mal die Scheiben gewischt.«

»Danke. Bis morgen dann.«

»Ich mach die Buchhaltung und warte auf dich.«

»Wie du meinst.« Sie zuckte mit den Schultern. Sie konnte ihn ja doch nicht davon abhalten, die halbe Nacht auf sie zu warten. Als sie ihm die Schlüssel aus der Hand nahm, berührte sie ihn versehntlich am Arm, und er lächelte gequält.

Dann ging sie zu dem dunkelblauen Opel Kapitän hinüber und setzte sich hinter das Steuer. Sie lächelte, als sie den Motor anließ und sein zuverlässiges Brummen ertönte, dann setzte sie den Blinker und fuhr vom Hof. Im Rückspiegel sah sie Alwin, der ihr nachwinkte. Sie bog auf die Straße ein und bekam augenblicklich gute Laune. Einfach zu gern saß sie hinter dem Steuer dieses schnittigen, zuverlässigen Wagens, und sie war stolz darauf, Hamburgs erste weibliche Taxifahrerin zu sein. Sie hatte es geschafft, den Führerschein und die Taxilizenz zu bekommen, obwohl man ihr immer neue Steine in den Weg gelegt hatte. Sie hatte ihre sämtlichen Ersparnisse für die Lizenz und die Hälfte an diesem Auto ausgegeben. Sie verzog angewidert das Gesicht, wenn sie an die Tanzturniere dachte, bei denen sie dieses Geld verdient hatte. Nie wieder!, das hatte sie sich geschworen. Dieser Opel war der Schlüssel zu ihrem neuen Leben, und Alwin und sie pflegten ihn mit Hingabe. Neulich hatte Gertrud vorgeschlagen, einen zweiten Wagen zu kaufen. Dann könnten sie beide gleichzeitig Schichten übernehmen.

»Würdest du dann aufhören, nachts zu fahren?«, hatte Alwin gefragt.

»Ich dachte eher daran, einen weiteren Fahrer einzustellen, damit die Wagen rund um die Uhr laufen.«

»Wozu brauchst du so viel Geld?«, hatte er gefragt.

»Damit ich mich sicher fühle.« Sie sah ihm an, was ihm auf der Zunge lag: Wenn du mich heiratest, bist zu sicher. Deshalb sagte sie: »Und damit ich dich nicht heiraten muss.«

Damit hatte sie ihn verletzt, wieder mal, also fügte sie versöhnlich hinzu:

»Alwin, du weißt, dass ich dich nicht liebe. Bitte akzeptiere das. Sonst müssen wir beruflich getrennte Wege gehen.«

Bei der Erinnerung schnaubte Gertrud unwillig. Warum wollte Alwin einfach nicht einsehen, dass sie ihn nicht liebte? Sie hatte sogar angefangen, ihm Frauen vorzustellen in der Hoffnung, dass er eine andere finden würde. Aber Alwin klebte treu an ihr, was ihr nicht nur ein schlechtes Gewissen machte, sondern sie auch zunehmend einengte. Warum konnte er nicht einfach ihr Freund sein?

Sie bog links in die Hoheluftchaussee ein und fuhr zügig in Richtung Innenstadt. Ein Lächeln umspielte ihr Gesicht, als sie daran dachte, wie sie neulich einen Reporter vom *Hamburger Echo* gefahren hatte, der sie gefragt hatte, ob er sie in einem Artikel über Frauen in Männerberufen erwähnen dürfe.

»Wieso Frauen in Männerberufen?«, hatte sie zurückgefragt. »Wer sagt denn, dass Taxifahren ein Männerberuf ist?«

Sie erreichte den Dammtorbahnhof. Eigentlich wollte sie sich hier in die Schlange stellen, doch als sie sah, dass schon

einige Kollegen warteten, scherte sie wieder aus und bog
hinter dem Bahnhof rechts ab in Richtung Staatsoper. Die
Vorstellung war gerade zu Ende, gut möglich, dass sie dort
einen Gast aufgabeln konnte. Sie fuhr langsam an dem Gebäude vorbei, und wie immer konnte sie nicht fassen, dass in
dem kriegszerstörten Haus Abend für Abend Vorstellungen
gegeben wurden. Dennoch freute es sie, dass es in Hamburg
wieder Sinn für Schönes gab.

Sie war so in diese Gedanken versunken, dass sie fast an
der Frau vorüberfuhr, die am Straßenrand stand und den
Arm hob, um sie heranzuwinken. Sie trug einen Mantel, der
sich über dem weiten Rock bauschte und unter dem zarte
Pumps hervorsahen.

Gertrud bremste ab und ließ die Frau einsteigen.

»Guten Abend. Ich möchte in die Gertigstraße.«

Was für eine angenehme Stimme, dachte Gertrud und
schaute in den Rückspiegel. Auf der Rückbank saß eine zarte
Frau, deren Schönheit sie auf seltsame Weise berührte. Sie
hatte geradezu makellose Züge. In diesem Augenblick suchte
sie etwas in der Handtasche auf ihrem Schoß, und unter der
Krempe ihres Hutes waren volle, rot geschminkte Lippen zu
erkennen.

Gertrud mochte die Strecke, die sie nun fuhr, besonders
gern. Es ging an der Alster entlang, vorbei an den schönen
Villen, von denen die meisten den Krieg überstanden hatten
und die danach von den Engländern genutzt worden waren.
Die Hamburger hatten direkt nach dem Krieg keinen Zutritt
zu diesen noblen Stadtteilen gehabt. Aber inzwischen ging
das wieder, und der Wagen glitt zwischen den Alsterwiesen

und den großen Gärten dahin. Der Mond, der bis eben noch ab und zu am Himmel aufgetaucht war, verschwand hinter dicken Wolken, Wind kam auf, und als sie die Krugkoppelbrücke erreichten, goss es in Strömen. Die Scheibenwischer kamen kaum mit. Gertrud fuhr langsamer, denn sie konnte kaum die Straße vor sich erkennen.

»Es tut mir leid, ich kann nicht schneller fahren, da draußen herrscht die Sintflut«, sagte sie zu der Frau auf der Rückbank.

»Ach, das macht gar nichts. Ich lasse mich gern nach einer Aufführung durch Hamburg fahren, vor allem, wenn es so sanft vor sich geht.«

Ein Blitz erhellte die Szenerie vor ihnen, dann krachte der Donner. Gertrud erhaschte einen Blick auf die Frau im Fond, bevor es wieder dunkel wurde.

»Nach einer Aufführung? Was tun Sie?«

»Ich tanze im Ensemble der Oper. Leider in der letzten Reihe.« Die Frau lachte leise.

Gertrud betrachtete sie heimlich im Spiegel. Deshalb schien sie so elfengleich. Doch ihr Körper musste über besondere Kräfte verfügen, wenn sie Tänzerin war.

»Das ist leider so gar nicht meins«, sagte sie. »Ballett, meine ich. Obwohl ich schon mal einen Tanzwettbewerb gewonnen habe.«

Die Frau beugte sich interessiert vor und berührte dabei mit der Hand Gertruds Schulter. »Wirklich? Das müssen Sie mir erzählen.«

Sie fuhren weiter durch das heftige Gewitter, während Gertrud von den Tanzturnieren in der Pulvermühle berichtete. Sie war noch lange nicht fertig, als sie kurz darauf die Adresse in der Gertigstraße erreichten. Gertrud fuhr rechts ran und konnte durch die Regenschleier ein stattliches Haus mit Jugendstilornamenten erkennen, das nicht zerstört war.

Keine der Frauen rührte sich. Keine verspürte Lust, sich zu trennen. Gertrud stellte den Taxameter aus. Sie schwiegen, während draußen der Regen herunterrauschte.

»Was für ein Wetter«, sagte die Frau.

»Wenn Sie jetzt aussteigen, werden Sie klatschnass.«

»Darf ich noch bleiben und warten, bis es aufhört?«

Gertrud nickte. Sie wusste plötzlich, dass sie nichts lieber wollte, als mit dieser Frau in ihrem Auto zu sitzen, der Welt draußen enthoben, während um sie herum das Gewitter tobte.

»Erzählen Sie mir mehr von sich«, sagte die Fremde. »Warum fahren Sie Taxi?«

Gertrud lachte. »Weil es mir Spaß macht. Weil ich Geld verdienen will. Aber erzählen Sie von sich. Wie heißen Sie eigentlich?«

»Karoline. Und Sie?«

»Gertrud.«

Es blitzte und donnerte und goss noch eine gute Stunde. In dem Wagen beschlugen die Scheiben von der Feuchtigkeit und der Wärme, während die beiden Frauen sich ihr Leben, ihre Träume und die erlebten Enttäuschungen anvertrauten. Dann klarte der Himmel auf, der Mond kam sogar wieder heraus.

»Ich glaube, ich muss dann mal«, sagte Karoline zögernd und öffnete die Wagentür. Kühle Luft strömte herein und vertrieb den Duft ihres Parfüms.

Gertrud war plötzlich klar, dass sie das nicht aushalten würde. »Warte«, sagte sie rasch.

Sie stieg aus und ging um den Wagen herum. Karoline stieg ebenfalls aus, und sie standen sich gegenüber. Gertrud wusste nicht, was sie sagen sollte.

»So siehst du also richtig herum aus. Ich meine, nicht im Spiegel«, sagte Karoline mit einem Lächeln. Dann näherte sie sich und küsste Gertrud leicht auf die Wange. »Kannst du mich morgen Abend wieder fahren? Vielleicht könnten wir tanzen gehen? Wir sind doch beide Tänzerinnen. Mit mir wird es dir Spaß machen.«

Gertrud nickte und sah ihr nach, wie sie die Stufen zum Hauseingang hinaufstieg. Oben drehte Karoline sich noch einmal um und winkte.

Gertrud stieg wieder ins Auto und fuhr los. An der nächsten Kreuzung nahm sie einem Mercedes die Vorfahrt. Der Fahrer hupte wild und zeigte ihr einen Vogel. »Frau am Steuer. Ist ja typisch!«, rief er aus dem Fenster.

Da erst merkte Gertrud, dass sie am ganzen Leib zitterte und ihr die Tränen herunterliefen. »Jetzt reiß dich mal zusammen«, sagte sie zu sich selbst. Ihr Herz war so leicht wie eine Feder. Sie hätte jauchzen können vor Glück.

Kapitel 25

Am nächsten Morgen, Paula war gerade erst im Büro angekommen und hatte ihre Jacke ausgezogen, hielt Eberhard
Dabelstein mit quietschenden Reifen vor dem Tor. Sie seufzte
resigniert und wappnete sich, als der schwere Mann in ihr
Büro stürmte.

»Wo ist Willi?«, bellte er.

»Herr Röbcke kommt heute später. Er hat gerade angerufen. Frau Fischer hat irgendein Problem.«

»Was hat er denn immer mit dieser Fischer?«, fragte
Dabelstein ungehalten. »Der hat doch selbst genug Probleme.
Und wer kennt sich denn jetzt hier aus und ist zuständig?
Der Laden muss doch laufen.«

Paula rollte mit ihrem Drehstuhl ein Stück vom Schreibtisch zurück und legte ein Bein über das andere. Dann fuhr
sie mit den flachen Händen über den Georgettestoff ihres
Kleides, um ihn glatt zu streichen, und freute sich an dem
fest gewebten Material in Senfgelb. Die beiden oberen Knöpfe
des Oberteils hatte sie geöffnet. Sie hatte ein schönes Dekolleté, auch ohne Kette, denn Schmuck besaß sie nicht. Das
Kleid war kurzärmelig, die passende Jacke hatte sie über die
Lehne des Stuhls gehängt, denn bei der Arbeit würde ihr

warm werden. Es war aus dem Stoff genäht, den sie in Berlin gekauft hatte. Sie hatte den ganzen Sonntag an der Nähmaschine gesessen, aber die Mühe hatte sich gelohnt. Sie beugte sich leicht nach vorn. Erst dann sagte sie zu Dabelstein: »Der Laden läuft, glauben Sie mir. Ich bin nämlich da. Worum geht es denn?«

Dabelstein hob die Hände und ließ sie wieder fallen. Sie hatte ihn mit ihrem Selbstbewusstsein und der feinen Garderobe beeindruckt, ganz wie es ihr Ziel gewesen war. »Na, wenigstens Ihnen scheint es ja gut zu gehen. Und ich sitz mit diesem verdammten Diebstahl da. Die Polizei in Sachsen hat meinen Lkw immer noch nicht freigegeben. Spurensicherung, dass ich nicht lache! Die kassieren den ein, da wette ich mit Ihnen. Und was mach ich dann? Ich verstehe nicht, wie mein Fahrer sich von König in diese Sache reinziehen lassen konnte.«

Paula musste an Erkolitsch denken, auch ein Freund von Dabelstein, der als Mörder unter der Guillotine gestorben war.

»Man muss eben aufpassen, mit wem man sich einlässt«, sagte sie unschuldig. »Und es ist ja auch noch lange nicht geklärt, wer hier wen auf dumme Gedanken gebracht hat. Kann ich sonst noch etwas für Sie tun?«

Er bedachte sie mit einem lauernden Blick. »Was könnten Sie schon für mich tun, mein liebes Fräulein?« Dann hatte er sich wieder im Griff. »Sagen Sie Ihrem Chef einfach, dass ich hier war.« Er wandte sich zum Gehen, dann drehte er sich noch einmal zu ihr herum. »Ach, da fällt mir ein: Ist das Ihre Schwester, die Taxi-Trude? Die heißt doch auch Rolle. Genau wie Sie.«

Paula war überrascht. Den Namen hörte sie zum ersten Mal. »Sie meinen Gertrud?«

»Die meine ich. Alle Welt nennt sie Taxi-Trude. Sie fährt besonders gern Frauen durch die Gegend. Sagen Sie ihr, wenn sie einen Job braucht, soll sie sich bei mir melden.«

Als wenn Gertrud dich brauchen würde, dachte Paula, nachdem Dabelstein gegangen war. Dann lächelte sie. Taxi-Trude, das passte zu Gertrud, dass sie sich in dem, was sie tat, einen Namen machte und sich durchbiss. Ob sie ihren Spitznamen kannte? Paula würde sie heute Abend fragen.

Um kurz nach fünf Uhr machte Paula Feierabend. Heute wollte sie mal keine Überstunden leisten, das Wetter war einfach zu schön. Zu Fuß machte sie sich auf den Weg zum Hauptbahnhof, um dort die Straßenbahn zu nehmen.

Ich verbringe viel zu viel Zeit im Büro und komme kaum noch raus, dachte sie, als sie die Elbbrücke überquerte. Und dabei ist die Luft so herrlich weich, fast sommerlich. Sie lief mit ausgreifenden Schritten und hatte dabei immer die rot verklinkerten Gebäude der Speicherstadt links von sich im Blick. Ihr Weg führte sie durch Brachen und Trümmerlandschaften, und dennoch zwitscherten und sangen die Vögel, die darin saßen, um die Wette. Komisch, wie nah beides nebeneinander besteht, dachte sie, Zerstörung und Neubeginn. Dann kam sie an den Trümmern des Hannoverschen Bahnhofs vorüber. Sie musste schlucken. Die Gleise glitzerten harmlos im Sonnenlicht. Und doch waren von hier aus die Hamburger

Juden in die Vernichtung geschickt worden. Damals hatte Paula noch nicht gewusst, dass am Ende ihrer Reise der Tod stehen würde; aber dass die Menschen nicht freiwillig in die Züge gestiegen waren, das hatte sie gewusst. Auch Annemie und ihre Eltern hatten diesen Weg genommen. Paula hielt einen Moment inne und folgte den Gleisen mit ihrem Blick. Sie wollte sich nicht vorstellen, wo ihre Reise geendet hatte, welches unvorstellbare Grauen am Ziel auf die Insassen der Waggons gewartet hatte. Nur langsam riss sie sich von dem Anblick los. Der strahlende Frühlingstag hatte seine Unschuld verloren.

Kurz vor dem Hauptbahnhof wurde die Bebauung wieder dichter. Paula erreichte die Haltestelle und wartete mit vielen anderen Menschen auf die nächste Bahn. Dabei kam ihr die erste Begegnung mit Felix in den Sinn. Ach verflixt, warum musste sie denn schon wieder an ihn denken? Was war denn los mit ihr? War denn nicht alles perfekt? Es lief doch gerade alles so gut mit ihrem Beruf, sie machte das, was man Karriere nannte, verdiente genügend Geld, um sich ab und zu etwas Schönes zu gönnen oder ins Kino zu gehen, ernährte sich besser und hatte sogar ein paar Pfund zugenommen. Eigentlich hätte sie zuversichtlich in die Zukunft blicken können. Doch etwas fehlte in ihrem Leben. Sogar Otto war schon aufgefallen, dass sie kein Privatleben hatte. Und trotz allen Erfolgs fühlte Paula sich manchmal allein, vermisste es, jemanden an ihrer Seite zu wissen. Jemanden, mit dem sie reden und lachen und die schönen Seiten des Lebens, die es wieder gab, entdecken konnte. Jemanden, der zärtlich zu ihr war. Während des

Krieges, als Konrad verschwunden gewesen war und es nur darauf ankam, zu überleben, hatten die sinnlichen Bedürfnisse ihres Körpers keine Rolle gespielt, sie hatte sie schlichtweg verdrängt oder vergessen. Aber dann hatte Felix Robinson sie mit seinen Blicken, seinen zufälligen Berührungen und seinen Küssen, die sie am Ostseestrand getauscht hatten, daran erinnert, dass sie einen Körper hatte, der mehr brauchte als nur Essen und Trinken und warme Kleidung. Anfangs hatte es Paula verwirrt, wenn sie abends in ihrem Bett lag und an ihn dachte und die Wärme zwischen ihren Schenkeln spürte. Aber inzwischen sagte sie sich, dass das ganz normal war. Sie war eine Frau, deren Körper sein Recht forderte.

Doch es waren nicht nur seine Berührungen, die sie Felix vermissen ließen. Sie wusste, dass sie vor seiner Abreise auf dem besten Weg gewesen war, sich in ihn zu verlieben. Mehr, als sie hatte zugeben wollen, und jeden Tag ein bisschen mehr. Wie sehr hatte sie sich immer auf die Verabredungen mit ihm gefreut, sie hatten das Glück in ihr Leben zurückgebracht. Wenn sie wusste, dass sie Felix am Abend sehen würde, war der Tag viel schöner und bunter gewesen. Wenn sie doch nur wüsste, wo er war und ob es ihm gut ging. Warum gab er ihr keine Nachricht? Sie waren zu weit gegangen, als dass er jetzt sang- und klanglos aus ihrem Leben verschwinden könnte. War es möglich, dass er keine Gelegenheit fand, sie zu benachrichtigen? Er war Angehöriger der britischen Armee, da wurde nicht immer auf persönliche Wünsche Rücksicht genommen. Vielleicht war er auf einer geheimen Mission?

»Von wem träumen Sie denn? Wollen Sie nun mit oder nicht?«

Paula kam zu sich. Vor ihr stand die Schaffnerin und sah sie kopfschüttelnd an.

»Ja, natürlich«, sagte Paula rasch und stieg in die Bahn. Und dann musste sie auf einmal über das ganze Gesicht lächeln. Es war doch eine der schönsten Sachen der Welt, wenn man verliebt war, oder etwa nicht? Die Erkenntnis ließ sie strahlen und vor sich hin summen.

Bester Laune kam sie zu Hause an, wo Wilhelmine aufgeregt mit einem Brief wedelte.

»Du glaubst nicht, wer geschrieben hat. Konrad!«

Paula zuckte zusammen. »Konrad?« Das verwirrte sie. Sie war gerade in Gedanken bei Felix gewesen, und jetzt schrieb Konrad ihr?

»Ja. Hier steht seine Adresse. Er lebt. Ist das nicht wunderbar? Der Brief ist aus Berlin, Kollwitzplatz. Das ist doch im Ostteil, oder? Ich verstehe nur nicht, warum er sich die ganze Zeit nicht bei dir gemeldet hat.«

»Ich habe ihn in Berlin getroffen.«

»Was?« Ihre Mutter war aufgebracht. »Und du hast es nicht für nötig gehalten, uns das mitzuteilen?«

»Darf ich den Brief bitte haben?«, fragte Paula. Mit dem Brief zog sie sich in ihr Zimmer zurück. Langsam öffnete sie den Umschlag.

Allein diese Handbewegung ließ sie sich schon Konrad nahe fühlen. Früher hatte er ihr häufig kleine Liebesbriefe geschrieben, kurze Mitteilungen voller Verheißungen und Zärtlichkeit.

Liebste Pauline, las sie. Sie hielt im Lesen inne. Pauline? Ihre spontane Zuneigung wandelte sich in Unwillen. Sie hatte ihm doch gesagt, dass die Zeiten von Pauline vorüber waren. Er schrieb, wie sehr er sich über das unverhoffte Wiedersehen nach so vielen Jahren gefreut habe.

Ich hätte gern mehr Zeit mit Dir verbracht, um Dir alles zu erklären. Lange Zeit habe ich Dich so sehr vermisst, dass ich es kaum ertragen konnte. Du warst die Frau, die ich liebte. Aber leider sind die Umstände nicht gnädig mit uns gewesen, das bedaure ich sehr. Manchmal sind die Zeiten einfach nicht günstig für Liebende. Und privates Glück darf größeren geschichtlichen Notwendigkeiten nicht im Wege stehen. Dass wir nicht die Einzigen sind, denen es so ergeht, tröstet mich nur wenig.

In seinen Worten erkannte Paula den Parteisoldaten wieder. Schon damals hatte Konrad der politischen Idee alles andere untergeordnet. Damals hatte sie ihn dafür bewundert, dass er so selbstlos für eine bessere Gesellschaft kämpfte. Aber so vieles hatte sich geändert. Angesichts von Stalins Verbrechen und der Politik der SED in Ostdeutschland konnte man doch nicht länger ernsthaft an den Kommunismus glauben. Sie las den letzten Absatz des kurzen Briefs, in dem er ihr vorschlug, sich in Hamburg zu treffen, wenn er das nächste Mal in der Stadt sein sollte.

Für immer Dein, Konrad

Erinnerungen an ihre Zeit mit ihm stiegen in ihr auf. Er war ein schöner Mann gewesen, stets auf dem Sprung zu neuen Taten und dabei so mutig. Immer war er in Eile gewesen und mit seinem Fahrrad wie ein Verrückter durch

Hamburg gekurvt. Wenn er zu ihr gekommen war, war er immer während der Fahrt abgesprungen und hatte das Fahrrad in der Luft gedreht, bis es in die andere Richtung zeigte, und es irgendwo angelehnt, um sie in seine Arme zu reißen. In anderen Momenten war er von einer unglaublichen, stürmischen Zärtlichkeit gewesen, die ihr den Atem geraubt hatte. Sie hatte damals, ohne zu zögern, mit ihm geschlafen, es war ganz selbstverständlich gewesen, so sehr wie sie ihn geliebt und sich nach ihm gesehnt hatte. Sie hatte nicht genug von ihm bekommen können. Manchmal, wenn er eingeschlafen war, hatte sie an ihn geschmiegt dagelegen, ihr Mund ganz dicht vor seinem, und ihn nur angesehen und seinen Atem eingeatmet. Und was hatte er immer zu ihr gesagt: »Ich schicke dir jemanden, der dich umarmt.« Die Sehnsucht nach diesem Gefühl überrollte sie und ließ sie aufstöhnen.

»Paula, Abendbrot ist fertig!«, rief ihre Mutter von nebenan.

»Gleich. Ich brauche noch einen Moment!«, rief sie zurück.

Sie sah auf das Blatt in ihren Händen und faltete es sorgfältig wieder zusammen. Dabei schüttelte sie unwillig den Kopf. Dieser nostalgische Ausflug in die Vergangenheit war schön, aber alles, was einst zwischen ihr und Konrad gewesen war, war und blieb die Vergangenheit. Und nun tat er gerade so, als hätte es die letzten zehn Jahren nicht gegeben, und wollte sie wiedersehen. Aber Konrads Pauline gab es nicht mehr. Jetzt gab es Paula, eine erfolgreiche Geschäftsfrau. Und sie wartete nicht mehr auf ihn, das wurde ihr gerade klar. Sie führte ein eigenes Leben – in das Konrad nicht mehr hineingehörte. Die Erkenntnis war schmerzlich, fühlte sich zunächst an wie ein kleiner Tod, brachte dann jedoch Erleichterung.

Viel schöner hätte ich es gefunden, wenn Felix mir einen Brief geschrieben hätte, sagte sie zu sich.

Sie blieb noch einen Moment auf dem Bett sitzen, in Gedanken versunken. Dann nahm sie einen Stift und ein Blatt Papier und formulierte eine knappe Antwort.

Konrad, Du wirst immer in meinem Herzen sein für das, was zwischen uns war. Und ich danke Gott dafür, dass Du überlebt hast. Aber ich bin nicht mehr Deine Pauline, ich bin nicht mehr die Frau, die Du gekannt und geliebt hast. Unsere Wege haben sich getrennt. Dabei sollten wir es belassen. Ich bin dankbar für die Gelegenheit, mich von Dir zu verabschieden, auch wenn sie für mich Jahre zu spät kommt. Du hast eine wunderbare Tochter und sicherlich eine ebensolche Frau. Ich wünsche Dir alles Gute.

Paula

Als sie den Briefumschlag zuklebte, hatte sie das Gefühl, mit einer wichtigen Sache ins Reine gekommen zu sein.

Sie stand auf und strich ihr Kleid glatt. Bevor sie zu den anderen ging, sagte sie sich: Und morgen mache ich mich auf die Suche nach Felix.

Wie befreit atmete sie ein paarmal durch, dann trat sie in die Küche, wo Wilhelmine sie erwartungsvoll ansah.

In dürren Worten berichtete Paula, dass Konrad den Krieg in Moskau überlebt habe, nun in Berlin lebe und dass es ihm gut gehe. »Er ist verheiratet und hat eine Tochter«, sagte sie zu ihrer Mutter, und damit war das Thema für sie erledigt.

Dennoch blieb sie in sich gekehrt, als sie mit ihren Schwestern und ihrer Mutter am Abendbrottisch saß. Es gab Heringe, in guter Butter gebraten, wie Wilhelmine versicherte. Seitdem auch Gertrud Geld nach Hause brachte, konnten sie sich Dinge wie Butter und echten Kaffee leisten. Gertrud war eine unverbesserliche Naschkatze und hatte Nappos zum Nachtisch besorgt und die in rote und blaue Aluminiumfolie verpackten Rauten in einem regelmäßigen Muster auf den Tisch gelegt.

Paula schob den Hering auf ihrem Teller herum und suchte nach Gräten. Gertrud hingegen sprühte vor guter Laune und grinste die ganze Zeit in sich hinein.

»Was ist denn mit dir?«, fragte Paula. »Hast du im Lotto gewonnen?«

»So ähnlich«, gab Gertrud zurück und nahm sich summend noch eine Kartoffel.

»Wenn du weiterhin so viel isst, wirst du fett«, sagte Uschi.

Paula beachtete sie nicht. »Erzähl!«, forderte sie Gertrud auf.

»Kann ich nicht.«

»Die ist verliebt, das sieht doch jeder«, sagte Uschi trocken. »Während du ganz offensichtlich Liebeskummer hast.«

Gertrud wurde rot.

»Stimmt das?«, fragte Wilhelmine. »Hast du dich endlich mit Alwin ausgesprochen?«

»Ach, ihr immer mit eurem Alwin. Er ist ein Freund, mehr nicht.«

»Wer ist es denn?«

»Kennt ihr nicht.«

»Wann lernen wir ihn denn kennen?«, fragte Uschi. »Ich bin gespannt wie ein Flitzebogen.«

»Bald. Vielleicht.«

»Was ist das für ein junger Mann?«, hakte Wilhelmine freundlich nach. »Was macht er?«

»Ach, Mama, ich will jetzt nicht drüber reden. Paula, sag mir lieber, wo ich Englisch lernen kann.«

Paula war froh, das Thema wechseln zu können, denn als Nächstes hätte Wilhelmine sie bestimmt gefragt, ob das mit dem Liebeskummer stimmte. »Wozu brauchst du Englisch?«, wollte sie wissen. Und sie dachte voller Zorn daran, dass ihre kleine Schwester unter den Nazis und im Krieg zur Schule gegangen war, wo Englisch leider ganz weit unten auf dem Lehrplan gestanden hatte.

»Ist er etwa Engländer?«, fragte Uschi. »Ich kann Englisch, ich lerne es von Freddy.«

»Halt die Klappe, Kleine. Ich muss Englisch können, weil ich immer mehr ausländische Fahrgäste habe. Es gibt doch jetzt wieder Messen in der Stadt. Die Geschäftsreisenden können kein Deutsch, geben aber gutes Trinkgeld. Die meisten wollen in den *Red light district* ...«

»*Red light district*? Dahin wollen die?«

»Fast alle. Ich kenne inzwischen ein paar Läden auf der Reeperbahn, da kriege ich Prozente, wenn ich jemanden dort abliefere.« Gertrud grinste sie an.

Paula brach in schallendes Gelächter aus. »Du weißt echt, wie man Geld macht. Stimmt es eigentlich, dass man dich Taxi-Trude nennt? Das habe ich heute gehört.«

Gertrud machte große Augen. »Echt? Von wem?«

»Von Dabelstein. Du weißt doch, der für Alba-Strümpfe die Lkws fährt. Er hat gesagt, er hätte einen Job für dich. Aber ich rate dir dringend ab, mit dem ist nicht gut Kirschen essen. Der hat auch mit diesem Erkolitsch Geschäfte gemacht.«

»Du meinst doch nicht etwa diesen Mörder, den sie hingerichtet haben?« Wilhelmine schlug entsetzt die Hände vor das Gesicht.

»Doch, genau den meine ich.«

»Gertrud, ich verbiete dir, dich mit diesem Mann einzulassen!« Wilhelmine war außer sich. »Und du hast mit dem zu tun?«, wandte sie sich an ihre Älteste.

»Mach dir keine Sorgen, Mama. Was ist denn nun mit Taxi-Trude? Bist du das oder nicht?«

Gertrud feixte. »Ich glaub schon.«

»Wie machst du das nur? Du überraschst mich immer wieder. Erst diese Tanzturniere und jetzt eine stadtbekannte Taxichauffeurin.«

»Stell dir vor, ich bin die einzige Taxichauffeurin in Hamburg. Aber du bist doch auch stadtbekannt. Ständig ist dein Bild in der Zeitung.«

»Na ja, ständig nun gerade nicht.«

»Und ich?«, mischte sich Uschi ein. »Was wird aus mir?«

»Gib dir Mühe und mach eine Ausbildung, dann wird schon was aus dir«, sagte Paula.

Gertrud warf Uschi einen zweifelnden Blick zu. »Ich muss los«, sagte sie dann und stand auf. Ein strahlendes Lächeln überzog ihr Gesicht, das dadurch auf ganz neue Weise hübsch wirkte.

»Die freut sich, wenn sie zur Arbeit geht«, wunderte sich Uschi.

Paula fing Gertruds Blick auf und formte mit den Lippen hinter dem Rücken der anderen die unhörbaren Worte: »Siehst du ihn?«

Gertrud nickte. Sie griff nach einem blauen Nappo, entschied sich dann aber um und nahm ein rotes, und dann nahm sie einfach beide und verließ die Wohnung.

Kurz darauf verließ auch Uschi das Haus, um ihren Freddy zu treffen. Es kam zu einem kurzen Wortwechsel zwischen ihr und Paula, in dem Paula ihrer kleinen Schwester vorwarf, ihr Leben zu vergeuden, woraufhin Uschi giftig ausrief: »Ich ende wenigstens nicht als alte Jungfer wie du!«

Wütend ging Paula ins Bett. Uschis Bemerkung ärgerte sie. Hatte ihre Schwester etwa recht? Sie blieb ja tatsächlich jeden Abend zu Hause. Aber sie war doch keine alte Frau!

Sie würde sowieso nicht schlafen können, also schaltete sie das Licht wieder ein, nahm ein Blatt Papier und fing an, ihre Ideen für den Beinwettbewerb zu skizzieren. In ihrer Arbeit fand sie Befriedigung, das war etwas, was Uschi nie kapieren würde. Und wenn sie arbeitete, musste Paula wenigstens nicht an Felix denken. Der Stift rutschte ab, weil sie das Blatt Papier auf den Knien balancierte. In dem kleinen Zimmer war kein Platz für einen Tisch. Sie hätte sich in die Küche setzen können, aber dann hätte Wilhelmine sie zu allem ausgefragt und ihre Konzentration wäre dahin gewesen.

Paula setzte sich auf. »So geht das nicht weiter. Ich will ein Zimmer für mich allein haben. Ich möchte tun und lassen können, was ich will. Und wenn ich Liebeskummer habe, will ich den wenigstens für mich haben, ohne allen alles erklären zu müssen. Ich werde mir eine Wohnung suchen. Und morgen nach der Arbeit gehe ich ins *Vier Jahreszeiten* und frage nach Felix.«

Kapitel 26

»Ich möchte zu Major Robinson.«

»*Excuse me?*« Die uniformierte Frau in der Halle des Hotels sah sie verständnislos an.

Paula registrierte die gut sitzende Uniform und die eleganten Nylonstrümpfe, die nicht viel mehr als ein Hauch waren und eigentlich eher zu einem Abendkleid passten. Ebenso wie die rot lackierten Fingernägel, die ungeduldig auf die Schreibtischplatte klopften.

Paula wandte den Blick von den manikürten Händen ab. Für einen Moment dachte sie daran, auf der Stelle kehrtzumachen. Es war eine dumme Idee gewesen, einfach hier im Hauptquartier nach Felix zu fragen. Aber dann besann sie sich, dass sie selbst ein schickes Kostüm trug und bestimmt nicht wie eine kleine Bittstellerin aussah. Sie trat einen Schritt näher und trug ihr Anliegen vor. »*May I see Major Robinson?*«, fragte sie.

Der Ausdruck der Frau wurde um eine Spur freundlicher, weil sie Englisch sprach. »*Third floor. Number 24. This way.*« Sie wies mit der ausgestreckten Hand in Richtung des Fahrstuhls.

Paula fuhr in den zweiten Stock und ging den Flur hinunter, und auf einmal war etwas anders. Sie hatte das Gefühl, zu schweben. Sie blickte nach unten und bemerkte den dicken Teppich zu ihren Füßen. Er hatte zwar an einigen Stellen hässliche Flecken, aber wann hatte sie zum letzten Mal einen solchen Luxus gesehen? In Philadelphia vielleicht, in Hamburg jedenfalls nicht.

Sie sammelte sich, dann ging sie weiter und suchte das richtige Zimmer. Die Nummern waren kleine Messingzahlen, die alten Türschilder des Hotels. Vor der 24 blieb sie stehen, atmete durch und klopfte.

»*Come in!*«

Paula öffnete die Tür. In dem ehemaligen Hotelzimmer standen zwei Schreibtische. Die Luft war vom Rauch vieler Zigaretten verbraucht. Automatisch warf Paula einen Blick auf die Fenster. Die Aussicht auf die Binnenalster und das strahlend weiße Kontorhaus der Hapag-Reederei am anderen Ufer war phantastisch, man hätte die Fenster weit öffnen sollen, um die warme Luft hereinzulassen.

»*Yes, please?*«

Paula konzentrierte sich auf ihr Anliegen. Sie war ja schließlich nicht hier, um das Panorama zu bewundern. Sie wandte sich an den Offizier, der ihr die Frage gestellt hatte. Er saß an einem der Schreibtische vor einer schweren Schreibmaschine. Die Oberfläche des Mahagonischreibtisches war völlig zerkratzt. Brandflecken zeugten davon, dass hier Zigaretten verglüht waren.

Der andere Schreibtisch war verwaist. Paula fühlte einen Kloß im Hals.

»*May I help you?*«, fragte der Soldat.

»Ich … *I am looking for Major Robinson*. Wann kommt er denn von seiner Reise mit Colonel Hennings zurück?« Er betrachtete sie neugierig.

»Felix ist zurück in England. Das war vor, warten Sie, vor vier Wochen. Seine Mission hier ist zu Ende. Wir gehen ja alle irgendwann wieder nach Hause.«

Paulas Lächeln erstarb. »Er ist in England?« In ihrer Stimme lagen unendliche Enttäuschung und Demütigung.

Der Offizier bemerkte ihre Betroffenheit. »Soll ich ihm etwas ausrichten? Ich telefoniere ab und zu mit ihm. Aber ab nächster Woche bin ich auch weg.« Er wies auf das Durcheinander auf dem Schreibtisch. »Ich räume hier nur noch auf.«

»Nein, danke.« Paula machte auf dem Absatz kehrt.

»Jetzt warten Sie doch. Sagen Sie mir wenigstens, wie Sie heißen! Oder noch besser: Gehen Sie was mit mir trinken.« Er sah sie verschmitzt an. »Wir haben einen sehr guten Club unten im Haus.«

»Ich dachte, der sei für Deutsche verboten.«

»Die Zeiten sind zum Glück vorbei. Ist das ein Ja?«

Paula fand die Aussicht, mit ein paar guten Cocktails ihre Enttäuschung herunterzuschlucken, höchst verlockend, aber nicht hier, nicht mit einem Kollegen von Felix. »Danke, ich muss gehen.«

»Wie schade«, sagte der Offizier.

Paula verließ das Gebäude und fand auf der anderen Straßenseite eine Bank an der Binnenalster. Sie setzte sich, um zu begreifen, was sie eben erfahren hatte. Während sie jeden Tag auf ihn gewartet hatte, war Felix schon lange nicht mehr in

Deutschland gewesen. Er hatte sich nicht von ihr verabschiedet. Sie hatte sich in ihm getäuscht. Die Erkenntnis traf sie mit voller Wucht. Sie seufzte tief auf, etwas wie ein Schluchzen entrang sich ihrer Kehle, aber sie unterdrückte die Regung. Wenn sie jetzt anfing zu weinen, dann würde sie nicht wieder aufhören können.

Felix war weg, aus ihrem Leben verschwunden. Sie vermisste ihn. Aber sie konnte ihn nicht zwingen. Zum Glück waren sie sich nicht so nahe gekommen, dass der Schmerz zu groß wurde. Und was wäre gewesen, wenn sie ein richtiges Paar geworden wären? Wenn sie sich zwischen ihm und ihrer Arbeit hätte entscheiden müssen, dann hätte sie ohnehin die Arbeit gewählt. Sie war über Konrad hinweggekommen, sie würde auch über Felix hinwegkommen.

Mit einem Ruck stand sie auf und riss ihre Handtasche an sich. Ich werde mich nicht unterkriegen lassen, dachte sie. Mit energischen Schritten ging sie in Richtung der Geschäfte am Jungfernstieg. Ihre Laune besserte sich. Auch wegen der Einladung des Offiziers gerade eben. Sie betrachtete ihr Spiegelbild im Schaufenster des Alsterhauses. Ihr gelbes Kleid saß perfekt und hatte genau die richtige Länge, um ihre schlanken Beine und die schmale Taille zu betonen. Sie lächelte sich zu und fand sich hübsch. Nur ihr Haar gefiel ihr nicht. Sie hatte es im Nacken mit einem Band zusammengebunden, aber es wirkte zu dem luftigen Kleid ein wenig bieder. Und ein wenig Glanz und mehr Farbe würden ihr auch gut stehen. Eine Frau stellte sich neben sie, um ihre Frisur im Schaufenster zu betrachten. In einer anmutigen Geste strich sie eine Strähne ihres lockigen Haars aus dem Gesicht und klemmte sie hinter das Ohr. Auf diese Weise zeigte sie die zarte Linie ihres Halses und der Kinnpartie. Paula sah, dass auch sie gut gekleidet war. Die Frau trug einen einfachen, aber gut geschnittenen Rock und eine kurze Strickjacke im Matrosenlook. Kein Schmuck, kein Tuch. Es war die Frisur, die ihre Erscheinung zu etwas Besonderem machte. Die Frau ging weiter, und Paula sah, dass sie Alba-Strümpfe trug. Die erkannte sie auf den ersten Blick an der leicht hochgezogenen kubanischen Ferse. Es war ihre Idee gewesen, die Verstärkung der Ferse, aus der sich die Naht entwickelte, zwei Zentimeter weiter nach oben zu ziehen. Es verlängerte die Fesseln der Frauen optisch. An der Frau vor ihr saßen die Strümpfe perfekt, die Naht saß gerade, der Stoff war absolut faltenfrei und an keiner Stelle zu eng, so dass sich das Maschenbild nicht verzog. Die Frau hatte die Idealmaße für Alba-Strümpfe und wäre hundertprozentig eine Kandidatin für den Posten der Strumpfkönigin. Paula lächelte breit. Sie hatte ihren Plan mit dem Schönheitswettbewerb nicht aufgegeben. Inzwischen lief die Produktion wieder in geordneten Bahnen, die Kunden waren zufriedengestellt, und sie konnte sich wieder dieser Idee zuwenden.

Paula warf noch einen Blick auf die Frau, die mit eiligen Schritten davonging, wahrscheinlich auf dem Weg zu einem neuen Abenteuer, so stellte sie es sich vor.

Dann sah sie wieder auf ihr Spiegelbild im Schaufenster. Warum eigentlich nicht?, dachte sie und betrat entschlossen das große Kaufhaus, in dessen oberem Stockwerk sich ein guter Friseursalon befand. Es war Zeit für eine Veränderung.

Auf dem Weg mit der Rolltreppe nach oben kam sie an der

Miederwarenabteilung vorbei. Sie nahm sich einen Moment Zeit, um die Kundinnen zu beobachten, die prüfend an den Auslagen vorübergingen und das Strumpfsortiment begutachteten. Zufrieden sah sie, dass der Großteil des Angebots von Alba kam. Es gab aber auch Strümpfe der Marke Elbeo. Sie kaufte ein Paar, um es zu Hause in Ruhe anzuprobieren.

Zwei Stunden später fühlte sie sich wie ein Star. Der Friseur hatte ihr Haar um zehn Zentimeter gekürzt, dadurch war es viel leichter und legte sich in Wellen um ihren Kopf. Außerdem hatte er ihrem stumpfen Haar durch einen Honigton Glanz verliehen. Paula probierte vor dem Spiegel aus, ihr Haar mit den Händen hinter das Ohr zu kämmen, und war entzückt.

Felix hätte es vielleicht auch gefallen, dachte sie trotzig. Aber er wird es leider nicht sehen.

»Sie haben eine neue Frisur«, sagte Otto, als sie am nächsten Morgen ins Büro kam. »Steht Ihnen gut.«

Auch der Chef bedachte sie mit einem anerkennenden Nicken. »Zahle ich Ihnen zu viel Gehalt?«, fragte er.

»Nein. Eher zu wenig. Mir ist da gestern eine Idee gekommen. Übrigens auf dem Weg zum Friseur.«

»Und jetzt wollen Sie wohl auch noch den Friseurbesuch als Spesen abrechnen?« Er lächelte verschmitzt.

»Kein schlechter Einfall …«

»Lassen Sie mal hören.«

»Ich war gestern im Alsterhaus, um mir die Haare machen

zu lassen. Dabei kam mir der Gedanke, ob wir nicht dort einen Alba-Tag anbieten könnten. Das könnte man richtig nett machen, mit einer Art Boudoir, in Rot gehalten, mit bequemen Sesseln und großen Spiegeln. Man könnte ein Gläschen Sekt oder eine rote Rose anbieten. Und nebenbei befragen wir die Frauen nach ihren Vorlieben und Maßen bei Strümpfen ...«

Röbcke beugte sich vor. »Machen Sie, was Sie für richtig halten. Aber denken Sie an Ihr Budget. Und ich will Ergebnisse sehen. Da ist noch etwas ...«

»Ja?«

»Machen Sie auch mal Pause. Gehen Sie aus. Sie sind doch eine attraktive Frau. Arbeit ist nicht alles im Leben.«

Paula hörte ihm zu, dann sagte sie mit fester Stimme: »Ich brauche keinen Mann, wenn Sie das meinen.«

Er hob abwehrend die Hände. »So habe ich es nicht gemeint. Aber Sie müssen es ja wissen.«

Der Strumpfberatungstag im Alsterhaus fand schon eine Woche später statt. Paula hatte roten Stoff und Sessel besorgt, Regine Sommerfeld hatte schöne Plakate entworfen, die im ganzen Kaufhaus auf ihre Aktion hinwiesen. Leider brachte sie nicht den gewünschten Erfolg. Die Frauen kamen zwar, um sich über Strümpfe zu informieren, und Paula gab Tipps, wie man die zarten Gebilde richtig behandelte und pflegte und es hinbekam, dass die Naht gerade saß. Aber nur die allerwenigsten waren einverstanden, als Paula ihnen mit einem Maßband zu Leibe rücken wollte.

»Kein Wunder. Wer hat denn für so was Zeit?«, entrüstete sich Wilhelmine, als Paula ihr am Abend ein bisschen niedergeschlagen davon erzählte. »Und außerdem glaubst du doch wohl nicht, dass ich mich irgendwo hinstelle und jemand Fremdes fummelt an meinen Beinen herum, um sie zu vermessen. Das schickt sich nicht!«

Gertrud, die danebensaß, schüttelte den Kopf. »Nee, ich würde das auch nicht machen. Aber ich trage ja auch nur höchst selten Strümpfe.«

Das stimmte. In letzter Zeit kleidete sich Gertrud mit Vorliebe in Schwarz. Schwarze Rollkragenpullover und dazu eine dunkle, enge Hose. Selten sah man sie ohne ihre filterlosen französischen Zigaretten, die sie regelmäßig von einem Fahrgast erhielt und für die sie ein Vermögen ausgab. Sie hatte sich ihr Haar abschneiden lassen und trug jetzt einen schnurgeraden Pony, der in der Mitte der Stirn endete.

»Warum schneidet ihr euch denn die schönen Haare ab?«, fragte Wilhelmine, der die äußerliche Veränderung ihrer Tochter überhaupt nicht gefiel. »Und immer dieses Schwarz. Eine Frau braucht doch Farbe im Leben!«

Aber Paula gefiel Gertruds neue Stilsicherheit. Sie band sich höchstens mal ein Seidentuch ins Haar oder trug ein Armband mit großen Halbedelsteinen über ihrem schwarzen Pullover. Auch sonst wirkte sie viel selbstbewusster und ausgeglichener als noch vor wenigen Wochen, selbst ihre Ungeschicklichkeit war verschwunden. Sie hatte zu sich gefunden. Paula glaubte, dass das an dem Mann lag, in den Gertrud verliebt war. Sie hätte das Wunderwesen, das ihre Schwester so verändert hatte, gern kennengelernt. Aber Gertrud machte keine Anstalten und wiegelte jedes Mal ab, wenn sie davon anfing.

Nein, Gertrud war wahrscheinlich nicht die richtige Person, wenn es um zarte Nylonstrümpfe ging. Paula musste bei dem Gedanken grinsen.

»Was ist?«, fragte Gertrud.

»Ich habe mir gerade vorgestellt, wie du in Nylonstrümpfen über die Motorhaube deines Autos gebeugt dastehst.«

Gertrud verzog das Gesicht zu einer komischen Grimasse.

Paula kam ein anderer Gedanke. »Würdet ihr denn eure Beine zu Hause selber vermessen, wenn ihr eine kleine Aufmerksamkeit dafür bekommen würdet?«

»Vielleicht. Das käme auf die Aufmerksamkeit an. Frag Uschi, die ist bestimmt dabei.« Doch Uschi war ausgegangen, wie üblich. Allerdings war Freddy passé, er war zurück nach Iowa gegangen – ohne Uschi darum zu bitten, ihn zu begleiten. In der letzten Zeit fiel immer häufiger der Name Bill.

»Eine Lotterie würde ich gut finden. Ein Gewinnspiel, bei dem man Strümpfe gewinnen kann«, sagte Wilhelmine, und Gertrud und Paula lachten.

»Du bist eine echte Glücksspielerin!«

Gleich am nächsten Morgen rief Paula ihre Kollegin Regine Sommerfeld in ihr Büro und trug ihr auf, ein Frauenbein zu zeichnen und dort die Punkte zu markieren, an denen die Kundinnen das Maßband anlegen sollten: Sie sollten den Umfang von Fessel, Wade, Knie, Schenkel und die Beinlänge von der Ferse bis zur Schenkelmitte ausmessen.

Nur eine Stunde später kam Regine wieder zu ihr, um ihr einige Entwürfe vorzulegen.

»Außerdem habe ich noch das gemacht«, sagte sie zögernd und legte Paula ein Blatt auf den Tisch.

Die Bleistiftzeichnung zeigte eine sitzende Frau von vorn. Der Oberkörper war nur angedeutet, aber die langen, übereinandergeschlagenen Beine in Nylons, die unter einem fließenden Stoff hervorsahen, waren in allen Einzelheiten dargestellt. Die Beine waren pure Verführung, dabei zugleich unschuldig.

»Das ist perfekt«, sagte Paula. »Genau das brauchen wir. Das legen wir jeder Packung Strümpfe bei, zusammen mit dem Fragebogen. Ich gebe es sofort in die Druckerei.«

»Ich habe noch eine Idee. Ich würde die Zeichnungen gern farbig machen, dadurch wirken sie moderner, frecher. Damit nicht nur Vorkriegsdamen, sondern auch junge Frauen von heute sich angesprochen fühlen.«

Paula nickte. »Machen Sie ein paar Entwürfe. Aber seien Sie nicht zu kühn. Halbstarke können wir uns nicht erlauben. Aber ein Hauch von Amerika und Rock 'n' Roll darf es schon sein. Besser noch Paris.« Sie wollte ihr erklären, was sie meinte, als Otto Besecke schwer atmend in ihr Büro stürmte.

»Die haben König verhaftet. Gestern in Auerbach. Der war so dämlich und ist bei sich zu Hause aufgekreuzt, mit einer Ladung Strümpfe im Arm. Die Vopos haben ihn einkassiert.«

»Der glaubt eben, er kann sich alles erlauben«, sagte Paula. »Geschieht ihm recht.«

Der Chauffeur drehte seine Mütze in den Händen. »Da ist leider noch etwas. König hat alles ausgeplaudert, dass ich immer rüberfahre und Leute abwerbe und so weiter. Das hat mir einer der Vopos erzählt, der mir noch einen Gefallen schuldete. Die wollten mich auch verhaften. Ich bin in letzter Minute abgehauen. Ich bin Schleichwege gefahren, nicht die übliche Strecke, da haben sie bestimmt auf mich gewartet. Aber immerhin hab ich den Wagen mitgebracht. Ich kann nicht wieder rüber. Ich hab gedacht, ich rede erst mit Ihnen. Was der Chef wohl dazu sagen wird ...«

»Otto, das haben Sie gut gemacht«, sagte Paula. Dann fiel ihr etwas ein: »Was ist eigentlich mit Ihrer Familie?«

Otto räusperte sich. »Ich habe sie mitgebracht. Meine Frau wollte ohnehin schon länger in den Westen, und meine Tochter ist zwanzig und hofft, dass Sie hier eine Arbeit für sie haben. Die ist fleißig und stellt sich nicht dumm an. Meinen Sie, das geht?«

»Da machen Sie sich mal keine Sorgen. Was hätten wir denn die ganze Zeit ohne Sie getan?«

»Und der Chef?«

»Ich rede mit ihm. Heute ist er ohnehin nicht mehr da.«

»Danke, Fräulein Paula. Sie sind schwer in Ordnung.«

Nach Feierabend sah Paula sich ein möbliertes Zimmer an. Sie hatte die letzten Abende damit verbracht, Wohnungsanzeigen zu lesen, und sich einen Überblick über das Angebot verschafft.

»Wo ist denn der werte Ehemann?«, fragte die Vermieterin, die ihr die ganze Zeit dicht auf den Fersen war, so als hätte sie Angst, Paula würde etwas mitnehmen. Dabei gefiel ihr die Einrichtung, die plüschig und verstaubt war, überhaupt nicht.

»Ich bin alleinstehend«, sagte Paula.

Das Gesicht ihres Gegenübers verschloss sich. »Ich vermiete ausschließlich an Herren und Ehepaare. Alleinstehende Damen, da weiß man doch nie …«

Paula bedachte sie mit einem wütenden Blick. »Wie Sie meinen«, sagte sie und war schon aus der Tür.

Sie sah sich noch einige Zimmer an, die zur Untermiete in einer Wohnung angeboten wurden, wurde jedoch immer abgelehnt.

»Wenn du nur ein Zimmer willst, dann kannst du ja auch bei uns wohnen bleiben. Ich dachte, du wolltest dein eigenes Reich«, sagte Gertrud.

»Ich krieg sowieso kein Zimmer in einer Wohnung. Weil da auch alleinstehende Männer wohnen, und das könnte zu Problemen führen. Schließlich teilt man Bad und Küche.«

»Dann such nach einer ganzen Wohnung.«

Und das tat Paula. Sie besichtigte eine Wohnung am Hallerplatz, die ihr eine Frau um die fünfzig zeigte.

»Hier hat bisher meine Tochter mit ihrer Familie gelebt. Jetzt, wo das zweite Kind unterwegs ist, wurde die Wohnung zu klein für sie.«

Langsam ging Paula durch die zwei kleinen Zimmer im Hochparterre, die mit einer Schiebetür verbunden waren. Als sie die Loggia betrat, die auf den kleinen Platz hinausging, wo in den Kastanien die Vögel sangen, ging ihr das Herz auf. Sie sah sich abends schon hier sitzen, mit einem Buch vor der Nase oder einem Glas Wein. Hier käme sie bestimmt zum Nachdenken, und es gab einen Tisch, an dem sie arbeiten könnte.

»Ist das wundervoll!«, entfuhr es ihr.

Die Vermieterin lächelte sie an, und Paula entschloss sich, mit offenen Karten zu spielen. »Ich bin bisher als Mieterin abgelehnt worden, weil ich nicht verheiratet bin. Ich arbeite als rechte Hand des Chefs bei Alba-Strümpfe. Bei uns zu Hause ist es mit meiner Mutter und meinen Schwestern einfach zu eng. Ich muss abends oft noch arbeiten und brauche dazu Ruhe. Ist das ein Problem für Sie?«

»Nein, gar nicht. Ich verstehe, was Sie meinen. Ich wohne auch allein, direkt über Ihnen.«

Paula atmete erleichtert aus. »Es wird mir eine Freude sein, Ihnen ab und zu ein Paar Nylons mitzubringen. Das soll aber kein Bestechungsversuch sein. Wann könnte ich einziehen?«

Wilhelmine war erst entsetzt und dann traurig, als Paula sagte, dass sie ausziehen würde.

»Aber warum denn? Du hast es doch gut bei uns. Das viele Geld! Das kannst du doch lieber für etwas anderes ausgeben.«

»Die Miete ist gar nicht so hoch. Siebzig Mark, und ein paar Möbel stehen auch schon da. Weit ist es auch nicht. Du kannst mich besuchen kommen.«

»Aber …«

»Lass Paula machen, Mama«, sagte Gertrud. »Sie hat einen anstrengenden Beruf und braucht abends ihre Ruhe. Ich kann sie gut verstehen.«

»Dann wird sie noch mehr arbeiten, auch noch abends zu Hause. Kind, wie willst du denn so einen Mann finden? Und was ist mit dir?«, wandte sie sich an Gertrud. »Bist du die Nächste, die auszieht? Lasst ihr mich hier mit Uschi allein?«

»Noch bin ich ja da«, sagte Gertrud.

Wilhelmine gab auf. »Und wann ist es so weit?«

»Nächste Woche«, gab Paula zurück.

Kapitel 27

Ende der Woche war Pfingsten. Am Dienstag saß Paula schon
früh in ihrem Büro und kritzelte mit einem Bleistift Notizen auf ein Blatt Papier. Sie hatte das Bedürfnis, ihre Gedanken zu ordnen, denn sie konnte kaum fassen, dass der Tag
gekommen war, auf den sie seit Jahresbeginn hingearbeitet
hatte. Wenn sie noch daran dachte, wie sie vor sechs Monaten den verrückten Plan gefasst hatten, hunderttausend Paar
Strümpfe zu produzieren, und was seitdem alles passiert war:
Sie hatte zum ersten Mal in einem Flugzeug gesessen und
war in Amerika gewesen, sie war quasi zur Co-Chefin von
Alba-Strümpfe geworden und hatte das Unternehmen im
Hafen aus dem Nichts aufgebaut. Deutschland hatte ein
Grundgesetz bekommen und war wieder ein souveräner
Staat, sie hatte einem Mörder gegenübergestanden und nach
Jahren Konrad wiedergesehen. Paula seufzte, als sie daran
dachte, was auch noch in diese Aufzählung gehörte: Sie hatte
Felix gefunden und wieder verloren. Was waren das für ver-
rückte Zeiten, in denen so viel Gegensätzliches möglich war?
Ob sie alle irgendwann einmal wieder zur Ruhe kommen
würden? Sie sah auf den Zettel vor sich und schrieb das Wort
Langeweile hin und machte ein Fragezeichen dahinter. Dann

strich sie es wieder durch. Sie konnte sich beim besten Willen nicht vorstellen, dass sie in nächster Zeit so etwas wie Langeweile empfinden würde. Sie zerknüllte das Blatt und warf es in den Papierkorb. Sie hatte zu tun.

Bis Pfingsten gaben noch einmal alle Mitarbeiter bei Alba-Strümpfe ihr Bestes, um alle Aufträge auszuliefern. In der Halle am Hafen war es wuselig wie in einem Ameisenhaufen. Paula war froh, dass Frau Besecke und ihre Tochter mit anpackten. Als sie Willi Röbcke erzählt hatte, dass Otto nicht wieder nach Auerbach fahren könnte, war er erstaunlich gelassen geblieben.

»Hauptsache, er ist rausgekommen. Sonst ist da sowieso nichts mehr für uns zu holen. Und seine Frau können wir gut gebrauchen. Die wird Ihnen gefallen.«

Damit sollte er recht behalten. Gunhild Besecke, die ein breites Sächsisch sprach, war patent und zupackend. Paula hatte zudem einige Frauen zur Aushilfe eingestellt, die meisten von ihnen kamen über Uschi, die ihre Freundinnen anschleppte und auch selbst mitarbeitete. Sie packten und konfektionierten und legten die schön gestalteten Werbebilder bei. Paula wunderte sich, wie fleißig ihre kleine Schwester bei der Sache war. Und dann war der Freitag vor Pfingsten gekommen, die letzten Kartons waren auf die Lkws verladen und auf die Straße gebracht. Alle freuten sich auf ein langes Wochenende. Am Nachmittag rief der Chef alle zusammen, und Paula enthüllte die Leiste, an der der Stand der Arbeit angezeigt wurde. Bis auf ein winziges Stück war die Leiste schwarz gefärbt. Sie hatten es fast geschafft. Nur winzige fünf Prozent fehlten. Willi Röbcke hielt eine Rede, in der er allen für ihr Vertrauen dankte und dafür, dass sie bereit gewesen waren, einen Teil ihres Lohnes zu stunden.

»Wenn ihr heute in eure Lohntüten schaut, dann werdet ihr sehen, dass ich jedem von euch fünfundsiebzig Mark extra reingelegt habe. Auch den Frauen, das habt ihr Fräulein Rolle zu verdanken.« Er winkte sie zu sich. »Kommen Sie, Paula. Wir alle wissen doch, dass ich es ohne Sie nicht geschafft hätte.« Paula stellte sich neben ihn und lächelte voller Stolz, während der Chef seine kleine Rede fortsetzte. »Und jetzt möchte ich einen Ausblick auf die nächsten Wochen und Monate geben. Noch sind wir nicht über den Berg. Wir haben uns am Markt positioniert, die deutschen Frauen kennen und schätzen Alba-Strümpfe. Aber die Konkurrenz schläft nicht. Wir sind nicht länger die einzigen Produzenten. Eigentlich will ich euch damit zu verstehen geben, dass ihr euch auch in den nächsten Monaten nicht ausruhen könnt!« Er grinste jovial in die Runde, und einige fingen an zu klatschen. »Ihr wisst, wie ich das meine. Und nun will ich euch nicht länger vom Büfett abhalten. Danke und guten Appetit!«

Paula stand etwas abseits und sah zur Belegschaft hinüber, die sich an Kartoffelsalat und Würstchen hielt. Uschi sah sie und kam mit einem vollen Teller zu ihr herüber. »Sogar wir haben einen Bonus bekommen. Zwanzig Mark!«

»Ich weiß«, sagte Paula.

»Natürlich weißt du. Macht er überhaupt etwas, ohne dich vorher zu fragen?« Sie wies mit dem Kopf in Röbckes Richtung.

»Er ist der Chef.«

»Es muss schön sein, wenn man entscheiden kann. Wenn die Leute tun, was man sagt.«

»Das ist es.« Paula sah ihre kleine Schwester fragend an, der irgendetwas durch den Kopf zu gehen schien.

»Ich will auch, dass die Leute mir vertrauen und tun, was ich sage. Vielleicht will ich doch was lernen. Allerdings was anderes. Nichts mit Maschinen oder so.« Sie lächelte Paula an. »Aber vorher gehen wir aus. Und du kommst mit. Es gibt einen neuen Club auf der Reeperbahn, die spielen Musik aus England und Amerika.«

»Ich bin müde.«

Uschi ließ das nicht gelten. »Du bist immer müde. Aber heute Abend machst du mal, was ich sage. Morgen beginnt das Pfingstwochenende, du hast gerade deine Firma gerettet, und wir haben einen Bonus in der Tasche. Das muss gefeiert werden. Gertrud kommt gleich mit ihrem schicken Auto und holt uns ab. Ich habe ihr versprochen, dass wir als Schwestern gemeinsam ausgehen. Du zahlst!«

Uschi machte einen so unternehmungslustigen Eindruck, dass Paula auch Lust auf einen Tanzabend bekam. Gertrud fuhr mit ihnen auf die Reeperbahn. Sie parkte schwungvoll vor einem Trümmergrundstück.

»Im *Silbersack* fangen wir an«, sagte sie und marschierte in die völlig verqualmte Eckkneipe.

»Aber das ist doch total überfüllt hier«, sagte Paula.

»Das ist noch gar nichts«, gab Gertrud zurück und bahnte sich einen Weg bis zum Tresen.

Verwundert sah Paula, dass die Menschen ihr die Hand

oder auch ein Küsschen auf die Wange gaben und bereitwillig Platz machten.

»Hallo, Erna«, begrüßte Gertrud die junge Frau, die hinter dem Tresen stand.

»Moin, Gertrud. Was bringst du denn da für feine Damen?«

»Das sind meine Schwestern, Paula und Uschi.« Und zu ihren Schwestern gewandt sagte sie: »Und das ist Erna Thomsen, sie führt mit ihrem Mann den Laden.«

Diese zarte Frau hatte hier das Sagen? Paula war überrascht. Sie hätte eher auf einen breitschultrigen Kerl getippt, der zur Not mit den Fäusten für Ordnung sorgte.

Die Wirtin sah sie amüsiert an, als hätte sie ihre Gedanken gelesen. »Na denn, auf einen schönen Abend. Sekt?«, fragte sie.

Paula wollte schon zustimmen, aber Gertrud schüttelte den Kopf und zeigte auf eine Flasche hinter Erna in dem Flaschenregal. Erna verstand und schenkte drei Escorial ein. Dann riss sie ein Streichholz an und flambierte den Schnaps.

»Deckel drauf, sonst wird es zu heiß«, sagte Gertrud und löschte das Getränk mit einem Pappuntersetzer. »Auf uns! Endlich gehen wir mal zusammen aus«, rief sie über den Lärm hinweg. Der Kräuterschnaps schmeckte nach Minze und Waldmeister und brannte wie Feuer in Paulas Kehle. Sie musste husten, Uschi klopfte ihr auf den Rücken.

»Was ist das denn für ein Teufelszeug?«, fragte sie, als sie wieder zu Atem gekommen war.

»Kennst du nicht? Du musst echt mal unter Leute«, sagte Uschi trocken, und Gertrud grinste vielsagend dazu.

Paula wollte auffahren, aber dann besann sie sich. Heute Abend wollte sie mal nicht die ältere Schwester geben. Sie würde sich amüsieren und nicht länger die Spaßbremse spielen. Keiner sollte auf die Idee kommen, dass sie hier nicht herpasste oder zu alt für dieses Lokal war. Als sie sich umsah, entdeckte sie Frauen jeden Alters. Sie warf einen Blick in den Spiegel hinter dem Tresen und schenkte sich selbst ein fröhliches Lächeln. Sie fing den anerkennenden Blick eines Mannes im Spiegel auf und lächelte noch einmal, dann wandte sie sich wieder ihren Schwestern zu.

Gertrud grüßte immer noch nach rechts und links. Paula sah das mit Verwunderung. Hier schien sich ihre sonst eher linkische Schwester wohl- und sicher zu fühlen und jeden zweiten Gast zu kennen.

»Du bist ja in deinem Element«, rief Paula ihr über den Lärm hinweg zu. Wieder einmal musste sie feststellen, wie sehr Gertrud sich verändert hatte. Heute zum Beispiel trug sie eine helle Männerhose, die sie bis zur Mitte der Wade hochgekrempelt hatte, und dazu weiße Socken und derbe Schuhe.

Inmitten des bunt gemischten Publikums fiel sie nicht einmal auf. Hafenarbeiter im Blaumann, die hier Astra aus der Flasche tranken und Buletten mit Senf verdrückten, standen neben Herren in gedeckten Anzügen. Und Frauen in guten Kostümen wie Paula standen neben Frauen in Männersachen. Auch einige stark geschminkte Frauen mit tiefem Dekolleté waren zu sehen. Niemand schien sich am anderen zu stören, und alle amüsierten sich bestens.

Erna stellte ihnen drei weitere Schnäpse auf den Tresen.

»Von dem Herrn da drüben«, sagte sie mit einem Kopfnicken in Richtung eines derben Mannes mit einer schlecht verwachsenen Narbe quer über der Stirn. Gertrud hob ihr Glas und prostete ihm zu.

»Auf Taxi-Trude«, rief er über den Lärm zu ihnen herüber.

»Kennst du den etwa?«, fragte Uschi.

Gertrud zuckte mit den Schultern. »Dem gehören hier ein paar Läden. Ich fahr ihn ab und zu.«

»Aber der sieht aus wie ein Verbrecher«, entfuhr es Paula.

»Er zahlt immer und gibt gutes Trinkgeld.«

»Was ist denn mit deinem Freund? Lernen wir ihn heute Abend kennen?«, fragte Uschi frech.

Gertrud schüttelte den Kopf. »Halt die Klappe. Heute ist Schwestern-Abend.«

Paula fühlte, wie ihr der Alkohol in die Beine fuhr, und als sie später noch in ein anderes Lokal gingen, wo rund um eine Tanzfläche ein paar Tische standen, tanzte sie mit Uschi, bis ihr schwindelig wurde. Außer Atem ließen die beiden sich neben Gertrud nieder, die standhaft jede Aufforderung zum Tanz ablehnte.

»Nur für Geld«, sagte sie, damit hatte sich das Thema für sie erledigt.

»Na, guckst du wieder Strümpfe?« Uschi stieß Paula in die Seite. Sie hatte recht. Paula begutachtete die Beine der Frauen. Einige hatten sich immer noch eine Naht auf die nackte Haut gemalt, aber die meisten trugen tatsächlich Nylons, mal von feiner, mal von schlechterer Qualität. Aber es gab auch viele junge Frauen wie Gertrud, die Hosen trugen. Die brauchten keine Strümpfe. Sie wollte sich gerade Gedanken darüber machen, was es bedeutete, wenn die Frauen in Zukunft alle Hosen trügen und keine Nylons mehr brauchten, als Uschi sie mit sich auf die Tanzfläche zog.

»Los, wir tanzen noch mal.«

Paula ließ sich mitziehen. An diesem Abend wollte sie nicht an die Arbeit denken, sondern sich einfach nur amüsieren. Sie wurden von zwei Männern abgeklatscht. Paula bewegte sich zur Musik und hörte sich die Schmeicheleien ihres Tanzpartners, eines gut aussehenden Mannes um die vierzig, an. Gertrud grinste sie vom Tisch aus an, und Paula grinste zurück.

»Darf ich Sie und Ihre Freundinnen auf ein Getränk einladen?«, fragte der Mann.

»Warum nicht?«, fragte Paula zurück.

Sie gingen später noch in ein anderes Lokal und dann in noch eines. Paula und ihre Schwestern vergnügten sich nach Kräften, ließen sich einladen und tanzten, bis ihnen die Füße wehtaten.

Es war weit nach Mitternacht, als Gertrud sie in ihr Auto verfrachtete und durch die Hamburger Frühlingsnacht nach Hause kutschierte.

»War das ein lustiger Abend«, sagte Paula, der schon halb die Augen zufielen.

»Stimmt. Ich wusste gar nicht, dass man mit dir so viel Spaß haben kann«, sagte Uschi und kicherte.

»Und ich wusste nicht, dass man mit dir eine richtige Unterhaltung führen kann«, gab Paula prompt zurück.

»Wir sind so unterschiedlich, aber wir sind dennoch Schwestern«, sagte Gertrud.

Kapitel 28

Am Freitag nach Pfingsten hatte Paula sich freigenommen und schaffte mit Uschis und Gertruds Hilfe ihre wenigen Habseligkeiten in die Wohnung am Halleplatz hinüber. Viel hatten sie nicht zu transportieren, einen kleinen Schrank und ein paar Küchenutensilien und ihre Kleider sowie einige Bücher und persönliche Dinge. Als Uschi die Wohnung sah, war sie hin und weg.

»Kann ich nicht mit dir hier einziehen? Du hast doch zwei Zimmer. Ich störe dich auch nicht. Bitte!«

»Such dir eine richtige Arbeit, oder noch besser, lern einen Beruf, dann kannst du dir auch eine Wohnung leisten«, gab Paula zurück.

»Oder heirate einen Mann mit Wohnung«, feixte Gertrud.

Als die beiden gegangen waren, legte Paula sich auf ihr Bett und schloss die Augen. Rund um sie herum war es still. Niemand würde sie stören, niemand würde etwas von ihr wollen, sie könnte tun und lassen, was immer sie wollte. Sie könnte die ganze Nacht wach bleiben, wenn sie das wollte. Oder am Nachmittag ein Schläfchen machen. Sie könnte essen, was und wann sie wollte. Sie hatte ein Badezimmer, das sie mit niemandem teilen musste.

Sie könnte sogar ihren Geburtstag hier feiern. Es müsste nett sein, ein paar Leute einzuladen. Ihre Familie, Otto Besecke, Regine Sommerfeld und die Webers. Und ihren Chef. In Gedanken war sie schon dabei, ein kaltes Büfett zusammenzustellen. Sie könnte vielleicht diesen Waldorfsalat machen, den sie in Amerika gegessen hatte …

Das Gefühl ließ sie beinahe schwindelig vor Glück werden, und vor Aufregung konnte sie lange nicht einschlafen.

An einem der nächsten Abende kam Gertrud vorbei. Sie schwenkte eine Flasche Sekt und ein Paket mit geschmierten Broten.

»Die sind von Mama. Sie hat Angst, dass du nicht genug isst. Aber der Sekt ist von mir. Wo sind die Gläser?« Sie ging in die winzige Küche und kam gleich darauf mit Gläsern und Tellern zurück. Sie setzten sich nebeneinander auf das Sofa und zogen die Beine unter den Körper.

Sie aßen die Schinkenbrote und tranken den Sekt dazu. »Weißt du noch, als wir die ganze Schachtel Weinbrandbohnen gefuttert haben?«, fragte Gertrud.

»Mein Gott, war mir schlecht.«

»Da trink ich doch lieber ein Gläschen Sekt.« Gertrud schenkte wieder ein. »Prost!«

»Musst du heute nicht mehr arbeiten?«, fragte Paula.

Gertrud schüttelte den Kopf. »Heute hat Alwin die Nachtschicht.«

»Alwin …«, sagte Paula.

Gertrud seufzte. Das alte Thema.

»Du hast doch etwas auf dem Herzen. Los, raus damit«, sagte Paula.

Gertrud stellte ihr Glas ab. »Es gibt da jemanden«, sagte sie dann.

»Das habe ich gemerkt. Du bist so anders in letzter Zeit, man könnte denken, du schwebst. Das steht dir übrigens hervorragend.«

Gertrud strahlte sie an. »Ich bin so glücklich, ich könnte die ganze Welt umarmen.«

»Wann lerne ich diesen Glücklichmacher endlich kennen? Ich mag ihn jetzt schon, weil er dir guttut.«

»Es ist schwierig für uns, einen Platz zu finden, wo wir allein sein können.«

»Das kann ich mir vorstellen. Wie weit geht ihr?«

Gertrud sah ihre große Schwester an und grinste. »Beim ersten Mal habe ich gedacht, ich falle in Ohnmacht.«

»Ich kann mir vorstellen, dass das Dinge sind, über die du mit Mama nicht reden kannst«, sagte Paula lächelnd.

Gertrud platzte vor Lachen. »Mit Mama? Bist du wahnsinnig? Sie würde einen Herzinfarkt kriegen.«

Die Vorstellung war wirklich zu absurd, und Paula musste mitlachen. Dann fiel ihr etwas ein. »Weißt du, was du tun musst, um nicht schwanger zu werden? Ich nehme an, das willst du nicht, wo du jetzt gerade dein Taxiunternehmen aufbaust.«

Gertrud biss sich auf die Lippen, dann sah sie Paula lange an. »Darum musst du dir keine Sorgen machen. Ich kann nicht schwanger werden.«

Paula erschrak. »Warum nicht? Ist etwas mit dir? Bist du krank?«

»Ich kann nicht schwanger werden, weil …« Gertrud zögerte. Dann holte sie tief Luft. »Weil sie eine Frau ist. Sie heißt Karoline, und ich liebe sie.« Unsicher blickte sie Paula an. »Bist du schockiert?«

Paula war so überrascht, dass sie selbst erst einmal durchatmen musste. Doch je länger sie überlegte, desto mehr fügte sich eins zum anderen. Natürlich, sie hätte es sich längst denken können. Gertrud hatte sich nie für Jungen interessiert und wenn, dann waren sie Kumpel gewesen. Und dann ihre Weigerung, schöne Kleider zu tragen oder sich hübsch zu machen, ihre Neigung, ständig etwas umzuwerfen, ihre Ungeschicklichkeit in weiblichen Dingen … Paula schüttelte den Kopf, dann sagte sie: »Nein, ich glaube nicht, dass mich das schockiert. Es ist nur … ungewohnt. Und jetzt erzähl mir von ihr. Wann lerne ich sie kennen?«

»Sie kommt nachher vorbei. Das heißt – nur, wenn es dir recht ist.«

»Ob es mir recht ist? Ich bin gespannt wie ein Flitzebogen.«

Kurz darauf klingelte es erneut. Gertrud fing an zu strahlen und ging die Tür öffnen. Als sie wieder ins Zimmer kam, zog sie eine Frau an der Hand hinter sich her.

»Das ist Karoline«, sagte sie.

»Hallo«, sagte Karoline ein bisschen schüchtern. »Ich weiß nicht, ob …«

Paula sah nur, wie glücklich ihre Schwester war. Die beiden Frauen waren so verliebt ineinander, dass sie selbst ganz wehmütig wurde.

»Hallo«, sagte sie und reichte Karoline die Hand. »Ich bin froh, dass ich endlich den Menschen kennenlerne, der meine Schwester so glücklich macht.«

Karoline strahlte. Sie quetschten sich zu dritt auf das Sofa.

»Kann ich auch ein Schinkenbrot haben?«, fragte Karoline. »Ich habe noch nichts gegessen.«

Damit war der Bann gebrochen, und schon bald unterhielten sie sich, als würden sie sich schon lange kennen.

Nachdem die beiden gegangen waren, fragte Paula sich, ob sie sich Sorgen um Gertrud machen sollte. Würde sie Schwierigkeiten bekommen, weil sie eine Frau liebte? Die beiden waren in der Öffentlichkeit diskret, das hatten sie ihr versichert. Paula fragte sich, wie ihre Mutter damit umgehen würde. Ob es ihr schwerfiele, zu akzeptieren, dass ihre Tochter eine Frau liebte?

Wir werden uns alle daran gewöhnen, dachte sie dann.

Kapitel 29

Am nächsten Morgen stolperte Paula fast über einen Wäschekorb voller Briefe, als sie in ihr Büro wollte. Es waren Antworten von Alba-Kundinnen, die an der Messaktion teilgenommen hatten.

Sie holte sich Regine Sommerfeld zu Hilfe, um alles zu lesen und die Daten auszuwerten. Mithilfe einer Tabelle konnten sie die Maße rasch den verschiedenen Konfektionsgrößen zuordnen. In der Tat war es so, dass die Alba-Strümpfe bisher für die meisten Frauen zu knapp an den Waden saßen. Mit den neuen Maßen konnten die Maschinen umgestellt werden. Nebenbei stießen sie auf weitere statistische Werte. So schienen die Hamburgerinnen im Durchschnitt längere Beine als die Münchnerinnen zu haben.

»Eine Million Maschen pro Strumpf«, seufzte Regine, während sie einen weiteren Stapel Briefumschläge aufschlitzte.

Paula sah sie fragend an.

»So viele Maschen bilden einen Alba-Strumpf, und ich habe das Gefühl, eine Million Briefe geöffnet zu haben.«

Paula stutzte. »Das ist es!«

Jetzt verstand Regine nicht, was Paula meinte.

Paula stand auf und hob beide Arme, als würde sie auf riesige Lettern auf einer Plakatwand zeigen: »*Alba macht Frauen zu Millionärinnen. Zu Maschenmillionärinnen* – Regine, das müssen Sie gleich in eine Anzeige umsetzen. Nehmen Sie was mit Schmuck, eine elegante Frau von Welt, aber nicht zu viel.«

Regine strahlte. »Ich mache mich sofort an die Arbeit.«

Die Anzeigen erschienen im *Hamburger Echo* und im *Abendblatt*, und als die Reaktionen positiv waren, auch in den Zeitungen anderer Städte, stellten Röbcke und Paula Reisevertreter ein, die in ganz Deutschland herumfuhren, um besseren Einblick in die Wünsche der Kundinnen zu bekommen und Bestellungen einzuholen.

Für die Betreuung und Information der Vertreter war Paula zuständig. Zudem kümmerte sie sich wie gehabt um Werbung, den Beinwettbewerb und die Personalführung. Manchmal wunderte sie sich, wie schnell alles ging. Heute hatte sie eine Idee, übermorgen war sie bereits umgesetzt. Sie schaffte das dank ihrer Durchsetzungskraft und auch, weil in Deutschland alle neu anfingen und allerorten neue Konzepte ausprobiert wurden. Wer eine Vision hatte und schnell in der Umsetzung war, dem konnte fast alles gelingen. Es gab genügend Arbeitskräfte, und Paula konnte sich die besten aussuchen, nicht zuletzt, weil sie es verstand, die Leute zu motivieren.

Die Maschinen ratterten Tag und Nacht, die Leute arbeiteten inzwischen in zwei Schichten.

Abends saßen Paula und der Chef zusammen, um zu besprechen, was am Tag vorgefallen war.

Röbcke zündete sich eine Zigarre an und bot Paula eine Zigarette an.

»Der Vertreter aus Hessen hat mir geschrieben, dass dort die Firma Elbeo ein Werk aufgemacht hat«, begann Paula und ließ sich von ihm Feuer geben.

»Hat der alte Bahner es also auch geschafft«, murmelte Willi Röbcke.

»Ich habe mir schon gedacht, dass Sie den kennen. Ich habe neulich Strümpfe dieser Marke gesehen. Keine schlechte Qualität, aber teurer als unsere.«

Er nickte. »Der war früher auch in Sachsen und ist genau wie ich enteignet worden.«

Elbeo war nicht der einzige Mitbewerber. In der Zwischenzeit waren auch andere auf die Idee gekommen, Strümpfe zu produzieren. Albas größter Konkurrent saß im Badischen und versuchte, ihn mit Dumpingpreisen vom Markt zu drängen. Auch das alteingesessene Familienunternehmen Falke in Schmallenberg wollte die Produktion auf Nylons ausweiten. Aber das war noch nicht alles: Im *Abendblatt* hatte Paula eine große Anzeige für Nylons von der Strumpfvitrine am Gänsemarkt gelesen: *100 Prozent aus den USA, 1. Wahl zu unschlagbar günstigen Preisen.*

»Hab ich auch gesehen«, sagte Röbcke seelenruhig. »Das sind Lockangebote. Ich habe Hannchen hingeschickt, und die hatten gar keine mehr. Die wollen nur die Leute in ihren Laden kriegen. Die sollte man bei der Handelskammer anzeigen.«

Röbcke sah ihr wohl an, dass sie beunruhigt war. »Machen Sie sich keine Sorgen. Konkurrenz belebt das Geschäft. Au-

368

ßerdem waren wir die Ersten. Dank Ihrer Idee mit der Vorfinanzierung durch die Kunden. Wir waren zuerst am Markt, das ist unser Trumpf. Und unsere Strümpfe sind hochwertig.« Er grinste, und Paula glaubte, dass ihm das alles sogar Spaß machte, selbst die wachsende Konkurrenz schien das reinste Vergnügen für ihn zu sein, einfach weil es eine neue Herausforderung war.

»Bei mir muss immer was passieren, sonst wird es langweilig«, sagte ihr Chef wie zur Bestätigung. »Wir werden eine neue Maschine kaufen. Es gibt jetzt welche, die wirken Strümpfe in zehn Denier. Die sind so zart, die sehen Sie kaum. Und die IG Farben hat ein neues Material entwickelt. Perlon nennen sie es. Es soll noch besser sein als Nylon, weil es feiner ist. Ich habe Weber schon darauf angesetzt, dass er sich das mal genauer ansieht und prüft, ob wir es auf unseren Maschinen laufen lassen können. Sonst kaufen wir eine neue.«

»Noch eine Maschine?« Paula kannte sehr wohl die Außenstände, die die Firma noch hatte. »Meinen Sie, Sie bekommen einen weiteren Kredit?«

»Sehen Sie sich doch nur mal die Bestellzahlen der letzten Woche an. Wir könnten noch mehr verkaufen, wenn wir schneller produzieren würden. Wir müssen erweitern und besser werden. Die Konkurrenz schläft nicht. Außerdem kennen Sie doch meinen Leitspruch: groß denken.« Er hob den Zeigefinger und paffte vergnügt an seiner Zigarre.

Paula nickte. »Stimmt. Außerdem sitzen Alba-Strümpfe besser, seit wir die neuen Größen im Sortiment haben. Wenn wir es jetzt noch schaffen, unter sieben Mark anzubieten …«

»Ich sehe, Sie verstehen das Geschäft. Genau da müssen wir hin. Das geht aber nur über die Masse. Wenn wir mehr produzieren, können wir billiger verkaufen. Mit den zwei Schichten sind wir gut im Rennen. Hauptsache, die Maschinen machen nicht schlapp.«

»Die laufen, keine Sorge. Weber hat alles im Griff.«

»Darauf stoßen wir zwei jetzt an.« Er holte eine Flasche Cognac und zwei Schwenker aus seinem Schreibtisch.

»Den ersten Schritt haben wir gemacht. Alba ist am Markt, die Kunden sind zufrieden. Wir haben sogar die Krise mit dem Diebstahl überwunden. Das habe ich auch Ihnen zu verdanken, Paula.«

Das Lob freute sie. »Wir sind eben ein gutes Team.«

»So ein neumodisches Wort. Aber es passt. Und genau darüber wollte ich mit Ihnen sprechen.« Röbcke öffnete die Flasche und schenkte ihnen ein. »Aber erst mal stoßen wir auf unseren Erfolg an. Prost.«

Paula nahm einen kleinen Schluck, und der Alkohol brannte in ihrem Magen. Sie schluckte. »Worüber wollen Sie mit mir sprechen?«

Röbcke räusperte sich laut und ausgiebig. Dann nahm er noch einen Schluck. »Nun, Sie werden festgestellt haben, dass meine Beziehung zu Frau Fischer Formen angenommen hat, die über eine reine Freundschaft oder das Verhältnis Mieter und Vermieterin hinausgehen …« Er hielt inne, und als er ihr Lächeln sah, fügte er hinzu: »Verdammt, was rede ich hier um den heißen Brei herum. Hannchen und ich werden heiraten.«

»Ich gratuliere Ihnen.« Paula freute sich für ihn. »Sie beide

370

passen gut zusammen. Sie sind auch ein gutes Team. Aber was ...?«

»Was das mit Ihnen zu tun hat? Ich möchte, dass Sie auch offiziell mehr Verantwortung tragen. De facto schmeißen Sie den Laden ja sowieso schon, aber ich möchte Sie gern zur Geschäftsführerin machen und Ihnen Prokura verleihen.«

Paula schnappte nach Luft.

»Ich bleibe natürlich der Chef, aber ich werde in nächster Zeit öfter mal aushäusig sein, und da brauche ich jemanden hier, der Verantwortung trägt und Entscheidungen treffen kann.« Er stand auf und reichte ihr die Hand. »Kann ich mit Ihnen rechnen?«

Auch Paula erhob sich. »Das können Sie. Hundertprozentig.«

Zu Hause angekommen, kickte sie ihre Schuhe in die Ecke und rieb sich die Füße. Übermütig ließ sie sich auf ihr Sofa fallen und schloss die Augen. Sie hatte Prokura! Als Frau! Sie hatte es geschafft! Die Firma lief wieder. Sie hatten ihr Produktionsziel fast erreicht, alles, wofür sie in den letzten Wochen so hart gearbeitet hatte, war ihnen gelungen. Ihre Hartnäckigkeit hatte sich ausgezahlt.

Natürlich hatte Röbcke gemahnt, dass dies bestimmt nicht die letzte Krise gewesen sei. Es zeichnete sich ja bereits ab, dass sie demnächst harte Konkurrenz auf dem Markt bekommen würden. Und wer wusste schon, wohin die Modewünsche der Frauen gehen würden? Vielleicht hätten sie eines Tages keine Lust mehr auf Nylons, vielleicht wäre ihnen das Hantieren mit den Strumpfbändern zu viel?

Egal, sagte Paula sich. Krisen sind dafür da, gemeistert zu werden. Und die Arbeit sollte ja nicht langweilig werden, in dieser Hinsicht ließ sie sich gern von Röbcke mitreißen. Ihn inspirierten Schwierigkeiten, sie trieben ihn voran, statt ihn aufzuhalten.

Paula freute sich auf die neue Verantwortung. Herausforderungen hatten sie schon immer angespornt. Sie war gespannt, was Röbcke mit seiner Ankündigung meinte, dass er künftig nicht mehr so oft in der Firma sein würde. Wenn er nicht da war, läge alles bei ihr. Die Arbeit würde ihre ganze Zeit und Energie beanspruchen. Zum Glück habe ich kein Privatleben, dachte sie mit leichtem Sarkasmus. Es gibt keinen Mann, der zu Hause auf mich wartet. Ins Kino kann ich auch allein gehen. Und tanzen mit Uschi. Oder mit Karoline. Aber ganz richtig fühlte sich das nicht an. Sie schob das leichte Unbehagen zur Seite. Sie würde Alba-Strümpfe noch größer und erfolgreicher machen. Das musste fürs Erste reichen. Für die Liebe wäre später in ihrem Leben noch Zeit.

Diese Gedanken wirbelten in ihrem Kopf umher, und irgendwann nickte sie darüber ein.

Sie schreckte auf, als es an der Tür klingelte. Sie rieb sich mit den Händen über die Augen, um wach zu werden, und stand auf.

Wahrscheinlich Uschi, die sich in meinem Bad breitmachen will, dachte Paula. Uschi hatte gefragt, ob sie sich vor dem Ausgehen bei ihr zurechtmachen dürfte, weil sie keine Lust hatte, sich von Wilhelmine wegen des Lippenstifts Vorhaltungen machen zu lassen. Vielleicht war es auch Gertrud, die manchmal während der Schicht vorbeischaute, wenn sie in der Nähe war.

Barfuß ging sie zur Tür und öffnete sie nur einen Spalt. Dann ging sie gleich wieder zurück ins Wohnzimmer. »Komm rein, aber mach bitte schnell. Ich muss noch arbeiten.«

»Das ist aber schade. Ich hatte mich wie verrückt auf dich gefreut.«

Paula schnellte herum. Vor ihr stand Felix und sah sie aus seinen unglaublich blauen Augen an.

Am liebsten wäre sie ihm um den Hals gefallen und hätte Tränen vergossen, so glücklich war sie. Aber dann bremste sie sich.

»Was machst du hier? Woher weißt du, wo ich wohne?«

Erst jetzt sah sie, wie erschöpft er wirkte. Er trug Zivilkleidung, und so gefiel er ihr fast noch besser. Aber der Anzug war zerknittert. Nur in seinen Augen las sie Bewunderung und Freude.

»Ich war bei dir zu Hause, und deine Mutter hat mir gesagt, dass du jetzt hier wohnst. Ich soll dich von ihr grüßen, und sie lässt fragen, ob du auch genug isst. Und von Murph soll ich dich auch grüßen.«

»Murph?«

»Mein Kollege. Er hat mir erzählt, dass du nach mir gefragt hast. Und dass du nicht mit ihm ausgehen wolltest.« Er grinste.

Paula versteifte sich. »Mir hat er erzählt, dass du zurück nach England gegangen bist.«

»Paula!«

Sie standen noch immer in der Tür.

»Komm doch rein«, sagte sie endlich und ging ins Wohnzimmer voran.

»Du hast es schön hier.«

»Bist du deshalb gekommen, um mir das zu sagen?«

Er hob die Hände. »Paula! Jetzt lass das doch.«

Sie ließ sich auf dem Sofa nieder und schlug die Beine unter ihren Po. Sie bemerkte seinen Blick und zog ihren Rock über die Knie.

Er setzte sich neben sie, eine andere Sitzgelegenheit gab es auch nicht. Nervös fuhr er sich mit den Händen durch das Haar und über das Gesicht. »Du bist wütend auf mich. Aber warum eigentlich? Du hast mir doch bei unserem letzten Zusammentreffen gesagt, dass du über uns nachdenken musst. Ich weiß ja selbst, dass wir nicht die allerbesten Voraussetzungen haben.«

»Ich habe Konrad wiedergesehen.«

Er schwieg. Paula konnte sehen, wie seine Kiefer heftig mahlten. Sie sah, dass sie ihn verletzt hatte, und obwohl sie es absichtlich getan hatte, schämte sie sich jetzt dafür. Schnell fügte sie hinzu:

»Entschuldige. Es war purer Zufall, doch wir sind uns in Berlin über den Weg gelaufen. Ich habe mich von ihm verabschiedet. Beinahe zehn Jahre zu spät, aber immerhin.«

»Ich bin derjenige, der sich entschuldigen sollte. Ich hätte früher zu dir zurückkommen sollen.«

»Ich habe an dich gedacht. Und auf dich gewartet. Aber dann hat dein Kollege mir gesagt, du seist zurück nach England gegangen.«

»Es tut mir leid«, sagte er wieder. Er zögerte. »Ich will ehrlich zu dir sein. Da ist noch etwas.«

»Ja?«

»Du wirst wütend sein.«

»Das bin ich ja oft.«

»Ich hatte den Auftrag, dich auszuhorchen.«

Also doch. Sie hatte es gewusst.

»Willi Röbcke kommt aus dem Osten. Und er hat Kontakt zu dubiosen Gestalten. Da mussten wir einfach genau hinschauen. Und dann habe ich festgestellt, dass ausgerechnet du für ihn arbeitest. Das war Glück und Unglück zugleich. Ich musste die Gelegenheit nutzen und über dich Erkundigungen einziehen.«

»Gelegenheit nennst du das?«

»Ich fand dich gleich bei unserer ersten Begegnung sehr anziehend. Wie mutig du dich für diese Frau eingesetzt hast. Aber ich dachte, ich könnte das trennen. Nur leider habe ich gemerkt, dass du mir nicht gleichgültig bist.«

»Leider?«

»Jetzt leg doch nicht jedes Wort auf die Goldwaage!«, sagte er ungeduldig, aber dann sah er, dass sie ihn nur hatte aufziehen wollen.

»Warum bist du nicht eher gekommen? Wo warst du überhaupt die ganze Zeit?« Sie dachte nach. »Du wolltest mich nicht länger in deinem Leben haben!«

»Nein. So war es nicht. Als ich in München war, habe ich die Nachricht bekommen, dass mein Onkel in London im Sterben lag. Er war mein einziger lebender Verwandter. Ich bin sofort zu ihm gefahren, um ihn noch einmal lebend zu sehen ...«

»Das tut mir sehr leid.«

»… und dann war ich in London und wusste nicht, was ich machen sollte. Mein Onkel war meine Familie, und mit ihm habe ich auf einmal meine Wurzeln in England verloren. Also habe ich meinen Abschied von der Army genommen.« Er sah sie gequält an. »Ich habe, glaube ich, ziemlich viel in Bars herumgehangen und über dich nachgedacht. Ob das was mit uns werden kann. Wir haben doch schon an der Ostsee darüber gesprochen. Ich bin Brite … Und ich habe dein Vertrauen ausgenutzt. Das tut mir am meisten leid«, fügte er leise hinzu. »Irgendwann habe ich gedacht, dass ich vielleicht einfach herausfinden muss, was zwischen uns möglich sein kann. Du bist – das weiß ich inzwischen – der Mensch, der mir am wichtigsten ist. Du bist ganz anders als die Frauen, die ich kenne. Du arbeitest, du leitest sogar einen Betrieb, du gibst Menschen Arbeit, du bist politisch, du hast deinen eigenen Kopf. Du hast auch eine Vergangenheit, von der ich allerdings so gut wie nichts weiß, außer dass ich einen Konkurrenten habe, der nicht ohne ist …« Er wollte weiterreden, aber Paula unterbrach ihn.

»Spricht das alles jetzt für oder gegen mich?«

Er machte ein übertrieben sorgenvolles Gesicht und sah sie mit einem frechen Grinsen an. »Das würde ich wahnsinnig gern herausfinden. Denn ich bin sicher, dass es mit dir nie langweilig wird.«

»Wie bist du nach Hamburg gekommen?«

»Ich habe auf einem Frachter angeheuert. Es war nicht gerade eine Luxusreise.« Er wies auf seinen völlig zerknitterten Anzug.

Paula hielt den Atem an. »Habt ihr eigentlich etwas gegen meinen Chef gefunden?«

»Nein. Er ist sauber. Und sein Chauffeur auch. Bis auf ein paar kleine Schmuggelgeschäfte, über die wir schon geredet haben.«

Paula seufzte ausgiebig. »Das heißt. du bespitzelst mich gerade nicht?«

Er blieb ernst. »Ich hatte deswegen eine heftige Auseinandersetzung mit Hennings.«

»Das tut mir leid.«

Paula fiel auf, wie müde und blass er war. Von der militärischen Strenge und Reserviertheit, die er bisweilen ausgestrahlt hatte, war nichts zu sehen. So eine Heuer auf einem Frachter war offensichtlich kein Urlaub, und er hatte vermutlich kaum geschlafen. Jetzt sah sie auch die Schatten unter seinen Augen und die dunklen Bartstoppeln. »Soll ich dir etwas zu trinken holen? Hast du schon gegessen?«, fragte sie.

»Hast du ein Bier? Und ich bin am Verhungern.« Er lächelte ihr zu, und sie hätte ihn am liebsten in die Arme genommen, weil er so verletzlich wirkte. Stattdessen ging sie in die Küche und machte mit zitternden Fingern ein paar Brote und öffnete eine Flasche Bier.

Als sie zurück ins Wohnzimmer kam, war er auf dem Sofa zusammengesackt – und eingeschlafen.

Leise stellte Paula den Teller ab. Dann kniete sie sich vor ihn hin und betrachtete ihn. Seine schönen kornblumenblauen Augen waren geschlossen. Er sah entspannt aus, aber in sein Gesicht hatten sich Linien der Erschöpfung geschli-

chen. Sein dunkles Haar war ein wenig zu lang und fiel ihm
in die Stirn. Ganz sanft strich sie die Strähne zurück. Sie
holte eine Decke für ihn. Und dann legte sie sich vorsichtig,
ohne ihn zu wecken, neben ihn und schmiegte sich an ihn.
Sie musste sich ganz schmal machen, weil das Sofa nicht sehr
breit war. Er stöhnte im Schlaf auf und legte den Arm um sie
und zog sie an sich.

Paula genoss die Wärme, die von ihm ausging, und nahm
seinen Geruch wahr.

Ich bin angekommen, dachte sie glücklich.

NACHWORT AN DIE LESERINNEN UND LESER

Eigentlich sollte dies ein Roman werden, der in den 1950er Jahren spielt. Eine eher finstere Zeit für Frauen. Sie mussten ihre Arbeitsplätze für die zurückkehrenden Männer räumen und ihre gerade gewonnene Unabhängigkeit aufgeben. Sie waren nicht länger Familienoberhaupt, sondern hatten sich in der Ehe wieder unterzuordnen. Frauen durften nur mit Erlaubnis ihrer Männer arbeiten oder den Führerschein machen, sie durften kein eigenes Konto haben oder über den Wohnort bestimmen. Heiraten war erste Pflicht, unverheiratete Frauen wurden schief angesehen.

Aber natürlich gab es auch damals Frauen, die sich gegen diese Rolle auflehnten und ihr Recht auf Glück einforderten. So eine Frau sollte meine Hauptfigur sein. Paula Rolle will mehr sein als eine dekorative Ehefrau. Sie hat den Krieg überlebt, jetzt will sie leben! Sie arbeitet hart und lässt sich nichts gefallen. Mit einem Blick oder mit ihrem Können weist sie die Männer in ihre Schranken. Dabei verliert sie nichts von ihrer Weiblichkeit. Sie träumt von einem erfolgreichen Leben, in dem auch Schönheit und die Liebe wieder einen Platz haben.

Während der Recherche las ich *Wolfszeit. Deutschland und die Deutschen 1945–1955* von Harald Jähner, ein Buch, in dem die ersten Nachkriegsjahre in Deutschland lebendig werden. Und plötzlich stand die Frage im Raum, wie es eigentlich zu diesen fünfziger Jahren gekommen ist. In der Zeit zwischen Juni 1948 und Mai 1949 sind in Deutschland entscheidende Weichen gestellt, sind große politische Entscheidungen getroffen worden, die noch heute gültig sind. Zwischen Währungsreform, Berlinblockade und Verkündung des Grundgesetzes für die Westzonen stand Deutschland eine Zeit lang auf der Kippe zwischen einem Dritten Weltkrieg oder aber dem Wirtschaftswunder. Russen und Amerikaner, die ehemaligen Verbündeten im Kampf gegen Hitler, waren zu Feinden geworden, die sich in Berlin mit der Waffe in der Hand gegenüberstanden. Stalin erhob Anspruch auf ganz Deutschland. Die Amerikaner steuerten mit den Millionen des Marshallplans gegen, mit denen Westdeutschland wiederaufgebaut wurde. Am 23. Mai 1949 wurde das Grundgesetz verkündet, in dem auch über die Rolle der Frau entschieden wurde.

Was damals für die Gesellschaft als Ganzes galt, galt ebenso für den Einzelnen. In den Jahren nach dem Krieg war jeder seines Glückes Schmied. Manchmal war es Zufall, ob jemand reich und glücklich wurde oder scheiterte. In einem alten *Spiegel*-Artikel las ich die abenteuerliche Lebensgeschichte des Strumpffabrikanten Hans Thierfelder, eines Tausendsassas, der in Sachsen eine Strumpffabrik besaß. Er wurde für mich die Personifizierung dieser entscheidenden Jahre. Mich faszinierte nicht nur sein unternehmerisches Genie, sondern vor allem, was er produzierte. Alle Frauen wollten damals Nylons, sie waren so wertvoll wie Gold. Die Hersteller saßen fast alle in Sachsen, in der sowjetisch besetzten Zone Deutschlands. Die Russen beschlossen, Strümpfe nur gegen Stahl und Kohle aus den Westzonen zu liefern. Plötzlich wurde mit Nylonstrümpfen, die doch nur ein Hauch von Nichts waren, Politik gemacht.

Hans Thierfelder wurde von den Russen enteignet und ging nach Westdeutschland, wo er neu anfing. Er versprach den deutschen Frauen, bis Pfingsten 1949 Nylons zu liefern. Das war sehr mutig, denn Thierfelder hatte praktisch nichts – keine Hallen, keine Arbeiter, keinen Rohstoff, keine Maschinen, kein Geld, keine Rechtssicherheit. Er hatte nur eine Vision. Und so wurde dieser mutige Mann zur Blaupause für meinen Wilhelm Röbcke, dem ich allerdings Dinge untergeschoben habe, die Thierfelder (vielleicht) nie getan hätte.

Damit hatte ich zwei Hauptfiguren meiner Geschichte: eine Frau, die sich nichts gefallen lässt und ein glückliches, selbstbestimmtes Leben will, und einen Mann mit einer genialen Geschäftsidee. Die beiden treffen aufeinander, als Paula Rolle eine Anzeige liest, in der ein Strumpffabrikant eine Sekretärin sucht.

Paula ist, ebenso wie Willi Röbcke, eine Romanfigur. Aber sie hätte meine Mutter oder Großmutter gewesen sein können. Sie will ein Leben führen, das für mich ganz selbstverständlich ist. Noch heute profitieren wir von den Kämpfen, die Frauen wie Paula damals ausgefochten haben. Dafür bin ich ihr und allen anderen Frauen dankbar.

Ich wünsche Ihnen viel Vergnügen beim Lesen von Paulas Geschichte.

Ihre Caroline Bernard

LESEPROBE

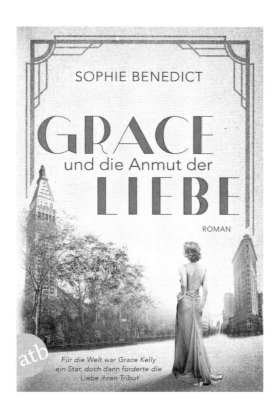

KAPITEL 1

Philadelphia, 1947

»Was soll mir denn passieren, Daddy?«, fragte Grace, wobei sie versuchte, sich zu beherrschen, denn emotionale Ausbrüche kamen bei ihrem Vater gar nicht gut an. Doch selten war es ihr so schwergefallen wie in diesem Moment – denn hier ging es um alles.

Ihr Vater war es gewohnt, dass die Dinge so liefen, wie er es sich vorstellte, dafür hatte er hart gearbeitet. John Kelly war der Zweitjüngste von neun Geschwistern und wusste, was es hieß, sich durchzubeißen – er hatte sich vom Maurer zum erfolgreichen Unternehmer hochgearbeitet: *Kelly for Brickwork* erwirtschaftete schon in den 1920er Jahren einen Millionenumsatz. Von seinen Töchtern erwartete er Respekt und unbedingte Disziplin, vor allem aber, dass sie taten, was er verlangte. Er war es nicht gewohnt, ein Nein oder sonstige Widerworte von ihnen zu hören.

Sie saßen zu Hause beim Abendessen. Gemeinsame Mahlzeiten wurden in der Familie Kelly genauso ernst genommen wie der Sport. John und seine Frau Margaret hatten ihre Kinder von klein auf zum Sporttreiben animiert, und so spielte Grace zwar Tennis, schwamm oder spielte Hockey, ihre athletischen Leistungen blieben jedoch bescheiden, und am liebsten hatte sie immer Ballett getanzt.

»Was passieren kann, wenn du allein in eine Stadt wie New York gehst?«, polterte John Kelly los. »Das fragst du nicht wirklich, Gracie. Wie alt bist du? Gerade mal siebzehn Jahre. Wir haben nicht so viel Wert auf deine Schulbildung gelegt, damit du nun Schauspielerin wirst. Du sollst einen passenden Mann fürs Leben finden und heiraten, Gracie – und nicht deine Zeit vertun.«

»Aber … Daddy, immer wenn ich in der Schule gespielt habe, waren alle begeistert – auch du«, sagte Grace, die vor Entrüstung keinen Bissen von ihrem Essen hinunterbekam. »Und wenn es nun einmal das ist, was ich kann, Daddy?«

Der Vater legte den Löffel beiseite. »Gracie. Eine Aufführung in der Schule bedeutet doch gar nichts.«

»Und was ist mit dem Stück von Onkel George? Weißt

du nicht mehr, wie beeindruckt ihr alle von meiner Vorstellung wart?« Ihr Onkel George, Johns Bruder, hatte ein Bühnenstück geschrieben. *The Torch-Bearers, die Fackelträger*, und Grace wusste, dass sie gut gewesen war. Besonders stolz war sie auf die Worte des Rezensenten einer Lokalzeitung: »*Es macht ganz den Eindruck, als würde Grace Kelly auf der Bühne zum Fackelträger ihrer Familie.*«

»Gracie, du sitzt nicht gerade, wie oft soll ich es dir noch sagen?«, entgegnete ihre Mutter Margaret bloß – kühl, beherrscht, distanziert wie immer. Grace wusste gar nicht mehr, wann sie sich ihr das letzte Mal nahe gefühlt hatte. Ob es das überhaupt je gegeben hatte.

Sie saßen zu sechst an dem großen Esstisch. John, seine Frau Margaret, Grace und ihre Schwestern Peggy und Lizanne sowie John, Graces Bruder, der an der Pennsylvania University studierte.

»Entschuldige, Ma«, sagte Grace automatisch.

»Iss bitte, Gracie. Du hast noch nichts angerührt. Lizanne, du weißt, dass man den Löffel zum Mund führt und nicht umgekehrt.«

»Entschuldige, Ma«, sagte nun Lizanne automatisch. Sie war vier Jahre jünger als Grace, und auch sie wagte keinen Widerspruch. Graces ältere Schwester Peggy, die gerade zu Besuch war, zuckte ebenfalls zusammen. Sie stand immer noch unter der Fuchtel ihrer Mutter, wenn sie nach Hause kam, obwohl sie selbst schon ein Kind hatte. Stocksteif saß sie da, in Erwartung der nächsten harschen Kritik ihrer Mutter. Lange warten musste sie nicht.

»Peggy, leg den Löffel anständig am Tellerrand ab. Ich …«

»Es kommt jedenfalls überhaupt nicht infrage.« John Kelly war nun weder laut noch unbeherrscht, sondern sehr leise. Das war stets ein schlechtes Zeichen.

Grace seufzte. Es war noch nie einfach mit ihren Eltern gewesen. Selbst jetzt, mit fast achtzehn, fühlte sie sich in ihrer Gegenwart noch wie ein kleines Kind, das nichts von der Welt verstand und beständig gemaßregelt werden musste. Und sie hatte immer gehorcht, obwohl sie manchmal am liebsten laut geschrien hätte, wenn sie etwas ungerecht gefunden hatte.

Grace kostete von der Suppe, ohne etwas zu schmecken. Sie wollte nach New York, unbedingt. Sie wollte Schauspielerin werden, zumindest musste sie es versuchen – selten war sie sich einer Sache so sicher gewesen. Und so einfach würde sie sich diesen Traum nicht nehmen lassen.

»Jeder sagt, dass ich Talent habe«, versuchte sie es nun. »Ihr könntet doch stolz darauf sein. Auf mich.«

»Da gibt es andere Dinge, auf die ich stolz wäre«, sagte ihr Vater, und Grace wusste genau, dass er damit die sportlichen Erfolge meinte, wie sie ihre Geschwister in steter

Regelmäßigkeit vorweisen konnten. »Und nun ist Schluss mit diesem Thema«, sagte er.

»Aber ...«, fing Grace an, wurde jedoch von ihrer Mutter unterbrochen.

»Du hast gehört, was dein Vater gesagt hat, Gracie. Es reicht. Jetzt wird gegessen.«

Grace fragte sich, wie lange sie noch darauf warten sollte, bis ihr Leben begänne. Und dann war da auf einmal diese Idee – sollte sie sich vielleicht ohne die Zustimmung ihrer Eltern bewerben? Einfach so, ganz ohne Erlaubnis? Ein bislang unbekanntes Gefühl machte sich in ihr breit. Es hatte nichts mit Gehorsam oder Disziplin oder den Dingen, die man ihr in ihrer Familie beigebracht hatte, zu tun, nein, es war anders. Sie wusste nicht, dass es ein Gefühl war, das wohl jeder junge Mensch kennenlernte, der an der Schwelle zum Erwachsenenleben steht und zum ersten Mal zum Greifen nahe vor sich sieht, was er sich bislang nur vage vorgestellt hat: ein eigenes Leben ohne Bevormundung und Regeln, ohne jemanden vorher um Erlaubnis fragen zu müssen – Freiheit. Ein Flirren zog durch Graces Körper, aber da war natürlich auch die Ungewissheit. Wie würde das Leben jenseits dieser Schranken werden?

Graces Mutter sah ihre Tochter mit diesem Blick an, den sie immer hatte, wenn ihr etwas nicht passte.

»Du wirst nichts ohne unsere Zustimmung tun, Gracie, hast du mich verstanden?«

»Sicher, Ma«, nickte Grace automatisch. Dennoch dachte sie weiter darüber nach, was wohl werden könnte, wenn man sie ließ.

»Gib acht, dass du nicht kleckerst, Gracie.«

»Entschuldige, Ma.«

Margaret goss sich Wasser nach. Sie sah wie immer tadellos aus. Ein enger beigefarbener Rock und eine weiße Bluse, eine lockere Strickjacke in Dunkelgrau und die Haare zu einem Knoten frisiert. Margaret benutzte kaum Make-up und verlangte dasselbe von ihren Töchtern. Sie pries Natürlichkeit; grelle Farben, egal ob für Kleidung oder Kosmetik, waren ihr ein Gräuel.

Grace liebte ihre Mutter, aber sie hatte auch einen Heidenrespekt vor ihr. Die deutsche Herkunft von Ma war den Kindern nie geheuer gewesen. Sie kannten dieses Land nicht, in dem einst ein Kaiser regiert hatte und in dem Zucht und Ordnung so viel galten, und es war ihnen auch unheimlich. Wenn sich ihre Mutter mal wieder von ihrer distanzierten Seite zeigte, nannten ihre Kinder sie daher »den preußischen General«.

»Gracie«, sagte ihr Vater nun. »Im Bennington College bist du nun einmal nicht aufgenommen worden – und eine Kelly fällt nicht durch eine Aufnahmeprüfung, ich bitte dich. Immerhin hättest du nicht nur die Tanzausbildung absolvieren, sondern auch studieren können. Du solltest mehr aus deinem Leben machen, und die Sache mit New York ist nichts als ein Hirngespinst.«

»Das ist kein Hirngespinst.« Grace war nun ganz ruhig, das würde sie nicht auf sich sitzenlassen. »Es ist das, was ich mir für mein Leben wünsche. Davon abgesehen bin ich in Bennington nicht aufgenommen worden, weil inzwischen so viele junge Männer aus dem Krieg zurückgekommen sind und ihre Studien fortsetzen wollen. Deswegen war dort so ein Andrang, und natürlich sind es die Mädchen, die zurückstecken sollen. Bennington hat einfach die Anforderungen an die Bewerber erhöht: Zwei Jahre Mathematik statt einem, das wisst ihr genau. Und ich hatte eben nur ein Jahr Mathe belegt und wurde deshalb abgewiesen. Nicht, weil ich nichts konnte.« Sie war so wütend.

»Vielleicht wäre Gracie ja dick wie eine Kuh geworden, wenn sie nach Vermont gegangen wäre, da gibt's doch so viele Kühe«, sagte Lizanne und kicherte. Sie war dreizehn Jahre alt und kicherte im Moment über alles. Grace warf ihr einen wütenden Blick zu.

»Vielleicht kann mir Onkel George bei der American Academy of Dramatic Arts weiterhelfen«, sagte sie dann. »Das ist sowieso die beste Schule, wenn man Schauspielerin werden will.«

»Du hast gehört, was ich gesagt habe«, wiederholte John Kelly. »Ein für alle Mal: New York. Theater. Schauspielerei – nichts als Flausen sind das. Ich wünsche nicht, dass meine Tochter ein so unstetes Leben führt. Gracie, du sollst etwas Vernünftiges tun. Konzentriere dich lieber auf das Wesentliche, denk darüber nach, wie dein Werdegang sein könnte, damit er deiner Familie angemessen ist. Mit dem Thema Theater ist endgültig Schluss.«

Grace löffelte verbittert ihre Suppe. Aber so schnell würde sie nicht aufgeben. Sie mochte aussehen wie ein unschuldiger Engel, doch sie wusste, dass sie ausgesprochen zäh sein konnte. Und wenn sie etwas wirklich wollte, hatte sie es bisher auch immer geschafft.

Am nächsten Tag rief sie heimlich ihren Onkel in New York an und bat ihn um Hilfe. Schließlich ging es um ihr Leben, und sie hatte nicht vor, sich alles von ihren Eltern vorschreiben zu lassen.

Aber auch ihr Onkel hatte Bedenken. »Ich verstehe dich, Gracie«, erklärte er, »aber du stellst dir das zu einfach vor. Nicht jeder Schauspieler wird erfolgreich, das ist ein harter Job und schwer verdientes Geld.«

»Ich weiß aber, dass ich es schaffen kann – dass es das

Richtige für mich ist«, sagte Grace. »Denk nur daran, wie ich in dem Stück gespielt habe, das du geschrieben hast. Weißt du nicht mehr, wie sehr ich euch alle überzeugt habe?«

»Gut, Gracie, ich werde sehen, was ich tun kann, auch wenn mir dein Vater wahrscheinlich den Kopf abreißt.«

»Das wird er schon nicht, Onkel George. Danke!«

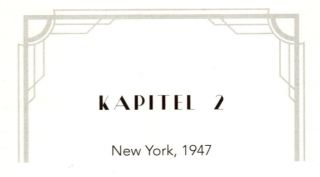

KAPITEL 2

New York, 1947

Barbizon Hotel for Women las Grace ehrfürchtig, als sie vor dem Gebäude stand.

Sie schaute sich um. Endlich war sie da – in Manhattan. Um sich herum sah sie all das Glitzern und Funkeln der Leuchtreklamen, hörte den Lärm, das Hupen der Autos, das Stimmengewirr der Menschen hier in der 63rd Street, ganz in der Nähe der Lexington Avenue.

Grace fühlte sich wie in einem Traum. New York lag nicht mehr als zwei Autostunden von Philadelphia entfernt, dennoch war es eine neue Welt.

Onkel George hatte seine ganze Überzeugungskraft spielen lassen, bis ihr Vater widerwillig zugestimmt hatte, Grace ziehen zu lassen.

»In einer Woche ist sie wieder da«, hatte er gesagt, und er hätte seine Tochter nicht mehr verletzen können als mit diesen Abschiedsworten.

Doch sie würde ihrem Vater beweisen, dass dies der richtige Weg für sie war.

Das Barbizon Hotel for Women war ein imposantes Backsteingebäude mit zweiundzwanzig Stockwerken. Der Eingangsbereich bestand aus einer Art Atrium, von dem die Treppen hoch in die Zimmer abgingen. Überall standen große Fächerpalmen. Hier wohnten nur junge Damen, und jeglicher Kontakt mit Männern war in der Pension für alleinstehende Frauen tabu, das wurden die Betreiber nicht müde zu betonen, so auch bei Grace. Hier herrschten strenge Gesetze, weshalb das Barbizon dafür bekannt war, den Müttern, die sich um ihre Töchter in New York sorgten, die Ängste zu nehmen. Man garantierte für einen makellosen Lebenswandel der Töchter, mitunter grimmig ausschauende Hausmütter bewachten alles, auch die Aufzüge in die Stockwerke, in denen die Privatzimmer der Mädchen lagen. Täglich um sieben Uhr morgens wurde kontrolliert, ob die Damen des Hauses die Nacht auch allein verbracht hatten.

»Keine Herrenbesuche«, sagte die Dame an der Rezeption nun streng, eine ältere, blasse Dame. Ihre Brille baumelte an einer langen Kette vor ihrer züchtig und bis zum

Hals zugeknöpften gestärkten Bluse. Ihre Haare waren streng nach hinten frisiert und zu einem Knoten gebunden.

»Natürlich nicht«, erwiderte Grace und sah sich um. Die Einrichtung war neutral gehalten, hier erinnerte sie nichts an zu Hause, es gab nichts Vertrautes, was sie einerseits verunsicherte, andererseits war diese Andersartigkeit genau das, was sie gewollt hatte.

Würde sie die Herausforderung, hier in New York ihren Weg zu finden, bestehen?

»Und um Punkt zehn Uhr abends wird abgeschlossen«, betonte die Dame von der Rezeption.

»Aber natürlich«, sagte Grace und nahm ihren Koffer, um sich ihr Zimmer zeigen zu lassen.

Die Dame ging voran und drehte sich dann kurz um. »Sie sind aus Philadelphia, Kindchen, nicht wahr?«

»Ja«, nickte Grace.

»Das höre ich«, sagte die Dame. »Ich erkenne alle Dialekte, das lernt man hier mit der Zeit. Sie werden einiges damit zu tun haben, das loszuwerden. So sehr, wie Sie durch die Nase sprechen.«

Grace wurde rot und ärgerte sich. Was ging es diese Frau an, wie sie sprach? Sie beschloss, nicht zu antworten.